출생지, 개미지옥

출생지, 개미지옥

모치즈키 료코 장편소설
천감재 옮김

차례

요시자와 스에오 지독하게 어려운 환경에서 어린 여동생을 키운 청년.

하세가와 쓰바사 게이오대학 4학년. 빈곤 퇴치 NPO 멤버.

노가와 아이리 성매매 여성.

산토 가이토 조직폭력배 출신 불량배.

자마 세이라 성매매 여성.

모리무라 유나 성매매 여성.

요시자와 메이 카바레 클럽 접대부. 스에오의 여동생.

우에무라 마코토 산에이 식품 로쿠고키타 공장의 공장장.

노가와 미키 산에이 식품 로쿠고키타 공장의 파트타이머. 아이리의 모친.

하세가와 도루 의사. 쓰바사의 부친.

하세가와 리오 의대생. 쓰바사의 여동생.

아키즈키 가오루 경시청 수사1과 경위.

사오토메 경시청 수사1과 경감.

하마구치 보도 프로그램 제작사 피디.

기베 미치코 잡지 〈프런티어〉의 프리랜서 기자.

마나베 〈프런티어〉의 편집장.

나카가와 〈프런티어〉의 편집부 직원.

Prologue

요시자와 스에오는 1991년 도쿄도 이타바시시에서 태어났다.

복잡하게 얽힌 좁은 길, 마주 보고 선 이층집들은 베란다가 서로 닿을 듯 바짝 붙어 있다. 어느 집 할 것 없이 벽에는 그을음이 꼈고 함석은 녹이 슬어 있다. 아주 오래전 골짜기 바닥에 자리 잡은 마을로, 골짜기 위와 아래는 3층 건물 높이 정도까지 고도 차이가 난다. 어른 어깨너비 폭의 좁은 골목길은 고개를 완전히 뒤로 젖히고 봐야 할 듯 가파른 경사를 뽐내는 계단으로 이어져 있다.

골목에는 프로판가스통과 파란 플라스틱 쓰레기통 여러 개가 나와 있고 우산이 몇 자루씩 나란히 걸려 있다. 판잣집이 옹기종기 모여 있는 곳, 벼랑 끝자락에 겨우겨우 서 있는 집도 있다.

스에오는 그런 골목을 고양이처럼 마음껏 누비며 자랐다.

벼랑 위에서 내려다보면 빽빽하게 들어선 판잣집 일대는 전체적으로 검붉게 바래 있었고, 가까이 가면 쇠 냄새가 나는 듯했다. 검고 큰 개가 있었는데, 그 앞을 지나갈 때는 우산을 꽉 움켜쥐고 가끔은 붕붕 휘두르면서 걸었다.

동네 끄트머리에 있는 친구 집은 이층집이었지만 길에서는 2층 지붕만 보일 뿐이었다. 현관으로 가려면 길에서 사다리 같은 철계단을 내려가야만 한다. 계단은 우물 안으로 들어가는 것처럼 가파르고 좁고 어두웠다.

친구 집에는 항상 나이 든 할머니와 어린 여동생이 있었다. 스에오는 친구 집에서 단 한 번도 다른 사람을 본 적이 없다. 노파는 여름에는 엉덩이까지 내려오는 헐렁한 민소매 속옷에 주름치마를 입고 다 해져 거스러미가 일어난 다다미 위에 갓 찧어 온 떡처럼 철퍼덕 앉아 있었다. 듬성듬성 남은 머리카락을 정수리에 동그랗게 묶어놓았는데, 숱이 워낙 적어 체리 정도 크기밖에 되지 않았다. 축 처진 유방이 속옷 틈새로 훤히 들여다보였다.

골짜기 바닥에 있는 그 집에는 햇볕이 거의 들지 않았다. 노파는 간신히 비쳐 드는 빛을 역광으로 받으며 스에오를 향해 고개를 든 채 미동도 하지 않고 앉아 있었다. 자그마한 귀신 같기도 하고 섬뜩한 생물 같기도 한 그 모습은 아무튼 이 세상 것이 아닌 존재처럼 느껴졌다. 세 살 정도 되어 보이는 여동생은 말 한마디 없이 오빠를 따라다녔다. 스에오 눈에는 사람이라기보다 작은 동물처럼 보였다.

눅눅한 다다미에 드러누워 예전에 다 읽은 만화책을 보며 시간을 때우고 나면 다시 우산을 쥐고 계단을 오른다. 땅 밑바닥에서 뻗어 나온 것 같은 계단과 자전거 한 대가 겨우 지나갈 정도밖에 안 되는 골목이 전부였지만 고개를 들면 그곳에서는 탁 트인 파란 하늘이 보였다.

골목은 좁기는 해도 지저분하지는 않았다. 쓰레기도 거의 없고 나쁜 냄새도 나지 않았다. 가끔 빈 병이 굴러다니고, 바람이 과자봉지를 그러모아 달달한 향을 풍기다가 어느 순간 역겨운 냄새로 변해 조금 구역질이 날 것 같은 곳도 있었지만 그런 곳은 많지 않았다. 빽빽한 주택가를 벗어나면 바로 근처에 꽤 큰 상점가가 있었다. 상점가는 길고 가게들은 붐볐고 어른들은 대낮부터 둥근 의자에 앉아 술을 마셨다.

저녁이 되면 스에오와 아이들은 골목에서 상점가로 놀이터를 바꿨다.

어둑어둑해져 친구들이 집으로 돌아간 뒤에도 스에오는 상점가에 머물렀다.

문 닫을 시간이 다가오면 가게 주인들이 남은 것을 떨이로 팔기 시작한다. 그 주변에서 끈기 있게 가만히 서 있으면 누군가가 먹을 걸 주기도 한다.

"엄마는?"

"모르겠는데요."

"집에 없어?"

"있어요."

스에오는 대충 대답한다.

엄마는 집에 있기도 하고 없기도 하다. 엄마가 없으면 혼자 불을 켜고 텔레비전을 본다. 엄마 기분이 좋은 날에는 탁자 위에 먹을 게 있다. 탁자에 아무것도 없으면 과자로 배를 채운다. 하지만 엄마가 있는 날에도 집에 낯선 사람이 있으면 그 사람이 돌아갈 때까지 밖에서 시간을 때워야 한다. 공원일 때도 있고 골목 구석일 때도 있다.

엄마가 가끔 배달 음식을 시켜주기도 한다. 하지만 그런 일은 매우 드물다. 대개는 스에오가 가게에서 얻어 온 음식으로 상을 차렸다. 집에 밥이 있는 경우는 거의 없어서 보통은 스에오가 건조 우동을 삶았다. 우동이 익기를 기다리는 엄마를 보면 스에오는 자기가 듬직한 사람이 된 것 같아 기분이 좋았다. 맛이 있든 없든 다 식어빠졌든 양이 부족하든 엄마와 둘이 작은 탁자에 앉아 저녁을 먹는 건 행복했다. 그런 날도 엄마는 식사를 마치면 누군가와 긴 통화를 하고 외출을 했다. 그리고 아주 늦은 시간에 고주망태가 되어 돌아왔다.

이따금 스에오를 보며 "여자 혼자 애 키우는 게 얼마나 힘든지 알아?" 하고 중얼거렸다.

그래서 스에오는 늦은 시간까지 밖에서 시간을 때우다 가게에서 먹을 걸 얻어 오고 집에 엄마와 다른 사람이 있으면 그 사람이 떠날 때까지 집 앞 공원에서 잠자코 기다렸다. 그렇게 엄마가 스에오의 존재를 무시하더라도 절대 불평하지 않았다.

엄마는 스에오에게 '아빠'를 두 번 소개했다. 그 남자들과 사는 동안 엄마는 집에서 빨래를 하거나 식사를 차리기도 했다. 스에오는 마치 남의 집에 온 듯 어색했지만 다행인지 불행인지 그런 생활이 오래 이어지지는 않았다. 두 명의 '아빠'는 각각 엄마와 말다툼을 벌이거나 때로는 드잡이질을 하곤 했는데, 그러다 보면 어느샌가 엄마와 둘만의 생활로 돌아가 있었다.

스에오는 엄마와 둘이 사는 게 좋았다. 그래서 "여자 혼자 애 키우는 게 얼마나 힘든지 알아?"라는 원망 가득한 말을 들어도 엄마가 밉다거나 싫다는 마음은 들지 않았다. 스에오가 초등학교에 입학할 때가 되자 엄마는 다른 친구 엄마들처럼 필통, 공책, 책가방도 사줬다.

학교는 즐거웠다. 공부도 잘했다. 그리고 스에오가 일곱 살 때, 엄마는 여동생을 낳았다.

엄마는 아기가 있다는 걸 잊은 것처럼 방치하다가 갑자기 생각났다는 듯 예뻐하기도 했다. 동생 기분이 좋을 때는 안아 줬지만 칭얼대면 바로 짜증을 냈다.

아기는 배가 고프면 울어댔다. 스에오는 아기가 우는 게 무서웠다. 아기는 불만이 있으면 운다. 하지만 이 집에서 울음으로 불만을 드러내면 무슨 일이 생길지 모른다.

맞을지도 모른다. 꼬집힐지도 모른다. 버려질지도 모른다.

스에오는 열심히 동생을 달랬다. 분유를 타고 엄마 대신 기저귀나 분유를 사러 갔다.

그 무렵 스에오는 엄마가 집에 들이는 남자들과 뭘 하는지를 알게 됐다. 남자들이 탁자 위에 두고 가는 만 엔짜리 지폐 한 장이 자기 가족의 유일한 수입이라는 것도 이해했다.

스에오가 동생을 데리고 공원에서 시간을 때운 것도 동생을 잘 돌본 것도 이따금 찾아오는 조촐하고 단란한 순간을 망가뜨리고 싶지 않다는 마음 하나 때문이었다.

비 오는 날에는 동생을 데리고 상점가 아케이드 안에서 시간을 때웠다. 배가 고프면 가게에서 음식을 훔쳤다.

꼬치구이 세 개를 훔치다가 주인에게 걸려 경찰에 신고를 당했다. 스에오와 안면이 있는 순경은 남매를 보며 체념인지 동정인지 알 수 없는 표정을 지었다.

가게에는 먹을 게 넘쳐나는데, 그리고 우린 배가 고픈데, 밤이 되면 어차피 헐값에 치워버릴 텐데. 그리고 우리가 훔치는 건 그중 정말 한 줌도 채 안 되는, 실수로 바닥에 떨어뜨려도 신경도 쓰지 않을 만큼 적은 양인데.

동생은 사람들이 자신들을 왜 비난하는지 이해하지 못했다. 엄마는 닷새 전부터 집에 오지 않았다. 그렇지만 동생이 배고파해서 음식을 훔쳤다고 말하지는 않았다. 그런 말을 해봤자 아무 소용이 없다는 걸 스에오는 이미 알고 있었다.

중학교에 올라가자 엄마는 스에오에게 돈을 벌어 오라고 했다. 신문 배달을 하겠다고 하자 때렸다. 역 앞 자전거 주차장에서 자전거를 훔치거나 그게 싫으면 상점가에서 도둑질을 해 오라고 악을 썼다.

역 앞 자전거 주차장에는 언제나 자전거가 많다. 어떤 자전거를 훔칠지 정하고, 자연스럽게 다가가 도난 방지용 체인을 펜치로 끊은 뒤 태연한 얼굴로 타고 온다. 스에오는 머리를 염색하지도 않았고 귀에 피어싱을 하지도 않았다. 이렇게 평범한 외모의 중학생이라면 자전거 근처에서 서성이고 있어도 의심받지 않는다. 스에오가 자전거를 훔쳐 오면 엄마의 단골 남자가 자전거를 분해해서 팔았다. 매일 한 대씩 날마다 자전거를 훔쳤다. 열흘째 되던 날, 엄마가 동생과 스에오를 고깃집에 데려갔다. 엄마는 기분이 좋았고 동생도 뛸 듯이 기뻐했다.

학교에서 책을 보고 있으면 같은 반의 질 나쁜 녀석들이 시비를 걸었다. 상대가 자신과 똑같은 쓰레기가 아닌 것 같으면 아니꼬워하고 바닥으로 끌어내리고 싶어 하는 게 쓰레기 같은 인간들의 특징임을 그때 깨달았다. 그래서 엄마는 스에오가 신문 배달을 하겠다는 말에 길길이 날뛰었던 것이다.

스에오는 못 훔쳤다고 거짓말을 하고 열흘 동안 자전거를 훔치지 않았다. 그러자 엄마의 단골 남자가 스에오를 슈퍼마켓으로 끌고 가더니 장어 열 팩을 훔쳐 오라고 시켰다. 그다음에는 서점으로 끌고 가서 잡지 열 권을 훔쳐 오라고 했다.

"동생을 데리고 가면 의심 안 받을 거야."

남자는 친절한 목소리로 그렇게 말했다. 스에오는 동생을 데리고 장어 열 팩과 잡지 열 권을 훔쳤다.

엄마는 "네가 벌지 않으면 우린 굶어 죽어! 장남은 집안의 대들보야. 대들보면 대들보 구실을 해야지"라면서 난리를 쳤다.

엄마는 글도 제대로 읽지 못하고 간단한 계산도 하지 못한다. 엄마가 할 줄 아는 거라곤 몸을 파는 일뿐이다. 한 시간 손님을 상대하면 만 엔이 생긴다. 2만 엔을 두고 가는 사람도 있다.

손님이 끊기면 엄마는 스에오와 동생을 때렸다. 예전에 왔던 남자들에게 전화를 걸어 "돈이 하나도 없어. 자기야, 놀러와" 하고 말했다. 돈이 있을 땐 절대 아이들을 때리지 않았다.

스에오는 엄마에게는 비밀로 하고 고등학교 입시를 치렀다. 입시 비용은 만 엔도 되지 않았다. 엄마는 스에오가 고등학교에 진학한 것도 고등학교에 다닌다는 것도 눈치채지 못했다. 처음 얼마간은 역 화장실에서 교복으로 갈아입고 학교에 갔지만 얼마 못 가 들키고 말았다. 또 얼마나 난리를 칠까 걱정했는데 의외로 엄마는 화를 내지 않았다.

"네 아빠 대학을 나온 사람이었어."

그런 말을 했을 뿐이다. 몇 번 학비를 내줬지만 얼마 안 가 끊겼다.

스에오가 빈집털이에 발을 들인 것은 그 무렵이다. 표적은 사람들이 퇴근한 야간의 오피스 거리. 텅 빈 사무실을 골라 망치로 창문을 깬다. 사무실 하나를 털어 얻는 수입은 얼마 되지 않지만 상관없다. 건수를 늘리면 되니까. 산산조각 부서지며 튀는 유리에 다치지 않게 얼굴에 수건을 두르고 고글을 끼고 목장갑을 세 장 낀다. 놈들은 소리 따윈 개의치 않고 망치를 내려쳤다.

깨진 유리창을 발로 걷어차 날린 후 잠금장치를 풀고 안으로 침입한다. 컴퓨터, 전화기, 복사용지, 손에 닿는 건 닥치는 대로 차에 쑤셔 넣었다. 창문을 깨는 순간부터 밖으로 나올 때까지 걸리는 시간은 딱 10분. 설사 수확이 없더라도 정확히 10분 만에 현장에서 떠났다.

점점 수법이 대담해지면서 주택가까지 손을 뻗쳤다. 홀로 사는 노인의 집이 표적이었다. 사무실과 달리 가정집에는 밤에도 사람이 있다. 유리가 깨지는 소리가 나면 대부분의 집주인들은 숨을 죽였다. 집주인과 마주치면 놈들은 "소리 지르면 불을 지르겠다" 하고 위협했다. "만약에 네가 신고해서 우리가 경찰에 잡히면, 감옥에서 나온 다음에라도 반드시 불을 지르겠다"라는 협박을 남기고 떠났다.

대학에 가지 못하리란 것은 알고 있었다. 문제는 돈도 학력도 아니었다.

나라는 인간이 태어난 장소가 문제였다.

대학에 가고 싶어서, 도둑질하지 않아도 되는 생활을 하고 싶어서, 그래서 남의 집 창문을 깨부수고 흙발로 들어갔다. 하지만 남의 집 창문을 깨부수고 흙발로 들어가는 인간이 길에 떨어진 지갑을 파출소에 가져가는 인간과 어깨를 나란히 하고 걸을 수는 없다.

스에오는 그렇게 번 돈으로 고등학교를 졸업했다. 경찰서에 들락거린 기록이 있었지만 담임 교사가 열심히 취업할 곳을 찾아줘서 나사를 만드는 작은 금속 가공 공장에 취직했다.

스에오는 성실하게 일했다. 일도 빨리 익혔다. 직장 선배들에게 머리를 숙일 줄 알고 쓸데없는 잡담도 하지 않았으며 아침 일찍 출근해 구석구석 청소까지 했다. 선배가 "참 성실한 놈일세. 무리하지 마"라고 칭찬을 해줬다.

"집에서 청소는 제가 도맡아 했기 때문에 힘들 거 없어요."

그랬다. 어릴 때부터 청소도 빨래도 설거지도 전부 스에오가 해왔으니까. 하지만 무엇보다 자기 안에 규율을 되찾고 싶은 마음이 컸다.

월급날에는 동생에게 줄 선물도 샀다.

그렇게 여섯 달이 지난 어느 날, 낯선 남자 두 명이 집으로 찾아왔다. 뒷골목 건달 같은 느낌의 젊은 남자들이었다.

30대 중반인 엄마의 손님치고는 너무 젊었다.

남자 중 한 명이 "이제 그만 갚으셔야지" 하고 엄마에게 말했다. 또 다른 한 명이 "그러게, 그렇게 많이 빌려서 갚을 수 있겠냐고 했잖아요" 하고 한심하게 쳐다보며 몰아세웠다. 그런 다음 스에오에게 말했다.

"네 모친께서 어디서 진 빚을 갚으려고 사채를 끌어다 썼는데, 그걸 갚으려고 이번에는 우리한테 돈을 빌렸지 뭐야. 그러니까 세 군데서 돈을 당겨 쓴 거야."

스에오가 엄마에게 따져 물었다. 엄마는 남자와 함께 파친코에 썼다고 말했다.

두 사람의 대화를 지켜보던 남자가 스에오에게 같이 일하지 않겠냐고 제안했다.

"네 모친이 진 빚 정도는 금세 갚을 수 있어."

'같이 일해볼래? 고등학교 학비 정돈 눈 깜짝할 사이에 벌

수 있는데.'

고등학교 시절, 망치로 창문을 깨고 도둑질을 하던 남자가 스에오를 끌어들이며 했던 말과 완전히 똑같은 말이었다.

그리고 얼마 뒤, 스에오가 근무하던 공장에서 소형금고가 사라졌다. 지금껏 한 번도 없었던 일이다. 신입인 스에오에게 의심의 눈초리가 향했다.

'그러고 보니까 저놈 저거 아침에 제일 먼저 오잖아.'

'청소하는 척하면서 뭐 훔칠지 살펴본 거 아냐?'

스에오가 사는 허름한 아파트 앞에는 작은 공원이 있다. 동생과 둘이서 시간을 때우던 공원이다. 스에오는 그 공원 벤치에 앉아 생각했다.

진범이 잡히지 않으면 결국 내가 훔친 게 되겠지. 좀도둑질. 특수절도. 내가 경찰서를 들락거린 건 전부 돈과 얽힌 문제였으니까. 게다가 엄마 빚을 갚지 못하면 우리 집 앞에 사채업자들이 어슬렁거린다는 소문이 조만간 회사 사람들 귀에 들어갈 거야. 결국 멀쩡하게 회사를 다니기는 글렀어. 동생은 이제 겨우 열한 살이야.

제1장

1

장마가 끝났다. 구름 한 점 없이 맑게 갠 도쿄 하늘에서는 눈을 찌르는 듯한 햇살이 연일 쏟아져 내렸다.

가마타 서 형사과의 벽 위쪽, 천장에 닿을락 말락 한 곳에는 초등학교 교실에나 있음 직한 정사각형 갈색 스피커가 설치되어 있다.

7월 16일, 아직 해도 뜨지 않은 새벽, 이제 네 시간만 지나면 당직이 끝나는 바로 그때 스피커에서 젊은 여자의 또랑또랑한 목소리가 흘러나왔다.

—경시청 관내 신고 접수. 경시청에서 각 서로 상황 전파.

형사실에 앉아 있던 전원의 손이 멎었다. 복도를 걸어가던 사람은 그 자리에 멈춰 서고 통화를 하던 사람도 말을 멈추고 수화기를 목까지 내린 채 그대로 위를 올려다본다. 전화가 울렸지만 받는 사람은 없었고 컴퓨터 타이핑 소리마저 일제히 멈췄다.

—가마타 서 관내에서 타살로 추정되는 사건 발생. 오전 4시 35분.

그 순간 가마타 서가 술렁였다.

가마타 서 관내의 범죄 건수는 적지 않다. 하지만 대부분이 날치기, 차량털이, 자전거 절도, 좀도둑, 폭력 사건이다. 살인 사건은 거의 없다고 해도 과언이 아니다.

전날 새벽, 가와사키에 있는 장애인 시설에서 한 남자가 열아홉 명을 살해하는 사건이 일어났다. 세상 어딘가에서는 늘 누군가 살인을 저지르고 있다. 살인범은 제 처지에 대한 불평불만으로 가득 찬 인간이거나, '정치적 목적' 혹은 '사회적 행위'로 살인을 했다고 믿으며 스스로를 '우국지사'라고 생각하는 자들이다. 그런 살인이 세계 각지에서 일어난다.

하지만 가마타 서에서는 다 남의 일이었다.

—경시청에서 가마타3…….

스피커에서 지직거리는 접속음이 들리더니 굵직한 남자 목소리가 응답했다.

"가마타3입니다. 말씀하십시오."

—경시청에서 가마타 서로. 나카로쿠고 4번지, 로쿠고 골프

클럽과 다마강 중간쯤 수목이 우거진 곳에서 시체로 추정되는 물체가 발견됐다는 신고 접수. 현재 최초 발견자로부터 전화상으로 사정청취 중. 신속하게 출동해서 현장 확보할 것.

형사과 순경과 생활안전과 경사가 허겁지겁 순찰차에 올라 탔다.

"골프장으로 차가 들어갈 수 있던가?"

"국도 바로 앞에서 들어가면 골프장 가장자리로 난 길로 갈 수 있습니다."

골프장은 하천 둔치 안에 있다. 그 바깥 둘레는 도로라 할 수 있는 곳이 아니라 자동차가 지나다니며 굳어진 모래땅 같은 곳인데, 그마저도 도중에 끊어져 있다.

두 사람은 골프장 막다른 곳에 붉은 경광등이 돌고 있는 걸 발견했다. "저기네요!", "저기다, 저기!" 하고 번갈아 말하면서 강가의 모래밭 위로 신중하게 차를 몰아 들어갔다.

먼저 도착해 경광등을 돌리고 있는 차는 무전을 듣고 달려온 니시로쿠고 파출소의 순찰차였다.

몰려든 사람들 한가운데서 경광등이 번쩍번쩍 불빛을 뿜어 낸다.

순찰차 창문은 활짝 열려 있고 무전기에서는 지직거리는 소리가 계속 흘러나왔다. 그 앞에서 출입금지라고 써진 노란 색 테이프를 쥔 순경이 신고자로 보이는 남자를 진정시키고 있었다.

기동수사대의 위장순찰차 두 대가 잇따라 도착했다. 곧바로 감식과 차량이 오더니 이어서 새로운 순찰차가 붉은 경광등을 요란하게 울리면서 정차한다. 골프장 밖, 길이 끝나는 곳에 여섯 대의 차량이 시뻘건 불빛을 빙글빙글 돌려대고 있었다.

다리 위를 지나는 15호선 보도에는 인파가 몰려 있었고, 신고자로 보이는 남자는 파출소 순경에게 고래고래 고함을 질러 댔다.

"왜 나한테 난리야! 난 그냥 발견한 게 다야. 내가 두 번 다시 신고 같은 걸 하나 봐라."

이 일대에는 무허가 판잣집이 많다. 무허가지만 판잣집 지붕에는 위성 안테나까지 세워져 있다. 경찰에게 노골적으로 적개심을 드러내는 모습으로 추측해 보건대, 개를 데리고 산책 중이었다는 신고자는 이 근방에서 불법 거주하는 판잣집 주민일 가능성이 높다.

사체의 얼굴은 완전히 뭉개진 상태였다. 감식반이 "사후 다섯 시간 이내"라고 말하는 소리가 들렸다.

얼굴에는 파리가 들끓었다.

사체는 하늘을 보고 반듯하게 누워 있는데 언뜻 봐도 다툰 흔적은 없다. 몸집이 작고 머리를 빡빡 밀었다. 두 사이즈 정도 큰 점퍼는 왕년의 폭주족이 즐겨 입었을 법한 번들번들한 소재로, 금색 글자가 무늬처럼 새겨져 있지만 곳곳에 튄 핏자국 때문에 분명하게 알아볼 수는 없다.

오른손은 배 위, 땅바닥에 떨어진 왼손은 어깨 근처까지 올리고 힘없이 다리를 벌린 모습이 영락없이 무더위를 피해 낮잠을 자는 사람 같다. 얼굴이 있었던 부분만 쪼개진 석류처럼 시뻘건 고깃덩이가 되어 있다. 커다란 돌로 안면을 내리친 후 그대로 들어 올린 것 같은 형상이었다.

기동수사대 형사들은 주변을 샅샅이 뒤졌다. 피해자나 범인의 것으로 추정되는 유실물, 발자국, 핏자국보다는 얼굴을 완전히 으깨어버린 흉기를 찾기 위해서다.

순찰차에 있던 생활안전과 경사가 형사과 순경을 불렀다.

순찰차 무전기로 현장 상황을 묻는 무전이 쉴 새 없이 들어오고 있다. 살인사건이라는 말에 수사본부가 설치되는 거 아니냐며 경리와 서무는 좌불안석이다. 수사본부가 설치되면 음료와 도시락은 말할 것도 없고 이불에 팩스에 전화기까지 준비해야 하기 때문이다. 가마타 서에는 지금쯤 근처의 이케가미 서와 오모리 서로부터 정신없이 문의가 들어오고 있을 게 틀림없다. 그래서 부서장이 연신 현장 상황을 물어보는 통에 경사는 그 상대를 하느라 정신이 없었다.

─어떤 상황이야?

"살해 시점은 자정 무렵 같아요. 감식반에서 사후 다섯 시간

이내라고 말하는 걸 들었어요."

ㅡ가와사키 쪽 애들이 우리 관할에서 싸움을 벌인 건 아닐까?

"고작 싸움 정도로 얼굴을 저 지경으로 으깨어버릴까요?"

ㅡ골 빈 놈들이 쌈박질하다가 뭔 짓을 저지를지 어떻게 알아. 얼굴을 으깨려고 한 게 아니라 돌을 내리쳤는데 우연히 얼굴에 맞았을 수도 있지.

어디서 듣고 왔는지 인파 속에 카메라맨의 모습이 보였다. 구경꾼들은 스마트폰을 내밀고 동영상을 찍고 있다. 동쪽에서 해가 올라온다. 희뿌연 아침 해가 다마강 위로 서서히 떠올랐다.

그보다 앞서 나카노구 히가시나카노에서 살해당한 여성 사체가 발견되었다.

가시와기에 있는 세븐일레븐의 뒷골목에 젊은 여성이 얼굴에서 피를 흘리며 쓰러져 있다는 신고가 접수된 것은, 가마타서 관내 다마강 하류인 로쿠고 강변에서 사체가 발견되기 일곱 시간 전인 7월 15일 밤 9시 43분이다.

얼굴은 피투성이에 이마에 구멍이 뚫렸고 눈을 뜨고 있다며 신고자는 겁에 질린 목소리로 말했다.

여성은 트레이닝 바지에 색이 바랜 티셔츠를 입고 고무 샌들을 신었는데 소지품은 동전지갑뿐이었다. 몸집은 통통하고,

상해서 푸석거리는 머리카락은 금색에 가까운 갈색에다 등까지 내려왔다. 눈썹은 3센티미터 정도만 남기고 다 밀었으며 손톱은 길다. 발견된 장소는 편의점에서 200미터쯤 떨어진 뒷골목으로, 목욕을 마치고 가볍게 편의점에 간 것으로 추정됐다. 열쇠나 휴대폰 같은 신원을 알 수 있는 소지품은 아무것도 가지고 있지 않았다. 머리카락 뿌리는 축축했고 손에는 아이스크림 세 개와 과자 두 봉지, 맥주 두 캔이 든 편의점 비닐봉투가 들려 있었다.

미간 한가운데에 직경 1센티미터쯤 되는 구멍이 뚫려 있었다. 얼굴에는 붉은 진눈깨비처럼 피가 튀어 있고 뒤통수는 박살이 났다. 눈썹 숱이 적은 여자는 입을 멍하니 벌리고 푸석푸석한 갈색 머리카락을 부챗살처럼 펼친 채 피 웅덩이 안에서 지그시 도쿄 하늘을 보고 있었다.

그로부터 나흘 후인 7월 19일 오후 3시, 히가시나카노에서 또 한 구의 여성 사체가 발견되었다.

악취가 나서 못 살겠다는 인근 주민의 연락을 받은 집주인은 세입자가 음식물 쓰레기를 방치했겠거니 하는 생각으로 현관문에 비상열쇠를 꽂았다. 문을 열자마자 쏟아져 나온 악취에 집주인은 곧바로 나카노 서에 신고 전화를 걸었다.

연일 35도가 넘는 무더위가 이어지는 중이었다. 집 안은 숨이 막힐 듯한 악취로 가득했다. 신고를 받고 달려온 경찰관이 냄새를 헤치고 집 안으로 들어가 욕조에서 시커먼 물체를 발견했다.

시커먼 물체를 덮고 있는 입자 하나하나가 스멀스멀 움직였다. 경찰관이 한 걸음 다가가자 검은 입자가 일제히 날아올랐다. 엄청난 파리 떼였다. 그제야 파리 떼가 덮고 있던, 사람 형상의 풍선처럼 보이는 통통 부은 사체가 나타났다. 사방에 구더기가 들끓었다. 녹아내린 살점에 인조눈썹이 붙어 있었다. 사체는 이마에 한 발의 총탄을 맞고 물이 채워진 욕조에 앉아 있었다.

원룸형 아파트인 이 집을 계약한 사람은 간자키 다마오라는 스물두 살의 여성으로, 집주인은 몸을 부들부들 떨면서 "차림새는 좀 화려하지만 그렇게 나쁜 애는 아니었다. 고향에서 온 감을 나눠준 적도 있다. 집세가 밀리는 일도 없었다"라며 홀리기라도 한 듯이 간자키 다마오의 휴대폰 번호를 연신 눌러댔다.

땀을 뻘뻘 흘리며 휴대폰 키를 누르는 집주인을 보던 기동수사대의 젊은 대원은 집 안 어디에서도 휴대폰 벨 소리가 울리지 않는다는 점을 알아차렸다.

서쪽으로 난 창문에는 싸구려 커튼이 걸려 있고 방의 절반은 침대가 차지했다. 나머지 공간의 한가운데에 작은 접이식

테이블이 있고 그 위에 분홍색 리본이 큼지막하게 달린 천 가방이 있다.

대원은 장갑 긴 손을 가방 안으로 집어넣더니 한껏 꾸며진 스마트폰을 꺼냈다. 스마트폰 케이스에는 인조보석으로 만든 키티 캐릭터가 붙어 있어서 화려하게 꾸민 하고이타('하고'라는 이름의 깃털 공을 치고 놀 때 사용하는 나무채)처럼 보였다.

휴대폰 전원이 켜져 있었지만 벨은 울리지 않았다. 즉 집주인이 지금 걸고 있는 번호는 이 스마트폰이 아니다. 이 스마트폰도 가방도 간자키 다마오 것이 아니라는 말이다. 그 말인즉슨 저 사체는 간자키 다마오가 아닐지도 모른다.

현관 앞에 있던, 빨간 리본을 단 미니 마우스가 그려진 커다란 여행용 캐리어를 열자 온갖 생활용품이 나왔다. 지갑을 빼곡하게 채운 포인트카드를 확인하자 가방 주인의 신원이 밝혀졌다.

자마 세이라, 스물두 살. 즉석만남 사이트에서 성매매를 하는 여성이었다.

그때 드디어 집주인의 휴대폰에 간자키 다마오의 번호가 떴다.

자기 집에서 벌어진 사건 소식을 들은 간자키 다마오는 비명을 지르며 자마 세이라에게 욕을 퍼부었다.

2

마른장마 후 지독한 무더위가 찾아왔다. 올해는 장마에 들어서기 전부터 구름 한 점 없는 날이 이어졌고 장마에 들어서고도 파란 하늘에 뜬 새하얀 구름이 꼼짝도 하지 않는 날이 계속되었다. 몇 번인가 거센 비가 내린 뒤, 기상 캐스터는 장마가 끝났다고 선언했다. 본격적인 여름이 시작되자 몸이 녹아내릴 것 같은 열기가 하늘을 뒤덮었다.

집을 나오기 위해 문을 여는 순간부터 불볕더위가 쏟아진다. 엘리베이터로 지상에 내려오면 불과 3분 만에 그 더위에도 익숙해진다. 승강장의 더위는 상식을 벗어난 수준이고 에어컨이 나오는 전철에 올라탄 뒤에야 다시 숨을 내쉴 수 있다.

도쿄에서 냉방시설이 있는 전철과 큰 건물이 사라진다면

살아남을 수 있는 사람은 과연 얼마나 될까? 아니, 전철이나 건물이 사라진다면 이 살인적인 더위도 같이 물러가게 될까?

기베 미치코는 프리랜서 기자이자 저널리스트다.

사람들이 더 이상 책을 읽지 않으니 잡지도 팔리지 않았고, 기자뿐만 아니라 활자업에 종사하는 사람들에게는 혹독한 시대가 왔다. 들려오는 것이라고는 '사람들이 텔레비전을 보지 않는다, 신문을 읽지 않는다' 하는 업계 종사자들에게는 달갑지 않은 불평뿐이다. 그래도 기베 미치코의 입지는 크게 달라지지 않았다. 미치코는 잡지 〈프런티어〉의 간판 기자이며 프런티어가 망하지 않는 한 일자리를 잃고 허덕일 걱정은 없다.

7월 20일.

기베 미치코는 늘 타는 익숙한 전철을 타고 늘 걷는 익숙한 길을 걸어 프런티어 편집부로 향한다.

프런티어가 입주한 건물 바로 앞에는 큰 횡단보도가 있다. 횡단보도 앞에서 신호를 기다리는 사람들은 마치 검은 물웅덩이처럼 보인다. 이윽고 보행신호가 켜지면 시각 장애인 안내용 멜로디와 함께 검은 물웅덩이가 가늘고 길게 모습을 바꾸면서 꿈틀꿈틀 하얀 횡단보도를 서서히 뒤덮는다. 이 역시 늘 보아온 익숙한 광경이다.

안면이 있는 수위와 눈인사를 나눈 후 방명록에 이름을 적고 출입증을 받아 엘리베이터를 타고 7층 버튼을 눌렀다.

편집 담당 나카가와한테 전화가 온 것은 어제인데, 편집장이 기베짱 언제 오냐는 질문을 두 번이나 했다고 한다. 들를 것 같으면 원고 교정을 마무리 지어 놓겠다는 이야기였다.

나카가와는 프런티어의 몇 안 되는 정직원 중 하나다. 젊고 눈치가 빠르고 일머리가 좋다. 마나베 편집장이 중얼중얼 기베 미치코의 이름을 꺼내면 넌지시 전화를 걸어 프런티어에 올 구실을 귀띔해 준다. 이런 남자를 마음껏 부려먹는 마나베 편집장은 행운아다. 그렇다고 나카가와가 과중한 노동이나 스트레스로 다 찌들어가고 있느냐 하면 전혀 그렇지 않았다. 오히려 '내가 이렇게 눈치가 빠르다'라며 넉살 좋게 대놓고 생색을 내는 스타일이다.

프런티어 편집부는 아주 조용하고 청결하다. 전화 소리도 팩스 소리도 나지 않는다. 실내에서 담배를 피우지도 않아서 공기가 매우 맑다. 마치 어릴 적에 본 21세기 상상화에 나올 법한, 어딘지 모르게 근미래적인 고요함이 깃들어 있다.

그 지적인 고요함 속에서, 담배 연기와 시끄러운 전화 소리와 거친 소란스러움이 가득했던 30년 전 편집부 시절과 하나도 달라지지 않은 인물, 마나베 편집장이 누군가와 통화를 하고 있다. 다른 사람은 안중에도 없는 듯 몸을 잔뜩 뒤로 젖힌 채 의자에 앉아 대각선 45도 위쪽을 바라보며 말하고 있다.

미치코는 살그머니 나카가와에게 다가갔다. 나카가와가 쓱 얼굴을 들이밀며 속삭인다.

"어제 주신 원고요, 편집장님이 침 튀기며 칭찬하셨어요."

"제대로 안 읽었나 보네."

마나베의 밝은 귀는 아마도 직업병이다. 비스듬히 위를 보고 있던 얼굴이 난데없이 나카가와 쪽으로 향하더니 그 뒤에 서 있는 미치코를 발견했다. 마나베는 탁한 목소리로 통화 중인 상대방을 윽박지르면서도 기분 좋게 손을 휘휘 휘저으며 미치코를 부른다.

요즘 세상에 저런 말투를 썼다가는 갑질이라고 욕을 먹고도 남는다. 하긴 마나베는 "갑질 없이 일이 제대로 돌아갈 것 같으냐!"라며 눈 하나 깜짝 안 할 테지만.

마나베에게 매출은 목숨줄이다. 그리고 프런티어의 판매 부수는 현재로선 안정권이다.

마나베는 먼 옛날, 지나치게 좌편향적인 데다 언론사로서 권위는 있지만 해를 거듭해 판매부수가 떨어져 가던 프런티어를 다시 일으켜 세운 남자다. 그러나 금연 정책을 시행하고 흡연 구역을 설치해도 계속 자기 자리에서 담배를 피웠고, 육아 휴직을 요청한 남자 직원을 지사로 보내버렸다. 노출이 심한 옷을 입고 출근한 여자 직원에게는 "밤길에 누가 덮쳐도 할 말 없다는 거 알지?"라며 성희롱을 담은 폭언을 내뱉었다.

"편집장이 무슨 일로 나를 찾은 걸까?"

"짚이는 일 없으세요?"

"없어. 식품회사 클레임 건은 아직 기사화할 만한 단계가 아닌데……."

"아아, 가와사키 쪽 사건 말이죠?"라는 나카가와의 말에, 미치코는 "가마타"라고 정정했다.

"그나저나 그 노가와 아이리란 사람은 어떻게 됐어요?"

"못 찾았어. 달랑 휴대폰 하나 들고 돌아다니는 사람이 휴대폰 전원을 끄면 찾을 길이 없어."

그때 마나베가 "그래그래, 잘 좀 부탁해" 하고 대충 둘러대더니 전화를 끊었다. 미치코는 마나베 자리로 다가갔다. 나카가와가 자동으로 따라온다.

"역시 기베 선생이라니까. 잘 썼어."

마나베가 페이지를 넘기며 보고 있는 건 어제 미치코가 보낸 원고다. 젊은 나이에 아이를 낳은 미혼 여성이 양육자로서 해야 할 일을 내팽개친 채 남자에 정신이 팔려 '미필적 고의'로 아이를 죽음에 이르게 했다는 내용이다. 일반적인 아동학대로 보이겠지만 이건 학대라는 수준을 훨씬 넘어서는 사건이다.

그 전에는 자기 아이를 거의 온종일 토끼우리에 가둬두고 학대해 결국 죽음에 이르게 한 사건을 쫓았다. 죽은 아이에게는 형제가 있었다. 그 가족은 아이 한 명을 우리에 가둬둔 채로 식사를 하고 자기들끼리 단란한 시간을 보냈다. 그곳에 형이 불쌍하다며 우는 아이는 없었다. 자신의 형제에게 가해지는 학대에 겁을 먹거나 부모를 두려워하지도 않았다. 형제 중 한 명을 우리에 가둬둔 채 가족은 공원에 갔다. 밝은 햇살 속, 혹은 저녁 어스름이 다가올 무렵 홀로 우리 속에 남겨져 있었을 아이를 생각하면 불쌍하다는 감정이 든다. 하지만 이 사건은 부모의 성향이 특이해서 그런 일이 벌어졌다는 말만으로는 다 설명되지 않는 무언가가 있음을 암시한다. 부모가 특이해서 그런 거라면 부모의 행동에 위화감을 느끼지 않는 아이도 특이하다 할 수 있다. 그렇다면 가족 그 자체가 특이하다는 말이고 죽은 아이 또한 어딘가 특이했을 것이라는 생각으로 이어진다. 가해자와 동일한 특질을 가진 피해자는 '절대적 피해자'가 될 수 없다. 그 아이가 우리에서 나오면 다른 아이가 떠밀려 들어갈지도 모른다. 그리고 우리에서 풀려난 아이는 자기 대신 우리에 들어가는 형제의 슬픔 따윈 조금도 생각하지 않고 가족과 놀러갈 것이다. 문제의 근원은 무엇일까? 부모일까, 가족일까, 그런 인간들이 존재한다는 사실일까?

미치코는 그런 사건을 '일반적이고도 자칫 잘못하면 어느 집에서나 일어날 수 있는 일'로 다듬어서 한 편의 기사를 뽑아낸다.

"그런데 말이지" 하고 말을 꺼낸 마나베가 미치코의 원고를 홀홀 넘겼다.

"이런 이야기도 이젠 진부해졌어. 하타케야마 스즈카(2006년 아키타현에서 발생한 아동연쇄살해사건의 범인으로, 친딸과 딸의 친구인 이웃집 남자아이를 살해했다) 정도까지는 뭔가가 있었지. 그 여자의 진실이 궁금하다고 해야 하나? 그래도 사람으로는 보였던 거야. 그런데 요즘 건 글렀어."

마나베가 말하는 '요즘 건'이란 쓰레기통에 버려져 사망한 유아나 한겨울 베란다에 알몸이나 다름없는 차림으로 꽁꽁 묶여 있다가 죽은 아이를 말한다.

"차라리 가해자에게 사연이나 사정이 있는 것처럼 포장하지 말고 있는 그대로 쓰면 어떨까요?"

나카가와가 참견을 했다. 말투, 음량, 타이밍을 잘 가늠해서 말허리를 끊는 일 없이 매끄럽게 끼어든다. 특별한 재능이다.

마나베는 원고로 눈을 떨어뜨리더니 갑자기 피식 하고 웃음을 흘렸다.

"'이런 사람들은 우리랑 달라서 이런 일에 죄책감을 느끼지 않습니다'라고? 인간에게는 넘어선 안 될 선이란 게 있는 법이야. 지키지 않으면 안 될 원칙이라고나 할까? 요즘 세상은 바싹 마른 목초지 같아서, 차별적 발상이라는 불씨를 하나 떨어뜨리면 눈 깜짝할 사이에 번져버리지. 독자는 말이야, 우리가 생각하는 것보다 후각이 예민해. 그런데 또 그다지 똑똑진 않거든. 15일에 터진 가와사키 장애인 시설 사건만 하더라도 범인은 자기가 나쁜 짓을 했다는 생각을 안 해. 이런 시대에 '학대당하는 아이들은 애초에 우리랑 다른 사람들입니다' 하고 기사를 내봐."

수영복 모델 페이지의 교정지를 든 편집자가 가까이 오자 마나베는 대충 훑어보고는 고개를 끄덕이고 돌려줬다.

"덜떨어진 것들이 눈에 불을 켜고 달려들겠지. 약자를 괴롭히고 싶어서 안달이 났거든. 옛날엔 가난이 부끄러운 게 아니었어. 못 배운 게 콤플렉스가 되긴 했겠지만 그런 사람들이 제일 선량하기도 했고. 한부모가정도 그래. 그 엄마나 아빠는 다른 사람들보다 두 배 세 배 정성을 들여 애를 키웠어. 규범의식이란 건 말이야, 사람이 사람으로 존재한다는 긍지에 뿌리를 두고 있는 거야. 종이에 쓴 글자가 그 긍지를 깨부수는 짓을 했다간 끝이라고."

나카가와는 납득이 잘 안 되는 듯하다. 할 수 없이 미치코가 보충 설명했다.

"몇몇 사례를 보고 그게 일반적인 거라고 세상 사람들이 편견을 갖게 되면 어떻게 될까? 사회에 만연한 그 편견 때문에 고통받는 사람들이 생길 수 있어. 가방끈이 짧고 결혼을 세 번 한 젊은 여자라 해도 아이를 제 몸처럼 아끼면서 키우기도 해. 입이 거칠고 아이 머리통을 때리는 눈썹을 밀어버린 엄마와 가게 안을 뛰어다니고 신선식품 포장 랩에 구멍을 내고 깔깔 거리는 아이가 약자를 돕고 강자에 맞서면서 사랑과 정의를 실천하기도 해. 안 그런 경우도 분명 있지만.”

안이한 구분은 부당하게 누군가의 인격을 깎아내릴 위험이 있다. 그리고 부당하게 폄하당한 사람들은 긍지가 산산이 부서지고 제대로 된 규범의식을 가질 기회마저 뺏긴다. 그래서 마나베는 기사란 ‘나랑 비슷한 인간들 사이에서 일어난 일’임을 전제로 써야만 하며 그 선을 넘어서는 안 된다고 말하는 것이다.

하지만 미치코가 있는 그대로 쓰지 못하는 데에는 좀 더 절실한 이유가 있다. 사건을 파고들다 보면 어느 시점에서 아이를 딱하게 여기던 마음이 스리슬쩍 사라지기 때문이다.

어린아이는 부모 인생의 일부이며 아직 별개의 인격이라고 할 수 있을 만한 자아가 확립되지 않았다. 부모가 아이에게 애정을 쏟는 것은 부모와 아이가 애초에 별개의 존재가 아니기 때문이다. 그래서 세 살짜리 아이에게 밥을 주지 않아 아이가 죽음에 이르렀다면, 그것은 분명 안타까운 이야기지만, 그 사건에는 우리가 상상하는 그런 피해자는 없다. 그곳에 있는 것은 악의와 잔인함뿐이다. 제 죽음을 원통하게 생각하는 자의식도 없고 그 죽음을 원통하게 생각해주는 부모도 없다. 미치코가 이런 종류의 사건에 진심으로 매달리지 못하는 건 마나베 같은 윤리관 때문이 아니라 그 허무함 때문이다.

"나카노 사건, 뭐 들은 거 없어?"

마나베는 하천의 징검돌을 건너듯이 갑자기 화제를 바꾼다. 관심이 미치코의 원고에서 나카노에서 일어난 두 건의 살인사건으로 옮겨간 듯하다. 첫 번째 살인은 신원불명의 여성이, 두 번째 살인은 성매매 여성이 살해당한 사건이다.

"딱히 없네요."

마나베는 고개를 끄덕이더니 우울하게 혼잣말을 했다.

"권총이 영 찜찜해."

첫 번째 사건이 발생한 직후부터 심상치 않은 분위기가 감돌았다. 피살자는 젊은 여성, 장소는 편의점 뒷골목, 흉기는 권총이다. 청부 살해를 당할 타입의 여성으로는 보이지 않는다. 그렇지만 일반인이 사적인 원한으로 살인을 하기 위해 권총을 사용했다고 보기엔 무리가 있다. 청부 살해도 아니고 사적인 원한도 아니라면 무차별 살인이라는 결론이 나온다.

첫 번째 희생자의 신원은 아직 밝혀지지 않았다. 피해자 또래 여성의 가출 신고나 무단결근 신고는 들어오지 않은 듯하다. 여자에게는 열쇠가 없었다. 문을 잠그지 않고 나왔다는 뜻이니 누군가와 같이 사는 것으로 추정된다. 편의점 점원이 여자의 얼굴을 기억했다. 점원은 몇 번 본 기억이 난다며 근처에 살았을 것 같다고 말했다. 아이스크림이 녹지 않을 정도로 가까운 거리에 살았을 게 분명하다. 그렇지만 사건 발생 닷새가 지난 지금까지도 여자의 신원은 밝혀지지 않았다.

편의점 CCTV에는 진열대 구석 자리의 만화책을 집었다가 다시 내려놓는 여자의 모습이 남아 있었다. 경찰은 구매한 상품을 토대로 현금출납기 기록을 거슬러 올라가 여자가 계산을 마친 시간을 알아냈다. 15일 오후 9시 36분. 직후에 여자가 가게를 나가는 모습이 가게 밖에 있는 카메라에 찍혔다. 거기서 살해 현장까지 약 2백 미터. 기동수사대의 순찰차가 현장에 도착했을 때 사체에는 아직 온기가 남아 있었다.

미간 한가운데에 구멍이 깨끗하게 뚫려 있었다고 한다. 얼굴 여기저기 피가 튀었고, 머리 뒤에는 피 웅덩이가 생겼다. 하지만 여자의 비명을 들은 사람은 없다. '건조하게 울리는 탕 소리'를 들었다는 몇몇 사람들의 증언과 살해 추정 시간이 거의 일치했다. 이런 정황을 통해 알 수 있는 것은 여자가 눈앞에서 총구를 보고 비명을 지를 틈도 없이 머리를 관통당했다는 사실이다.

생각해 보면 대담한 범행이다.

두 번째 피살자인 자마 세이라는 사후 72시간이 지난 뒤에 발견됐다. 그러니까 살해당한 시점은 나카노 편의점 뒷골목에서 신원불명의 여성이 총에 맞은 이튿날, 7월 16일 낮이라는 뜻이다.

"두 번째 피살자 말인데, 나카노 서 형사랑 친하다는 프리랜서 기자가 나한테 정보를 팔러 왔어. 피살자가 있었던 집의 세입자 여자랑 피살자 모친의 증언이래."

마나베가 말을 꺼내자 나카가와는 근처 빈 의자를 끌어당겨 앉으며 말을 시작했다.

"자마 세이라는 즉석만남 게시판에서 영업하던 매춘부예요. 사건 현장은 친구네 집 욕실. 피살자 친구가 펄펄 뛰고 난리였대요. 자기야말로 피해자다, 오갈 데 없는 처지가 불쌍해서 재워줬는데 걔가 자고 가면 항상 뭔가 없어졌다, 내 옷도 멋대로 입었다, 그래도 그간의 정을 생각해서 봐줬는데 자기 욕조에서 시체가 돼버리다니, 은혜를 원수로 갚았다고요."

"그거참" 하고 미치코는 잠깐 말을 삼켰다.

"꽤나 인상적인 반응이군."

나카가와는 고개를 끄덕였다.

"수사1과에선 자마 세이라가 엉뚱한 희생자이고 범인의 애초 타깃은 그 집 세입자인 간자키 다마오일 가능성이 있다고 보고 상당히 강도 높게 심문했어요. 피해자랑 비슷한 부류일 것 같죠? 간자키 다마오는 완전히 다른 쪽이에요. 성실한 22세 직장인. 형사한테 한마디도 안 지고 따박따박 따졌다고 하더라고요."

고등학생 시절, 간자키 다마오는 나중에 어떤 직업을 가질 거냐고 다그치는 부모와 교사에게 성우가 되고 싶다는 말을 꺼내지 못하고 보육교사라고 대답했다고 한다. 그래서 유아교육 전문대학에 갔지만 실습 시간에 아이를 안다가 허리를 다치는 바람에 보육교사의 꿈을 단념했다. 부모의 지원으로 메이크업 전문학교를 졸업하고 미용실 카운터 담당으로 취업했다. 하지만 온종일 서 있어야 하는 업무 때문에 허리가 다시 악화되어 그만둔다. 부모는 학교를 두 번이나 보내줬는데 제대로 취직도 못 하냐고 비난했다. 간자키 다마오는 낮에는 주점에서 아르바이트를 하고 밤에는 헤어메이크업 일을 하고 싶은 마음에 심야 영업을 하는 미용실에서 일한다.

"그런 데서 일하다 보면 여러 사람을 알게 되죠. 심야 영업을 하는 싸구려 미용실에는 카바레 클럽 여자들이 많이 오게 마련이고요. 자마 세이라랑은 그쪽 업계 여자들을 통해 알게 됐대요.

자마 세이라도 원래는 자기 월세방이 있었겠지만 무슨 사정인지 친구 집을 전전하며 신세를 진 지 꽤 됐다는데 최근엔 아무도 재워주지 않았나 봐요. 잠깐만 있겠다고 간자키 다마오 집에 찾아와서는 그 길로 눌러앉은 거죠. 쫓아내고 싶었지만 갈 데가 없다는 걸 아는 데다 자기도 친구 신세를 진 적도 있고 누가 자러 오는 일은 흔한 일이고 뭐, 그래서 자기 집에 있게 해줬다고 하더라고요."

"자마 세이라가 어떤 사람인지 명확하게 보여주는 에피소드네."

"맞아요. 동정이 가는 구석이 하나도 없어요."

마나베가 끄덕였다.

"그래서 간자키 다마오는 얼굴도 알아볼 수 없는 시체로 발견된 자마 세이라한테 화가 났던 거야."

"욕실 청소비는 누가 낼 거냐며, 그것보다 자긴 이제 어디서 자냐며 소리를 질렀대요."

"지극히 현실적인 문제로군."

마나베가 말했다.

"자긴 그 집에 못 들어간다고 울었대요."

"참 딱하게 됐어."

"자마 세이라의 휴대폰 LINE 어플에 등록된 사람이 2천 명이 넘어요. 단문 메시지는 많을 땐 하루에 서른 건. 간자키 다마오 말로는 다 친구가 아니라 성매매 고객이래요. 두세 번 정보를 교환하고 금액, 조건이 맞으면 장소랑 시간을 정해요. 그걸 반복했으니 양이 어마어마하겠죠. 자마 세이라는 열세 살 때부터 그런 일을 했대요. 그러다 호스트 클럽에 빠져서 호스트 클럽에 갈 돈을 벌려고 식기세척기가 그릇을 닦는 것처럼 닥치는 대로 성매매를 했어요. 남자 문제도 많았고 마음에 드는 호스트를 놓고 다른 여자들이랑 싸우는 건 일상다반사였대요. 늘 2천 엔, 5천 엔을 빌리고 다녔는데 남에게 빌린 건 옷이든 돈이든 돌려주는 법이 없고, 신세를 지는 집에 있는 물건이나 음식도 다 자기 마음대로 썼대요. 돈이 진짜 없으면 이해라도 하겠는데, 호스트한테 갖다 바칠 돈은 있으면서 겨우 5천 엔밖에 안 되는 돈을 안 갚으니 다들 학을 뗐겠죠. 여기까지가 자마 세이라에 대한 간자키 다마오 증언이에요."

미치코는 한숨을 내쉬었다.

"자마 세이라가 일했던 곳은 노키자카에 있는 핑크살롱인데 출근은 일주일에 이틀 정도. 거기서도 시간 약속을 안 지키는 데다가 도벽이 있어서 사람들과 트러블이 끊이지 않았다고 점장이 증언했어요. 가게에 프로필 사진을 걸어놓는데, 자마 세이라는 자기 사진이 아니라 다른 사람 사진을 가져다 붙였나 봐요. 점장이 본인 사진을 가지고 오라고 했더니 그 사진이 자기라면서 우겼다네요."

나카가와는 스마트폰을 켜고 사진 한 장을 보여줬다. 사진에는 특별히 미인이라고는 할 수 없지만 착해 보이는 젊은 여자의 모습이 담겨 있다.

"최근 사진은?"

나카가와가 사진을 꺼냈다. 단체사진을 확대했는지 화질이 나빴는데 가무잡잡한 피부에 금발머리, 눈이 가늘고 광대와 하관이 도드라진 용모의 여자였다.

"자기 얼굴 사진을 정말 안 찍었더라고요. 손님한테 보여줄
땐 여기 이 사진을 썼던 모양이에요."

두 사진은 언뜻 봐도 완전히 다른 사람이다. 손님 입장에서
는 사진과 전혀 다른 여자가 나오는 셈이니, 업소 생활은 처음
부터 문제가 많았을 것이다.

"그런데 이 사진 속 여자는 누구야?"

"모르겠어요."

자마 세이라는 이타바시구에 있는 사립 고등학교를 1년 다
니고 중퇴했다. 이타바시 서 생활안전과 기록에 따르면 중학
교 2학년 때 성매매 행위로 적발된 적이 있고, 5년 전 불법 성
매매 업소 단속 때도 적발되었다. 4년 전에 이타바시 서 관내
에서 발생한, 미성년 여학생이 같은 미성년 남학생들에게 폭
행을 당한 폭행상해사건에서는 자마 세이라도 사정청취를 받
았다. 구청 자료에 의하면 두 살 아이가 있고 그 아이는 이타
바시구의 보호시설에서 지내고 있다. 보호 명목은 아동방임으
로 인한 성장 부진. 아이가 시설에 들어간 건 생후 6개월 때고
그 이후로 자마 세이라가 아이를 찾아간 기록은 없다. 참고로
혼인 신고 기록도 없다.

자마 세이라의 모친은 딸과 연락을 끊고 살아서 휴대폰 번
호도 모른다고 답했다. 번호는커녕 시설에 맡긴 아이가 있다
는 사실도 몰랐다. 사건 직후에 찾아온 형사에게 딸의 시신은

알아서 화장해 달라고 말했다고 한다.

"그 어머니가 시설에 있는 자기 손자를 두고 돼먹지 못한 년이랑 돼먹지 못한 놈이 들러붙었는데 제구실할 놈이 태어났을 리가 없다고 했대요."

"편집장님, 그 정보 샀어요?"

"안 샀지. 그 정보를 주는 조건으로 자기가 기사를 쓰게 해달라잖아. 나카노 서 연줄을 들이밀면 기사를 딸 수 있다고 철석같이 믿더라고. 그렇지만 이런 건 단 한 줄도 실을 수 없어."

"그 정보를 어디서 입수했는지도 문제가 될 거예요. 뭣보다 상대는 피해자니까요."

나카가와가 덧붙였다.

"그나저나……."

마나베는 나카가와의 얼굴을 봤다.

"그 자식, 또 올 작정이던데."

"새 정보를 들고 말인가요?"

마나베는 쓴웃음을 지었다.

"절대 안 사. 경찰이 도청기 설치한 거 아니냐고 트집 잡을 게 분명해."

그런 다음 마나베는 미치코의 아동학대 기사로 시선을 떨어뜨렸다.

"영락없이 기베짱 기사의 연장이야. 아동방임과 폭력 속에서 살아남은 아이가 결국 제 부모가 그랬던 것처럼 아이를 낳고 방임, 학대하다가 살해당했습니다. 그런 이야기로는 아무런 동정도 못 끌어내. 그런데 신기한 건 여론이 그다지 반응이 없다는 거야. 권총을 가진 인간이 여자를 두 명이나 죽이고 마음껏 활보하는 셈이잖아? 사용된 권총이 같은지 강선흔 감정은 아직 안 나온 것 같지만 사실 이게 동일범이 아니면 그건 더 큰일이거든."

기사에는 사살이라는 단어가 한 번도 나오지 않았다. 위에서 무슨 지시가 내려왔다는 말을 들었다. 경찰 윗선이 압력을 넣었겠지만, 권총 살인사건에 '사살'이라는 말을 쓰지 말라는 것은 보이는 걸 보이지 않는 척하라는 말이다. 보통 이럴 때는 피살자 정보를 조금씩 풀면서 상황을 지켜보는 법인데, 이번 피살자는 터부라는 수렁에 푹 잠겨 있다. 일이 참 성가셔졌다고 마나베가 중얼거렸다.

"쯧, 쓸 만한 게 이렇게까지 없을 수가 있나."

피살자가 즉석만남 게시판에서 영업하던 성매매 여성이라는 정보가 흘러 나갔다가는 곧바로 "문제가 있으니까 죽었겠지" 하는 목소리가 나오고 나중에는 "죽어도 싸다" 하는 말까지 나온다. 그러면 세상에는 '그런 여자는 죽어도 된다고 생각하는 사람이 많다'라는 인식이 퍼지고 그런 발상을 허용했다가는 범죄에 대한 사회적 역치가 내려간다. 풍기가 문란해진다는 말이다. 치안이 흐트러진다는 뜻이기도 하다. 그래서 무조건 '법을 어기는 것은 악'이라고 못 박아 두는 편이 공중도덕을 위해 바람직하다. 그 때문에 피해자는 언제나 '절대적인 피해자'여야만 한다.

물론 잡지는 그런 일원적인 시각에 만족하지 않는 사람들이 돈을 지불하고 읽는 매체다. 하지만 그런 사람들도 비인간적인 일에는 가담하고 싶지 않은 법이다. 사건 후에 곧바로 피해자는 매춘부였다 하고 기사를 싣는 것 또한 악취미라는 말이다. 그래서 이런 종류의 기사는 대중이 원할 때까지 애를 태워야만 한다.

프런티어는 기삿거리가 없어 전전긍긍하는 매체가 아니다. 인터넷 뉴스처럼 화제를 얕고 넓게 먹어 치우는 방식의 매체가 주류가 되면서 고전을 면치 못하는 종이 매체가 늘고 있지만, 프런티어는 꼼꼼하게 사실 관계를 확인하고 사건의 핵심에 접근하는 기사를 써왔기 때문에 성공적으로 버티고 있다.

마나베는 정치 문제를 다룰 때도 진영을 놓고 다투지 않고 타르처럼 끈적끈적한 가십, 혹은 엄선된 사실만을 싣는다. 그는 이데올로기는 질 나쁜 장난감이라는 확고한 생각과, 행복은 평범함 속에 있으며 인간적인 희로애락에 탐닉하는 것이 행복의 조건이라는 신념을 가졌다. 최종적으로는 사람들이 손가락질하는 대상을 깎아내리는 것이야말로 잡지의 역할이라는 마음가짐을 가지고 있다. 간단히 말해서 다수의견에 입각해, 다수의견이 바라는 것을, 바라는 대로 쓰는 것이다.

"뭐 색다른 거 없어?" 하고 마나베가 묻자 "원전 비리 정도?" 하고 미치코는 대답했다. 그러자 마나베가 눈웃음을 지으며 좋아했다.

"오, 그거 좋은데. 딱딱한 듯하면서 말랑말랑해 보이는 게. 거짓말인지 아닌지 분간도 안 되고, 어느 쪽으로든 내뺄 수 있으면서 누구나 읽고 싶어 하는 이야기야. 역시 기베짱, 아이디어 죽이는데?"

아주 빈말은 아닌 듯했다.

"그런데 어느 원전?"

"할 거면 이카타 원전. 도쿄전력은 너무 냄새가 나서."

"진짜 할 거면 기획서 가지고 와, 취재비 줄게."

돌아오는 전철 안에서 미치코는 나카가와가 보낸 메일을 받았다.

자마 세이라가 본인이라고 주장한 사진이 첨부된 그 메일에는 거래를 제안했다는 기자가 준 정보가 정리되어 있었다.

이튿날 21일 오전 10시.

나카노구 가시와기의 슈퍼마켓 경비원은 매장 안을 돌아다니는 한 남자아이를 주시했다.

이제 겨우 학교에 갈 나이가 됐을까 싶은 남자아이는 카트에 주스와 빵과 과자를 몇 개씩 넣었다. 카트를 세우고 누군가를 기다리거나 사람을 기다리는 표정으로 주위를 둘러보지도 않았다. 상품 진열대를 바라보다 상품을 와락 움켜쥐고 툭툭 카트에 던져 넣었다. 카트가 3분의 2 정도 채워지자 집었던 과자에서 손을 뗐다. 그러고는 쭉쭉 카트를 밀고 계산대 옆 통로를 지나 자율포장대를 거쳐 매장 밖으로 향했다.

경비원은 아이에게 다가가 손을 붙잡았다.

"어디 가니?"

아이는 무슨 말인지 모르겠다는 얼굴을 했다.

"너희 엄마 어디 있어?"

순간 아이의 얼굴이 딱딱하게 굳었지만 아이는 금세 스르르 표정을 풀고 마치 영화관에 앉아 영상을 보는 것처럼 경비원이 하는 말에 아무런 반응을 보이지 않았다.

경비원은 주변을 둘러보며 아이의 보호자를 찾았다. 어린아이들이 마트에서 물건을 훔칠 때 카트를 사용하는 경우는 없다. 주머니나 옷에 숨기는 경우가 대부분이다. 그러니 밖에 어른이 기다리고 있을 거라고 짐작한 것이다.

하지만 어디에도 의심스러운 사람은 보이지 않았다.

점장과 경비원은 아이를 사무실로 데리고 들어가 이름과 나이를 물었다. 이름은 모리무라 도무, 일곱 살이라고 말한 아이한테서는 자신이 잘못을 저질렀다는 기색을 전혀 찾아볼 수가 없었다. 경비원과 점장은 이 아이가 초범이 아니라는 것을 잘 알고 있었다. 아이에게는 세 살 정도 되는 여동생이 있고 두 아이는 매장에서 언제나 들고양이처럼 행동했다. 계산하지도 않은 상품을 매장 안에서 먹는 일도 예사였다. 아이들의 엄마에게 주의를 주면, 여자는 돈 내면 될 거 아니냐며 적반하장으로 화를 냈다. 당신처럼 애 키우는 걸 이해 못 하는 인간들 때문에 출생률이 늘지 않는 거라며 덤벼들었다.

그래도 이렇게까지 많은 물건을 대놓고 들고 나가려 한 적은 없었다.

점장과 경비원은 아이가 훔친 물건들을 봉지에 담은 뒤 아이더러 집까지 안내하라고 했다.

아이는 너무나도 순순히 고개를 끄덕이더니 두 사람과 함께 사무실을 나가 걷기 시작했다.

일곱 살이면 뭐가 옳고 그른지 구분할 수 있는 나이다. 그런데 이 아이는 어째서 이렇게 태평할까? 점장은 의아해했지만, 경비원은 이 아이한테는 익숙한 일이라며 당황하지 않았다.

아이는 10분 정도 걸어 골목으로 들어가더니 아주 낡은 아파트로 두 사람을 안내했다.

지은 지 40년도 더 되어 보이는 낡은 건물이다. 현관문은 열려 있었고 안으로 들어가자 살림살이와 쓰레기가 뒤죽박죽 쌓여 있는 작은 방에 세 살 정도 된 여자아이가 현관을 바라보며 앉아 있었다.

여자아이는 낯선 어른들을 보고 미심쩍은 표정을 지었지만 그 손에 슈퍼마켓 봉지가 들려 있는 걸 보더니 성큼성큼 다가와 봉지를 낚아챘다.

남매는 봉지에서 빵을 꺼내더니 그 자리에서 포장을 뜯고 먹기 시작했다. 실내는 쓰레기가 뿜어내는 악취로 가득했다. 세 평쯤 되는 방 하나에 부엌이 달린 집에는 쓰레기봉지가 산더미처럼 쌓여 있었고 창고가 된 부엌 싱크대에는 컵라면과 아이스크림 용기, 냄비, 젓가락, 우유 팩 따위가 처박혀 있었다.

점장과 경비원이 번갈아 가며 엄마는 어디 있느냐고 물었지만 둘 다 대답을 하지 않았다. 경계심을 잃어버린 듯 봉투에 손을 쑤셔 넣어 빵을 꺼내 게걸스럽게 먹으면서 페트병 주스를 서로 먼저 먹으려고 다퉜다.

오후 1시, 점장과 경비원은 나카노 경찰서에 신고했다.

방에 있던 스마트폰 앨범에는 엿새 전에 나카노 뒷골목에서 미간에 총을 맞고 사망한 여자가 자기 아이들과 찍은 사진이 있었다.

모리무라 유나, 스물일곱 살. 역시 성매매 업소에서 일하는 여자였다.

미치코가 그 소식을 들은 것은 21일, 가마타로 향하는 전철 안이었다.

오후 3시, 나카가와가 보낸 메일에는 나카노 사건의 첫 번째 피살자의 신원이 밝혀졌다는 글과 함께 자세한 내용이 첨부되어 있었다.

'이걸로 성매매 여성을 노린 연쇄살인사건으로 결정 났네요.'

마지막에 이런 메시지가 붙어 있었다.

예상했던 일이지만 막상 현실이 되니 새삼 충격을 받았다.

승강장에 내려서면서 휴대폰 연락처에서 '하마구치'를 선택하고 개찰구를 통과해 택시 승강장으로 향하면서 화면을 터치했다. 하마구치는 보도 프로그램 제작사에서 오랫동안 책임 피디로 일하고 있다.

"나카노 사건 말이에요. 그 첫 번째 피살자 신원, 나왔죠?"

하마구치는 의아하다는 목소리로 말했다.

—그래? 언제? 근데 그걸 왜 나한테 물어봐?

하마구치한테서 정보를 캐려고 한 건데 괜한 짓이었던 모양이다. 하마구치는 전혀 모르고 있었을 뿐만 아니라 프런티어가 정보를 가지고 있다는 사실까지 들통나고 말았다. 순간 아차 싶었지만 어차피 시간 차를 두고 알게 될 일이고, 그때가 되면 하마구치는 제 귀로 뭔가 들을 때까지 자신을 놓아주지 않을 것이다.

로터리를 오가는 차들의 차체에 오후의 햇살이 반사되어 광장 전체가 노랗게 빛나는 듯했다.

"스물일곱 살. 성매매 업소에서 일하던 여자예요."

광장을 감싼 열기에 눈앞이 아찔하다. 마치 하늘이 인간을 불태워 죽이려는 것 같다. 하마구치가 전화 너머에서 숨을 삼키는 소리가 들렸다. 그때 미치코는 자기가 전화를 건 이유는 정보를 얻기 위해서가 아니라 누군가와 불안을 나누고 싶었기 때문임을 깨달았다.

"이름은 모리무라 유나. 살던 곳은 사건 현장 근처 아파트. 일곱 살과 세 살 아이가 있는데, 큰애가 슈퍼마켓에서 도둑질하다가 걸렸어요. 벽장에서 노출이 심한 검은색 탱크톱이랑 엉덩이가 보일 정도로 짧게 자른 청바지, 하이삭스가 나왔어요. 모친이 신원을 확인했대요. 자마 세이라랑 달리 모리무라 유나는 이마에 구멍만 뚫렸고 얼굴에 손상이 없었기 때문에 확인이 가능했으니까. 아무튼 그 모친은 딸이 죽었단 말을 듣자마자 자긴 애들을 맡을 수 없으니 시설에 맡기라고 했대요."

미치코 머릿속에 차가운 스테인리스 위에 누워 있는 시신이 떠올랐다. 은색 금속판 위에 누워 있는 여자의 얼굴은 납처럼 하얗고, 입은 벌어지고, 이마에는 진주 크기만 한 구멍이 나있다.

—굉장한데! 그거 조서라고 해도 믿겠어.

하마구치가 말했다.

"사건에 놀란 게 아니군요."

—난 조서 내용을 직접 들을 때가 더 흥분되더라고. 그런 정보는 어디서 손에 넣는 거야?

그런 다음 약간 목소리를 낮췄다.

—권총 출처는?

"아직이요."

하마구치는 후우 하고 숨을 토했다.

—결국 성매매 여성를 노린 연쇄살인으로 결정이 났군. 게다가 권총 살인이라니 좀 으스스한데.

마치 알루미늄으로 만든 세계에 갇힌 것처럼 눈앞에 햇살이 어지러이 반사되고 있었다. 나무의 초록빛은 더위에 기운이 꺾이기는커녕, 그 열기를 걸신들린 듯 집어삼키는 것 같다.

—마나베 씨는, 쓰겠대?

이만한 사건을 쓰지 않고 넘어가는 경우는 없다. 매스컴 입장에서 보면, 사회적으로 이목을 끄는 사건이 발생했다는 것은 먹이사슬 한복판에 있는 동물 앞에 거대 동물의 사체가 나타난 것이나 다름없으니까. 다 함께 고기를 발라 먹고 그 찌꺼기는 밑바닥까지 흘러 떨어진다. 그런 생리는 하마구치도 잘 알고 있다.

하마구치는 미치코의 대답을 기다리지 않고 물었다.

—다음 살인이 있을까? 오늘 신바시 근처에서 한잔할래?

택시 승강장에서 손님을 기다리는 택시들은 아까부터 한 대도 움직이지 않았다. 제일 앞에 선 택시의 운전사는 사정없이 내리쬐는 여름 햇빛이 진저리가 난다는 듯 멍하니 창밖을 보고 있다.

"나카노 사건은 내 담당이 아니에요. 더 줄 정보도 없어요."

—지금은 뭐 쓰는데?

"전에 한번 얘기했죠, 가마타의 식품공장 클레임."

—지금 이 상황에 그런 사건을 하고 있다고?

이만 끊겠다고 하자 하마구치는 "기베짱이 거짓말하고 있다는 데 백 페소가 건다"라고 말했다. 화제를 돌리기 위해 미치코가 새로운 캐스터는 시청자를 가르치려 들지 않아서 좋더라고 말하자 하마구치는 불평을 늘어놓기 시작했다.

—그 물건은 어설퍼도 너무 어설퍼. 장점이라곤 원고 안 틀리게 읽는 거랑 웃을 때 얼굴이 밉살맞지는 않다는 점 말곤 없어. 뭐가 중요한지도 잘 모르니까 어디에 힘을 줘야 하는지도 몰라. 쭈뼛거리면서 힘을 주니까 어설픈 연극을 보는 것 같잖아. 가부키에서 중요한 게 뭐야? 보는 맛이잖아. 어설픈 고담준론이라도 화려하게 늘어놓으면 매력적으로 보인다는 걸 이젠 알겠더라고. 근데 시청률은 별 차이가 없어. 시청자들은 대

체 뭔 생각을 하는 걸까. 그럼 나중에 연락 줘. 회사 카드로 한 잔하게.

미치코는 택시를 잡고 전화를 끊었다.

3

하마구치가 '그런 사건'이라고 말한 것처럼 수수께끼도 없거니와 인간 드라마도 아니다. 화제성은 나카노 사건 발끝에도 미치지 못한다. 가마타의 클레임 사건이란 도시락 공장의 심약한 공장장을 노린 무뢰배가 용돈벌이로 공갈 협박을 반복하고 있는 사건을 말한다.

식품회사에는 온갖 클레임이 들어온다. 단순 불만인 경우도 있지만 뭐 하나라도 얻어내기 위한 생트집인 경우도 많다. 날조를 서슴지 않는 사람들도 있다. 그런 사람들은 목적을 달성할 때까지 물러서지 않는다.

산에이 식품 로쿠고키타 공장의 공장장도 처음에는 들어오는 클레임을 서류로 정리해 본사에 보고했다. 사안에 따라서 본사의 판단을 요청했다. 하지만 그때마다 본사는 공장장이 알아서 대응하라고 종용했다.

"문제점은 개선하도록."

문제의 원인이 공장에 있으니 공장장이 책임을 지고 해결하라는 것이다. 그래서 공장장은 본사에 클레임 보고를 관뒀다. 그러나 악질 클레임은 3년 동안 이어졌고 본사 보고를 그만둔 공장장은 사비로 클레임에 대응하는 상황이었다.

범인을 특정할 증거는 충분하다. 공장장은 여러 차례에 걸쳐 돈을 송금한 데다가 지정된 장소에서 직접 범인에게 건넨 적도 있다. 경찰에 신고하면 곧바로 수사에 들어갈 것이다.

그런데도 공장장은 신고하지 않았다.

미치코가 산에이 식품의 클레임 사건을 알게 된 것은 넉 달 전이다. 편의점 절도 퇴치 강습회를 취재하러 갔다가 가마타에서 온 편의점 점장에게 들은 이야기가 발단이 되었다.

"물건 훔치는 놈들도 문제지만 공장에 악질적인 클레임을 넣는 질 나쁜 놈들도 있어요."

그들은 산에이 식품에서 제조된 도시락만 골라 클레임을 넣는다고 했다.

"돈을 뜯어낼 수만 있다면 어디든 상관없었을 텐데 아마 산에이가 녀석들 협박에 넘어간 거겠죠. 언젠가부터 그놈들이 도시락을 살 때 일부러 바닥을 뒤집어 보는 거예요. 산에이 식품 로쿠고키타 공장의 출하번호를 확인하는 거죠. 처음부터 클레임을 걸기 위해 도시락을 사는 게 틀림없어요. 이건 뭐 집단괴롭힘이나 다름없죠. 그 꼴을 보고 있으려니까 기분이 영 더러워요."

로쿠고키타 공장을 콕 집어 작업에 들어갔다면 분명 업계 사정에 밝은 자가 연루되어 있을 터다.

"처음엔 우리 편의점에다 클레임을 걸더니 지금은 공장에 직접 하는 모양이에요. 공장장은 지금도 돈을 주고 있는 것 같고요. 경찰한테 신고하라고 했는데도 정작 공장장은 그럴 마음이 없나 봐요."

이해할 수 없는 이야기였다. 협박하는 쪽도 문제지만 계속 돈을 주는 쪽도 상식적이지는 않다.

원래는 편의점의 고용 실태와 사회 문제에 대한 기사를 쓸 생각이었다. 편의점의 업무는 예전에 비해 엄청나게 다양해졌다. 공공요금을 수납하고 토요일과 일요일에는 로컬 농산물을 팔고 택배 회사와 제휴를 맺어 운송업까지 하고 있다. 영리기업인 편의점이 공공성을 갖추기 시작한 것이다. 이런 기사는 선정적인 요소는 없지만 특별히 큰 사건이 없을 때 땜질용 기사로 비축해 놓기 좋다. 땜질용 기사의 수준으로 그 매체의 수준이 고스란히 드러난다. 그래서 이런 기사는 나름대로 귀한 대접을 받는다.

그래서 미치코는 산에이 식품의 공장장을 직접 만나보기로 했다.

우에무라 마코토라는 이름의 공장장은 통통한 몸집에 말수가 적고 표정 변화가 별로 없는 30대 남자였다. 대화할 때 상대방과 시선을 맞추지 않는다. 이 남자의 입으로 듣는다면 아마 잔혹한 이야기도 불쌍한 이야기도 흐뭇한 이야기도 다 똑같이 무미건조하게 느껴질 것이다.

그가 더듬더듬 꺼내는 이야기를 종합하면 공장에 집요하게 클레임을 넣는 자들은 이물질이 들어간 도시락 사진과 함께 공장의 스캔들을 적은 편지를 동봉한다고 한다. 산에이 식품은 악덕기업으로 워낙 유명하다. 잠깐만 인터넷을 검색해봐도 고참 파트타이머의 횡포와 괴롭힘, 정직원의 무능함을 지적하는 글들이 꼬리에 꼬리를 물고 이어진다. 편지 내용은 인터넷에 떠도는 내용과 거의 일치하고 공장장도 '과장되긴 했지만 사실무근은 아니다'라고 한다. 요구하는 돈을 주지 않으면 이런 편지를 본사에 보내겠다는 협박에 공장장은 행여 본사로부터 관리 감독 부실 책임을 추궁당할까 무서워 돈을 줬다고 한다.

"여기서 잘리면 더는 갈 데가 없어요."

그래서 작년 한 해 동안 그들에게 53만 엔을 보냈다.

전직은 파친코 가게 점장이었고 최종 학력은 중위권 대학. 아내와 여섯 살 딸이 있다.

비호감형 인상에 어두운 표정을 한 공장장은 본인의 가치를 객관적으로 잘 파악하고 있었다. 이곳에서 잘리면 다음번엔 비정규직 일자리도 잡기 어려울지 모른다. 그렇게 되면 가족에게 버림받을 수도 있다. 이혼 위자료로 돈이 될 만한 것들을 모조리 빼앗기고 실업수당까지 끊기면 길바닥에 나앉아야 한다. 그의 코앞에 입을 쩍 벌리고 기다리고 있는 것은 그런 암울한 미래다.

공장장은 마치 그 미래를 얄팍한 벽 바로 너머로 보고 있는 듯했다.

하지만 남자 정직원과 파트타이머 여직원이 내연 관계이며 그 여자가 정직원과의 관계를 등에 업고 마치 정직원이라도 된 것처럼 군다든가, 외국인 노동자가 공장에서 치고받고 싸움박질을 했다든가 하는, 인터넷에 이미 널리 유포된 그 정도의 이야기가 사람을 궁지로 몰아넣는 협박거리가 될 수 있을까?

공장장은 협박범들이 보내온 자료를 모두 보관하고 있었다. 열 통이 넘는 크래프트 봉투에는 손글씨로 '산에이 식품공업 로쿠고키타 공장 공장장 앞'이라고 적혀 있었다. '우에무라 마코토 님'이라고 적힌 것도 있다. 사진은 스무 장 정도였다. 도시락에 벌레나 녹슨 못이 들어 있거나 음식에 곰팡이가 핀 사진.

편지에 적힌 글자는 대부분 같은 필체였다. '우에무라 마코토'를 히라가나로 쓴 것도 있는데, 글자를 해체했다가 하나하나 다시 붙인 것처럼 삐뚤빼뚤한, 마치 눈을 감고 얼굴을 그린 것처럼 쓴 듯한 글자였다. 문맥을 놓치면 해독하기 어려울 정도였다. 공부에 흥미가 없는 학생이나 그와 비슷한 부류의 젊은 여자가 쓴 글씨처럼 보였다.

미치코가 공장장을 처음 만난 때는 아직 봄 햇살이 코끝을 간지럽히고 여기저기에 벚꽃이 피던 무렵이다. 새싹이 움트는 계절에 마음이 설레는 건 인간의 본능이리라. 그래서 그와 대조적인 공장장의 침울한 표정이 더욱 도드라져 보였다.

그 침울함은 잘 그린 그림처럼 혹은 공들여 만든 공예품처럼 조금의 흐트러짐도 없는 '우울'이고 그것은 언뜻 보면 한심스럽기도 했다. 자기가 처한 상황에 정신을 빼앗겨 더는 아무것도 보지 못한다. 그의 눈에는 전철 안에 있는 사람들의 표정이나 창밖의 풍경, 벚꽃색 같은 장면들이 전혀 들어오지 않으리라. 봄이 찾아온 역 앞 찻집에 앉아 있지만 마치 홀로 황야를 떠돌거나 깊은 구멍 속에 빠진 사람처럼 보였다.

세상에는 유아학대, 대량살인, 일가족 살해 같은 사건이 계속 벌어지지만 우에무라 공장장에게는 모두 탈색된 풍경으로 보였으리라. 그날 이후로 몇 번이나 취재를 했다.

7월의 어느 날, 놈들이 산에이 식품공업 로쿠고키타 공장에 2백만 엔의 '몸값'을 요구했다.

아주 기괴한 사건이었다. 아니, 사건이라고 부를 수도 없다.

그저 기괴한 전화였다고 해야 할 것이다. 그리고 한 장의 사진이 남았다.

로쿠고키타 공장에 전화가 걸려 온 때는 7월 2일이다. 전화를 건 남자는 "너희 공장 파트타이머의 딸을 납치했다. 2백만 엔을 준비해"라는 말만 하고 끊어버렸다.

공장장은 무슨 영문인지 알 수가 없었다. 납치된 파트타이머의 딸이 누구인지도 몰랐고 파트타이머들도 아무 말이 없었다. 본사에 보고했더니 내버려 두라고 했다. 그 후, 전화가 두 번 더 왔다. 전화를 건 사람은 젊은 남자였는데 몹시 화를 냈다고 한다.

"돈을 준비했냐는데 뭐라고 대답해야 할지 모르겠더군요. 그래서 본사로 전화하라고 했어요. 그랬더니……."

늘 만나던 찻집에서 고개를 숙이고 앉아 있던 공장장이 천천히 눈을 들었다. 고개는 숙인 채로 눈만 올려다보는 그 모습은 조숙한 아이가 대단히 흥미로운 이야기를 하려는 것처럼 보였다.

"불같이 화를 냈어요. '뭐라는 거야, 너 이 자식, 납치라고!' 하고요."

공장장은 그 목소리를 녹음했다.

그로부터 사흘 후, 젊은 여자의 사진이 배달됐다.

여자는 턱을 들고 수건으로 눈이 가려진 채 바닥에 주저앉은 모습이었다. 알몸에 속이 비쳐 보이는 셔츠 하나만 입고 있었다.

그 사진을 마지막으로 연락은 끊겼다. 협박범이 사진과 함께 보내온 계좌번호는 공장장이 전에 입금했던 계좌와 동일했다고 한다.

미치코는 도무지 이 사건의 자초지종을 파악할 수가 없었다. 몸값이란 글자 그대로 몸을 담보로 한 값을 말한다. 돈을 내서라도 그 몸을 되찾고 싶어 하는 사람은 친족, 부모 형제 또는 처자식이다. 낯선 여자의 몸값을 요구하다니 대체 무슨 꿍꿍이일까? 하지만 전화를 건 남자가 "뭐라는 거야, 납치라고!" 하며 화를 냈다는 사실을 생각하면 틀림없이 몸값을 노린 납치사건이 맞다.

범인은 공장장이 새파랗게 질려 돈을 보내리라 기대한 것이다. 명명백백한 날조 편지를 받고도 돈을 냈으니 이번에도 분명 돈을 낼 거라고 지레짐작했을지도 모른다. 그런데 공장장이 예상과 다르게 태도를 싹 바꾸자 범인은 격분했다.

그걸 끝으로 연락은 없었다. 본사는 범인들이 포기한 것이라고 말했고 이후 공장장은 협박범의 전화번호를 본사에 보고했다고 한다.

미치코는 우습다는 생각이 치밀어 올랐다. 기묘한 사건이지만 어쩐지 지레짐작만으로 우울에 사로잡힌 우에무라 공장장의 소심하고 한심스러운 모습과 비슷한 면이 있었다.

그나저나 나체나 다름없던 그 여자의 사진은 무슨 의미였을까? 납치가 진짜라는 걸 보여주고 싶었던 걸까?

미치코는 이런 사건이 있을 수 없는 사건이라고 생각하지는 않는다. 범죄나 사건은 때때로 앞뒤가 맞아떨어지지 않는 법이다. 그리고 대부분은 의심이 가는 사람이 범인이다. 대부분의 사건은 탐욕이나 원한이나 애증으로 일어나기 때문에 대체로 그 범주 안에 범인이 존재하며, 사건이란 애초에 그다지 계획적으로 일어나는 것이 아니라 그때그때의 형편이나 즉흥적인 생각으로 벌어지는 법이다. 미치코는 사건 자체보다 오히려 우에무라 마코토라는 공장장과 범인이 서로 의존하는 듯한 그 관계가 흥미로웠다.

공장장은 왜 범인의 요구를 거부하지 못하는 걸까? 그리고 범인은 왜 우에무라 마코토를 물고 늘어지는 걸까? 마치 둘이 손을 맞잡고 빨간 구두를 신고 춤을 추는 것처럼 보인다.

범인이 사용한 계좌의 명의는 '노가와 아이리'.

미치코는 로쿠고키타 공장의 파트타이머 직원 명단에서 노가와 미키라는 쉰다섯 살의 여성을 발견했다. 그녀에게 '아이리'라는 딸이 있다는 사실을 알았을 때는 오히려 정신이 멍해지고 말았다. 딸의 나이는 스물한 살. 그리고 노가와 미키는 공장에서 12년 근속한 베테랑 파트타이머다.

한 직장에서 12년을 근무하면 어떤 사정이든 속속들이 알고 있으리라. 공장장이 소심하다는 것도, 비난받는 게 두려워서 문제를 공공연히 드러내지 못하는 성격이라는 것도.

모녀는, 어쩌면 어느 한쪽일지도 모르지만, 그를 ATM으로 삼았다는 말이다. 2백만 엔 사건은 그런 작은 악에서부터 파생되었으리라.

하지만 조사는 거기서부터가 난항이었다.

나카가와한테 푸념했던 대로 아무리 찾아도 노가와 아이리의 흔적을 발견할 수 없었다.

노가와 미키 집 근처에 사는 여자는 아이리를 못 본 지 한참 됐다고 말했다.

"지금은 여기 없을 거예요."

그러고 나서 목소리를 낮췄다.

"걔가 또 뭔 사고 쳤어요? 제 엄마는 맨날 땀 뻘뻘 흘려가며 일하는데. 요즘 애들은 뭐랄까, 감사한 줄 모른다고 해야 하나? 하긴 노가와 씨도 뭐 칭찬할 만한 사람은 아니지만······."

여자는 잠시 말을 멈췄다.

"히스테리가 심해요. 하루도 소리를 안 지르는 날이 없어요. 그래도 반상회 청소 담당이나 쓰레기 내놓는 것도 그렇고 규칙은 잘 지켜요."

모친 쪽은 의심과 시기가 심하고 지나치게 깔끔을 떠는 성격인데, 스스로에게도 엄하지만 다른 사람에게도 똑같은 수준을 요구한다. 반면에 딸은 크게 반항적인 성격은 아니지만 질 나쁜 친구들이랑 어울려 다녔다. 칠칠하지 못한 측면이 있어서 엄마가 딸한테 험한 말로 고함을 지르는 날이 많았다. 미키는 원래 남편에게도 고함을 질러댔는데 요즘은 남편한테 소리 지르는 일은 줄었다. 다만 전화 통화가 길다. 창문으로 통화하는 모습을 자주 봤다고 한다.

　"맨날 두 시간 정도 수다를 떨어요, 저기서. 직장 동료랑 통화하는 것 같은데 보고 있으면 저렇게 살면 안 되겠다는 생각이 든다니까요. 온통 남의 험담과 뜬소문 같은 이야기뿐이거든요. 노가와 씨는 그런 사람이에요."

　남을 칭찬하는 법이 없고 좋은 이야기는 하지 않는 사람이라, 고생을 많이 하면 사람이 저렇게 되는 걸까 하는 생각이 들었다고 한다. 최근에 아이리를 본 기억이 없고 마지막으로 본 건 2년 정도 전이란다. 프릴 장식이 달린 분홍색 옷에 검은 통굽 구두를 신고 '공주님처럼 세로로 돌돌 만 롤빵머리'를 하고 다녔다. 차림새는 화려하지만 "아줌마, 안녕하세요?" 하고 인사하는 모습은 어릴 때와 완전히 똑같았다고 이웃 여자는 말했다.

　노가와 아이리의 어머니인 미키는 생활에 찌든 여자였다.

그녀가 양손에 비닐봉지를 들고 집으로 이어지는 가파른 계단을 올라왔다. 집 앞 길에서 기다리던 미치코가 미키를 불러 세웠다.

프런티어의 명함을 건네자 미키는 잔뜩 의심 서린 눈빛으로 미치코를 위아래로 훑더니 뚫어져라 쳐다봤다. "따님에 대해 여쭤보고 싶은 게 있습니다" 하고 말을 꺼내자 미키는 "걔가 왜요?" 하고 되물었다. 그리고 딸이 어디 사는지 전혀 모른다고 말했다.

"열여덟 살 넘은 딸년이 어디 사는지 부모가 꼭 알아야 해요?"

미키라는 여자는 이 상황을 성가시게 여기는 듯했다. 마지막으로 만난 건 올해 정월. 연락은 주로 문자로 하는데, 마지막으로 문자가 온 건 한 달쯤 전.

"실례지만 따님이 어떤 일을 하는지……."

"아르바이트요."

"어떤 아르바이트를 하는지 아세요?"

"안 물어봤어요."

말 붙일 엄두도 못 내겠다는 표현은 이런 경우를 두고 하는 말이 아닐까?

한편으로는 만약 저 여자가 공장장이 성가신 문제를 겪고 있다는 사실과 그 일에 딸의 계좌가 사용되었다는 사실을 안다면 이런 반응을 보이지는 않을 거라는 생각도 들었다.

그렇다 하더라도 딸에게 이렇게 야박하게 구는 건 왜일까.

아이리의 모친에게서 들을 수 있었던 이야기는 아이리가 고등학교는 졸업했다는 것, 그런데도 취직을 하지 않았다는 것, 생활비를 내라고 하자 얼마 안 있어 집을 나갔다는 것, 그리고 7월 2일에 전화가 왔다는 사실이었다. 그 전화 내용은 기억 안 난다고 했다.

"엄마로서 할 일은 다 했어요."

하지만 집에 딸 사진이 한 장도 없다고 했을 때 미치코 안에서 작은 의심이 솟았다.

'이 여자는 그 사진의 존재를 알고 있는 것일까? 그래서 사진 제시를 거부하는 게 아닐까?'

저녁 8시, 거리의 외등 불빛에만 의지해 서로의 얼굴을 바라보았다. 여자는 그 어스름한 빛 아래에서 미치코가 의심을 품었다는 사실을 알아챈 모양이었다. 못 믿겠으면 집에 들어와서 직접 찾아보라면서 미치코를 집으로 들였다.

그녀의 집은 가파른 언덕배기에 서 있는 단독주택으로, 길에서 집까지 가려면 3미터는 족히 올라가야 한다. 현관까지는 구식 다세대 주택에 있을 법한 철제 계단이 설치되어 있는데 방치된 공장의 시설처럼 완전히 녹이 슨 상태였다. 폭이 좁고 경사가 가파른 계단을 올라가 작은 현관으로 들어서자 곧바로 좁은 복도와 작은 주방이 눈에 들어왔다. 꽃무늬 타일을 붙인 구식 스타일의 주방이었다. 가스레인지 주위는 알루미늄 포일로 빈틈없이 덮여 있다. 문 아래쪽이 조금 썩었고 널판은 갈라져 있었다. 집 안 모습이나 외벽에 잔뜩 낀 검은 얼룩으로 보아 지은 지 40년쯤 된 듯하다. 들어갈 곳을 찾지 못한 구두 며 물건들이 현관과 복도에 쌓여 있어 난잡한 인상을 주지만 자세히 보면 나름대로 정리되어 있고 구석구석 청소의 손길이 닿은 흔적이 있었다.

아이리의 방은 가장 안쪽에 있는 두 평 반 정도 되는 다다미 방으로 담요와 폭신폭신한 인형이 쌓인 침대, 켜켜이 옷을 걸쳐서 산 모양을 이룬 파이프 옷걸이가 방을 거의 점령하고 있었다. 구석 자리 경대 위에는 화장품이 어지러이 놓여 있었다. 미치코는 먼지 쌓인 오래된 인조눈썹과 머리빗을 챙겨 주머니에 넣었다. 벽장 구석에서 찾은 고등학교 졸업앨범을 빌리기로 했다.

졸업앨범 속 노가와 아이리는 터질 듯 동그란 얼굴에 도드라진 광대를 가진 여학생이었는데, 검은색 앞머리를 속눈썹 바로 위에서 잘라서 동그란 공에다 김을 붙여놓은 것처럼 보였다.

여자는 마지막까지 딸에게 무슨 일이 생겼느냐고 묻지 않았다. 부엌에 있던 여자는 미치코가 집 밖으로 나가려고 하자 미치코 쪽을 돌아보지도 않고 "자식은 부모를 고르지 못한다고들 하는데, 부모도 자식을 못 고르기는 마찬가지거든요" 하고 빈정대는 투로 말했을 뿐이다.

미치코는 손에 넣은 고등학교 졸업앨범을 단서로 아이리의 동창생을 찾아다녔다. 아이리의 동창생들은 대부분 그 동네에 살았다. 전문학교에 다니거나 지인의 소개로 소매점에서 일하는 등, 대부분 아르바이트나 비정규직 노동자로 일하고 있었다.

그들 기억에 남아 있는 아이리는 어둡고 친구가 없는 아이였다. 무리에 끼려다 퇴짜를 맞기 일쑤였지만 그래도 고집스럽게, 바꿔 말하면 눈치 없이 엉덩이를 억지로 밀어넣는 일이 많았다.

"뻔히 보이는 거짓말을 많이 했어요, 걘. 자기가 인기 많은 농구부 남자애랑 사귄다느니, 수화 배우러 시부야까지 다닌다느니. 그래서 수화로 '내일은 운동회입니다'라고 해보라고 하잖아요? 세 번 시키면 세 번 다 달라요. 그래 놓고 똑같다고 우긴다니까요. 남의 지갑에서 돈 훔치다 걸려놓고는 안 훔쳤다며 울고불고…… 그러다 결국 일진 애들한테 된통 당했죠. 돈이나 가져오라고 하면 군말 없이 가져다 바치는 주제에 걔들을 자기 베프라고 떠벌리고 다니다가 걔들한테 또 된통 당하고."

아이리는 어떻게 돈을 마련했을까? 아이리의 동창들은 원조교제라고 답했다.

"얼굴이 못생겼어도 고등학생이니까요. 싼값으로 하면 돈은 벌 수 있어요."

지금 어디 있는지 아느냐고 묻자 모두 고개를 저었다.

고등학교를 졸업한 후, 노가와 아이리는 자신이 스토킹을 당하고 있다며 가와사키 경찰에 신고했다고 말한 적이 있다고 한다. 또 어느 날은 전철 안에서 성추행을 당했다고 하더니 쪼잔한 아저씨라서 돈을 못 뜯어냈다고 덧붙였다. 두 이야기를 모두 들은 친구는 경찰에 신고했다든가 돈을 뜯어내려 한 일은 사실일지 몰라도 스토킹이나 성추행을 당했다는 말은 거짓말이라고 단언했다. 아이리가 했다는 원조교제는 "완전히 성매매"이며, 시부야를 근거지 삼아 즉석만남 게시판에서 손님을 찾고 30분 단위로 돈을 받는다고 했다. 그런 사정은 다 알지만 아이리가 있는 곳은 아무도 모른다. 마치 이 세상에서 사라져버린 것처럼.

수건으로 눈을 가린 사진은 얼굴을 알아볼 수 없기 때문에 아무런 단서도 되지 않았다.

확인된 물증은 아이리가 7월 2일에 라인 단체방에 보낸 메시지다.

'납치당했어'

7월 2일은 산에이에 여자를 납치했다는 전화가 왔던 날이다. 하지만 그 메시지를 받은 윤락업소의 지인은 아무런 답장도 하지 않았다.

"이거 좀 봐요, 기자님. 다 읽쉽이죠? 이런 거 쓸 시간이 있으면 경찰한테나 가란 말이에요."

"노가와 아이리는 왜 이런 글을 올렸을까요?"

"그건 본인한테 물어봐야죠. 관심이 고팠나 보죠."

미치코는 가와사키 서에 접수된 스토킹 피해 신고를 조사해 볼까 하고 가와사키 서에 근무하는 지인 연락처를 검색하다가 손을 멈췄다. 마치 메마른 모래를 파헤치는 듯했다. 파헤쳐도 파헤쳐도 모래가 흘러 들어온다. 어째서인지 이 여자는 하나의 기호일 뿐, 사람으로서의 실체는 존재하지 않는 것 같다는 기분이 들기 시작했다.

미치코는 노가와 아이리의 사진을 손에 들었다.

어울려 다니는 사람들이 화장을 하니까 화장을 한다. 그 사람들이 머리를 염색하면 자기도 염색한다. 아무것도 스스로 판단하지 않고 그저 따라다니면서 어울려 논다. 인간은 선택 속에서 인생을 쌓아 올리는 존재건만, 그런 식으로 아무런 선택도 하지 않고 사는 아이들이 있다. 학창 시절에는 소속이 있으니까 그나마 낫지만 졸업을 하고 부모와도 멀어지고 취직도 하지 않으면 복종할 상대마저 사라진다.

'관심이 고팠나 보죠.'

미치코는 노가와 미키의 피로에 찌든 얼굴을 떠올렸다.

세상이 정리되어 청결해지고 편리해지면서 어두운 틈새가 사라지고, 그전까지 틈새에 있던 약자들이 밖으로 떠밀려 나온다. 인권운동가들은 그들을 바깥으로 끌고 나와 구제하려고 하지만 약자가 처한 구조는 그럴싸한 구호로 해결될 정도로 단순하지 않다.

결국 미치코는 가와사키 서의 지인에게 연락하지 않았고 그날 이후로 산에이 사건에 점점 관심을 끊었다.

자기 의사와 상관없이 다시 이 사건으로 돌아온 것은 오랜만에 프런티어에 들렀던 어젯밤이다.

미치코는 목욕하고 나와 머리에 수건을 두르고 차가운 맥주를 마시고 있었다. 텔레비전에서는 나카노에서 발생한 살인사건에 대한 뉴스가 흘러나왔다. 욕실에서 살해당한 자마 세이라의 친구라는 사람이 '자마 세이라는 적극적이고 밝은 아이였다'라며 미덥지 못한 목소리로 인터뷰를 하고 있었다.

자마 세이라는 이케부쿠로, 시부야를 중심으로 성매매를 했다. 프런티어에 정보를 팔러 온 기자가 입수한 내용에 따르면 자마 세이라가 화대를 30분에 5천 엔에서 찔끔찔끔 내렸다는 정황을 수사 1과에서 파악했다고 한다. 그런 내용은 대중매체에는 내보내지 못한다. 그래서 울며 겨자 먹기 식으로 모자이크 처리를 한 친구 인터뷰를 내보냈고, 그 친구는 사리분별도

하지 못하는 민폐덩어리 여자를 적극적이고 밝은 아이였다고 표현했다.

문득 자마 세이라에 대한 이야기가 노가와 아이리와 매우 흡사하다는 생각이 들었다. 밥 먹듯이 거짓말을 하고 주소가 일정하지 않으며 푼돈에 몸을 판다. 세 가지 모두 들어맞는다. 덧붙여 가족들이 눈엣가시로 여긴다. 미치코는 소파에 양반다리를 하고 앉아 얼굴에 선풍기 바람을 맞으면서 만약 노가와 아이리가 피해자라면 그녀의 친구들은 뭐라고 증언할까 멍하니 상상했다. '못생겼다' 부분이 '삐이' 하는 소리로 덮여 결국 내보낼 게 없겠구나, 그런 생각을 하고 있던 때였다. 휴대폰이 울렸다.

발신자 이름은 '산에이 식품 우에무라'였다.

밤 10시가 넘은 시각이었다.

공장장이 일반적인 업무 종료 시각인 오후 5시를 넘겨 전화를 걸었던 적은 없다. 뭔가 그에게 중대한 일이 생겼다는 직감이 들었다.

전화를 받자 우에무라는 그저 와달라고만 했다. 흔한 인사말도 없이 또렷한 말투로 "내일 공장에 좀 와주십시오" 하고 말했다. 그게 다였다.

그를 만나는 건 네 번째지만 장소는 항상 역 앞 찻집이었다. 공장에서 만나자고 한 적은 처음이었다.

미치코는 수첩을 펼쳐 일정을 봤다.

"오후면 될까요? 4시쯤."

"네, 괜찮습니다. 공장으로 와주십시오."

그래서 지금 미치코는 가마타 역에서 택시를 타고 산에이 식품의 로쿠고키타 공장을 향해 가고 있다. 4시 정각에 도착할 것이다.

산에이 식품공업 로쿠고키타 공장은 가와사키시와 경계에 위치한 큰 주차장을 갖춘 공장이다. '산에이 식품'이라고 적힌 버스가 아침저녁으로 종업원을 태우고 드나든다. 200명에 이르는 파트타이머와 아르바이트 인원을 우에무라 같은 몇 명의 직원이 관리한다. 이 공장은 도시락 포장 전문이다. 컨베이어 벨트 위를 지나가는 용기에 밥과 반찬을 담아 도시락을 만든다.

공장은 강렬한 여름 햇살 속에서 번쩍번쩍 빛나고 있었다.

공장장은 그 주차장 구석에서 미치코를 기다리고 있었다.

키가 작고 피부가 하얀 뚱뚱한 남자로 머리숱이 빈약하다. 그 빈한한 머리카락이 땀에 젖어 머리에 찰싹 달라붙었고 하늘색 작업복의 겨드랑이는 물을 뿌린 것처럼 축축했다. 하지만 그가 이렇게 땀투성이가 된 것은 날씨 탓만은 아닌 것 같았다.

공장장은 다른 사람 눈을 피하듯 서둘러 미치코를 사무실로 데리고 들어가더니 문을 잠갔다.

두 사람은 사무실 가장자리에 있는 소파에 앉았다. 미치코의 맞은편에 앉은 공장장의 얼굴에서는 안쓰러울 정도로 땀이 흘러내리고 있었다. 땀 때문에 공장장의 검은 테 안경에 자꾸 김이 서렸다. 공장장은 본격적으로 이야기를 꺼내기도 전에 세 번이나 안경을 벗고 김을 닦았다.

"어젠 늦은 시간에 실례가 많았습니다. 사실은 어제 아침에 연락할 생각이었습니다."

그러더니 아크릴 파일에서 크래프트 봉투를 꺼냈다. 미치코는 그걸 손으로 집었다. 불룩 튀어나온 봉투 겉면에는 산에이 식품공장 우에무라 마코토 앞이라고 쓰여 있고 뒷면에는 아무것도 적혀 있지 않았다. 미치코는 봉투를 테이블 위에 되돌려 놓았다.

"그 협박범이군요."

우에무라 공장장은 대답하지 않고 봉투에서 종이를 한 장 꺼내더니 그것을 미치코에게 내밀었다.

백엔숍에서 파는 것 같은 싸구려 편지지에 초등학교 1학년이 쓴 듯한 삐뚤빼뚤한 글자가 세 줄에 걸쳐 적혀 있었다.

세 번째 희생자를 내기 싫거든

2000만 엔을 준비해라.

기한은 3일

'세 번째 희생자.'

"그저께 온 편지입니다. 그러니까 내일이 그 기한입니다."

"받은 게 19일이고 여기서 말하는 3일이란 내일인 22일을 가리킨다는 말이군요."

우에무라 공장장은 경황이 없는지 그 말에 대답하지 않았다. 자기가 해야 할 말을 끝까지 마치는 데에 온 신경을 쏟고 있는 것 같았다. 우에무라 공장장은 편지지가 들어 있던 크래프트 봉투를 테이블 위로 내밀었다.

"장갑을 끼시는 게 나을지도 모릅니다. 전 공장에서 일하던 중이라 장갑을 끼고 있었거든요."

그러더니 우에무라 공장장이 미치코를 위해 비닐장갑을 가져왔다. 미치코는 그 장갑을 손에 끼고 신중하게 크래프트 봉투 안에 손을 넣었다.

안에서 가로세로 10센티미터 크기의 지퍼백이 나왔다. 그 안에는 가느다란 실 다발이 들어 있었다. 빛에 비추어 보니 미용실 바닥에 떨어져 있을 법한 물건, 갈색 머리카락으로 보였다. 미치코는 그것을 테이블 위에 놓고 한 번 더 봉투에 손을 넣었다. 이번에는 사진이 나왔다.

화질이 조악한 사진이었다. 실내로 보이는 장소에 다소 통통해 보이는 근육형 몸집의 여자가 앉아 있다. 어깨 정도 길이의 머리카락을 귀신 분장한 것처럼 전부 앞으로 늘어뜨려 얼굴이 전혀 보이지 않는다. 양 무릎을 가지런히 세우고 앉아 자기 무릎을 똑바로 내려다보고 있다.

여자는 알몸이었다. 무릎과 머리카락에 가려 유방은 보이지 않지만 무릎을 세운 자세로 앉은 발목 사이가 거뭇거뭇하게 보여 알몸이라는 사실을 알 수 있었다. 머리카락 일부는 싹둑 잘려 있었다.

그로테스크한 모습이었다.

미치코는 예전에 공장장한테 받았던 사진을 꺼냈다.

두 장 모두 얼굴이 가려져 있지만 연령이나 체형은 매우 비슷해 보였다.

"장난치고는 도가 지나치다고 생각해서 본사에 연락했어요. 그랬더니 총무부장님한테서 다시 전화가 왔는데…… 총무부장님은 산에이 창업 당시부터 계신 분인데 거래처한테는 아주 저자세지만 회사 안에서는 호랑이 같은 분이에요. 그 총무부장님이 저한테 직접 전화해서 그냥 내버려 두라고 하셨어요. 경찰한테 연락 안 해도 되냐고 물었더니 '못 들었냐, 내가 내버려 두라고 하잖아!' 하셨어요. 그러고는 전화가 끊겼어요."

"그래서 경찰한테 연락을 안 하셨군요."

공장장은 끄덕였다.

세 번째 희생자를 내기 싫거든

2000만 엔을 준비해라.

기한은 3일

오른쪽으로 갈수록 위쪽으로 치고 올라가는 삐뚤삐뚤한 글자는 올바른 판단력도 배려심도 갖추지 못한 글쓴이의 유아성을 고스란히 드러내는 것 같았다.

우에무라 공장장은 죽은 사람 같은 눈을 하고 앉아 있었다.

미치코는 경시청 수사1과에 있는 지인인 아키즈키를 불러냈다.

'음료 및 정식'이라고 걸어놓은 낡은 가게의 구석진 테이블에서 지금까지의 사건 과정을 이야기하고 우에무라 공장장에게 받은 자료들을 탁상 위에 펼쳐놓았다. 아키즈키는 산에이 식품이 신고를 주저한 이유는 조사가 시작되면 다른 성가신 일들이 들통날까 봐 두렵기 때문이라고 했다. 미치코도 그런 것 같다고 대답했다. 산에이 식품에는 경찰이 연관되면 난처해질 일들이 꽤 있는 게 분명하다. 총무부장은 로쿠고키타 공장의 사정도, 공장장이 잘릴까 봐 두려워한다는 사실도 잘 알고 있다. 그걸 알면서 공장장을 방파제처럼 써먹고 있다.

아키즈키 가오루는 수사1과 경위다. 그가 신주쿠 서에 있을 때 서로 정보를 주거니 받거니 했다.

"이 노가와 아이리라는 여자가 지금 어디 있는지를 모르겠어요. 그것만 알면 일사천리일 텐데."

"어쨌든."

아키즈키는 사진을 집었다.

"이렇게 증거를 뿌려대는 걸 보면 즉흥적으로 벌이는 일일 거야."

머리카락이 싹둑 잘려 나간 알몸의 여자가, 몸 둘 곳이 없다는 듯 힘없이 무릎을 모으고 앉아 있다.

"기분 좋은 사진은 아니네."

가게 벽 위쪽에 브라운관 텔레비전이 있었다. 별매품인 튜너를 설치해서 그런지 화면 좌우가 잘렸다. 그 브라운관 텔레비전이 뉴스 화면으로 바뀌었다.

9시 뉴스는 아나운서가 데스크를 앞에 두고 바른 자세로 앉은 전통적인 화면으로 구성되어 있었다.

첫 뉴스는 가와사키에서 열아홉 명이 살해당한 사건의 후속 보도로, 빼곡히 문신을 새긴 범인의 상반신이 화면을 채웠다. 이 사건은 아직 피해자 이름을 밝힐 수 없는 상태이며 가해자 정보만으로 보도를 하기에는 한계가 있어서 각 방송사는 이러지도 저러지도 못하고 있다. 그 후 나카노 연쇄살인사건의 첫 번째 희생자의 신원이 밝혀졌다는 아나운서의 멘트가 나왔다.

가게 주인이 리모컨을 집어 들고 볼륨을 올렸다.

"경찰 발표에 따르면 15일 밤, 나카노구 가시와기 뒷골목에서 권총으로 추정되는 흉기로 살해당한 여성의 신원은 인근에 거주하며 음식업에 종사하던 27세의 모리무라 유나 씨라고 합니다. 이튿날인 16일에 마찬가지로 나카노에서 살해당한 자마 세이라 사건과 범행 수법이 유사해 경찰은 관련성을 조사하고 있습니다."

화면에는 모리무라 유나의 집이 등장했다. 카메라가 골목길에 면한 건물을 비추는데, 자른 두부의 단면 같은 밋밋한 외벽은 콘크리트인지 회반죽인지 분간이 되지 않는다. 화면이 다음 뉴스로 바뀌자 아키즈키는 텔레비전에서 시선을 뗐다.

"그것보다 가마타 서에서 보관 중인 시체가 하나 있어. 피해자 신원은 알아냈지만 범인이 오리무중이야. 싸구려 점퍼를 입은 빼빼 마른 남자야. 금실 자수 점퍼를 입은 걸 보면 허세깨나 부리던 양아치겠지. 그런데 현장이 산에이 공장 바로 근처야."

산에이 클레임 사건이 공갈에 해당하느냐고 묻자, 아키즈키는 뭐라고 단정 지을 수 없다고 대답했다.

"업무방해 정도로 피해 신고를 접수할 순 있겠지만 폭력 행위가 있었던 것도 아니고. 공갈이나 공갈미수죄에도 해당 안 돼. 왜냐면 지난 3년 동안 범인 쪽에서 직접적으로 돈을 내놓으라고 한 적은 없다며.”

　바로 그거다. 범인은 언제나 “성의를 보여라”라고만 했다. 그 말에 공장장이 반응했을 뿐이다. 아키즈키는 계속했다.

　“7월 2일에 요구한 2백만 엔도 딱 잘라 거절하니까 그 뒤론 아무 말 안 하잖아. 게다가 산에이 측은 아무런 피해도 입지 않았어. 산에이가 위법하게 돈을 뜯겼다고 말하면 공갈이 성립되겠지만 산에이는 공갈 사실을 인정하지 않았어. 남은 건 돈을 준 공장장과 돈을 받은 범인 사이에 어떤 관계가 있느냐인데, 거기엔 공갈의 가능성이 발생하겠지. 그렇지만 그게 다야. 그리고 이번 2천만 엔 건도 2백만 엔 건과 똑같아. 산에이가 퇴짜를 놓으면 그걸로 종료야.”

　“나름 치밀한 협박이었던 셈이군요.”

　아키즈키는 고개를 끄덕였다.

　“그렇지. 그러니 어디까지나 그 우에무라라는 공장장 개인의 문제가 되는 거지. 실제로 공장에 부적절한 인간관계가 있다면 편지에 적힌 내용은 사실이란 뜻이고 공장장은 그 사실이 위에 알려지는 게 싫어서 돈을 줬다. 그렇게 생각하면 공장장은 그저 입막음하려고 돈을 쥐여주고 있던 게 되는 거야. 어쨌든 이 머리카락은 내가 챙겨 갈게.”

　아키즈키가 말했다.

　“일단 감식반에 부탁해 볼게.”

아키즈키는 머리카락이 든 봉투를 셔츠 주머니에 대충 쑤셔 넣었다. 그러고 나서 이제 어떻게 할 거냐고 미치코에게 물었다.

"이제 집에 가는 거 말곤 할 일이 없는데 같이 한잔할래?"

평소 아키즈키는 이렇게 노골적으로 술을 권하는 남자가 아니다. 낯설게 느껴졌지만 미치코는 제안에 응했다.

두 사람은 신바시 고가도로 아래를 터덜터덜 걸었다. 줄지어 매달린 칙칙한 등롱이 길 폭에 비해 큰 탓에 지나다니는 사람의 어깨에 부딪혀 이따금 흔들린다. 올려다보면 지붕과 지붕 사이 저 먼 곳에 하늘이 있다. 전철 소리, 진동, 그리고 잔물결처럼 이어지는 사람 목소리. 남자도 여자도 "참 덥네" 하고 입을 모아 말하면서 기분 좋게 걷고 있다.

"나카노 사건, 그거 연쇄살인이겠지?"

"권총이라잖아. 세상 참 살벌해."

날씨 이야기라도 하는 것 같은 목소리가 들려서 쳐다보니 커다란 가방에 어깨가 짓눌린 와이셔츠 차림의 남자 두 명이 바삐 걸어가고 있었다.

"늦을 것 같아?"

"괜찮아, 아직 안 늦었어."

누군가와 합류할 모양이다. 이 세상에서 어떤 끔찍한 사건이 일어나더라도 그 일이 자기를 위협하지는 않는다고 여길 수 있는 건 안정된 사회가 그 사회 구성원에게 주는 특권이라는 생각을 이따금 한다.

아키즈키는 낡은 가게의 포렴을 걷고 들어갔다. 소박한 복고풍 분위기도 아니고 그렇다고 아기자기하게 꾸민 것도 아닌, 지극히 중년 남자 취향의 주점이다.

이런 남자들은 주위가 목소리로 둘러싸인 가게를 고른다. 거리낌 없는 웃음소리, 이따금 획 하고 날아드는 외침, 목소리와 목소리가 서로를 짓뭉개는 곳에서 안식을 발견한다. 아마 자기 목소리를 듣고 싶지 않기 때문이리라. 아키즈키는 부랴부랴 벽에 붙은 메뉴를 살펴보더니 열빙어와 두부튀김, 문어튀김, 큰실말 따위를 닥치는 대로 주문했다.

"그리고 생맥."

아키즈키는 원래 담배를 피우지 않는다. 그래서 예전에는, 특히 취조할 때 박력 있게 보이지 않아 체면이 안 선다고 투덜댄 적이 있다. 형사실에서 연기가 깨끗이 사라져서 사무실이 쾌적해졌겠거니 싶었는데 "신기한 게, 방이 청결해지니까 형사들 기질이 달라졌어"라고 오늘따라 투덜댔다.

"옛날보다 뭐랄까, 인텔리들이 돼버렸어. 옛날엔 거짓말일지언정 정의를 지킨다는 구호 아래서 한솥밥을 먹는다는 느낌이 있었거든. 지금 수사1과에 배속되는 형사 중엔 현장에 안 가는 사람도 있어. 무슨 말인지 알겠어? 정보를 수집하고 합리적으로 사고한다는 거야. 그래서 내 생각엔 말이지, 1과 일은 조만간 인공지능이 대신할 거야. 사오토메 경감은 이번 나카노 사건에서 두 피살자와 관련된 방대한 성 매수자 데이터와 씨름 중이야. 그 안에 범인이 없다는 사실을 알면서도 말이야. 거기에 없단 걸 확인하지 않으면 그 노선을 버릴 합리적인 이유가 없거든."

사오토메 경감은 이번 연쇄살인사건의 수사본부장이다. 좀처럼 언성을 높이는 일이 없는 조용하고 머리가 비상한 남자라고 들었다. 설불리 넘겨짚지 않고 신중하게 사건에 접근한다는 평도 있다. 아키즈키의 말만 들어보면 사오토메를 수장으로 하는 수사본부는 성 구매자 리스트에는 없는 범인을 찾아내기 위해 수사 방향을 전환하려는 듯했다.

"그런데 그 방대한 데이터 속에서 진실에 다가갈 정보를 골라내는 건 지푸라기 더미에서 바늘 찾기랑 똑같아. 지금 수사본부에는 범인을 봤다는 전화가 세 통, 내가 범인이라고 주장하는 전화도 몇 통 접수돼 있어. 방대한 데이터를 샅샅이 조사하는 것도 모자라서 그런 한가한 인간들의 헛소리까지 일일이 확인해야 해. 1과는 지금 정보의 바다에 가라앉기 일보 직전이야."

그러더니 고개를 떨구고 축 늘어졌다. 마치 자기가 담당한 사건이 얼마나 어려운 사건인지를 몸으로 표현하는 것 같았다. 아키즈키는 현재 사무실 대기 상태라 맡고 있는 담당 사건이 없다. 도쿄도 어딘가에서 살인이 일어나면 그것이 아키즈키와 그 동료의 담당 사건이 된다.

그나저나 아키즈키의 모습을 보니 데이터 분석으로 유력한 정보를 찾아낼 전망이 보이지 않아 곤란을 겪고 있는 수사본부의 어려움이 느껴졌다.

"15일 밤에 거리에서 한 명을 죽이고 다음 날 욕조에서 한 명을 더 죽였어요. 그런데 그로부터 닷새 동안 사건은 일어나지 않았어요. 즉석만남 게시판에서 활동하는 여자를 노린 무차별 살인이라면 지금도 계속되어야 하는 거 아닐까요?"

"총알이 두 발뿐이었는지도 모르지."

아키즈키의 재미없는 농담은 흘려들었다.

"그런데 범인이 즉석만남 게시판 이용자가 아니라면, 두 사람이 매춘부라는 걸 어떻게 알았을까요?"

두 사람은 인터넷 게시판에서 구매자를 찾았다. 그 말인즉 게시판으로 연락을 주고받지 않는 한, 두 사람이 성매매를 하는 여자라는 걸 알 도리가 없다.

"확실히 두 명을 연달아 살해한 인간이 그 길로 죽은 듯 얌전해졌다는 게 좀 이상하지. 마음만 먹으면 목표물이 우글대는데."

아키즈키가 점원에게 메뉴를 주문한 뒤 중얼거리듯 말했다.

"그나저나 매춘부는 V자 회복에 성공한 셈이네."

금전적 대가를 받고 불특정 남성과 성교를 하는 여자를 '매춘부'라고 한다.

오래전, 여자가 몸을 파는 것은 슬픈 일이었고 가족들에게는 받아들이기 힘든 일이었다. 그보다 더 먼 옛날에는 몸을 파는 딸은 효녀였다. 기근이나 가족의 질병 때문에 집이 어려워지면 자기 몸을 팔아 돈을 벌어 오던 딸들. 그 시절, 딸을 사 간 여관은 부모를 대신해 생활을 관리하고 창부들은 나름대로 사회생활을 영위했다. 매춘부라 하면 불행한 신세라는 소리를 들으며 동정을 받긴 했어도 오히려 사회적 편견은 적었고 돈을 갚은 후에는 고향으로 돌아가 결혼하는 여자도 있었다.

성매매가 불법이 된 후, 매춘부라는 어휘는 서서히 과거의 것이 되어갔다. 그랬던 것이 다시 원조교제라는 이름으로 세간에 모습을 드러냈고, 지금은 돈을 받고 성행위를 하는 존재를 딱히 터부시하는 분위기도 아니다.

아키즈키가 말한 'V자 회복'이다.

요즘은 노숙자들도 휴대폰을 사용하고 청결에도 신경을 쓴다. 그들은 자신을 노숙자라고 생각하지 않는다. 마찬가지로 성매매 여성들은 자신들이 '성을 파는 것 말고는 능력이 없는 여자'라고 인식되는 것을 싫어한다.

성매매를 하는 여자들을 취재한 적이 몇 번 있다. 그녀들은 이 일을 하게 된 이유를 "편해서"라고 말했다. "단기간 연애"라고 말하는 여자도 있었다. 하지만 실상은 그런 겉멋 든 이유 때문이 아니다.

그녀들은 예외 없이 빚을 가지고 있었다. 그 빚은 과거처럼 '동생 학비'나 '아픈 부모의 치료비' 때문에 진 것이 아니다. 자기가 만든 빚이다. 물론 사치스러운 옷, 비싼 가방, 고급 음식 때문인 경우도 있다. 하지만 성매매를 하는 여자들 대부분은 깨닫지 못했겠지만, 성매매로 얻은 돈이 바닥나면 당장 먹고사는 문제를 해결하지 못한다. 성매매 행위는 그녀들이 제아무리 허울 좋은 말로 꾸며대더라도, 선택한 것이 아니라 빠져드는 것이다. 그것만이 아무 기술이 없어도 돈을 벌 수 있는 유일한 방법이기 때문이다.

그녀들 대부분은 학교를 제대로 다니지 않아 제대로 된 교우관계를 만들지 못했다. 가정도 무너졌다. 졸업장이 없으니 마땅한 아르바이트 자리도 없다. 그래도 살아가려면 돈이 필요하다. 휴대폰 요금을 내고 편의점에서 먹을 것을 사려면 돈이 든다.

"오래 기다리셨습니다."

가게 점원이 닭연골과 열빙어, 데운 술을 가지고 왔을 때 미치코는 멍하니 노가와 아이리를 떠올리고 있었다.

"학교에서도 가정에서도 관심 받지 못하는 여자아이들은

어린 나이에 남성과 관계를 맺을 가능성이 높다는 통계가 있어요. 남성에 대한 흥미도 있겠지만 누군가와 일대일 관계를 맺고 싶다, 누군가 나를 그저 그런 사람 중 한 명이 아니라 특별한 존재로 대해주면 좋겠다는 욕구 때문이죠. 성행위를 하는 순간만큼은 상대방에게 특별한 존재가 되니까요. 그래서 쉽게 불특정 다수의 남자와 관계를 가지게 되고 그러다 학습하게 되죠, 보통은 놀면 돈이 줄어들지만 성매매는 노는 것 같은데 돈을 벌 수 있다는 걸."

그래도 십수 년 전만 하더라도 성매매를 실행하려면 상당한 용기가 필요했다. 그녀들이 한 발 걸쳐놓은 상태에서 그 문턱을 넘게 된 배경은 성장 환경, 대부분은 부모에게 물려받은 문화에 기인한다.

아키즈키는 직접 술을 따라 마시고 닭연골을 씹으면서 끄덕였다.

"거기서 아이가 출현하는 건 벌칙이나 마찬가지지. 그래서 아이를 시설에 맡기면 그걸로 끝이야. 보러 가는 법이 없어. 자마 세이라의 모친은 죽은 딸을 두고 재앙을 몰고 오는 잡귀라고 말했다더군."

미치코는 하이볼을 홀짝이며 생각했다.

가난과 빈곤은 다르다. 가난은 돈이 없는 것뿐이다. 하지만 빈곤이란 인프라가 없는 땅과 같다.

말도 조리 있게 하지 못하는, 계산도 제대로 할 줄 모르는, 다른 사람에게 자신의 의사를 존중받아본 경험이 없는 사람은 상상력이 성장하지 않아 당장 눈앞에 보이는 현상밖에 보지 못한다. 서로를 존중하는 행위는 상상력을 가진 사람 사이에서만 가능하다. 상상력이 있는 사람은 이 세상에 나와 견해가 다른 사람들이 있다는 걸 자연스레 인식하니까. 타인을 존중하는 풍조가 없는 공동체 안에서 가치를 판단하는 기준은 '무시당하느냐, 무시하느냐' 둘 중 하나다. 아니면 '내게 이득이 되느냐, 그렇지 않으냐'. 그런 기준 안에서 아이는 아무 도움이 안 되는 성가신 존재다. 아이는 괴롭힘을 당하고 어른 기분에 따라 폭언을 듣고 때로는 폭력에 시달린다.

그런 가정에서 부모는 아이가 빨리 독립하길 바란다. 그 집에 아이가 몸 둘 곳은 없다. 사내아이는 패거리들과 무리를 이루고 계집아이는 몸을 팔아 돈을 번다.

자마 세이라의 모친도 그런 식으로 성장했으리라. 그래서 딸이 자신처럼 열세 살에 남자를 상대로 일하는 현실에 거부감은 없었다.

성행위가 남아도는 시간을 때우는 데에 유용하다는 점은 태곳적부터 변하지 않는 사실이다. 하지만 애정이 있는 섹스는 모른다. 애정을 기반으로 한 부모 자식 관계, 친구 관계조차 모르는 경우도 있다. 그녀들이 성매매를 그만두게 할 설득력 있는 언어가 존재할까? 그녀들은 사회로부터 인정받기를 바라지 않고 행복한 장래를 상상할 경험치도 쌓지 못한다.

아키즈키는 따뜻하게 데운 자그마한 술병을 거꾸로 뒤집고 흔들어 마지막 한 방울까지 술잔에 떨어뜨리더니 주방 안쪽에 대고 "같은 걸로 하나 더!" 하고 큰 소리로 외친다.

"살인이란 자신이 가진 뭔가와 얽혀 있지 않으면 성립하지 않아. 그 두 여자는 범인과 무엇으로 얽혀 있는 걸까?"

눈가가 발갛게 물든 아키즈키는 기분 좋게 취해 보였다.

"살인은 격정이야. 이를테면 그 노가와 아이리란 여자가 아무리 꼴 보기 싫고 멍청한 여자라도 말이야, 보통은 사라졌으면 좋겠다고 생각만 할 뿐 죽여야겠다는 결심은 안 하잖아. 인간 취급을 안 하는 데 그치겠지. 기껏해야 저 구석 자리로 쫓아내기만 한다고."

아키즈키는 미치코를 바라보며 목소리를 낮췄다.

"애초에 매춘부를 죽이고 싶다는 욕망은 성매매가 합법이었을 때 이야기야. 남자의 낭만을 짓밟는 여자가 싫다는 거지. 살해당한 두 여자는 첫 번째는 빵으로, 그다음은 전철비로, 나머지 몇 번은 집세로 바꾸는, 소위 물물교환을 한다는 생각으로 성행위를 하는 여자들이잖아. 그런 여자들을 새삼스레 증오하거나 멸시할 필요가 있을까?"

그런 다음 아키즈키는 갑자기 "사실은……" 하고 살짝 몸을 내밀며 한층 더 목소리를 낮췄다.

"현장에서 발견된 탄환 두 개의 강선흔이 일치한다는 결과
가 나왔어. 두 건의 나카노 살인사건은 정식으로 연쇄살인이
돼버렸어. 내일 당장 1과를 특별수사본부로 승격시켜 수사관
을 증원할 거야."

그러고 나서 한 호흡을 쉬었다.

"내일부터 떠들썩해질 거야."

미치코는 그제야 비로소 아키즈키가 나카노 사건을 두고
비탄하는 이유를 알아차렸다.

"혹시 사오토메 경감이랑 같이 움직이는 게, 아키즈키 씨 팀
이에요?"

아키즈키는 힘없이 고개를 끄덕였다.

"전방 투입이야. 팀 단위가 아니라 날 포함해 주임까지 세
명. 그래서 오늘은 아무라도 붙잡고 술 마시고 싶었어."

그 말을 내뱉은 뒤 아키즈키는 무서운 기세로 먹고 마셨다.
미치코는 테이블 아래에서 휴대폰으로 재빠르게 메시지를 보
냈다.

'나카노 사건, 총알 강선흔 일치. 내일부터 증원해서 연쇄살
인사건으로 특별수사본부 설치.'

그러고 난 다음 하이볼을 쭉 들이키고, 아키즈키를 위한 출
정식 연회 자리의 흥을 돋우기로 했다.

다음 날 22일.

아키즈키가 말한 대로 두 건의 살인사건은 정식으로 연쇄 살인사건이 되었고 경시청은 아키즈키를 비롯해 수사1과 소속 형사 세 명을 투입해 일흔다섯 명 체제의 특별수사본부를 가동했다.

각 방송사들은 일제히 보도에 불이 붙었다. 마치 물에 닿으면 활짝 꽃이 피는 조화를 물속에 넣은 순간을 보는 것 같았다. 10시 뉴스를 놓친 사람을 위해 1시 뉴스는 10시 뉴스를 반복하고 1시 뉴스를 놓친 사람을 위해 3시 뉴스는 1시 뉴스를 반복한다. 밤에는 마치 지금 막 들어온 소식인 것처럼 아나운서가 똑같은 뉴스를 진지한 표정으로 능숙하게 되풀이했다.

자마 세이라는 고등학교 시절 집단 괴롭힘을 당하고 등교를 거부한 경험이 있다. 이번에 친구 집에서 사체로 발견되었는데, 평소 친구와의 교류를 소중하게 여긴 것도 고등학교 시절 겪은 일들이 근저에 있는 것으로 추정된다. 시설에 맡긴 어린 자녀가 있으며 밤에 접객업을 했던 것도 사랑하는 아이와 함께 살기 위한 노력으로 보인다. 뉴스는 스물두 살이라는 젊은 나이에 어린 자식을 남겨두고 이 세상을 떠나는 그 심정이 얼마나 원통했겠냐는 멘트로 보도를 마무리했다.

모리무라 유나는 두 자녀를 키우며 열심히 살던 여자라는 설정이다. 고향을 떠나기 싫어서 전근이 결정된 남편과 이혼

한 뒤 한동안 아이들을 모친에게 맡기고 시부야에서 접객업을 했다. 반년 전에 두 아이를 다시 데리고 와서 세 명이 함께 살기 시작한 지 얼마 되지 않았다. 이혼 전에는 아이들 손을 잡고 네 식구가 공원에서 노는 모습을 볼 수 있었고 이웃에게도 밝게 인사하는 화목한 부부였다고 전했다.

사건 당시, 모리무라 유나의 집에는 두 아이가 기다리고 있었다. 목욕을 마치고 아이들과 같이 먹을 아이스크림을 사러 편의점에 갔던 모리무라 유나는 집에 돌아오던 길에 변을 당했다. 그녀는 아이들 곁으로 돌아왔어야 할 엄마였다. 엿새 후, 집에 먹을 게 떨어지자 오빠가 슈퍼마켓에서 먹을 걸 훔쳤다. 훔친 것은 빵 여덟 봉지와 페트병 주스 세 병, 아이스크림 다섯 개, 과자 세 봉지. 운명의 장난인지 소년의 도둑질 덕분에 피해자의 신원이 드러났다. 그렇게 해설이 끝나자 패널들은 벼르고 있었다는 듯이 "너무 불쌍하네요. 얼마나 불안했을까요?", "그렇게 오래 굶고 있었다니!" 하고 앞다퉈 말했다. 남매가 경비원과 마트 직원의 시선도 아랑곳하지 않고 빵 봉지를 뜯어서 허겁지겁 먹었다는 대목에서는 카메라가 감정이 북받치는 듯한 여성 패널의 표정을 재빠르게 비추었다.

화면은 현장 중계로 넘어가 모리무라 유나의 집 앞에 몰려든 취재진들을 비췄다. 마치 곤충 사체에 몰려든 개미 떼 같았다. 현장 리포터는 아파트 앞을 지나는 길을 가리켰다.

"이 길을 따라 저 맞은편으로 똑바로 가면 나오는 막다른 길에서 왼쪽으로 꺾어 4백 미터 정도에 모리무라 유나 씨가 간식을 샀던 편의점이 있습니다. 천천히 걸어도 10분 정도 걸립니다."

리포터는 그렇게 말하면서 카메라를 쳐다보며 뒷걸음질 치듯이 화면을 이끌었다.

"그렇다면 정말 아주 잠깐 나갔다 올 모양이었나 보군요."

스튜디오에서 목소리가 도착하자, 리포터는 땀을 뻘뻘 흘리며 크게 고개를 끄덕이고 세계적인 참사라도 전하듯이 비통한 얼굴로 중계를 계속했다.

"그곳에서 과자 두 봉지와 아이스크림 세 개, 발포주 두 캔을 구매했습니다."

스튜디오에는 편의점, 모리무라 유나의 집, 살해 현장 세 곳을 쉽게 알아볼 수 있게 표시한 구글 지도가 준비되어 있었다. 패널들은 두 명의 피살자 여성이 우발적인 사건이 아니라 개인적인 원한으로 살해당한 것 같다는 분석을 덧붙였다.

"자마 세이라 씨가 살해당했을 때, 집주인은 열쇠로 문을 열고 안으로 들어갔습니다. 범인이 문을 잠그고 도주했다는 말인데, 집 안을 뒤진 흔적은 없었다고 합니다. 그렇다면 범인은 자마 세이라 씨와 함께 집으로 들어왔고 그녀가 열쇠를 보관한 장소를 알고 있었다고 여겨집니다. 그렇다는 건 매우 가까운 사이가 아니었을지…….”

미치코는 원고를 쓰던 손을 멈추고 패널의 굳은 얼굴을 싸늘한 마음으로 바라보았다.

같은 시각, 뉴스를 집어삼킬 듯이 응시하는 남자가 있었다.

그 남자는 불을 끈 대기실에 홀로 서 있었다. 벽에 걸린 대형 텔레비전은 평소에는 환자를 위해 세계 각지의 옛 유적지 영상을 내보낸다. 지금은 뉴스 영상이 나오고 있다.

“그렇다면 범인은 자마 세이라 씨와 함께 집으로 들어왔고 그녀가 열쇠를 보관한 장소를 알고 있었다고 여겨집니다. 그렇다는 건 매우 가까운 사이가 아니었을지…….”

초빙된 전문가 패널은 전후 사정이 짐작이 된다는 듯한 얼굴로 그렇게 말했다. 화면에는 살해 현장과 피살자의 집, 편의점 위치가 표시된 지도가 나오고 있다.

남자는 서 있다기보다 그 자리에 못 박혀 있는 것 같다. 남자가 입고 있는 하얀 가운에 텔레비전이 뿜어내는 화려한 색이 반사된다. 빨강, 파랑, 하양 그리고 검정…… 하얀 가운에 비치는 여러 색의 그림자가 길어졌다 쪼그라들었다 하면서 어지럽게 변한다.

남자는 리모컨을 움켜쥔 채, 벌써 20분이나 그렇게 꼼짝도 하지 않고 서 있었다.

비탄에 잠긴 패널의 가슴팍에 달린 큼지막한 진주가 화면에 잡히자 그 하얀 빛을 받은 남자의 얼굴이 어둠 속에서 환하게 떠올랐다.

남자는 얼굴이 험상궂게 일그러진 채로 미동조차 하지 않았다. 마치 나무에 조각한 가면 같았다.

밖에서는 차가 지나가는 소리가 나고 자전거 벨 소리가 상쾌하게 울렸다.

22일은 산에이에 몸값 2천만 엔을 요구한 범인이 '기한'의 마지막 날로 지정한 날이기도 하다.

하지만 별다른 일은 일어나지 않았다.

아침 10시, 산에이 본사 전화기가 울렸다. 전화를 받은 총무부장은 단칼에 그런 돈은 한 푼도 줄 수 없다고 말한 뒤 전화기가 부서져라 끊어버렸다.

"너 바보지?"

그저 그 한마디뿐이었다.

4

스에오는 어두운 방 안에서 뉴스가 흘러나오는 커다란 텔레비전을 매섭게 쏘아봤다.

편의점과 모리무라 유나의 집과 살해 현장 세 곳이 표시된 지도 옆에 나란히 앉은 남녀 패널들이 경쟁하듯 비통한 표정을 짓는다. 고해상 텔레비전은 그들의 볼에 감도는 혈색과 세련된 옷을 극명하게 보여주었다. 침통한 표정을 짓고 있는 예쁜 여자 패널의 가슴팍에서는 커다란 진주가 빛나고 있었다.

'너 바보지?'

산에이의 남자는 그렇게 말했다.

'매춘부 따위가 어떻게 되든 세상 사람들이 신경이나 쓸 것 같아?'

스에오 귀에는 그렇게 들렸다.

'넌 사회의 진짜 모습을 모르는 모양이군. 그런 여자 100명이 한꺼번에 죽어도 세상 사람들은 눈 하나 깜짝 안 해. 타이타닉호의 가장 싼 표를 구매한 사람들은 제일 밑바닥에 있는 방을 배정받았어. 그 방에서 갑판으로 올라가는 문은 쇠사슬로 막아놨다더군. 거짓말인지 참말인지는 모르겠지만 실제로 그러고도 남지. 배 밑바닥이 침수되든 불이 나든 귀한 손님들이 음악을 즐기는 순간을 방해하면 안 되거든. 계급이 다르니 어쩔 수 없어. 지금 너희 상황을 그렇게 생각하면 납득이 되지 않겠어?'

머릿속에서 남자가 그렇게 말하고 있다.

스에오는 움켜쥔 주먹을 바닥에 대고 분노와 슬픔이 고급스러운 러그 카펫을 통해 어딘가로 방전되기를 꼼짝 않고 기다렸다.

숨을 멈추고, 온몸에 힘을 주고.

그렇지만 우린 틀림없이 쓰레기 중의 쓰레기다. 쓰레기라는 편견으로 살길이 막막해지지는 않는다. 진짜 쓰레기이기 때문이다. 다른 사람의 돈을 훔치고 다른 사람의 정을 배신하기 때문이다.

어릴 때 상점가 꼬치구이 가게 주인은 우리 남매에게 항상 먹을 걸 줬다. 하지만 난 그 가게의 꼬치구이를 훔쳤다. 나쁜 짓을 하면 경찰서로 나를 데리러 오는 사람은 담임선생님이었다. 선생님은 날 대신해 열심히 사과했다. 강도질로 체포됐을 때도 제발 사정을 봐달라며 친부모처럼 애원했다. 그 선생님이 머리를 조아리고 또 조아려 힘들게 구해준 취직자리를 난겨우 반년 만에 무단으로 퇴직했다.

하세가와 쓰바사는 "어차피 전부 네가 한 짓이 될 거야"라고 말했다. 쓰바사는 허우대 멀쩡한 게이오대 학생이다. 밝고 겸손하고 돈 씀씀이가 좋고 다른 사람 말을 잘 들어준다. 교수들 사이에서 평판도 좋고 사회 활동에 적극적이며 남의 시선을 신경 쓰지 않는, 법 없이도 살 청년. 누구랄 것 없이 그를 훌륭한 청년이라고 칭송한다.

실제로 열심히 웨이트 트레이닝을 하고 매일 자기가 먹는 음식의 칼로리를 계산하고 칼로리가 초과되지 않도록 주의를 기울인다. 술을 마시고 놀더라도 무엇을 몇 잔 마셨는지 기억한다. 부모님은 모두 의사, 여동생도 의대에 다닌다. 쓰바사는 "외제차 정도는 충분히 살 능력이 있지만 그랬다가는 사랑받지 못하거든" 같은 소리를 태연하게 하면서 유행하는 하이브리드 자동차를 몰고 다닌다. 옷도 소지품도 일부러 돈 들인 티가 나지 않는 제품을 고른다. 실제로는 평범한 외모지만 워낙 좋은 이미지를 쌓은 데다가 매일 아침 공들여 머리 손질을 해서 그런지 나름대로 잘생겨 보인다.

쓰바사의 휴대폰은 날마다 쉬지 않고 울린다. SNS 알림음도 끊이질 않는다. 쓰바사는 어떤 전화도 밝고 친절하게 응대했다. 그 노골적인 태세 전환을 보고 있으면 가슴이 뻥 뚫릴 정도다. 그는 상담을 해주면서 상대를 위로하고 도움을 주겠다는 말을 아끼지 않았다. 어떨 때는 바른말로 충고하고 또 어떨 때는 갖은 말로 상대방의 처지를 헤아려줬다. 본심이 비쳐 보일 말, 악의적으로 해석될 말은 교묘하게 피하고 어떤 물의도 일으키지 않을 표현으로만 대화를 구성한다. 통화하는 목소리를 들으면 그가 밖에서 어떻게 행동하는지, 전화를 끊은 후에 달라지는 목소리나 태도를 보면 그가 밖에서 보이는 행동이 얼마나 인위적으로 꾸며낸 것인지를 잘 알 수 있다.

밖에서는 가면을 얼굴에 찰싹 붙이고 생활한다. 그가 진정으로 마음 편하게 있을 때는 그 가면을 벗어도 될 때였다. 이를테면 노가와 아이리나 산토 가이토와 있을 때. 자신의 본모습을 보여줘도 아무 상관이 없는 상대와 있을 때 그는 도박을 하고 윽박지르고 빌붙고 갈취하는 모습을 마음껏 드러냈다.

노가와 아이리와 쓰바사는 시부야 길거리에서 처음 만났다.

쓰바사는 대학교 친구들과 함께 한밤중 시부야 일대 길거리에서 원조교제 상대를 찾는 여학생에게 말을 걸어 고민거리를 들어주고 공부를 가르쳐주는 활동을 했다. 그 여학생들이 학교를 떠나 늦은 밤 거리를 헤매는 이유는 학습 능력이 떨어져 학교 수업을 따라가지 못하기 때문이라고 보고, 소녀들의 생활 거점을 밤거리가 아닌 학교로 되돌려 놓자는 시도라고 한다. 고등학교 중퇴자는 빈곤의 고리에 빠져들기 쉽다. 그러니 그녀들을 사회화하려면 먼저 고등학교를 졸업시켜야 한다는 주장이다. 쓰바사는 동료 학생들과 같이 활동하고 그 내용을 NPO(공익 목적으로 활동하는 비영리단체)연구회에서 발표해 평가를 받는다. 그래서 쓰바사는 당당하게 거리를 헤매는 여학생들에게 말을 걸 수 있었다.

쓰바사는 그렇게 알게 된 노가와 아이리를 NPO에서 관리하는 공부방에 넣지 않았다. 두 사람은 늦은 밤 번화가에서 몇 번 만났다. 아이리는 대학생이 말을 걸어준 것이 기분 좋았다. 거리 위를 배회하는 여학생을 관찰한다는 명목으로 아이리에게 접근한 쓰바사는 그녀를 함부로 대하지 않았다.

신기했던 점은 쓰바사가 아이리와 있는 상황을 전혀 괴로워하지 않았다는 것이다.

심지어 쓰바사는 산토 가이토와 노가와 아이리가 한자리에 있을 때도 전혀 불편해하지 않았다. 그는 두 사람을 자기 아파트에 들이고 긴 시간 동안 함께 지내면서 들켰다가는 일신의 파멸을 초래할 범죄, 적어도 쓰바사 같은 경력을 가진 사람을 확실하게 파멸시키고도 남을 만한 범죄를 함께 즐겼다.

스에오는 그 모습을 그저 멍하니 바라보았다.

스에오는 그들과 함께 있는 것이 고통스러웠다. 하지만 달리 갈 곳이 없었다.

스에오가 노가와 아이리를 알게 된 것은 그녀가 아직 고등학생이었을 때였다. 스에오는 아슬아슬하게 위법의 경계선을 오가는 생활을 했다. 범죄에 사용할 차를 운전해 주거나, 빚을 갚으라고 독촉하는 일을 하거나, 정체 모를 건강식품을 팔았다. 돈이 되는 일이라면 뭐든지 했다. 그 무렵 아이리는 즉석만남 게시판, 윤락업소, 길에서 만난 남자들에게 닥치는 대로 말을 걸어 성매매를 하는 열일곱 살 여학생이었다. 외모는 평균 이하였다. 눈꺼풀이 통통해서 작은 눈이 실처럼 보였고 코는 낮고 볼은 빵빵했다. 가슴은 A컵 정도인데 몸은 피둥피둥했다. 그런데도 교복 치마를 짧게 줄여서 다리를 전부 드러냈다. 포동포동한 허벅지가 하얗게 빛났다.

노가와 아이리는 어디서도 환영받지 못하는 존재였다. 그렇지만 주눅 드는 법이 없었다. 남의 구역에서 멋대로 손님 받지 말라며 건달들한테 쫓겨나기도 하고 때로는 폭행을 당해 얼굴이 통통 붓기도 했지만 풀 죽거나 겁을 먹기는커녕 뻔뻔한 얼굴로 손님을 찾아다녔다.

한번은 질 나쁜 놈들한테 "못난이 돼지, 한 번에 500엔이면 되나?" 하고 조롱당하는 아이리를 보고 그 남자들을 쫓아준 적이 있다. 아이리는 자기가 비웃음거리가 됐던 것도 알아차리지 못하고 왜 자기 손님을 쫓아내느냐며 원망스럽다는 듯이 스에오를 노려봤다. 스에오는 별수 없이 그녀 손에 2천 엔을 쥐여줬다.

"이걸로 밥 사 먹어."

아이리는 눈치 없는 개처럼 의심이 가득 담긴 눈빛을 보냈다. 어쩌면 아이리는 500엔이어도 괜찮았을지도 모른다는 생각이 들자 스에오는 기분이 암담해졌다.

그 이후로 몇 번 더 마주치면서 두 사람은 서로 얼굴을 익혔고 아이리는 스에오에게 주스를 사달라, 크레이프를 사달라는 둥 뭐든 챙기려 들었다. 하나같이 몇 푼 안 하는 것들만 사달라는 아이리를 보면서 '제 딴에는 나를 배려하는 건가?' 하는 막연한 느낌에 스에오는 그녀를 매몰차게 대할 수가 없었다.

이런 여자는 앞으로 어떻게 되는 걸까.

가족 이야기를 들은 적이 있다. 듣자마자 거짓말이란 걸 알았다. 집은 잘사는데 아빠가 재혼을 했고 새엄마가 구박해서 집에 있을 수가 없다고 한다. 그 정도라면 그래도 참아줄 수 있었겠지만 새엄마가 데리고 온 의붓오빠에게 강간을 당했다는 이야기는 거짓말이라도 들어줄 가치조차 없었다. 그런 이야기를 한 귀로 흘려듣다 보면 얼마 안 가 진짜 가족 이야기가 나온다. 지극히 흔하고 멍청한 꼴통의 이야기다. 원조교제에서 본격적인 성매매로 손을 뻗은 계기는 고등학교 때 어울리던 무리가 돈을 가져오라고 시켜서라고 한다. 그럴 거라고 생각했다. 그래서 수많은 거짓말을 잠자코 들어줬다. 아이리는 그때 아직 가출 소녀가 아니었다.

"난, 섹스가 좋아."

아이리는 그렇게 말했다.

"집으로 돌아가. 학교에 다니고 졸업을 해. 그런 다음 제대로 된 곳에 취직해. 운이 좋으면 특이한 걸 좋아하는 놈이 너랑 결혼해 줄 수도 있어. 엄마한테 사과하고 집에서 살게 해달라고 부탁해."

그런 설교 따위는 소귀에 경 읽기란 걸 이미 잘 알았다. 그렇지만 세상에는 몇 번이고 셀 수 없이 머리를 조아려 구제불능인 학생에게 직장을 찾아주는 교사도 있다. 스에오는 고등학생 때 담임이 생각나서 가슴이 미어지듯 괴로웠다. 설교 같은 건 하는 게 아니다.

"엄마는 날 싫어해. 그리고 착실하게 일하는 것보다 이게 훨씬 이득이란 말이야."

아이리가 하는 이야기에는 맥락이 없다.

이런 여자는 먼 훗날 어떻게 되는 걸까.

아이리는 가끔 스에오에게 "날 사줘" 하고 말했다. 그러면 스에오는 아이리 손에 2천 엔을 쥐여줬다. 아이리와 성관계를 한 적은 없다. 성매매를 하는 여자와는 하지 않는다. 스에오는 그렇게 결심했다. 엄마가 그 일로 생계를 꾸렸기 때문에 그런 여자가 어떤 여자인지 그 삶의 이면의 이면까지 훤히 알았기 때문이다.

엄마는 아이리처럼 섹스를 좋아한다고 말하는 사람은 아니었다. 호리호리 몸매에 어딘가 가냘픈 분위기를 풍겼다. 술을 마시고 쾌활하게 떠들면서 밤을 새우는 걸 좋아했고 남자들에게 인기가 많았다. 그러나 아이가 생긴 후 손님 돈으로 술을 마시고 저녁때까지 잠을 자는 생활이 불가능해졌다. 그렇게 스낵바 일보다 남자와 자고 돈을 받는 일이 주 수입원이 되어갔다. 그래도 윤락업소에서 일을 하거나 거리를 서성이며 손님을 끈 적은 없다. 물론 프로 의식이 없는 성격이라 트러블도 많았다. 같이 잠을 잔 남자가 손님인지 친구인지 연인인지 확실한 경계도 없었다. 마음이 맞는 시간이 오래 이어지고 상대방도 동의하면 내연 관계가 되었다.

엄마는 두 아이를 낳았지만 아이 아빠가 같은 남자인지 다른 남자인지, 어디 사는 누구인지도 모를 것이다. 그러니 아빠가 된 남자는 본인한테 스에오라는 아들이 있다는 사실을 평생 모를 것이다. 그래도 스에오와 여동생은 지역의 보살핌을 받았기 때문에 살아남을 수 있었다.

아이리 같은 여자의 삶은 언제 어떻게 될지 알 수 없다. 다툼에 휘말려 살해당할 수도 있고 병으로 죽을 수도 있다. 물론 가장 가능성이 높은 건 노숙자처럼 살면서 불특정 남자들에게 몸 파는 일을 계속하는 삶이다.

그런 그녀를 염려해 주는 사람이 아무도 없다.

그런데 그런 아이리가 갈 곳 없는 스에오를 '친구 아파트'로 데리고 와줬다.

5월 말이었다. 스에오는 초췌한 몰골로 인파가 가득한 거리의 경계석에 망연자실 앉아 있었다. 그때 아이리와 마주쳤다. 거의 2년 만이었다. 아이리는 2년 전 모습 그대로였다. 어수룩한 티는 조금 벗은 듯했지만 아직도 교복을 입고 있었기에 여전히 그 일을 하고 있구나 생각했다.

살이 좀 빠졌는지 아주 약간 눈매와 콧대가 살아났고 다리도 옛날만큼 통통하지는 않았다. 무엇보다 옛날처럼 물정 모르는 얼굴이 아니었다.

"2천 엔도 괜찮아" 하면서 손님한테 들러붙던 시절보다는 조금 강단 있는 얼굴이었다.

사실 아이리는 스에오의 이름도 잘 모른다.

아이리가 스에오를 알아봤는지 잠시 쳐다보더니 시치미를 뚝 떼고 지나갔다. 몇 시간 뒤, 정오가 지난 무렵에 다시 앞을 지나가다 발걸음을 멈췄다.

"오랜만이네. 여기서 뭐 해?"

"그냥 있어. 갈 데가 없어서."

"왜 없는데?"

여동생이 남자랑 눈이 맞아 도망갔고 나한테 빚을 떠넘겨서 오갈 데 없는 신세가 됐다는 구질구질한 이야기는 하고 싶지 않았다.

"뭘 따져. 없으니까 없는 거지."

스에오는 자리에서 일어섰지만 정말 갈 곳이 없었다. 고독하고 불안한 마음으로 터덜터덜 걸음을 옮기는데 무슨 영문에선지 아이리가 따라왔다.

잠시 뒤 아이리가 말했다.

"나랑 같이 갈래? 이 근처 아파트야."

그러고 나서 또 잠시 걸었다. 스에오가 의구심이 가득한 목소리로 물었다.

"네가 이런 부촌에 산다고?"

아이리는 고등학생 때와 똑같이 요란스럽게 웃더니 "그런 게 아니고" 하며 유난히 친근한 투로 말했다.

"친구 집이야."

아아, 2년 전 그대로다. 이런 여자랑 얽히고 싶지 않았다. 하지만 그때 스에오는 잘 곳도 돈도 없었다.

돌층계가 있는 가파른 비탈길을 오르니 숨이 조금 가빴다.

지금까지 천만 엔이 넘는 빚을 진 적은 없었다.

며칠 전 일이다. 사채업자라는 남자가 전화를 걸어 그를 불러냈다. 남자가 내민 대충 끄적인 대출계약서에는 1천2백만 엔이라는 금액이 적혀 있었다.

"네 여동생이 얼마 전에 우리를 찾아왔어. 5백만 엔을 빌려 달라고. 뭐, 마음만 먹으면 5백만 엔 정도는 벌 수 있는 얼굴이라서 빌려줬지. 너랑 네 동생, 이타바시의 니코론에 5백만 엔 빚이 있었지? 네 동생이 그걸 갚았어. 우리한테 빌린 돈으로."

"근데 왜 1천2백만이……."

"시온에서 일하는 다케라는 호스트 알아? 그 자식도 빚이 7백만 엔 있었는데 우리한테 돈을 빌려서 갚았거든. 너랑 네 여동생 빚 그리고 다케 빚까지 세 건을 모조리 우리 쪽에서 다 갚아줬지. 그리고 상환은 여기, 네가 하는 걸로 돼 있네."

스에오는 머릿속이 새하얘졌다.

동생과 연락이 되지 않았다. 다케와 동생이 일했던 가게들을 찾아가 봤지만 아무도 두 사람이 어디 있는지 알지 못했다. 두 사람은 스에오에게 모든 걸 떠넘기고 잠적한 것이다.

스에오는 반드시 갚을 테니 시간을 달라고 사정했고 사채업자는 "아이고, 어떻게 마련하시려고요?" 하고 밉살맞게 빈정댔다. 지금까지 그가 변통해 온 돈은 천만 엔에 가깝다. 덕분에 터무니없는 소문까지 났다. 사람 죽인 거 아니냐, 강도질하는 거 아니냐……. 위험한 일일수록 보수는 크다. 하지만 지나치게 위험한 일에 손을 대면 다시는 돌이킬 수 없다. 일을 맡으면 얼마나 나쁜 일인지 절대 묻지 않는다. 철저히 눈을 가린 경주마처럼 일한다. 이제껏 그런 식으로 어떤 일이든 맡아서 돈을 벌었다. 스에오가 폭력 조직의 일을 돕기는 해도, 고등학교를 졸업한 뒤로 남의 재산에 손을 댄 적은 없다.

아이리와 걸으면서도 스에오의 머릿속은 어떻게 해야 돈을 구할 수 있을까 하는 생각으로 가득했다.

살인을 한 적은 없지만 지금 여기서 시온의 다케와 마주친 다면 죽일 수도 있겠다고 생각했다.

비탈은 가파르고 올려다보면 하늘로 이어진다. 하늘색 물감을 칠한 것 같은 원근감 없는 하늘에는 붓으로 그린 듯한 하얀 구름이 둥실 떠 있었다. 보닛에 밝은 초여름 햇살을 받으며 자동차가 천천히 비탈을 오른다.

그 구름을 보고 있으면 어릴 때가 떠오른다. 골짜기의 밑바닥 같은 집에서 나와 가파른 계단을 오르다가 고개를 들면 그곳엔 언제나 이렇게 파란 하늘과 구름이 있었다. 늘 맑았던 것은 아닐 텐데 스에오가 떠올리는 풍경은 언제나 그 하늘이다. 함석지붕과 지붕 사이로 보이는 시원하게 트인 파란 하늘…… 바람 한 점 불지 않아 구름은 꼼짝도 하지 않고 햇살은 밝고 부드럽게 쏟아진다. 그 시절에는 눈앞에 있는 계단을 다 오르면 저 파란 하늘 아래 세상으로 갈 수 있을 거라고 생각했다. 저기 걸어가는 사람도, 싱그러운 초록잎이 반짝이는 나무도, 보닛을 반짝이며 달리는 자동차도, 지상에 존재하는 것들이 모두 초여름의 행복을 누리고 있지만 자신은 언제나 행복의 세계에서 제외되어 있었다. 이제는 그런 소외감에 완전히 익숙해졌다.

아이리와 앞서거니 뒤서거니 하며 돌층계가 깔린 비탈길을 걸어가고 있는데, 갑자기 아이리가 멈춰 서더니 "여기" 하고 눈앞에 있는 고층 아파트를 가리켰다.

그 아파트 거실에서 나른한 모습으로 텔레비전을 보고 있던 사람이 쓰바사였다.

나무랄 데 없는 배경과 신분을 가진 쓰바사가 자기 집을 노가와 아이리 같은 밑바닥 인생들과 어울리는 소굴로 쓰다니, 이해할 수 없었다. 그러나 그 이유는 곧 밝혀졌다.

쓰바사에게는 빚이 있었다.

쓰바사는 불법 카지노를 드나들다 생긴 빚이라고 대수롭지 않게 말했다. 대학교 2학년 때 친구를 따라 처음 발을 들였다가 도박에 푹 빠져버렸다고 한다. 돈을 따면 갚고 못 따면 빚이 불어나는 상황을 반복하다 4학년이 되어서야 카지노에 발길을 끊었다. 쓰바사는 불법 도박에 푹 빠져 살면서도 대학 연구회에서는 학생들의 '빈곤 퇴치 NPO' 과제에 힘을 쏟고 재해가 일어난 지역으로 자원봉사를 하러 가는 생활을 했다. 그리고 '빈곤 퇴치 NPO'에 가면 자기가 남을 어떻게 도왔는지

자랑스럽게 이야기했다. 자원봉사를 한 이야기는 다른 사람들에게 좋은 인상을 주기에 더없이 효과적이다. 그렇게 신뢰를 얻는다. 그러면서 한편으로는 학교도 부모도 포기한, 한밤의 거리를 배회하는 예쁘장한 소녀들을 점찍었다가 윤락업소에 연결해 준다. 쓰바사는 빚을 갚으라는 독촉을 그런 식으로 모면해 왔다고 히죽대면서 말했다.

거리에서 만난 소녀들과 차를 마시고 푸념을 들어주고 격려해 주고 윤락업소 같은 곳은 가면 안 된다고 타이른다. 그런 설교는 사실 아무런 도움도 안 된다는 사실을 쓰바사는 잘 안다. 먹고살기 위해 돈이 필요하다고 말하는 여학생에게 "네 사정이 너무 딱하니까 내가 믿을 만한 가게를 소개해 줄게. 여자를 소중히 대하는 가게야"라며, 사채업자들이 관리하는 업소에 소개한다. 거리를 떠도는 여자애들이 세상 물정을 얼마나 알겠는가. 그 아이들은 '여자를 소중히 대하는 업소'라는 말을 곧이곧대로 믿는다. 물론 그것은 쓰바사의 말쑥한 겉모습과 학벌 덕분에 가능한 일이다. 빈곤 퇴치를 위해 활동하는 게이오대 학생이 어려운 내 처지를 불쌍히 여겨 직접 가게를 소개해 주다니! 그녀들은 감격해 마지않는다. 그다음은 SNS를 통해 걱정된다는 투로 다정한 메시지를 몇 번 주고받으면 그걸로 끝이다.

"식은 죽 먹기야."

쓰바사는 자랑하듯 웃었다. 쓰바사는 불법 카지노의 먹잇감도 알선했다. 거리에서 만난 여학생들을 이용해 돈깨나 있는 대학생들을 불법 카지노로 끌어들이고 수수료를 받았다.

쓰바사의 건전한 대학 생활은 사실 이런 어두운 세계와 등을 맞대고 있었다. 그리고 심지어 그 위태로움을 즐기기까지 했다.

설사 도박이나 성매매 같은 세계에 발을 들인 걸 들켜도 '호기심'이라든가 '함정에 빠져서'라고 말하면 사람들은 다 이해하고 용서해 줄 거다, 이런 밑바닥 인간들이 하는 말을 믿겠냐, 세상은 내가 하는 말을 믿는다, 어떤 거짓말도 끝까지 밀고 나갈 수 있다. 그것이 쓰바사의 '철학'이었다.

스에오는 그 말을 듣고 좋은 대학에 다니는 대학생이 이렇게 유치한 생각을 할 수도 있구나 하고 감탄했다.

아마 이 남자는 자기가 생각하는 것과는 달리 그다지 인기도 없고 신망도 없을 것이다. 그리고 그 점을 전혀 눈치채지 못하는 것을 보면 지금까지 내내 그러했을 것이다.

어딘지 믿음이 가지 않는다. 어딘지 수상쩍은 냄새가 난다. 사실은 비슷한 사람들 무리에 제대로 끼지 못하고 겉도는 삶을 살았을 거라고 스에오는 짐작했다.

'그런 의미에서는 아이리와 비슷한 인간이군.'

마침내 구직 활동 시기가 왔고 쓰바사는 무사히 대형 광고

회사에 취업했다.

그야말로 순풍에 돛 단 격이었다. 이제 질 나쁜 인간들과 연을 끊고 깨끗이 손을 털고 새로운 사회인으로 새로운 생활을 시작하면 된다. 나무랄 데 없는 집안과 나무랄 데 없는 직업과 나무랄 데 없는 학력과 용모. 2천만 엔이라는 빚만 없다면 모든 것이 순조롭게 흘러갈 것이었다.

하지만 스에오가 아이리를 따라 그 집에 처음 들어갔을 때 쓰바사는 조급하고 위태로워 보였다.

그는 스에오를 없는 사람처럼 취급했다. 그렇다고 나가라고도 하지 않았다. 스에오는 몸과 마음이 모두 녹초 상태였기 때문에 나무에 달라붙은 매미처럼 방구석에서 숨을 죽이고 있었다. 쓰바사는 스에오의 이름조차 궁금해하지 않았고 스에오를 불러야 할 때는 '너' 아니면 '저 남자'나 '그 남자'로 불렀다.

사채업자들도 쓰바사가 대학을 졸업할 날만 기다리고 있었는지 본격적인 빚 독촉이 시작됐다.

퉁퉁 부은 얼굴로 돌아오는 날도 있었다.

휴대폰은 한밤중에도 울어댔다.

전화가 울릴 때마다 그는 몸을 파르르 떨었다.

그러면 갑자기 아이리를 걷어차거나 때렸다.

그 아파트에 방문 판매원처럼 드나드는 남자가 있었는데 온갖 불운을 몰고 다니는 것 같은 추레한 인상이었다. 작은 키,

좁은 가슴, 새우등처럼 구부정하게 굽은 상체, 크고 찌그러진 머리통. 발음이 어눌한 데다가 제대로 된 문장으로 말하지도 못했다. 그의 입을 통해 나오는 말은 감정 표현과 단편적인 정보뿐이다. 유일하게 인상적이었던 부분은, 그가 머리카락 한 올 남기지 않고 빡빡 민 자신의 커다랗고 찌그러진 머리통을 사람들에게 겁을 주는 무기로 삼는다는 점이었다. 마르고 구부정한 몸에 크고 무거워 보이는 머리가 바위처럼 얹혀 있다. 이름은 산토 가이토. 관광지 팸플릿에나 등장하는 조어 같은 이름이다.

쓰바사, 아이리, 산토 가이토 이 셋은 도시락 회사에 클레임을 넣어 용돈벌이를 했다. 원래는 아이리와 산토 가이토 두 사람이 하던 짓인데 쓰바사가 관여해 체계적인 방식으로 가다듬었는지 지금은 쓰바사가 우두머리 역할을 맡고 있다. 세 사람은 우위에 올라 자기들 손에 놀아나는 도시락 회사를 보면서 속세의 시름을 잊는 듯 진심으로 즐거워했다. 스에오는 그 음습한 집단 괴롭힘 같은 공갈협박에 전혀 관심을 보이지 않았다. 산토 가이토는 스에오의 싸늘한 태도가 불쾌했는지 스에오에 대해 이곳저곳에 캐묻고 다니더니 스에오가 '뼛속까지 나쁜 놈'에 '우리보다 훨씬 뒷세계에 빠삭한 녀석'이라고 제멋대로 확신했다. 쓰바사도 산토 가이토에게 그런 이야기를 들었던 게 분명하다. 그래서인지 쓰바사는 스에오에게는 폭력을 쓰지 않았다. 걷어차이는 건 언제나 가이토와 아이리였다. 아이리는 쓰바사한테 맞으면서도 원망하는 표정 한번 짓지 않았지만 가이토가 괴롭히면 마음에 꽁꽁 담아두었다. 아이리와 가이토는 보잘것없는 우열 경쟁을 벌이며 끝없이 옥신각신했다.

쓰바사는 음울하게 입을 꾹 다물고 있다가 가끔 두 사람에게 폭력을 휘둘렀다. 스에오는 물어본 적이 있다.

"부모님이 의사라며? 돈 좀 빌려달라고 해."

쓰바사는 눈을 부라리며 곧바로 대답했다.

"그것만은 안 돼."

"어째서?"

"절대 안 돼."

쓰바사는 펜치를 들고 쫓아오는 건달들을 피해 도망을 친 적이 있다고 한다. 쓰바사가 갚겠다고 큰소리를 떵떵 쳐놓고 제때 빚을 갚지 않자 화가 난 사채업자가 보낸 사람들이었다. 쓰바사는 죽기 살기로 맨발로 도망쳤고 건달들은 악착같이 쫓아왔다. 펜치로 이를 뽑겠다는 협박에, 붙잡힌 쓰바사는 엉엉 울면서 빌었고 옆구리만 걷어차였을 뿐인데도 벌벌 떠느라 일어서지도 못했다고 한다. 다음 날, 걷어차기만 하고 이는 내버려 둔 건달들을 두고 "등신 같은 녀석들"이라며 욕을 퍼부었지만, 잔뜩 겁을 먹었던 것은 확실하다.

일이 이 지경에 이르렀는데도 쓰바사는 부모에게 사정을

털어놓지 않았다. 사채업자에게 돈은 갚겠다는 말만 되풀이할 뿐이었다. 사채업자도 어처구니가 없었지만 어찌 됐든 있는 집안 아들이니 돈을 떼이지는 않을 거라 생각했다. 실수로 죽이기라도 해서 경찰이 나선다면 한 푼도 못 받게 된다.

쓰바사는 5월 말에 3백만 엔을 갚았다. 그 돈은 부모한테 받은 것이다. 물론 "빚을 갚아야 하니 돈을 빌려주세요" 하고 말한 건 아니다.

쓰바사는 자기 여동생을 이용해 납치극을 벌였다. 오랫동안 방치된 가루이자와의 어느 별장에 여동생을 가두었다. 실행범은 산토 가이토였다. 밖에서 쇠사슬과 자물쇠로 문을 걸어 잠그고 전화선을 뽑았다. 산토 가이토는 여동생한테서 휴대폰도 빼앗았다. 그런 다음 아버지에게 전화를 걸어 "딸을 납치했다. 3백만 엔을 주면 풀어주겠다"라고 협박했다. 3백만 엔은 아버지가 경찰에 신고하지 않고 그냥 내놓을 최대 금액이라고 쓰바사가 짐작한 금액이었다.

아이리한테서 그 이야기를 들었을 때 스에오는 반사적으로 물었다.

"누구 휴대폰으로?"

아이리는 왜 묻는지 이해가 안 되는 듯했다.

"쓰바사 휴대폰으로 했지. 발신번호 안 뜨게 걸지 않았을까? 문어대가리 전화는 아니었어. 통화한 건 나고."

아이리는 산토 가이토를 문어대가리라고 부른다.

"쓰바사가 전화를 걸고, 연결된 다음엔 내가 말을 했어."

산토 가이토한테는 작업용 대포폰으로 사용하는 구식 휴대폰이 있다. 생활보호대상자에게 접근해 지원금을 가로채는 범죄용으로 쓰는 전화기다. 명의자 계좌에 범죄 조직이 사용료를 입금하면 얼마든지 사용할 수 있다. 그러다 사용료를 내지 않더라도 정지될 때까지는 한 달 정도 더 사용이 가능하다. 그런 전화기를 사용했겠거니 했는데 알고 보니 쓰바사는 자기 휴대폰에 발신번호 표시 제한을 걸어 사용했다. 그의 아버지가 발신자가 뜨지 않는 전화를 받지 않는 사람이라면 연락은 되지 않았을 것이다.

쓰바사의 아버지는 아이리가 지정한 계좌로 3백만 엔을 이체했고 그와 동시에 산토 가이토가 별장의 자물쇠를 풀었다. 동생의 휴대폰은 문을 열면 바로 보이는 벤치 위에 놔두었다. 동생은 알아서 돌아가면 된다. 당황해서 경황이 없다 해도 휴대폰이 있으면 택시 정도는 부를 수 있다.

"난 그냥 입금된 3백만 엔을 열심히 인출했을 뿐이야."

아이리는 매일 아침, 은행이 열리는 시간에 가서 이체된 3백만 엔을 엿새에 걸쳐 전액 인출했다. 그 돈은 쓰바사가 빚을 갚는 데 썼다.

그래봤자 2천만 엔이 1천7백만 엔으로 바뀌었을 뿐이다. 사채업자가 8월이 되면 부모에게 알리겠다고 말하자 쓰바사는 3 백만 엔을 입금했으니 9월까지만 기다려달라며 정말 돈이 들어온다고 애걸복걸했다.

"하세가와 씨, 목숨을 내놓으라는 게 아니야. 돈으로 간단하게 해결될 일이잖아. 댁은 취직할 곳도 정해졌고 아버지한테 부탁만 하면 바로 해결이 될 텐데, 고집도 작작 부려야지. 팔 하나쯤 부러져야 결심이 설 것 같아? 언제든 부러뜨려 줄게. 오른쪽이 좋아, 왼쪽이 좋아?"

사채업자는 9월까지로 기한을 못 박았다.

쓰바사가 이제껏 했던 짓들을 보면 경찰에 한 번도 걸리지 않았다는 사실이 믿기지 않을 정도로 막무가내식이었다. 하지만 쓰바사의 그 강력한 운이 결국 쓰바사를 궁지로 몰아가고 있었다. 쓰바사는 지금껏 누구에게도 제지를 받지 않았다. 그 경험이 일을 기묘한 방향으로 굴러가게 했다. 속도가 떨어진 주사위는 완전히 멈출 때까지 불안정하게 회전한다.

쓰바사는 손톱을 잘근잘근 씹고 눈에 불을 켜고 출구를 찾았다.

7월 2일 이른 아침, 쓰바사는 구타를 당해 엉망이 된 모습으로 돌아왔다.

입을 헹구고 잠시 얼굴을 식히던 쓰바사가 불쑥 아이리에게 말했다.

"이번엔 네 차례야. 네 엄마한테 돈 좀 뜯어내."

매우 싸늘한 목소리였다.

아이리는 곧바로 대답했다.

"우리 집엔 돈 없어."

아이리는 사실 이미 몇 번인가 납치당했으니 돈을 내달라, 돈을 안 주면 살해당한다 하며 엄마에게 전화를 걸었지만 한 번도 돈을 받은 적은 없었다. 엄마는 차가운 목소리로 "다른 용건 없으면 끊는다"라고 말했다고 한다.

텔레비전에서는 심장병을 앓는 아이를 위해 성금을 모금하고 있었다. 심장에 결함이 있는 두 살배기 아이를 미국에서 치료하기 위해서는 1억 엔이 더 필요하다며 아나운서가 시청자에게 호소했다. 보호 펜스가 있는 침대에 튜브를 매달고 누워 있는 아이 사진이 비친다. 아나운서가 아이의 병세를 설명하고 화면은 부모 인터뷰로 전환된다. 쓰바사는 아이리를 향해 코웃음 쳤다.

"하긴 돈이 있었으면 네가 헐값에 몸을 팔고 있겠냐."

아이리는 어지간해서는 화를 내지 않는다. 하지만 유일하게 남자들이 그녀를 상대해 주지 않는 것을 지적하면 발끈한다. 바닥에 축 늘어져 앉아 있던 아이리가 순간적으로 상기된 얼굴을 쓰바사를 향해 치켜들었다.

"이건 내 취미거든!"

쓰바사는 그때까지 아이리를 제대로 상대한 적이 없었다. 하등동물에게는 화를 내지 않는다는 듯 아이리의 모든 말과 행동을 흘려보냈다.

"취미?"

그 싸늘하고 진심으로 무시하는 말투는 평소라면 절대 아이리를 향하는 것이 아니었다.

스에오는 가만히 두 사람을 지켜봤다.

"헐값을 불러도 널 사겠다는 남자가 없으니까 가부키초까지 나갔잖아? 홀라당 벗은 거나 다름없는 꼴로 우두커니 서 있다가 그쪽 패거리한테 쫓겨났잖아?"

아이리 얼굴이 시뻘게졌다. 다만 아이리도 쓰바사가 평소와 뭔가 다르다는 것을 알아차렸다. 평소 아이리가 생쥐처럼 언제나 코를 움찔거리고 정면충돌을 피하는 이유는, 충돌했을 때 산산조각이 나는 쪽은 자기라는 사실을 잘 알기 때문이다. 아이리는 끓어오르는 분노 때문에 얼굴이 붉어졌지만 동시에 자신이 뭔가 지뢰를 밟았을지도 모른다는 생각이 들었는지 온몸이 뻣뻣하게 굳었다. 그 여느 사람들과 다를 바 없는 모습이 쓰바사의 뒤틀린 속에 불을 지폈다.

"어디서 사람 흉내를 내고 있어, 등신 같은 돼지 년이!"

그러더니 다이닝 테이블 의자에서 박차듯이 일어나 아이리를 걷어찼다.

피할 틈도 없이 배를 차인 아이리는 몸을 웅크렸다.

무방비한 인간의 복부에 작심하고 발차기를 날리는 인간은 의외로 적다.

아이리는 씻는 것을 싫어한다. 냄새가 날 때도 있다. 머리카락은 스프레이로 고정해서 머리에 찰싹 들러붙어 있다. 아이리는 쓰바사에게 차인 배를 감싸 안고 발로 바닥을 차 몸을 회전시켜 어떻게든 도망가려고 발악했다. 하지만 새우처럼 몸을 웅크리고 고통에 괴로워하는 그 모습을 보고도 연민의 정은 솟지 않는다.

쓰바사는 아이리를 축구공 차듯이 양발로 번갈아 걷어찼다. 살집이 있는 곳, 살집이 없는 곳.

"푼돈이라도 쥐여주는 걸 고맙게 생각해. 네 손님은 죄다 마음씨 착한 놈들이니까."

마구잡이로 차는 게 아니라 빠트리는 곳이 없는지 살펴가며 찬다. 쓰바사는 양손을 주머니에 찔러 넣은 채로 아이리의 얼굴을 짓밟고 뒤통수를 툭툭 찼다. 아이리가 머리를 감싸려고 배에서 손을 떼면 배를 차고, 배를 감싸면 머리를 찼다. 그리고 막는 손길이 약해졌을 때를 차분히 노렸다가 다시 세게 발길질을 했다.

"너 같은 년한테는 손을 쓰는 것도 아까워."

쓰바사는 웃는 것 같기도 하고 우는 것 같기도 한 묘한 표정을 하고 있었다. 내일이면 자기도 이렇게 걸어차이는 신세가 된다는 걸 알고 있구나 하고 스에오는 생각했다. 아니, 어쩌면 오늘 이렇게 발길질을 당하고 왔는지도 모른다. 비참하게 당하고 있는 사람은 조금 전까지의 자신이고 이 비참한 모습은 사채업자들이 내려다보던 자신인 것이다. 쓰바사는 아이리의 머리카락을 잡더니 아이리를 빙글빙글 돌리기 시작했다.

"집에 전화 걸어. 돈 안 보내면 너 죽는다고 해. 어딘가로 팔려 간다고 해도 되고."

결국 아이리는 "납치당했으니까 돈을 보내줘"라고 집에 전화했지만 불과 2분도 되지 않아 전화는 끊겼다.

스에오는 방구석에서 무릎을 감싸 안고 그 모습을 보고 있었다.

예전에 엄마의 남자가 동생을 때린 적이 있다. 엄마를 돈으로 산 남자는 그 딸도 당연히 고분고분 자기 말에 따라야 한다고 생각한 것 같았다. 그렇지만 동생은 혐오감을 감추지 않은 사나운 눈으로 남자를 노려봤다. 남자는 그게 마음에 들지 않았는지 동생에게 느닷없이 주먹을 휘둘렀다. 동생은 몸을 움츠렸고 스에오는 반사적으로 동생을 감쌌다. 주먹은 스에오의 어깨에 박혔고 남자는 자기 주먹이 초등학교에 갓 입학한 소녀가 아닌 남자 중학생을 쳤다는 사실을 알고 미친 듯이 화를 냈다.

눈빛이 반항적인 여자애를 두드려 패서 따끔한 맛을 보여주면 다음에는 고분고분 굴 것이라고 생각했던 걸까, 아니면 그냥 창녀의 딸 주제에 감히 반항적인 눈빛으로 자기를 쳐다본 게 괘씸했는지도 모른다. 그런데 주먹이 소녀에게 닿지 않았다. 남자는 스에오의 어깨를 잡고 동생한테서 떼어내려고 했다. 스에오에게는 성인 남자가 동생을 때리는 것을 막을 힘이 없었다. 하지만 놓치면 동생이 두드려 맞는다. 스에오는 무작정 발길질을 했다. 버둥대는 발길질에 맞아 스에오의 어깨를 움켜쥔 남자의 손에서 힘이 빠진 순간, 스에오는 동생 팔을 붙잡고 현관으로 뛰었다. 하지만 문을 열기에는 한 걸음 늦었다. 스에오는 문에 몸을 기대고 속수무책으로 주먹질과 발길질을 받아냈다. 남자는 거의 발작하듯 날뛰며 스에오를 문에서 떼어내려고 했다. 스에오와 문 사이에는 작은 몸집의 동생이 끼어 있었다. 남자는 어떻게 해서든 소녀를 울려 "죄송합니다"라는 말을 뱉게 하고, 죄송하다고 말하는 소녀를 또 때리고 싶은 것이었다.

왜 남자는 자신에게 동생을 때릴 권리가 있다고 생각하는 걸까? 왜 동생은 "죄송합니다"라고 말해야 하고 그것도 모자라 맞아야만 하는 걸까? 왜 반항적인 눈으로 쳐다봤다는 이유만으로 머리채를 잡혀 휘둘려야만 하는 걸까?

남자의 우락부락한 손이 동생의 머리채를 움켜잡았다.

스에오는 손을 뻗어 문고리를 돌렸다. 그런 다음 바로 앞에 몸을 숙이고 있는 남자의 가슴팍을 걷어찼다. 남자가 신음을 내뱉었고 두 사람은 문밖으로 구르듯이 나왔다.

폭력을 휘두르는 남자들은 문 하나를 사이에 두고 전혀 다른 얼굴을 보인다. 문이 열리면 주먹을 들지 않는다.

문밖으로 굴러 나온 두 사람은 더 이상 남자가 쫓아오지 않으리라는 것을 알고 있었다. 스에오는 욱신거리는 몸을 통로 벽에 기대고, 통로를 사이에 두고 실내에 우뚝 서 있는 남자를 보았다.

때려봐.

차봐.

이 통로를 건너와 봐.

어쩌면 그렇게 가슴속으로 도발했는지도 모른다.

그 남자는 아직도 화가 풀리지 않았는지 부들부들 떨며 스에오를 쏘아봤다.

스에오는 남자의 눈을 바라본 채로 몸을 일으키고 손을 뻗어 문고리를 잡고 문을 닫았다.

쾅 하는 소리가 나고 남자의 모습이 문 뒤로 사라졌다. 스에오는 다시 벽에 기대어 쓰러졌다.

해 질 녘의 고요함.

어디선가 아이들이 노는 소리가 들리고 자동차 소리가 사라졌다 들렸다 했다.

동생은 끝내 울지 않았다.

"이렇게나 뽑혔어."

동생은 작은 목소리로 그렇게 말하며 뽑힌 머리카락을 스에오에게 보여줬다. 가느다란 갈색의 반짝이는 머리카락 몇 가닥이 스에오의 배 위에 놓였다. 마치 '꽃을 이렇게 많이 땄어' 하고 보여주는 것 같았다. 두려움에 떨던 만 여섯 살 아이가 자기를 대신해서 매를 맞은 오빠를 어떻게 위로해야 할지 몰라, 빠진 머리카락을 준 것이다. 스에오가 고개를 들자 동생은 걱정스러운 듯이, 하지만 살짝 미소 지은 얼굴을 보여주었다. 하세가와 쓰바사의 아파트에서 쓰바사가 아이리를 때리는 모습을 바라보면서 스에오는 그 옛날 일을 떠올렸다.

그나저나 물에 빠진 사람은 지푸라기라도 잡는다고 하는데 쓰바사가 잡은 것은 무엇이었을까? 스에오는 지금도 그 생각을 한다.

아이리의 어머니에게 몸값 지불을 단칼에 거절당한 후, 쓰바사는 너 따위한텐 손을 쓰는 것도 아깝다며 아이리에게 발길질을 하고 나더니 그 이상 어떻게 해야 아이리를 모욕할 수 있을지 아이디어가 떠오르지 않는 것 같았다.

"돈을 안 내놓는 건, 너희 집이 비상식적이기 때문이야."

쓰바사는 말했다. 그러더니 갑자기 이렇게 내뱉었다.

"그럼 산에이한테 내라고 하면 되겠네."

산에이 식품은 산토 가이토와 아이리가 공갈 클레임 타깃으로 삼은 업체다. 특별히 산에이를 노렸던 게 아니라 돈을 내놓은 기업이 산에이였을 뿐이지만. 노가와 아이리의 어머니가 산에이에서 오래 일했기 때문에 아이리도 그 회사에 대해 주워들은 이야기가 많았다. 아이리가 어느 날 그 이야기들을 주절주절 떠벌렸고 쓰바사가 그 이야기를 듣고 공장장을 괴롭히기 시작한 것이다.

"네 엄마가 돈을 안 주겠다면, 네 엄마가 일하는 회사에서 받아내면 돼."

금액은 2백만 엔이라고 했다.

"미쳤다고 그런 돈을 주겠어?"

스에오는 말했다. 쓰바사의 얼굴은 야위었지만, 그래도 뺨에는 핏기가 돌고 눈은 빛났다.

"주게 돼 있어. 목숨값이니까."

쓰바사는 진심이었다.

현실에는 더러운 개처럼 멸시당하는 여자들이 있는가 하면, 모든 인간에게는 동등한 인권이 있다고 소리 높여 주장하는 사람들도 있다. 쓰바사는 불법 카지노에서 도박을 하고 포주나 다름없는 짓을 하며 전자의 세상을 체감했고, 대학에서 NPO 활동을 하면서 후자의 논리를 익혔다. 그의 내면에서 그

둘은 새끼줄처럼 꼬여 있었고 때에 따라 자기에게 유리한 논리가 전개되는 것 같았다. 사회적인 판단을 한다면 인간은 '사람 목숨' 앞에서 납작 엎드릴 게 분명하다. 그래서 자기 아버지는 망설임 없이 3백만 엔을 내놓았다. 아이리의 부모가 반응하지 않는 것은 그들이 비상식적이기 때문이다. 그렇다면 아이리의 목숨을 사회적인 판단을 하는 사람이 있는 영역으로 가지고 오면 된다는 결론에 이른 모양이었다.

대학 나온 사람의 수준이 고작 이 정도인가 하고 스에오는 실망했다.

'난 공부를 해서 쓰레기들이 사는 세상에서 도망치고 싶었는데.'

'돈이 없어서.'

'돈을 버는 방법도 몰라서.'

쓰바사는 자기 혜안에 도취되어서 계획을 종이에 써 내려갔다. 스에오는 웅크린 등을 벽에 맡긴 채 그 모습을 바라보고 있었다.

햇빛이 닿지 않는 곳에서만 살아온 스에오는 지금껏 쓰바사 같은 인간을 알 기회가 없었다. 그런데 지금 두 눈 앞에는 어이가 없을 정도로 생각이 짧은 인간이 보였다. 그럼에도 그는 번듯한 부모가 있는 유복한 가정에서 자란 대학생이고 그에게 무슨 일이 생긴다면 전국이 들썩거릴 것이다.

마침내 계획을 다 세웠는지 쓰바사는 산에이에 "너희 공장에서 일하는 파트타이머의 딸을 납치했다. 2백만 엔을 준비해라"라고 전화를 걸었다.

그때까지 스에오에게는 그 모든 일들이 달리는 전철 창밖으로 흘러가는 경치 같은 것이었다.

스에오는 방구석에서 새우등을 하고 무릎을 감싸 안은 자세로 물속에 가라앉은 듯이 그저 가만히 생각에 잠겨 있었다.

'1천2백만 엔을 어떻게 만들지?'

내내 돈 생각을 하고 지금도 돈 생각을 하고 있다.

한밤중에 문득 눈을 떴다. 돈을 만들어야만 한다는 생각을 했다.

난 동생을 데리고 이 쓰레기 같은 세상을 벗어나고 싶어서 나와 동생의 학비와 생활비를 벌었다. 다 됐는데, 이제 다 끝났다고 생각했는데.

몇 번을 해도 마지막에 주저앉는다.

스에오의 어머니는 스에오가 열여덟 살 때 종적을 감췄다. 사라지기 직전 어머니는 그때 사귀던 젊은 남자와 파친코를 다니면서 3백만 엔이라는 빚을 졌다. 스에오의 어머니는 원래 파친코 가게처럼 떠들썩한 곳은 싫어했다. 돌이켜 생각해 보면 자신에게 무관심한 스에오와 동생을 보며 쓸쓸했을 것이다. 시끌벅적한 파친코 가게에서 좋아하지도 않는 파친코를 하고 빚을 졌다. 스에오에게 짐을 지우기 싫다는 생각을 했던 건 분명하다. 하지만 어머니가 일반적인 직업을 가지고 일하기를 바라긴 힘들었다. 그래서 돈은 스에오가 갚기로 했다. 어머니는 말없이 집을 나갔다.

그때 엄마가 진 빚은 스에오가 갚았다.

빚을 다 갚으면 뒷세계 일에서 손을 털고 요리사라도 되자. 초밥 요리사라면 카운터에서 손님 이야기를 들으면서 일할 수 있으니 즐거울 것이다. 어엿한 요리사가 못 되더라도 상관없다. 평생 허드렛일을 해도 상관없다. 동료가 있는 곳에서 조용히 일하고 싶다. 스에오는 그렇게 생각했다.

그 꿈을 망가트린 것은 스에오 자신이었다. 위법의 경계선에 아슬아슬하게 걸쳐 있던 건강식품 판매 일에 발을 들였다가 번 돈을 떼이고 다시 불법 사채업자에게 돈을 빌린 것이다.

스에오는 완전히 진이 빠져버렸다. 그때 동생이 말했다.

"그 정도 돈은 내가 카바레 클럽에서 반년만 일하면 갚을 수 있는데."

카바레 클럽.

스에오가 어지간히 굳은 표정을 하고 있었는지 동생이 웃었다.

"오빠, 요즘 카바레 클럽은 물장사 축에도 안 들어가. 대학생도 용돈이 좀 궁하면 카바레 클럽에서 아르바이트하는 시대라고. 딱 1년만 샛길로 샐게. 오빠는 초밥 요리사가 되는 거야. 멋지잖아."

이제 열여덟 살이 된 동생은 1년 후를 꿈꾸듯이 눈을 반짝였다.

동생을 멀쩡한 직장에 취직시키는 게 그의 꿈이었다. 부모가 있는 번듯한 가정의 남자와 사귀다 결혼을 하고 평범한 가족을 꾸리게 한다. 어릴 때 집에 남자 손님이 있으면 남매는 집에 들어가지 못했다. 그런 밤에는 집 앞 공원에서 동생과 둘이 시간을 때웠다. 동생은 외등 아래에서 날아오는 벌레를 잡기도 하고 쫓아다니기도 하고 땅에 금을 긋기도 하면서 놀았다. 예쁜 눈으로 별을 바라보고 그네를 타고 노래를 불렀다. 기쁜 일이 있으면 입을 크게 벌리고 웃었고 어이없는 일이 있으면 발을 동동 구르며 투덜댔다. 어머니 대신 동생을 키우면서 스에오는 동생이 어머니처럼 남자를 상대하는 모습만은 보고 싶지 않다는 다짐을 마음 깊이 새겼다. 그래서 될 수 있는 한 어머니와 단둘이 두지 않았고 어머니가 하는 일 때문에 민망한 상황을 당하지 않게 주의를 기울이고 나쁜 친구들에게서 떼어놓고 공부를 가르쳤다.

스에오는 지금 쓰바사의 집 벽에 기대어 앉아 내가 지금까지 해온 노력은 대체 무슨 의미가 있을까 하고 생각했다.

머리 한가운데가 징징 울렸다.

쓰바사가 아이리를 또 발끝으로 툭툭 치고 있다. 그 모습을 우두커니 바라보면서 동생은 적어도 자기가 좋아하는 남자와 도망갔을 것이라며 생각을 고쳐먹었다.

이걸로 동생이 물장사에서 손을 씻는다면 그건 그것대로 괜찮을지도 모른다. 그렇게 생각하자 스에오의 눈에 동생이 밝은 가정에서 아기를 낳고 키우는 모습이 떠올랐다. 동생은 절대 아이에게 손찌검하지 않을 것이다. 험한 욕설로 비난하지도 않을 것이다. 제때 밥을 챙겨 먹이고 깨끗이 빤 이불에 재울 것이다.

7월 5일, 2백만 엔을 내놓으라고 협박했던 쓰바사는 멋지게 어퍼컷을 얻어맞았다. 줄곧 고분고분했던 공장장이 "본사에 전화하세요" 하고 딱 잘라 말한 것이다. "너 이 자식, 납치라고!" 하며 쓰바사는 바르르 몸을 떨고 화를 냈지만 공장장도 매몰차게 전화를 끊어버렸다.

아무리 쓰바사라도 살면서 마음먹은 대로 일이 풀리지 않았던 경험이 있을 것이다. 그중 최고는 사채업자한테 쫓겨 무릎을 꿇고 굴욕을 당하며 애걸복걸하는 비참한 처지로 내몰린 순간일 것이다.

진짜 납치처럼 보이려고 아이리를 시켜 여기저기에 '납치당했다'라고 문자를 돌리고 의기양양해하던 쓰바사는 평소 자기들 손에 놀아나던 산에이의 공장장한테까지 무시를 당하자 배가 거꾸로 뒤집힌 듯한, 혹은 양동이 가득 든 물을 머리 끝에서부터 뒤집어쓴 것 같은 당혹감과 동요와 분노를 느낀 듯했다. 쓰바사는 그 후로 며칠 동안 온몸의 털이 곤두선 듯 부들부들 떨었다.

쓰바사는 식사도 하지 않고 주저앉아 있었다. 눈을 부릅뜨고 자기 양 팔꿈치를 단단히 움켜쥐고.

그러고 나서 아이리를 벌거벗겨 사진을 찍더니 집에 있는 프린터로 인쇄했다.

스에오는 그 무방비함에 어이가 없었다.

"얼굴이 보이게 찍으면 곤란해. 대체 뭘 어쩌려는 건데?"

"장난으로 생각하니까 열받잖아!"

그럼 아이리를 납치한 게 진짜란 말일까? 쓰레기와 쓰레기가 모이니 완전히 카오스다.

쓰바사는 이튿날 아침, 다리를 질질 끌며 돌아왔다. 사채업자에게 돈이 나올 곳이 있다고 큰소리를 치다가 호된 꼴을 당한 모양이었다.

쓰바사는 미련이 남는다는 듯이 텔레비전 앞에 퍼져 앉아 뉴스 채널을 돌려봤다. 물론 인터넷도 여러 번 검색했지만 산에이에 협박 전화가 왔다는 뉴스는 하나도 없었다. 산에이라고 입력하면 제일 위에 나오는 연관 검색어는 '악덕'. 산에이는 오늘도 변함없이 악덕 회사로 영업 중이다.

뉴스 마지막에 또다시 심장병 아이의 치료비를 모금한다는 방송이 나왔다.

"시청자 여러분의 따뜻한 손길을 기다리고 있습니다."

그 말을 들은 쓰바사는 얼굴을 들고 중얼거렸다.

"심장이 안 좋으면 그냥 죽으면 되잖아. 어디서 응석질이야."

그 무렵의 쓰바사는 지옥을 기어 다니며 형벌을 받는 사람 같았다.

부모에게 돈을 달라고 부탁하는 것이 왜 그렇게까지 해선 안 될 일인 걸까.

그렇게 며칠이 지났을까.

문제의 7월 15일이 되었다.

그날 아이리는 방구석에서 게임을 하고 있었다. 방은 건드리면 금세라도 터질 듯한 긴장감으로 가득했지만 아이리는 눈치를 채지 못한 건지 아니면 익숙해져 버린 건지 아무렇지도 않아 보였다.

쓰바사는 아이리의 게임기를 빼앗아 바닥에 놓더니 아이리가 비명을 지르기도 전에 의자로 짓뭉갰다. 파랗게 질린 아이리와 욕설을 퍼붓는 쓰바사. 요즘 날마다 펼쳐지는 장면이 순서대로 펼쳐지던 중 쓰바사가 텔레비전 뉴스에 시선을 고정했다. 뉴스에서 또 모금 방송이 나오고 있었고, 정장을 말쑥하게 차려입은 남녀 아나운서가 2억 엔에서 8천만 엔이 부족하다며 시청자에게 호소했다.

"두 살짜리 애새끼한테 2억이 뭔 소용이야."

쓰바사는 손톱을 씹으며 중얼거렸다.

"난 겨우 2천만 엔이면 충분한데!"

그리고 쓰바사는 좋은 생각이 머리를 스치기라도 했다는 듯 스에오를 향해 고개를 들었다.

"너희 집은 어때?"

주사위가 구르기 시작하면 어느 면에서 멈출지 짐작할 수 없다. 아마 바로 옆면에는 '부모한테 울며 매달려서 빚을 깨끗하게 갚는다'라고 적혀 있었을 것이다. 거기서 멈추지 않는 것을 신기하다고 해야 할지 불운이라고 해야 할지, 어쨌든 운명의 장난이라고밖에 표현할 길이 없다고 스에오는 생각했다.

그날, 첫 번째 여자가 죽었다. 그다음 날, 또 한 명의 여자가 죽었다.

모리무라 유나와 자마 세이라. 스에오는 그 두 여자를 꽤 오래전부터 알고 있었다.

모리무라 유나는 손톱이 작은 여자다. 유나는 어릴 때 북쪽 주택 단지에 살았다. 그곳에서 같은 단지의 남자들을 상대로 장사하는 어머니를 보며 자랐다. 남자들은 아직 초등학생인 유나를 보고 유나의 어머니에게 '저 애랑 둘만 있게 해주면 5천 엔 내겠다'라고 말했다. 그렇게 자란 유나는 스에오와 마주칠 때마다 "네 여동생도 몸 팔지?"라며 시비를 걸었다.

"당연하겠지. 엄마가 집에서 손님을 받는데 딸이 안 할 리가 없잖아."

제 엄마를 '그 인간'이라고 부르면서 "그 인간은 구두쇠라서 나한테 3천 엔밖에 안 줘" 하고 욕했다. 유나는 손님을 그다지 혐오스럽게 생각하지 않았다. 그렇지만 어머니를 향한 증오는 노골적이었는데, 그 이유는 어머니가 휘두르는 폭력과 착취하는 돈 때문이었다. 보호자가 미성년자 딸에게 성매매를 시킨다는 신고가 접수되어 유나는 보호시설에 들어갔다. 그리고 고등학교 졸업과 동시에 집으로 돌아갔는데 이번에는 제 의지로 몸을 팔고 어머니에게 폭력으로 앙갚음했다.

그래도 유나는 결혼해서 두 아이를 낳았다. 손톱이 자그마하고 키가 작은 그 여자가 머리를 진한 갈색으로 물들이고 슈퍼를 돌아다니는 모습을 몇 번인가 본 적이 있다. 하지만 바람직하지 못한 환경에서 자라며 형성된 인성은 어떻게 손쓸 수가 없었다. 작고 귀여운 애완동물처럼 보였던 아기는 시간이 지나자 구제불능 쓰레기인 자기를 닮기 시작했다. 재빨리 현실에 눈을 뜬 유나는 아이를 낳은 것을 후회하고 아직 말도 깨우치지 못한 아이에게 "죽어주면 좋을 텐데" 하는 말을 하며 손에서 육아를 놓아버렸다.

구청은 유나에게 아이를 시설에 맡기라고 했지만, 유나는 "애들은 내 목숨이에요"라며 눈물을 흘렸다. 본인이 한 말이니 틀림없다.

"아니, 나보고 애도 못 키우는 여자라고 하니까 열받잖아."

유나는 제 고집 때문에 애들을 시설에 맡기지 않았다. 하지만 유나는 이미 구청의 감시 대상에 올랐기 때문에 어머니에게 육아를 떠넘겼다.

"당신, 날 제대로 안 키웠잖아. 그 대신이라고 생각해."

그렇게 윤락업소에서 일하며 성매매를 재개했다.

유나는 몸도 팔지 않고 불량배들과 어울리지도 않고 학교를 다니고 특별활동을 열심히 하고 시험 전에는 공부도 하는 스에오의 여동생 메이한테 늘 화를 냈다. 하굣길에 기다리고 있다가 염색하지 않은 메이의 머리카락을 움켜잡고 가위로 자른 적도 있다. 학교에 몰래 숨어들어 '매춘부 딸은 매춘부'라고 메이의 사물함에 붙여놓기도 했다.

스에오가 모리무라 유나와 재회한 것은 석 달 전이다. 손톱이 자그마한 포동포동한 여자. 애들은 잘 있냐고 물었더니 "눈엣가시"라고 대답했다.

"그럼 시설에 맡기지 그래."

부모가 눈엣가시로 여기는 아이가 어떤 꼴을 당하는지 스에오는 뼈저리게 알고 있다. 유나는 스에오보다 더 잘 알고 있을 것이고. 그러나 유나는 웃음기 하나 없는 얼굴로 대답했다.

"놔두면 돈 받잖아. 참, 네 동생 업소에서 일한다며?"

유나는 우쭐거리는 듯이 웃었다.

자마 세이라는 일정한 주소가 없다. 하지만 서 있는 곳은 정해져 있다. 허락 없이 아무 데나 서 있으면 쫓겨나기 때문이다. 세이라는 광대가 튀어나오고 턱이 발달된 얼굴의 여자였다. 피부는 가무잡잡하고 눈이 가늘다. 유치한 캐릭터를 좋아해서 가방에 키티, 미니마우스, 베티붐 같은 캐릭터가 그려진 온갖 스트랩이나 인형을 주렁주렁 매달고 다녔다. 자신을 '아시안 뷰티'라고 불렀지만 동료들 사이에서는 거렁뱅이로 통했다. 그녀가 자신의 자리인 충견 하치 공 동상 앞에 서는 시간은 불쾌지수가 높은 대낮이다. 젊고 예쁜 여자는 화창하고 상쾌한 날에만 나온다. 그래서 밖에 있기만 해도 땀범벅이 되는 한여름 대낮이 그녀가 돈을 버는 시간이다.

하치 공 앞은 여전히 관광객과 갈 곳 없는 패거리들의 만남의 장이었다.

하치 공 앞에서 조금 떨어진, 자판기가 다섯 대 나란히 서 있는 그 구석, 불온하고, 불결한 그곳. 자마 세이라는 녹아내리는 아이스크림처럼 축 처진 모습으로 그곳에 서 있었다.

두 명의 여자가 죽었다.

그런데도 산에이의 총무부장은 그저 "너 바보지?"라는 한마디를 내뱉었다.

지금 화면 너머에서 주렁주렁 액세서리를 달고 있는 여자와 세련된 스트라이프 셔츠를 차려입은 남자가 모리무라 유나의 아이들을 가여워하고 있다.

스에오는 산에이에 전화를 걸기 전까지 그들의 말이 다 새빨간 거짓말이라고는 생각하지 않았다. 평범한 생활을 하는 사람은 평범한 아이들밖에 모르기 때문에 아이를 가엾게 생각한다. 스에오도 파출소 경찰관, 담임선생님, 취직했던 공장의 사장, 그리고 꼬치구이 가게 주인장 같은 다양한 사람들에게 인간적인 대접을 받은 기억이 있기 때문에 마음 어딘가에서 평범한 사람들이 남겨진 아이를 진심으로 안타깝게 생각하며 살해당한 두 사람을 불쌍하게 여기고 있을지도 모른다고 생각했다.

산에이의 남자가 전화기에 대고 "너 바보지?"라는 말을 내뱉고 부서질 듯이 전화를 끊었을 때 그 환영이 사라졌다.

스에오에게는 이 세상이 얼굴에 가죽을 뒤집어쓴 채 웃음 짓고 있는 괴물처럼 보였다.

5

주식회사 가메이치 제과는 1949년에 히로시마에서 창업한 과자 회사다. 세토나이의 바다에서 건져 올린 상품 가치가 없는 작은 새우를 반죽에 섞어 구운 과자가 가메이치 제과의 최초 상품이다. 종전 직후, 먹을 것이 없던 시절에 아이들에게 조금이라도 영양가 있는 것을 먹이자는 사장의 마음이 담긴 과자였다.

그 후로도 '아이와 영양'이라는 콘셉트로 과자를 만들어왔다. 풍족한 시대가 되었지만 가메이치 제과는 어떤 외진 마을, 가난한 골목에서도 '아이와 함께하는' 과자를 만드는 곳이라는 콘셉트를 바꾸지 않았다.

7월 23일 아침.

지금은 도쿄도 지요다구에 본사를 둔 상장 기업, 그 가메이치 제과로 한 통의 봉투가 배달됐다.

안에는 종이 한 장과 가느다란 털이 든 작은 비닐봉지, 사진 한 장이 들어 있었다.

어떤 여자가 무릎을 가슴 앞에 모으고 앉아 있는 사진이었다. 양손을 축 늘어뜨리고 자기 무릎을 내려다보듯이 고개를 숙이고 있다. 얼굴을 감추기라도 하듯 머리카락을 앞으로 잔뜩 늘어뜨렸다. 포동포동한 어깨와 포동포동한 허리. 무릎을 세우고 앉아 있는 발목 너머가 거뭇거뭇했다.

봉투에서 나온 사진을 본 총무부 여직원은 비명을 지르며 튕겨 나가듯 일어섰다.

같이 나온 종이에는 어린아이가 휘갈겨 쓴 것 같은 삐뚤빼뚤한 글자가 적혀 있었다.

세 번째 희생자를 내기 싫으면
2억 엔을 준비해라.

같은 날, 미나토구 아카사카에 있는 TBT, 시부야구 진난의 NHK, 미나토구 롯폰기의 테레비니혼, 이들 방송 3사에도 똑같은 크래프트 봉투가 배달됐다.

각 방송사는 지요다구에 있는 가메이치 제과 본사에 사태의 진위를 물었고 가메이치 총무부의 전화기는 계속 울려댔다.

　—저희 방송국으로 수취인이 가메이치 제과인 봉투가 배달됐는데, 그 안에 벌거벗은 여성의 사진과 2억 엔을 요구하는 협박 편지가 있었습니다. 이게 어떻게 된 일인가요?

　전화를 받은 총무과장은 정신이 멍해졌다.

　가메이치는 배달된 봉투 내용을 이미 간다 경찰서에 신고했다. 그리고 부사장과 총무부장이 문제의 봉투를 가지고 사태를 설명하러 간다 서를 방문했다가 이제 돌아간다는 전화가 왔던 것이 10분쯤 전이다.

　그 사진과 협박장이, 방송사에도 배달됐다는 말인가?

　전화를 받은 총무과장은 문의를 해온 각 방송사에 "지금 바로 간다 서에 신고해 주세요"라고 대답하고, 떨리는 목소리로 간다 서에 사태를 알렸다.

　"오늘 아침 저희 회사에 배달된 사진과 협박 편지가 방송사에도 배달된 것 같습니다. 방금 전에 문의 전화가 왔습니다."

　그러고 나서 총무과장은 간다 서에서 돌아오는 부사장과 총무부장을 현관에서 기다렸다가 방송사에도 같은 봉투가 배달됐다는 내용을 전달했다.

　부사장과 총무부장은 낯빛을 잃고 총무부로 뛰어 올라갔다. 총무부 직원들은 불안에 사로잡힌 모습으로 입구로 돌아온 과장을 바라보았다.

안쪽에서는 전화를 받는 목소리가 들렸다.

"네네, 맞습니다. 우리한테 배달된 우편물과 똑같은 게 배달된 것 같아요. 방송사 세 곳에서 각각 우리한테 확인 전화가 왔고 총무부에서는 대답하기 어렵다고 답변했어요. 네, 방송사는 테레비니혼이랑 NHK, TBT입니다."

총무부의 전화기들이 연이어 울려대기 시작했다.

전화를 받은 직원이 "또 방송국에서 전화가……" 하고 넋이 나간 목소리로 중얼거리며 수화기를 쥔 채로 도움을 바라는 듯 흔들리는 시선을 보냈다.

식품회사를 협박할 때는 식품에 이물질을 섞는 방식이 일반적이다. 가메이치 제과는 사진에 찍힌 여자가 누구인지 짐작이 가지 않았고 누가 무엇을 위해 이런 것을 보냈는지 도무지 알 길이 없었다. 부사장은 총무부장과 멀거니 서서 곳곳에서 울려대는 전화 소리와 그것을 받는 목소리를 신기한 표정으로 듣고 있었다.

"문제는 주가일까, 사건 그 자체일까?"

테레비니혼, NHK 두 곳은 경찰에 연락해 은밀하게 사태의 정황을 파악했다. 경시청은 신중하게 대응해 줄 것을 요청했고 그 요청을 받아들인 두 방송사는 대응을 보류했다.

총무부장은 총무부와 비서과 직원 전원을 모아 경시청에서 소식이 올 때까지 이 일에 대해 일절 외부에 누설하지 말 것을 요구했다.

가메이치 제과는 자긍심이 높은 제과회사다. 오랜 세월 상장을 하지 않아서 주식시장의 무자비한 바람에 노출된 적도 없다. 아직 때 묻지 않은 회사라 직원들의 애사심도 높았다. 자리에 모인 총무부와 비서과 직원들은 이 일을 절대 가족에게도 말하지 않겠다는 결의에 찬 표정을 지었다.

그런 가운데 단 한 곳, TBT만은 간다 서에 문의를 하지 않았다.

우편으로 배달된 의미심장한 여자 사진과 2억 엔을 준비하라는 협박장은 드라마틱했다. 그렇지 않아도 나카노 살해사건은 별다른 진전 없이 진부한 피해자 옹호를 반복하는 상황이었다.

TBT는 보도윤리니 저널리즘이니 하는 것에 상당히 둔감한 곳이었다. 다른 방송국에서 내보내면 따라서 내보내면 그만이고 어딘가에서 비판하면 똑같이 비판하면 그만이다. 분위기가 옹호로 바뀔 것 같으면 재빠르게 옹호한다. 어떻게 해야 좋을지 모르겠다면 권위에 맞서는 입장을 취하면 된다. 그것이 아무리 논점에서도 벗어나더라도 '한결 같은 태도'를 어필할 수 있다면 체면치레는 할 수 있다.

'세 번째'라는 말에 너나없이 속으로 나카노에서 발생한 연쇄살인사건을 떠올렸다. 방송사가 독단으로 이 사태를 판단해도 괜찮은 걸까? 이미 오래전에 자체적으로 생각하고 판단하기를 그만두었으면서도 그럴듯하게 행동하는 재주를 구축해 온 보도국은 2억 엔을 준비하라는 협박장을 받고도 경찰에 문의해야 할지 말아야 할지조차 판단하지 못했다.

"보도는 독자성을 지녀야만 합니다. 국가 권력인 경찰한테 어떻게 처신해야 할지를 묻는 것은 저널리즘을 짊어진 언론인으로서 정체성을 상실한 행태입니다."

보도국 피디, 히키타 이쓰히토가 그렇게 말했을 때 반론은 나오지 않았다.

히키타는 이어서 힘주어 말했다.

"그건 폭거일지도 모릅니다. 하지만 폭거는 진실을 추구하는 저널리즘에게는 허용되는 행위예요. 그렇기에 카메라맨은 정부의 반대를 뿌리치고 분쟁 지역에 뛰어드는 것이고, 그렇게 해서 찍은 사진은 세상에서 그 가치를 인정받습니다. 있었던 일을 있는 그대로. 그것이 바로 보도의 원점입니다."

결국 보도국은 이 일을 어디까지나 나카노 연쇄살인에서 파생된 사건의 하나로 분류했다. 나카노 연쇄살인사건과 직접 관련이 있는 것인지 아닌지에 대해서는 파고들지 않겠다고 판단한 것이다.

저녁 6시, 평소와 다름없는 짧은 테마 음악으로 시작된 정보 프로그램은 굳은 표정의 남녀 아나운서를 비추었다.

그들은 심각한 목소리로 입을 열었다.

"오늘 아침 TBT 보도국으로 발신인 불명의 봉투 하나가 배달됐습니다. 그것은 가메이치 제과 앞으로 배달된 우편물의 사본이었는데요. 안에는 여성의 사진 한 장과 협박문으로 보이는 메시지가 들어 있었습니다. 메시지는 거의 히라가나로만 '세 번째 희생자를 내기 싫으면 2억 엔을 준비해라'라고 적혀 있었습니다. 여성의 신원에 관해서는 밝혀진 것이 없습니다."

남자 아나운서는 거기서 말을 끊고 카메라 너머 시청자를 똑바로 바라보았다.

"나카노구에서 일어난 연쇄살인사건을 떠올리게 하는 내용이지만 실제로 관련이 있는지는 아직 확실하지 않습니다. 저희는 거듭 심사숙고한 결과, 보도를 단행하기로 했습니다. 자세한 소식이 들어오는 대로 후속 보도를 전해드리겠습니다."

그 후 아나운서는 곧바로 평소의 온화한 표정으로 돌아와 방송을 진행했지만 그 얼굴에 평소에 볼 수 없는 긴장감이 흘러넘치고 있었던 것은 확실하다.

뉴스는 즉시 SNS를 타고 퍼졌다. 동시에 인터넷에서는 '요약 정보'라 불리는 사이트가 이 일을 언급하기 시작했다.

ㅡ좀 이따 삭제되겠지만 일단 공유합니다.

뉴스 영상이 올라왔다. 그리고 개인들이 이 소식을 SNS에 올려 퍼뜨리기 시작했다.

─가메이치 제과에 2억 엔 요구. 준비하지 않으면 '세 번째 희생자' 예고…… 알몸 사진 동봉

─그거 혹시, 나카노에서 권총으로 살해당한 두 명이랑 관련 있는 거 아니야?

─나카노에서 권총으로 살해당한 두 사람, 둘 다 음식업 종사자에 애들도 있었지?

─음식업＝윤락업이에요. 둘 다 진짜로 하는 성 산업 종사자. 까놓고 말해 거리의 창녀

퇴근길 전철 안에서 사람들은 인터넷이나 SNS로 뉴스를 확인한다. '가메이치 제과, 2억 엔!'이라는 제목이 붙은 기사가 올라왔고 집에 도착하기도 전에, 텔레비전 전원을 켜기도 전에, 전철에 탔던 사람들 절반이 그 뉴스 내용을 읽었다. 그들이 다시 그 뉴스를 공유하고 10분 차이로 스마트폰을 켠 사람들이 또 그 뉴스를 읽었다. 그리고 그 안의 몇 퍼센트의 사람들이 다시 그 뉴스를 공유했다.

인터넷 속에서 TBT의 뉴스는 눈 깜짝할 사이에 널리 퍼져 나갔다.

퇴근길 전철에서 들여다본 스마트폰에서 '가메이치·2억 엔' 뉴스를 본 가메이치 제과의 직원들은 심장이 아플 정도로 충격을 받았다.

뭔가 거대한 것이 자신을 덮친 듯한, 커다란 발톱을 가진 괴물이 자신들의 자긍심을 움켜쥐고 깨부수려는 장면을 보는 듯한, 혹은 자신이 벌거벗겨지고 그 자리에는 아무런 프라이버시도 존재하지 않는 듯한, 그들은 형용하기 어려운 굴욕감을 느꼈다.

6

노가와 아이리의 행적은 여전히 오리무중이다.

미치코는 더위와 피로감 때문에 진이 빠져 있었다.

친구도 일정한 주소도 직장도 없다. 전화와 인터넷만으로 사회와 이어져 있는 여자가 휴대폰 전원을 끄니 마치 이 세상에 존재하지 않는 것 같다.

여전히 아이리의 전화는 연결되지 않았다.

왜 전화를 받지 않는 걸까? 모르는 번호를 받지 않으면 즉석만남 사이트의 일은 하지 못할 텐데.

미치코는 노가와 미키의 집 앞에서 그녀가 퇴근하기를 기다렸다. 마침내 미키가 나타나자 "어머님 휴대폰으로 따님에게 전화를 걸어주실 수 있을까요?" 하고 부탁했다. 노가와 미키는 기가 찬다는 듯한 표정이었지만 그래도 그 자리에서 전화를 걸더니 잠시 뒤 미치코의 귀에 휴대폰을 가져다 댔다. "지금 거신 번호는 현재 전원이 꺼져 있거나, 전파가 닿지 않는 곳에 있어 연결되지 않습니다"라는 안내 멘트가 들렸다.

"댁도 참 끈덕지네요. 걔한테 뭘 물어보든, 제대로 된 대답은 못 들어요."

노가와 아이리는 스물한 살이다. 초등학교를 졸업하고 9년, 고등학교를 졸업했다 해도 3년, 미치코는 엄마가 자식을 포기하기에는 너무 이르다고 생각했다.

미치코는 가방에서 종이 한 장을 꺼냈다. 산에이에 배달된 우편물을 복사한 자료 중 일부로, 그곳에는 데굴데굴 굴러다니는 것 같은 곡선과 통나무처럼 무성의하게 쭉 뻗은 직선으로 이뤄진 삐뚤빼뚤한 글자가 적혀 있다.

"이 글씨체 보신 적 있으세요?"

노가와 미키의 눈에 히스테릭한 혐오감이 번졌다.

"딸년 글씨 같네요. 적는 순서가 엉망진창이라서 글자로 안 보이죠."

이 글자가 노가와 아이리 것이라면 노가와 아이리는 계좌를 빌려줬을 뿐만 아니라 산에이에 보내는 봉투의 주소를 3년에 걸쳐 직접 적었다는 말이 된다.

"7월 2일에 전화가 왔다고 하셨죠? 어떤 이야기를 나눴는지 기억나세요?"

미키는 내뱉듯이 말했다.

"돈 달라는 연락이죠. 잘 기억은 안 나지만."

미키는 그 대화를 기억하고 있을 것이다. 다만 딸의 글씨를 눈에 담는 것도 딸과 나눈 대화를 떠올리는 것도 싫은 것이다.

미치코는 가만히 기다렸다.

"납치당했다면서 돈을 내달라고 하길래 그럴 돈 없다고 말하고 끊었어요. 이 세상에 그 물건을 납치해서 돈을 받을 거라고 생각하는 멍청이가 어디 있겠어요. 돈을 안 주면 살해당한다는 전화는 작년에만 두 번이나 왔어요. 무시했어요. 그땐 두 달 정도 뒤에 불쑥 돌아와서는 2, 3일 있다가 또 나갔고요."

그 눈은 그래서 뭐 어쩌라는 거냐, 불만 있느냐고 되묻고 있었다. 동시에 무슨 권리로 나를 불쾌하게 하는 거냐고 따지는 것 같기도 했다.

돈을 요구하는 딸의 말을 무시하자고 마음을 다잡았을 것이다. 마음 저 깊은 곳에는 정말로 딸이 난처한 지경에 처한 걸지도 모른다는 의심도 들었을 것이다. 하지만 마음을 독하게 먹고 그 갈등을 버티고 있으니 두 달 뒤에 그 딸이 뻔뻔하게 돌아왔다. 분노와 체념이 뒤섞인 어머니는 마음속에서 딸을 도려내 버렸다. 미치코는 그런 어머니의 분노와 난감함이 눈에 보이는 것 같았다.

"어머님이 근무하시는 산에이 식품에 돈을 노리고 악질 클레임을 거는 자들이 있는데 따님과 연관된 게 아닐까 짐작되는 부분이 있어요."

그날과 똑같은 외등 아래다. 노가와 미키의 얼굴은 역광을 받고 있었다. 조각상처럼 굳어 있는 그녀의 표정을 읽을 수가 없었다. 시간이 어딘가로 빨려 들어간 듯이 정지했다.

"그 물건이 산에이에서 돈을 뜯어내고 있단 말이에요?"

노가와 미키의 마음을 생각한다면 그렇지는 않다고 둘러대야 할지도 모른다. 하지만 어차피 사람의 마음에 생채기를 내고 그 안을 들여다보는 것이 기자의 일이다.

가방 안에서 사진을 꺼냈다. 산에이에 배달된 벌거벗은 여자의 사진이다. 두 장 중 눈을 가린 사진을 골랐다. 무릎을 세우고 앉은 사진보다 엽기적인 느낌이 그나마 덜했다.

"이건 산에이 앞으로 배달된 사진이에요. 몸값을 요구하는 전화가 온 뒤에 배달됐죠. 그리고 아까 말씀드린 것처럼 산에이 클레임 봉투의 필체가 아이리 씨의 글씨체와 비슷해서요. 이 사진에 대한 걸 포함해 이야기를 듣고 싶어서 아이리 씨를 찾는 중입니다."

미키가 장 본 봉지를 바닥에 내려놓고 사진을 받아 들더니 빨려들 듯 가만히 그 사진을 바라보았다.

그런 다음 갑자기 턱을 얻어맞기라도 한 듯 또는 흉물이라도 본 것처럼 살짝 고개를 돌렸다. 다만 시선은 여전히 실에 매인 것처럼 사진과 이어져 있었다.

미키는 가까스로 이어진 시선을 끊고 미치코에게 사진을 돌려줬다.

"그거 아마 걔 맞을 거예요."

노가와 미키는 클레임에 대한 자세한 이야기를 묻지 않았다. 조용히 땅바닥에 내려놓았던 비닐봉지를 들고 미치코를 보며 말했다.

"가끔 내 손으로 개 목을 졸라 죽이고 매듭을 짓고 싶다는 생각을 할 때가 있어요. 그렇지만 태어난 것 목에다 밧줄을 걸고 끌고 다닐 수도 없는 노릇이잖아요. 당신들은 부모가 뭔가를 잘못했을 거라고 생각하겠죠. 육아를 잘못했거나 평소 행실이 나빴을 거라고. 나도 걔를 낳기 전까진 그렇게 생각했어요. 지금도 그렇게 생각하고. 내 잘못이죠. 하지만 이제 책임을 질 방도가 없어요. 그 물건한테는 도덕심이 없어요, 기자님. 당신 같은 사람은 몰라요."

그 말은 내뱉는 한숨 같기도 하고 울음소리 같기도 했다.

그러고 나서 그녀는 양손에 장을 본 물건이 담긴 커다란 봉지를 들고 뒤도 돌아보지 않고 계단을 올라갔다.

미치코는 돌아오는 길에 가마타 역 앞 자판기에서 시원한 우롱차를 사려다가 생각을 고쳐 캔커피 버튼을 눌렀다. 온종일 강렬한 햇살에 시달린 가마타 역은 해가 저물었는데도 찜통 같았다. 살갗에 습기가 엉겨 붙는 기분이었다. 미치코는 진하고 맛없는 캔커피를 들이켜고 전철을 탔다.

전철 안은 무척 조용했다. 안식이 아닌 피로. 가벼운 상실감. 창문을 흐르는 풍경은 어수선했다.

'역시 산에이의 납치, 공갈협박은 자작극이었어. 산에이의 총무부장은 노련한 후각으로 사건의 부자연스러움을 간파했을 테지.'

미치코는 계단을 오르는 노가와 미키의, 마치 다리에 납덩이라도 달고 있는 듯 무거운 발걸음을 떠올렸다.

안전한 사회란 약동감 없는 세상일지도 모른다. 부모가 사람 구실 못 하는 자식을 죽이고 싶다고 생각하는 그 고독을 위로할 일이 없는 세상이다. 사람이 무엇을 위해 사는지를 잃어버린 세상. 마음이 설렐 일이 없고, 그저 무언가를 견뎌내는 세상.

미치코는 이카타 원전 취재나 가야겠다고 생각했다. 푸른 바다와 햇살이 내리쬐는 대지와 돈에 춤을 추는 사람들이 있는 세상은, 동물처럼 몸을 파는 여자와 자식을 죽여 세상에 사죄하고 싶다는 어머니의 재를 개어서 펴 바른 것처럼 사방이 꽉 막힌 세상보다 훨씬 인간다울 것이다.

그때 스마트폰이 뉴스 속보를 수신했다는 알림을 보냈다.

'가메이치 제과. 2억 엔 협박. 나카노 사건과의 관련성은?'

뉴스 기사에는 '가메이치 제과에 세 번째 희생자를 내기 싫으면 2억 엔을 준비하라는 협박장이 배달됐다'라고 적혀 있었다. 피곤에 지쳐 말 한마디 하는 사람 없는 한밤의 전철에서 전해지는 진동을 몸으로 받으며, 미치코는 그 문구를 눈썹을 찌푸리고 응시했다.

본격적인 지진은 이틀 후에 닥쳤다.

아키즈키 경위가 건 전화가 울린 것은 아침 6시다.

—밋짱, 깨워서 미안.

아키즈키는 낮은 목소리로 그렇게 말했다.

—방금 감식반에서 연락이 왔어. 7월 19일에 산에이에 배달된 머리카락 말이야.

공장장의 얼굴이 떠올랐다.

불룩 튀어나온 크래프트 봉투와 무릎을 세우고 앉은 여자의 사진과 머리카락.

그러나 미치코의 기억이 따라오기 전에 아키즈키의 목소리가 들렸다.

—자마 세이라 머리카락이야.

자마 세이라는 나카노 연쇄살인의 피살자다. 머리카락 주인은 노가와 아이리여야 맞다. 그 사진 속 여자는 노가와 아이리니까. 하지만 노가와 아이리는 여전히 소재가 불명이다.

"자마 세이라?"

그제야 비로소 미치코는 이렇게 이른 아침에 아키즈키가 자신의 휴대폰을 울려댄 의미를 이해했다.

아키즈키의 낮은 목소리가 이어졌다.

—산에이 협박 봉투에 나카노 살인사건 피살자의 머리카락이 들어 있었다는 건, 산에이 사건의 범인이 나카노 연쇄살인에 관여했다는 뜻이야.

창밖에서는 태양이 한여름의 열기를 쏟아내기 시작했다. 미치코는 그 햇살을 넋이 나간 채 바라보았다.

7월 25일의 일이었다.

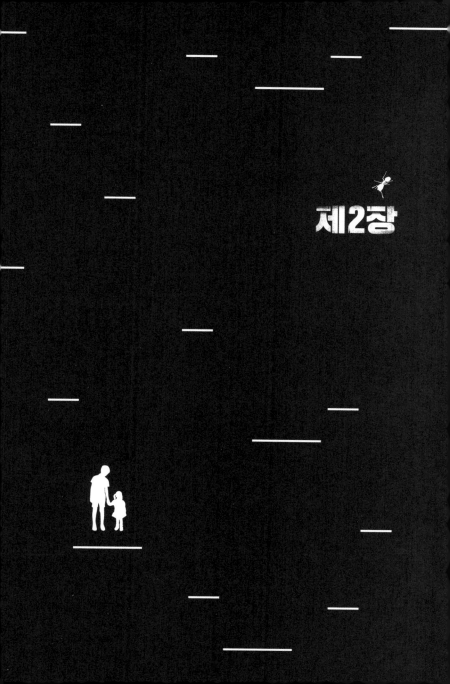

제2장

1

 그날, 산에이 식품 로쿠고키타 공장 사무실에서 본 머리카락은 가느다란 와이어처럼 보였다.

 공장장이 기분 나쁜 평정을 유지하면서 "장갑을 끼시는 게 나을 겁니다"라고 말했다. 모든 것을 다 보여준 공장장은 태엽이 다 돌아간 장난감처럼 멍하게 앉아 있었다.

 그 머리카락이 자마 세이라 것이었다는 건가.

 히가시나카노의 원룸 아파트의 욕실에서 이마를 관통당하고 72시간 동안 방치된 끝에 썩고 부풀어 새카맣게 파리가 꼬여 있던 자마 세이라.

 뒤통수가 박살이 난 벌거숭이 여자는 눈을 뜬 채로 욕실에 앉아 있었으리라. 목이 힘없이 기울고 그 얼굴에서 순식간에 핏기가 가신다. 범인은 그 앞머리를 잡고 잘랐을 것이다.

그 머리카락은 7월 19일, 산에이에 2천만 엔을 요구하는 협박장 안에 동봉되어 배달됐다. 나카노에서 첫 번째 사체가 발견된 것은 그보다 나흘 전이다. 그 말인즉, 범인은 나카노에서 여자를 쏘아 죽인 후 요구액을 2천만 엔으로 올렸다는 뜻이다.

미치코는 혼란스러웠다.

아무리 그저께 텔레비전에 나온 가메이치 제과 뉴스가 센세이셔널했다 하더라도, 그때까지 산에이에서 가메이치로 번진 일련의 협박사건과 나카노 연쇄살인사건의 관련성을 짐작케 하는 것은 '세 번째'라는 말뿐이었다. 이 일은 어디까지나 가메이치에 대한 위력업무방해이며, 산에이 협박에 실패한 범인이 세상을 떠들썩하게 만든 연쇄총살사건에 편승해 벌인 짓이라고 해석했다.

하지만 동봉된 머리카락이 자마 세이라의 것이면 그들은 떠들썩한 사건에 묻어가려 했던 게 아니라 진짜 살인범이라는 말이다. 산에이에 머리카락을 보내기 엿새 전에 저지른 나카노 연쇄살인의 범행 성명을 발표한 것이나 다름없다.

하지만 그 해석에는 절대적인 모순이 있다. 산에이 협박범은 셀 수 없이 많은 증거를 남겼다. 도시락 공장 협박에서 연쇄살인으로 급격하게 바뀌었지만 수사1과가 제대로 수사를 시작하면 범인이 특정되는 것은 시간문제다.

창밖은 빠르게 밝아졌다.

미치코는 공장장에게 받은 물건들을 복사했다. 사진, 봉투, 컴퓨터로 친 편지와 손으로 쓴 메시지 그리고 공장장의 메모, 공장장이 지정된 계좌로 돈을 보낼 때 쓴 이체 용지까지. 공장장은 전화 목소리도 두 건 녹음했다. 미치코는 그 파일을 USB에 복사했다.

하나는 발음이 어눌하고 말끝이 뚜렷하지 않은 남자가 "성의를 좀 보여주세요" 하고 귀에 거슬리는 말투로 말하는 목소리다. 그 말투는 한두 번 해본 솜씨가 아니다. 조폭 출신이 분명하다. 또 하나는 7월 5일 것으로, "뭐라는 거야, 너 이 자식, 납치라고!" 하는 목소리가 들렸다. 젊고 힘이 넘치지만 어딘지 모르게 음울한 목소리다. 미치코는 숨을 멈추고 경직된 몸으로 그 목소리에 귀를 기울였다.

그 목소리에는 "성의를 좀 보여주세요" 하고 말하는 남자와는 다른, 절규도 비명도 아닌 초조하고 슬퍼하는 듯한, 또는 화를 내는 듯한 생생한 감정이 깃들어 있었다. 그리고 이 남자는 안하무인이다. 자기 멋대로 하고 싶은 걸 하고 무슨 짓을 하든 오냐오냐 대접을 받고 자란 남자. 지능은 높다. 하지만 지적이지는 않다. 그리고 궁지에 몰려 있다. 벼랑 끝에 선 남자가 될 대로 되라며 외치는 듯한 목소리⋯⋯.

수사본부 경위가 미치코를 찾아온 것은 오전 7시다.

경위와 함께 경찰차를 타고 나카노 서에 도착하자 현관에서 아키즈키가 미치코를 기다리고 있었다.

미치코는 계단을 오르면서 아키즈키에게 귀띔했다.

"간자키 다마오가 자기 집 욕실 청소비는 누가 낼 거냐고 했다면서요?"

아키즈키는 기묘한 표정을 지었다.

"자마 세이라의 모친은 '돼먹지 못한 년이랑 돼먹지 못한 놈이 들러붙어서 제구실을 할 놈이 태어날 리가 없지'라고 했고."

"어떻게 알았어?"

"프런티어에 영업하러 온 기자한테 들었어요. 나카노 서 형사랑 친하다고 했다던데요."

아키즈키의 얼굴이 잔뜩 굳었다.

"나카노 서 경찰관 중 누군가가 내부 정보를 기자한테 팔아서 용돈벌이를 하고 있는 거예요. 간자키 다마오 취조에 동석하고 자마 세이라 어머니의 사정청취에 관여한 경찰관을 추리면 누군지 알 수 있지 않을까요?"

"알겠어. 알아볼게."

미치코는 공장장에게 받은 모든 증거를 수사본부 책상 위에 펼쳐놓고 협박사건의 발생에서 지금에 이르는 경위를 순서대로 설명했다.

그런 다음, 이 사건에 대해 자신이 모아온 정보를 모두 이야기했다. 노가와 아이리라는 여자의 행방을 찾을 수 없다는 것, 노가와 아이리는 가와사키 서에 스토킹 피해 신고를 한 것으로 보인다는 것.

수사본부를 통괄하는 수사1과 반장 사오토메 경감은 아키즈키보다 열 살 정도 젊다. 그 젊고 고상한 인텔리 타입의 남자가 "협조해 주셔서 감사합니다" 하고 미치코에게 머리를 숙였다.

그 말은 형식적인 인사가 아니었다. 미치코는 사오토메 경감이 진심으로 고마워하는 것을 느꼈다. 이 증거들은 범인의 발자국 같은 단서는 하찮게 보일 정도로 결정적인, 범인이 누구인지 적어놓은 서류나 다름없다. '거기에 범인이 있을 것 같진 않지만, 확실하게 없다는 판단이 설 때까지 손에서 놓을 수 없는' 방대한 정보에 매몰될 운명이었던 그들 입장에서는 머리 위에 갑자기 구멍이 열리고 빛이 쏟아지는 순간이나 다름없었을 것이다.

미치코가 봉투를 열거나 사진을 보여줄 때마다 수사관들이 분주하게 드나들었다. 미치코가 머리빗과 작은 비닐봉지에 들어 있는 인조눈썹을 꺼내서 아이리의 방에 있던 물건이라고 말하자 수사관들 얼굴이 순간 상기됐다.

"산에이 앞으로 배달된 두 장의 사진 중 한 장을 보고 아이리의 모친이 딸이 맞는 것 같다고 증언했어요. 그 봉투에 적힌 필적도 딸 필체와 일치한다고 했고요. 취재 날짜는 그저께입니다."

사오토메 경감이 미간을 찌푸린 얼굴로 사진을 손에 들고 '산에이 공장 우에무라 님'이라고 적힌 봉투를 끌어당겼다. 고상한 남자의 눈이 그 봉투를 탐욕스럽게 응시하고 있다.

"가메이치가 받은 메시지를 볼 수 있을까요?"

미치코는 그렇게 말하며 책상 위에 산에이 앞으로 배달된 편지를 놓았다.

산에이 앞으로 배달된 백엔숍에서 파는 싸구려 편지지에는 세 줄의 협박문이 적혀 있다.

세 번째 희생자를 내기 싫으면
2000만 엔을 준비해라.
기한은 3일

아키즈키가 가메이치로 온 편지를 그 옆에 놓았다.

세 번째 희생자를 내기 싫으면
2억 엔을 준비해라.

두 편지는 글자 크기까지 정확하게 일치했다.

"산에이에 보낸 편지의 2천만의 '0'이랑 '만' 부분에 '억'이라고 쓴 종이를 붙이고, '기한은 3일' 위에 백지를 붙여서 복사했군. 그래서 '억'이란 글자가 다른 것보다 크고 약간 삐뚜름한 거야."

미치코는 물었다.

"7월 22일, 산에이 본사는 어떻게 대응했죠?"

"본사 총무부장이 단칼에 '그런 돈은 줄 수 없다. 너 바보지?' 그렇게 말하고 전화를 끊었다는군."

아키즈키는 고개를 끄덕이고 목소리를 낮췄다.

"2일과 19일의 일을 경찰에 신고하지 않은 이유를 추궁했는데 산에이 총무부장은 '이런 협박에 반응할 필요 없다. 내 판단은 잘못되지 않았다'라고 딱 잘라 말하더군. 왜 자기네가 생판 모르는 여자의 몸값을 내야 하느냐며, 그건 악질적인 장난이라고 단언했어. 악질 클레임을 하는 족속들은 바퀴벌레를 튀겨서 튀김 반찬 밑에다 끼워 넣는다는군. '세 번째 희생자' 어쩌고 하는 말도 아무나 생각할 수 있는 모방범의 수법이라고."

"나카노 연쇄살인사건과의 관련이 있다는 생각은 전혀 하지 않았던 걸까요?"

"본사 인사부장은 입만 열었다 하면 죄송하다고 하더군. 당사에 직접적인 책임은 없지만 기업으로서 도의적 책임은 있다, 하지만 여러 차례에 걸쳐 클레임이 들어온 건 전혀 몰랐다, 공장장이 보고를 올리지 않아서 우리도 알 수가 없었다, 본사에서 미리 알고 경찰에 신고했다면 범인한테서 전화가 왔을 때 수사에 보탬이 됐을 것이다, 정말 면목이 없다, 뭐 이런 말들이지. 범인한테서 전화가 왔을 때란 건, 총무부장이 바보냐고 비아냥거리고 끊었던 7월 22일이야."

참고로 산에이는 23일, TBT 방송을 보고 가메이치 제과에 배달된 협박장이 자사에 온 협박과 매우 흡사하다며 가마타 서에 신고하고 그동안의 협박에 대해 피해 신고를 접수했다고 한다.

"이렇게까지 일이 커졌으니 보고를 올리지 않은 공장장과 독단으로 판단하고 대응한 총무부장 책임으로 몰아가는 수밖에 없겠죠. 실제로 인사부장은 몰랐을 거예요."

아키즈키는 끄덕였다.

"산에이는 동네 반찬가게에서 출발한 업체야. 이 정도 규모의 회사가 되기까지 남한테는 말 못 할 사연이 많았을 거야. 다른 회사를 앞지르려고 지저분한 짓도 했을 테고. 총무부장은 산에이 창업멤버로 그런 역할을 도맡아 해왔겠지. 범인은 공장장 말대로 본사에 전화했다가 바로 그 총무부장한테 걸려서 본전도 못 찾고 욕만 먹은 거지."

그런 남자가 상대라면 누가 됐든 깨지는 수밖에 없다.

"가메이치가 받은 봉투에는 가느다란 체모 같은 게 있었다고 들었는데, 조사했어요?"

"자마 세이라 건 아니야. 이 인조눈썹이랑 머리빗도 이쪽에서 좀 쓸게."

미치코가 제출한 머리빗의 빗살과 본체가 만나는 곳은 때가 눌어붙은 것처럼 변색되어 있었고, 빗살에는 겹겹으로 머리카락이 휘감겨 있어 빗살이 보이지 않을 지경이었다. 수사반이 직접 채취한 것이 아니라서 증거 능력이 있을지는 의문이지만 수사에 도움은 될 것이다.

"범인은 '세 번째 희생자'라는 말에 산에이가 겁을 먹고 경찰에 신고할 거라는 시나리오를 썼던 게 아닐까요? 신고하면 머리카락이 경찰의 손에 들어갈 거고, '세 번째 희생자'라는 키워드로 나카노 살인사건과의 관련성이 조사되면 머리카락이 자마 세이라 것이란 사실이 판명 나겠지요. 그런데 제대로 요구도 못 하고 바보라는 말만 듣고 전화는 끊겼어요. 총무부장의 말이 범인을 자극한 거예요. 사람까지 죽였는데 아예 상대도 해주지 않으니까. 그래서 타깃의 레벨을 올리고……."

미치코는 책상 위에 놓인 종이를 봤다.

세 번째 희생자를 내기 싫으면

2억 엔을 준비해라.

"금액도 올린 거죠."

일을 크게 만들려면 더 임팩트 있는 금액을 요구해야 한다고 생각한 게 아닐까? 범인은 2백만, 2천만, 2억으로 한 자리씩 금액을 올렸다. 연패에 빠진 도박꾼이 돈을 거는 것 같다.

"하나하나 따지면서 보면 일리가 있어 보여. 하지만 논리적으로 앞뒤가 안 맞잖아. 경찰에 신고당할 걸 전제로 하는 몸값 요구에 무슨 의미가 있지?"

미치코는 아키즈키를 똑바로 봤다.

"그 말이 맞아요. 하나씩 따져가며 생각해도 결국 마지막에는 아귀가 안 맞고, 다시 처음으로 돌아가서 생각해 보지만 또 앞뒤가 맞지 않는 결론에 이르죠."

"돌림노래구만."

"무슨 말이에요?"

"후렴의 끝부분이 후렴 시작 부분이랑 똑같으면 노래가 끊기지가 않잖아."

사오토메가 남몰래 수박씨라도 뱉었나 싶을 정도로 작게 '풋' 하며 웃었다.

한편 프런티어의 마나베는 순간 무슨 말인지 이해하지 못하는 듯했다.

"산에이의 공갈협박범이 보낸 머리카락이, 나카노 연쇄살인의 피살자 자마 세이라 것과 일치한대요."

나카노 서에서 그렇게 전화했을 때 마나베는 "뭐?"라고 말한 채 한동안 대답이 없었다.

─뭔 소리야?

그런 다음 한 박자 두고 말문이 터졌다.

─엄청난 특종이라는 말이잖아!

프런티어 편집부는 삽시간에 분주해졌다.

7층에 있는 프런티어 편집부 회의실에 마나베와 나카가와와 또 한 명의 편집자 그리고 낯익은 카메라맨과 미치코가 자리를 잡자 문이 닫혔다.

마나베는 엄청난 일이 터졌다며 흥분했다. 범인이 대체 무슨 꿍꿍이인지 모르겠다, 잡는 건 시간문제다, 기베짱이 먼저 취재하고 있었던 게 놀랍다, 경찰보다 몇 수 앞서 움직이다니 대단하다며 호들갑을 떨었지만 미치코는 흉악한 살인사건이라 전면적으로 협조한 거라고 담담하게 대답했다.

"그런데 설마 정보를 수사본부에 다 가져다 바친 건 아니겠지?"

"내가 가진 정보는 수사1 과가 총력을 기울이면 겨우 한나절 만에 찾아낼 수 있는 것들이에요. 감추고 자시고 할 것도 없었어요."

"그렇지만 수사본부가 공표하지 않은 증거들을 가지고 있는 사람은 기베 씨뿐이란 거잖아."

마나베가 뚫어지게 쳐다봐서 미치코도 똑바로 마주 보았다.

"노가와 아이리라는 이름을 파악하고 있는 건 지금으로선 우리뿐이에요."

그 말을 듣더니 마나베는 고개를 크게 끄덕이며 팔을 걷어붙일 기세였다.

"자자, 사건 경위를 자세하게 설명해 주시죠, 기베 선생님."

나카가와가 종이, 매직, USB 등을 들고 분주하게 오갔다. 그때마다 문이 열렸다 닫히느라 딜컹딜컹 소리가 났다.

마나베를 설레발치게 만든 것 같아 미안하지만 솔직히 말하자면 뉴스에서 나카노 연쇄살인사건과 산에이 공갈협박사건의 관련성을 언급한다면 다른 언론사들도 노가와 아이리의 이름 정도는 쉽게 입수할 것이다. 김 빼기용으로 경찰이 먼저 발표할지도 모른다. 하지만 미치코가 공장장에게 받은 사진과 노가와 아이리가 직접 쓴 봉투, 여러 건의 협박 편지, 거기에 동봉된 도시락 사진들은 경찰에서 발표하지 않는 한 입수할 수 없다. 공장장이 복사도 하지 않고 원본을 모조리 미치코에게 넘겼기 때문이다. 범인이 체포됐다는 소식과 함께 방출될 그 증거품들은, 분명 보물더미라고 할 수 있다. ATM 이체용지에 기재된 '노가와 아이리'라는 지극히 평범한 글자도 나카노 연쇄살인을 저지른 범인 일당의 계좌라고 생각하고 보면 오싹한 느낌이 든다.

"기베짱, 알겠지? 이거 우리 독점이야."

마나베는 거듭 확인했다. 미치코는 이렇게 노심초사하는 일면을 보이는 마나베가 싫지 않았다. 미치코의 마음을 술렁이게 하는 것은 글자도 사진도 아닌 범인의 육성이었다. 발음이 어눌한 쪽이 아닌, "뭐라는 거야, 너 이 자식, 납치라고!" 말한 히스테릭한 목소리다. 그 무엇도 참아본 적 없는 철이 덜 든 목소리, 그 목소리에서 현실의 벽에 부딪혀 당황하는 남자가 비쳐 보였다.

미치코는 지금 그런 목소리를 내는 남자에게 과연 사람을 죽일 만한 담력이 있을까 하는 회의감이 들었다. 다른 사람이 언제 나타날지 모르는 길거리에서 총을 쏴 사람을 죽였다. 조금이라도 망설이거나 주춤거렸다면 여자는 비명을 지르거나 달아났을 것이고, 총알은 이마를 관통하지 못했을 것이다. 누군가에게 목격당했을지도 모른다. 강한 의지나 격한 살의 같은 말보다, 그야말로 '담력'이라는 말밖에 떠오르지 않았다. 현장에서 뛰어서 도망가는 남자를 봤다는 증언 같은 건 없었으니 범인은 유유히 걸어서 자리를 떴을 것이다. 미치코는 그 모습과 그 목소리가 전혀 맺어지지 않았다.

나카가와가 B4 용지를 테이블 위에 내려놓으며 상황을 정리했다.

"먼저 7월 2일, 범인은 로쿠고키타 공장장에게 파트타이머의 딸을 납치했다면서 2백만 엔을 요구했어요. 그런데 공장장은 그 딸이란 사람이 누구인지 몰랐어요. 그래서 무시했죠. 그러자 7월 8일, 분풀이하는 것처럼 얇은 셔츠 하나만 걸친 여자 사진을 보냈어요. 그게 이 눈을 수건으로 가린 사진."

그러더니 나카가와는 그 사진을 B4 용지 위에 붙이고 볼펜으로 내용을 써넣었다. 사진은 수사본부에 제출하기 전에 미치코가 컬러 복사를 해놓은 것이다. 영락없는 수사본부 분위기다.

"그땐 그걸 마지막으로 더 이상 연락이 오지 않았어요. 7월 19일, 범인은 이번엔 몸값을 2천만 엔으로 올려서 다시 산에이에 봉투를 보냈어요. 그걸 또 산에이가 무시합니다. 그때 배달된 봉투에 동봉돼 있던 머리카락이 나카노 연쇄살인사건의 피살자 중 한 명인 자마 세이라 것이에요. 즉, '나카노 사건의 범인은 나다' 하고 범행성명을 발표한 셈이죠. 그리고 그때 같이 동봉돼 있던 게 이 사진이에요."

나카가와는 무릎을 세우고 앉은 여자 사진 아래로 화살표를 긋고 7월 19일이라고 써넣었다.

"7월 19일에는 기한을 22일로 못 박았어요. 산에이는 당연히 무시했고요. 그리고 이튿날인 23일 아침, 방송국과 가메이치에 몸값을 2억 엔으로 올린 협박장이 사진과 함께 배달돼요. 그때 범인은 가느다란 털을 동봉했어요."

아키즈키가 말했듯 산에이의 총무부장이 악질 클레임을 거는 고객들 때문에 속앓이를 하고 있었다는 사실은 어렵지 않게 상상할 수 있었다. 터무니없는 트집에 그저 고개를 조아려야 할 때도 많았을 것이다. 그 과정에서 접한 고객들의 악질적인 요구, 소액이지만 거짓말로 돈이나 금품을 뜯으려는 야비함은 분명 추잡스러웠을 것이다. 총무부장의 지나치다 싶은 반응 이면에는 그들에 대한 굴절된 분노가 있기 때문이라고 생각했다.

"어떻게든 산에이한테서 돈을 뜯어내려고 별짓을 다 했지만 산에이는 철저하게 무시했어요. 그래서 이번에는 돈을 2억 엔으로 올리고 가메이치한테 보냈습니다. 모든 게 돈을 노리고 벌인 것으로 보이는 사건이죠. 거기까진 이해하겠다고 쳐요. 하지만 그렇다면."

거기까지 말한 나카가와는 고개를 갸웃거렸다.

"아무런 상관도 없는 여자를 두 명이나 살해할 필요가 있었을까요?"

"이런 건 금방 잡혀. 그럼 사형이지."

마나베가 말했다.

"그래도 바보냐는 말 들으면 상당히 열받을 것 같아요. 하는 짓이 그래 보이긴 하지만요."

나카가와가 말을 받았다.

"사실을 지적당하는 게 제일 열받는 법이야. 진리지."

편집자가 말했다.

"하지만 기 싸움에서 이기려고 사람을 두 명이나 죽였을까?"

마나베가 다시 말했다.

"조폭이 얽혀 있죠?"

편집자가 미치코에게 물었다.

"공장장이 몇 번인가 만나서 현금을 준 적이 있다는데 그때 돈을 받으러 온 사람이 조폭 출신 같은 험상궂은 남자였대요."

회의실 테이블 위에는 나카가와가 설명을 써넣은 종이와 함께 사진 두 장이 나란히 놓여 있다. 사진 속 여자는 양쪽 모두 얼굴을 알아볼 수 없지만 나이는 비슷해 보였다.

"돈을 안 주면 다음엔 이 여자를 죽이겠다고 했는데, 이건 노가와 아이리니까 범인이랑 한패잖아."

마나베의 말에 편집자가 동의했다.

"이 여자가 납치당했다는 걸 아는 사람이 아무도 없는데 그런 여자를 인질로 돈을 뜯어내겠다는 발상 자체가 이해가 안 돼."

사진은 그것 말고도 스무 장 정도 더 있었다.

그중 한 장은 식당 메뉴판에 실릴 법한 도시락 사진이다. 흰 쌀밥에 얇게 썬 연어살, 녹미채 조금에 달걀말이 한 조각. 그

달걀말이 옆에 유성펜으로 동그라미가 그려져 있다. 그 동그라미 안에 찍혀 있는 것은 날카롭고 투명한 물체, 커다란 유리 조각이다.

"실수로 들어갈 레벨이 아닌데?"

"아무리 봐도 억지로 쑤셔 넣었는데요."

두 장의 사진은 같은 방에서 촬영되었다. 비싸 보이는 바닥재, 구석에 찍힌 테이블 다리는 언뜻 봐도 싸구려 물건이 아니다. 무릎을 세우고 앉은 사진에는 대형 관엽식물 화분이 같이 찍혀 있다. 중앙에 깔린 러그는 '가베'라 불리는 두터운 고급 카펫으로 보였다.

"비싼 월세의 아파트 내부 같지 않나요? 그리고 지금 이 여자한테서는 목숨을 잃을지도 모른다는 위기감 같은 게 전혀 안 느껴져요."

회의실의 시선이 카메라맨에게 쏠린 가운데 그가 혼잣말을 했다.

"지금 상황을 두려워하는 것처럼 보이지 않는단 말이죠."

미치코는 두 장의 사진을 들여다봤다. 성인용 잡지에 실리는 사진이라고 해도 이상할 것이 없는 사진들이었다.

세 번째 희생자를 들먹이며 돈을 뜯어낼 목적이라면 살해당한 두 명의 여자 중 한 명, 자마 세이라나 모리무라 유나의 사진이어야 하지 않을까? 범인은 애초에 분명히 노가와 아이리를 인질로 돈을 뜯어내려 했다. 산에이 파트타이머의 딸을 납치했다고 전화에 대고 똑똑히 말했기 때문이다. 하지만 일이 이 지경에 이르렀는데도 여전히 노가와 아이리의 사진을 보내는 그 의도를 알 수가 없었다.

"어쨌든 이렇게 되면 범인 체포는 시간문제로군."

마나베는 그렇게 말하고 얼굴을 들었다.

"우리가 9월호를 낼 무렵이면 이미 범인은 체포됐을 거야. 관계자들 신변 정보를 최대한 많이 모아. 자마 세이라, 모리무라 유나의 이야기는 다른 곳에서도 노리고 있으니까 9월호가 깔릴 쯤에는 아주 시시콜콜한 내용까지 죄다 까발려질 거야. 우린 가해자 쪽을 노린다. 노가와 아이리와 그 모친 그리고 산에이. 새로운 관계자가 나오면 곧바로 주변 정보부터 캐. 긁어모을 수 있는 건 모조리 긁어모아."

나카가와는 마나베의 눈에서 시선을 돌리지 않고 작게, 하지만 힘차게 끄덕였다.

"그런데 편집장님, 나카노 서에 연줄이 있다는 그 기자는 어떻게 하죠?"

나카가와는 마나베에게 질문했지만 미치코가 대답했다.

"그 기자는 이제 우리한테 흘린 정보 말고는 더는 아무것도 못 알아낼 거예요. 그 정보를 어딘가에 파는 일 말곤 할 수 있는 게 없어요."

"무슨 말이야?"

"수사1과 형사한테 내부 정보를 누설한 형사가 있다고 말해 줬어요. 간자키 다마오와 자마 세이라 모친의 사정청취에 동석한 나카노 서 형사는 한 명밖에 없어요. 지금쯤 수사에서 제외됐을 거예요."

나카가와와 마나베는 물끄러미 미치코를 쳐다봤다.

"친분 있는 경위한테 의리를 지킨 것뿐이에요. 수사1과에 그런 정보상이 드나드는 건 나로서도 환영할 만한 상황은 아니고."

나카가와가 천천히 다음 말을 이었다.

"그러니까 미치코 씨만 드나들 수 있게 했다 그거네요."

간단히 말하자면 그렇다.

수사에 방해가 될지도 모를 이야기를 푼돈 욕심에 흘리고 다니는 형사와 기자가 주변에서 어슬렁대면 눈에 거슬리기도 하고 위험하기도 했다. 아키즈키에게 귀띔한 이야기, 혹은 아키즈키가 살며시 전해줬을 이야기가 어디로 흘러 들어갈지 모를 일이다. 규칙을 무용지물로 만드는 정보상은 반드시 걸림돌이 된다. 그러니 정리하는 수밖에 없다.

이 사건은 내 영역에 들어왔으니까.

마나베는 "이야, 무서워 죽겠네" 하고 웃었다.

사건의 배후에 무엇이 숨어 있는지를 알아채려면 잡다한

냄새 중에서도 본체가 뿜어내는 냄새만을 구분하는 예민한 후각과 끈기가 필요하다. 사건이 그 끈기를 불러낼 때가 있다. 철부지 같은 목소리를 가진 남자와, 밤이 내린 나카노에서, 펄펄 끓는 한낮의 원룸 아파트 욕실에서 여자의 미간에 총탄을 발사한 인간 사이의 괴리가 가느다란 악취를 뿜어내는 것 같다.

지금쯤 아키즈키와 사오토메는 훈련된 사냥개처럼 몸을 낮추고 물어뜯을 상대를 가려내기 위해 눈에 힘을 주고 있으리라.

덩어리가 큰 썩은 고기는 강한 냄새를 뿜어낸다. 지금 이 사건에는 커다란 고기가 뿜어내는 악취가 가득하다. 눈매가 예리한 인텔리 경감과 내세울 것이라고는 열정과 정의감뿐인 남자가 힘줄처럼 가느다랗고 질긴 악취를 구분해 낼 수 있을까?

아주 약간 시큼한 맛이 나는 썩은 냄새.

그것은 진실만이 가진, 잡다한 맛이 없는 숙성된 악취다.

미치코는 피해자의 사진을 끌어당겼다. 테이블 위에는 두 장의 노가와 아이리 사진까지 합해 사진 네 장이 펼쳐져 있었다. 무관심과 탐욕이 인간이 애착을 느낄 요소를 먹어치웠다고 하면 될까. 세 명의 여자는 하나같이 누구에게서 따스한 손길을 받아본 적도 애정을 받아본 적도 없는 얼굴을 하고 있었다.

다음 날, 7월 26일.

집배원은 TBT 뒷문에 차를 세우고 우편물 운반함을 들고 안내 카운터로 가지고 갔다.

경비원이 우편물을 받아 각 부서로 보낼 소형 우편 상자에 나눠 담았다. 보도국으로 운반된 우편물 중 수신인 이름이 있는 것은 본인 자리에, 따로 이름이 없는 것은 모아서 국장 자리로 배달됐다.

보도국 국장의 시선이 그 봉투 중 하나에서 멎었다. 컴퓨터로 작성해서 출력한 수신인 주소가 엉성하게 붙어 있었다. 그것을 뚫어져라 보던 보도국 국장 얼굴이 점차 새파래졌다.

국장은 그 자리에서 수화기를 들었다.

"그게 또 온 것 같아."

봉투를 만져보니 안에 지우개 정도 크기의 물건이 들어 있었다.

히키타 이쓰히토가 쏜살같이 달려왔다.

"잠깐! 열기 전에 우편관리실에서 엑스레이 검사를 하는 게 좋겠어."

국장은 그렇게 말한 뒤 봉투를 들고 방을 나가려 했지만 히키타는 국장한테서 낚아채듯 봉투를 빼앗더니 그 자리에서 개봉했다.

봉투 안에는 한 사이즈 작은 봉투가 들어 있었다. 우편번호와 주소가 적혀 있고 수신인은 '가메이치 제과 사장'이다. 지우개 크기의 물건은 그 안에 들어 있었다.

히키타가 봉투를 열자 그 안에 가메이치 제과에 보내는 물건이 들어 있다는 걸 눈치챈 사람들이 국장의 책상 주위로 몰려들었다.

히키타는 옷깃을 세운 스포츠 셔츠를 입고 조깅과 웨이트 트레이닝을 부지런히 하는 자기 관리에 철저한 남자다. 저한테 이득이 될 사람한테는 찰싹 달라붙어 술을 마시고 그렇지 않은 상대는 노골적으로 무시하는 지극히 속물적인 방송인이다. 그는 불룩 솟은 봉투를 본 순간, 벼락을 맞은 듯 정신이 들었다.

히키타는 사흘 전, 가메이치 제과 앞으로 온 협박장 방송을 단행하자고 주장했다. 그땐 곧 후속 보도가 쏟아져 나오고 이 이슈가 커질 거라고 생각했다. 다른 방송국보다 한발 앞서 독점 보도한다면 경이로운 시청률이 나올 수 있다. 사회적 비난을 감수하고 보도를 강행한 것은 그만한 성과를 얻을 수 있다고 생각했기 때문이다. 그런데 후속 보도는 없었고, 타 방송사들도 잠잠했다. 지난 62시간은 지옥처럼 길었고 그는 사내에 "버라이어티나 만지작대던 놈이 뭣도 모르고 나댄다" 하는 험담이 도는 걸 느끼고 있었다. 앞으로 며칠 안에 후속 보도를 하지 못하면 책임을 추궁당할 게 분명했다.

마침 그때 봉투가 배달된 것이다.

어서 후속 보도를 내보내지 않으면 사흘 전 무리해서 방송으로 내보내자고 주장한 히키타의 입지는 위태로워질 터였다. 하지만 지금 이 사건이 더 커진다면 선행 보도는 선견지명이 될 것이다.

경찰에 알리는 게 낫지 않겠냐고 보도국 국장이 말했다.

"경찰이 방송하지 말라고 하면 안 할 겁니까?"

히키타는 되물었다.

"지금 경찰한테 연락해서 그런 걸 물어보면 사흘 전에 우리가 잘못 판단했다고 인정하는 꼴이 됩니다."

'당신은 괜찮더라도 난 싫다.'

히키타는 손에 쥔 작은 봉투를 거칠게 뜯었다.

나온 것은 종이 한 장과 USB다.

종이에는 은행명과 계좌번호 그리고 '노가와 아이리'라는 이름이 인쇄되어 있었다. 계좌번호를 향해 볼펜으로 화살표가 그어져 있고 화살표가 시작된 곳에는 손글씨로 글자가 적혀 있다.

2억 엔을 여기로 넣어.

어린애가 쓴 것 같은 서툰 글자. 그것은 사흘 전에 왔던 협박문과 똑같은 필적으로 보였다.

컴퓨터에 USB를 꽂았다. USB 파일을 열 것인지 묻는 창이

떴다.

"이거 바이러스면 끝장인데."

누군가가 뒤에서 그렇게 말했지만 히키타는 주저 없이 '열기'를 클릭했다. 유해한 파일일 가능성이 있다는 경고가 떴다. 히키타는 서슴없이 다시 '열기'를 선택했다.

다음 순간, 화면 가득 거친 입자가 퍼졌다. 마치 브라운관 텔레비전 시대에 봤던 스노노이즈 같았다.

보도국에 있던 전원이 숨을 삼켰다.

화면을 채운 것은 1분이 채 안 되는 소리 없는 동영상이었다. 사흘 전에 배달된 사진의 배경과 같은 방이다. 그 방에서 벌거벗은 여자가 카메라를 향해 울부짖고 있었다.

카메라 쪽에서 손이 뻗어 나오더니 여자의 머리카락을 움켜잡았다. 다리가 나와 여자의 배를 차려고 하자, 여자는 몸을 웅크리고 자기 몸을 감싸 안은 채 카메라로부터 달아나려 했다. 하지만 여자는 지쳐 보였고 움직임은 굼떴다. 갑자기 고개를 들더니 카메라를 향해 울면서 항의를 하기도 했고 주체 못할 분노에 사로잡힌 사람처럼 위협하고 소리를 지르기도 했다. 마치 부모에게 호된 꾸지람을 듣는 아이가 울면서 거세게 반항하는 모습 같았다. 얼굴은 온통 눈물과 콧물로 범벅이었다. 더럽고 추했다. 화면이 바뀌고 바닥을 뒹구는 벌거벗은 여자가 비쳤다. 여자는 몸을 보호하려는 것처럼 몸을 둥글게 웅크리고 머리카락을 흩뜨린 채 발로는 카펫을 계속 찼다. 그렇게 여자의 몸은 조금씩 이동했다. 마치 몸을 둥글게 만 유충이 기어가는 모습 같았다.

장면이 바뀌고, 고개를 들고 일어선 여자가 카메라를 향해 다가왔다. 유방과 음모가 고스란히 드러났다. 분을 못 이기겠다는 표정 같기도 하고 공포에 사로잡힌 표정 같기도 한 얼굴이 순간 화면을 커다랗게 채웠다.

거기서 영상은 뚝 끊겼다.

쥐 죽은 듯 조용해진 사무실에 누군가의 휴대폰 벨 소리가 울려 퍼졌다.

"이건 방송 못 해. 방송 윤리에 어긋나."

윤리라는 말은 히키타에게는 너무나 진부하게 들렸다.

버라이어티 제작 현장에서는 시청자에게 임팩트를 주는 그림을 찍기 위해 출연자에게 목숨을 건 촬영을 강요해 왔다. 하청 제작사들은 밤샘 작업으로 무리한 일정을 맞춘다. 과도한 업무에 시달리는 젊은 사원들은 우울증에 걸리기 일쑤고 현장 조연출은 언제나 폭언에 시달리고 때로는 구타마저 당한다. 모든 것은 시청률을 위해서다. 그렇게 발악해도 뽑아내지 못하는 시청률을 이 벌거숭이 여자의 영상이 쉽게 만들어줄지도 모르는데 이 기회를 가만히 앉아서 놓치라는 말인가? 그건 목숨 건 촬영을 강요당하는 출연자, 혹사당하는 파견 사원들, 잘

187

못도 없이 구타당하는 조연출에게 실례되는 일 아닌가. 이런 곳에서 '윤리'라는 말은 그저 책에서나 나오는 단어일 뿐이다. 벌거숭이 여자가 두들겨 맞고 눈물 흘리는 영상이 뭐가 대수라는 거냐.

"잊었습니까? 우린 방송하겠다고 시청자들한테 이미 약속했어요. 이제 와서 쫄면 뭘 어쩌잔 겁니까?"

히키타는 조연출을 보며 말했다.

"방송에 내기 곤란한 영상은 모자이크 처리하고 20초로 편집해. 11시 뉴스에 나갈 거야."

보도국 과장은 낮 시간 뉴스에 내보낼 만한 영상이 아니라며 다시 만류했다. 히카다는 저녁 뉴스까지 7시간이나 기다리다가는 다른 데서 선수를 칠지도 모르는데 과장이 얼간이 같은 소리를 한다고 생각했다.

"정당성이야 나중에 얼마든지 따라옵니다. 항상 그랬지 않습니까."

우리가 내보내지 않으면 범인은 동영상 공유 사이트 같은 곳에 올릴 수도 있다. 뒤처진 다음 도의적 운운하는 말에는 아무도 귀를 기울이지 않는다. 그게 현장이다.

히키타는 선 채로 방송 원고를 쓰기 시작했다.

"11시 뉴스에 내보낼 거야. 경찰에는 방송 3분 전에 알려."

스튜디오에서 조연출이 뛰어나갔다.

그날 아침, 가메이치 제과 임원실에는 사장 이하 임원들이 배달된 USB의 영상을 보고 그 자리에 얼어붙은 채 서 있었다.

"저게 대체 뭐야?"

"여, 여성입니다."

"그건 나도 알아."

왜 회사가 이런 일에 휘말린 것인지, 무슨 일이 어떻게 진행되고 있는 것인지 가메이치 제과의 사장은 도무지 알 수 없었다. 쥐 죽은 듯 조용한 방 안에 전화벨 소리가 울려 퍼졌다.

총무부장은 경시청에서 온 전화라고 생각했다. 봉투가 배달됐다는 사실을 알렸고 지금 경찰이 이쪽으로 오고 있을 것이다. 하지만 전화를 연결한 총무과 사원은 몹시 긴장된 목소리로, 전화를 건 사람이 자기가 동영상을 보낸 사람이라고 주장한다고 전했다.

총무부장의 얼굴에서 핏기가 가셨다. 총무부장의 직속 부하 직원이 조용히 속삭였다.

"녹음하시죠."

그 한마디에 부장은 정신이 번쩍 든 것처럼 녹음 버튼을 누르며 지시했다.

"연결해."

상무가 옆에서 손을 뻗어 스피커 버튼을 눌렀다.

전화기에서 목소리가 천천히 흘러나왔다.

―쓰레기 같은 여자라도 생명은 생명이잖아. 살려주지 그래?

젊은 남자 목소리다.

―당신들, 이것들을 인간이라고 생각하고 있겠지. 근데 이것들은 인간이 아니야. 지능이 토끼 정도밖에 안 돼.

총무부장은 얼떨떨한 표정으로 그 말을 듣고 있었다.

―그 계좌로 2억 엔 입금해.

우편물에 동봉되어 있던 종이에는 은행명과 계좌번호, 그리고 '노가와 아이리'라는 이름이 인쇄되어 있다. 옆에는 화살표가 그어져 있고 '2억 엔을 여기로 넣어'라고 손글씨로 쓰여 있다. 총무부장은 메모를 보면서 낮지만 또렷한 목소리로 말했다.

"2억이라니, 그런 돈은 마련할 수 없소."

남자는 말했다.

―동영상, 봤을 텐데.

남자는 재미있는 아이디어가 떠올랐다는 듯이 계속했다.

―모금 같은 걸 하면 어때?

남자는 틈을 주지 않고 이어 말했다.

―이딴 여자 목숨, 살려줘 봤자 사회에 아무 보탬도 안 돼. 애를 낳아서 학대하고, 몸을 팔고, 여기저기 클레임이나 넣으면서 살다가 마지막엔 생활보호를 받겠지. 돈만 드는 쓰레기이지만 일단은 생명이잖아.

딱 한 호흡, 틈이 생겼다.

─내일, 또 선물 보낼게.

거기서 전화는 끊겼다.

수사본부에서 형사가 도착한 것은 그 뒤였다.

프런티어 건물에는 직원식당이 있다. 직원식당 벽에 걸린 대형 텔레비전에서는 언제나 뉴스가 흘러나온다.

11시, 나카가와는 직원식당에서 그 동영상을 보았다.

이른 점심을 먹으려고 식당에 온 나카가와는 그 동영상에서 눈을 떼지 못했다. 곧바로 휴대폰을 들고 프런티어 편집부 번호를 눌렀다.

"나카가와예요. TBT 켜보세요. 지금 당장요."

편집부 사무실 벽에도 60인치 대형 텔레비전이 있다. 나카가와의 전화를 받은 편집자는 그의 목소리에서 보통 일이 아님을 직감하고 튕겨 나가듯이 뛰어가 텔레비전 리모컨을 집었다.

텔레비전에 거친 이미지가 떠올랐다. 음성이 없는 저화질의 영상이다.

화면을 채운 것은 벌거벗은 여자다. 벌거벗은 여자가 울면서 카메라를 향해 뭐라고 부르짖는다.

영상은 흑백이었다. 모자이크 처리가 된 데다, 마스터 테이프에 수없이 반복해서 녹화한 영상처럼 이미지가 흔들리고 흐트러졌다. 그렇지만 벌거벗은 여자라는 점은 분명하게 알 수 있다.

그 여자는 괴로움에 몸부림치고 있다. 배를 부여잡고 황급히 머리를 감싼다. 바닥에서 새우처럼 몸을 움츠리나 싶더니 바닥을 걷어차면서 방구석으로 달아난다.

두려움에 떨며 도망 다니고 있다.

영상이 끊기고 화면에 방송국 스튜디오가 비쳤다.

"이 영상은 오늘 저희 보도국 앞으로 배달되었습니다. 전체 영상은 50초 분량이지만, 편집해서 18초 분량으로 줄였습니다."

여성 캐스터는 거기서 한 박자 쉬고는 매서운 표정으로 이쪽을 향해 말했다.

"오늘 아침, 또다시 TBT 보도국 앞으로 우편물이 배달됐습니다. 가메이치 제과 사장이 수신인으로 적혀 있는 봉투에는 방금 보내드린 영상이 저장된 USB와 금전을 요구하는 메시지가 들어 있었습니다. 보도국에서는 지난 23일에 방송한 뉴스와의 관련성 및 사회적 관심과 중요성을 고려해 독자적으로 방송을 내보내기로 결단했습니다."

프런티어 편집부는 물을 끼얹은 듯 조용해졌다.

그때까지 산에이 사건과 연장선에 있는 가메이치에 대한 협박은 어딘가 허술하다는 인상이 있었다. 무계획성, 일부러

192

뿌리고 다닌 것처럼 곳곳에 보이는 증거들. 가메이치 제과를 향한 협박은 산에이 클레임의 연장선에 있는 사건이고 악질적인 장난이라는 영역에서 벗어나지 않는다. 슬퍼하는 이 없는 두 여자의 살인은 어쩐지 현실감이 없다. 우에무라 공장장이 들었던 "너 이 자식, 납치라고!"라는 그 한마디가 이 범죄에서 유일하게 찾아볼 수 있는 인간적인 면이었다. 적어도 지금까지는 그런 사안이었던 것이다.

지금 눈물과 콧물로 범벅된 더러운 얼굴의 여자가 나오는 영상을 보면서 사람들 마음속의 무언가가 무너졌다.

다들 마비된 듯이 꼼짝도 하지 못하고 텔레비전 화면만 응시했다.

"아무래도 범인은 진심으로 2억 엔을 받아내려고 움직이기 시작한 것 같아."

그렇게 마나베가 중얼거렸다.

노가와 미키는 그 18초짜리 영상을 집 주방에서 보았다.

어제 회사는 미키에게 자택에서 대기하라고 통보했다. 산에이는 23일, 경찰에 공갈협박 피해를 신고하고 사건과 관련이 있는 노가와 아이리의 양육자인 미키에게도 책임을 물은 것이다.

미키는 화가 났다.

"내가 뭘 잘못했다고? 걔는 이제 성인이야. 무슨 짓을 하든 이제 나랑은 아무런 상관이 없잖아!"

미키는 본사에서 나온 직원에게 그렇게 쏘아붙였지만, 파트타이머 전원이 보는 앞에서 "당신이 회사에 피해를 주고 있는 걸 모르겠냐"라는 비난을 들어야 했다.

미키는 평소와 같은 시간에 아침을 먹고 할 일이 없어서 텔레비전을 보고 있었다.

그 18초는 몹시 길었다.

그런 다음, 미키는 휴일에 늘 그랬듯이 빨래를 하고 청소를 하고 장을 봤다.

벌거벗은 채 괴로워하는 여자의 모습은 카트에 고기를 담을 때도 계산대 앞에 줄을 서서 계산을 기다리는 동안에도 내내 머리에서 떨어지지 않았다.

다른 휴일과 똑같았다. 장을 잘못 보거나 집으로 돌아가는 길을 잘못 드는 일도 없었다. 영수증은 장지갑의 가장 가장자리 주머니에 넣고 동전은 지퍼 달린 주머니 부분에 잘 넣었다. 지갑에는 할인권과 스탬프 카드와 포인트 카드가 꽉 차 있다.

상점가를 걷는 미키의 머리 위로 햇살이 사정없이 쏟아졌다. 바싹 마른 길과 눈부시게 빛을 반사하는 간판.

집 앞에는 몸을 숨기고 주변을 살피는 듯이 기묘하게 움직이는 사람들이 있었다. 어제부터 로쿠고키타 공장 앞에는 메모패드나 녹음기를 손에 든 낯선 사람들이 진을 치고 공장에서 나오는 사람을 닥치는 대로 불러 세워 질문을 퍼부었다. 미키가 장을 본 봉지를 들고 계단을 오르자 그런 부류 중 한 명이 카메라를 들이대며 "방금 산에이로부터 자택 대기 명령을 받은 여성이 귀가했습니다" 하고 휴대폰에 대고 말을 한다. 뒤에서 "말씀 좀 나누시죠" 하는 목소리가 따라붙듯이 바싹 다가와서 미키는 서둘러 집으로 들어가 문을 닫았다.

이웃 사람들은 귀를 쫑긋 세우고 내가 어쩌고 있나 살피고 있겠지.

미키는 주방 의자에 앉았다.

결혼할 때 산 합판 의자다.

선풍기가 고개를 흔들면서 돌고 있다. 겨드랑이에서도 이마에서도 허벅지에서도 땀이 흘렀다.

노가와 미키는 서른이 넘은 나이에 결혼했다. 남편은 성실한 직장인이었지만 수입은 적었다. 집에서 거의 말을 하지 않는 무뚝뚝한 남편이었다.

미키의 아버지는 폭력을 휘두르고 술을 마셨다. 원래 술을 마실 줄 몰랐던 아버지는 직장에서 따돌림당하지 않으려고 억지로 술을 배웠다. 소심했던 아버지는 집에서 울분을 해소했다. 어머니는 기가 센 사람이어서 맞으면 같이 덤벼 싸웠다. 아버지가 버는 적은 수입으로는 살림이 불가능했기에 어머니가 행상으로 돈을 벌었다. 부부 싸움이 벌어질 때마다 어머니는 아버지의 적은 수입을 탓했고, 받아칠 말이 없는 아버지는 폭력을 휘둘렀다. 그래도 모양새만큼은 부부의 형태를 유지했다. 어머니가 없을 때는 아버지도 난리를 피우지 않았는데, 그럴 때의 아버지는 어린 마음에 봐도 한심하게 느껴질 정도로 온순했다.

한번은 아버지가 머리를 묶어준 적이 있다. 익숙지 않은 일을 하는 두꺼운 손과 아버지의 집중한 눈빛은 지금도 기억에 남아 있다.

미키의 남편에게는 그런 정이 없다. 폭력은 없었지만 대화도 없었다. 남편은 가족의 존재를 무시하고 살았다. 그저 직장에 나가고 퇴근해서 오면 드러누워 텔레비전을 본다. 알아서 술을 꺼내 마신 뒤 빈 병을 부엌에 내버려 두고 잔다. 미키는 공장에서 일을 마치고 돌아오는 길에 장을 보고 집에 오면 빨래를 걷고 밥을 차리고 빨래를 해서 널고 설거지를 하고 마지막으로 목욕을 하고 욕실을 청소하고 나와 빨래를 갠다. 겨우 잠을 자려고 보면 테이블에는 남편이 두고 간 컵과 접시가 있다.

남편이 미키를 챙기는 일은 없었다. 미키가 열이 나서 누워 있어도 이불 위로 넘어서 가버렸다.

'저 사람 눈에는 내가 안 보이는 걸까?'

딸은 열심히 키웠다. 딸이 어릴 때는 집에서 할 수 있는 아르바이트를 했다. 유치원을 보내는 게 아이 교육에 좋다는 말을 듣고 무리하게 파트타임 일을 해서 유치원에 입학시켰다. 지출은 늘어도 남편의 벌이는 늘지 않았다. 돈도 시간도 없는 미키는 딸을 챙길 여유가 없었다. 어느 날 보니 딸은 남편을 그대로 빼다 박은 듯 우둔하고 제멋대로인 인간으로 자라 있었다. 그리고 딸 역시 미키가 보이지 않는 것처럼 행동했다.

자식에게는 폭력을 쓰지 않는 부모 밑에서 자랐기 때문인지 미키도 딸에게 손찌검은 하지 않았다. 하지만 아무리 타일러도 딸은 미키가 하는 말을 오른쪽 귀로 듣고 왼쪽 귀로 흘려보냈다. 그것은 반항과는 다르다. 완벽한 무시였다.

남편도 딸도 그냥 동거인에 불과하다고 마음을 완전히 놓아버린 게 언제였을까? 한낱 동거인을 위해 내가 왜 이렇게 기를 쓰고 살아야 하는가 하는 생각이 들면 화가 치밀어 올랐다. 고함을 지르고 화를 내지만 남편과 딸은 그마저 무시한다. 또화가 치밀어 올랐다.

아이리는 몇 푼 안 되는 돈을 화장품을 사는 데 쓰고, 척 봐도 싸구려 같고 불쾌한 혐오감이 드는 차림을 하고 다녔다. 퉁퉁 부은 눈꺼풀에 인조 눈썹을 붙이고 통나무 같은 다리가 훤히 드러나는 미니스커트를 입었다. 공부는 하지 않고 목욕도 귀찮아해서 더러운 머리카락을 흉측하게 말고 다녔다. 구구단도 못 외우고 두 자릿수 덧셈도 제대로 못 하면서 성인용 만화는 열심히도 읽었다.

딸이 고등학교에 들어갈 무렵부터 딸의 존재는 남편과 비슷한 정도로 혐오의 대상이 되었다.

아니, 남편보다 더 혐오스러웠다.

딸이 이제 집에 얼씬도 하지 않는 건, 자기가 자꾸 큰소리로 혼을 냈기 때문인지도 모른다. 아이리가 집에 오지 않자 어깨를 짓누르던 짐을 내려놓은 것처럼 후련했다. 딸이 집에 있으면 속에서 열불이 난다. 속에서 열불이 나면 혼을 내거나 무시하는 수밖에 없다. 딸은 남자를 밝혔다. 문란한 생활은 보기 싫어도 눈에 들어온다. 미키는 딸을 때려죽이고 싶은 충동을 몇 번이나 느꼈다.

남편도 딸도 죽이고 집에 불을 질러버리고 싶다.

그날 밤, 프런티어 잡지의 기베라는 여자 기자가 아이리에 대해 물어보려고 또 찾아왔다. 기자가 "아이리가 로쿠고키타 공장의 내부 사정을 어떻게 알았는지 아냐"라고 물어봐서 무심결에 '어떻게 알았을까?' 잠시 생각에 잠겼지만, 생각할 것도 없다는 사실을 금세 깨달았다.

모를 수가 없다. 내가 숨을 돌릴 수 있는 수단은 전화뿐이었다. 전화를 걸면 상대는 적어도 대답을 한다. 그래서 전화를 걸어 두 시간이고 세 시간이고 이야기했다. 대화 주제가 뭐든 상관없었다. 상대가 듣고 싶어 하는 것을 말하기만 하면 된다. 통화 상대는 로쿠고키타 공장의 파트타이머 동료들밖에 없다.

속마음을 속속들이 아는 동료들인 한편 심기를 거스르면 성가신 상대이기도 하다. 그녀들과 서로 맞장구치며 날마다 한두 시간씩 통화했다. 그런 통화를 벌써 10년은 계속했다. 딸은 그 통화를 오랜 세월 들었을 것이다. 그러니 로쿠고키타 공장의 내부 사정을 잘 알 수밖에 없다.

프런티어 기자는 이타바시에 살았던 적은 있느냐고 물었다. 이타바시는 가본 적도 없다고 대답하자 뭔가 연고는 없느냐고 끈덕지게 물었다.

"난 와카야마에 있는 고등학교를 졸업한 후에 오사카로 나갔어요. 그런데 일하던 곳이 망해서 아는 사람 소개로 가와사키로 왔고, 보트 레이스 매점에서 오래 일했죠. 거기서 소개로 남편을 만나 결혼했고요."

남편은 니가타 출신으로, 둘 다 도쿄에는 친척도 아는 사람도 없다. 결혼해서 이곳에 살림을 차린 이후로 한 번도 이사하지 않았다. 그 이상은 모른다고 말해줬다.

기자를 보고 있자니 화 같은 것이 치밀어 올랐다.

예의 바른 여자였다. 머리가 좋고 성실하고 올바르게 살려고 노력하는 여자일 것이다. 회색 슬랙스에 하얀 반소매 셔츠를 입었다. 저렴하면서 세탁기로 세탁할 수 있는 실용적인 옷들이다. 간소하고 청결하게 사는 사람이다.

그 여자를 보고 있으니 자신의 존재에 화가 났다.

기자가 미인은 아니었다. 눈에 띄는 화장도 하지 않았고 손톱은 손톱깎이로 대충 잘랐을 뿐 관리도 하지 않았고 흔한 반지 하나 끼지 않았다. 그 모습을 보며 가슴 깊숙한 곳에서 화가 치밀어 올랐다. 내 노력은 어디로 사라졌을까 하는 마음, 나 같은 여자와 눈앞의 여자는 애초에 같은 인간이 아니라는 마음이.

기자는 마지막으로 텔레비전에 나온 영상을 보여줬다. 노트북을 꺼내 현관에서 재생했다.

11시 뉴스에서 봤던 그 영상이었다. 벌거벗은 여자가 달아나려 하고 있었다. 여자는 울며 부르짖었다. 소리가 없어도 그 정도는 알 수 있다.

마지막에는 여자가 일어서서 카메라를 향해 돌진하더니 촬영자에게 뭐라고 거세게 따졌다. 머리카락이 얼굴 대부분을 가린 데다 화질이 너무 조악해서 누군지 알아보기 어려웠다.

미키는 자기가 오랫동안 아이리의 얼굴을 제대로 보지 않았다는 사실을 그 영상을 보면서 깨달았다.

하지만 16년 동안 한 지붕 아래에서 살았다. 딸은 초등학생 때는 심부름도 자주 해줬다. 욕실을 청소하고 장을 보러 가고 쌀을 씻고 빨래를 널고 걷고 개는 걸 도왔다.

그래서 그게 딸인지 아닌지는 알았다.

"아이리예요."

미키가 대답했다.

"백만 엔 준다고 하면 저런 일은 얼마든지 해요. 아이리도, 그 주변 것들도."

기자가 가만히 내게 시선을 맞추고 있었다.

"쓰레기들이에요."

왜냐고 기자가 물었다.

"아무렇지 않게 거짓말을 해요. 때리는 녀석한텐 굽실대고 잘 대해주면 기어오르고 약자에겐 무자비하죠. 그래서 자기가 약자일 땐 아무리 무자비한 짓을 당해도 아무렇지 않게 생각할 거예요."

공장의 환경은 혹독하다. 손가락과 발가락이 꽁꽁 얼고 감각이 사라진다. 화장실에 가고 싶어도 손을 들고 허락받지 않으면 라인을 떠날 수 없다. 미키는 그 고생을 하면서 받은 낮은 시급으로 월세를 내고 아이리를 사립학교에 보냈다.

"열다섯 살 때부터 몸을 팔았어요. 그 물건이랑 그 물건 친구들도. 근데 남자한테 몸을 파는 게 나쁜 짓이라는 자각이 없어요. 어릴 때부터 아무도 같이 놀아주지 않았으니까 그러는 게 즐거운 거겠죠."

때려도 타일러도 허사였다.

유치원 때부터 누구 하나 아이리와 놀아주는 아이가 없었다. 재미있게 노는 아이들 무리에 끼어들었다가 떠밀려 나왔다. 꼬질꼬질한 코끼리 인형을 쥐고 아이들 곁으로 뛰어갔다가 쫓겨나는 딸을 보면서도 미키는 어려서 그런 거라며 마음에 두지 않았다. 초등학교에 들어가고 얼마 후, 동급생 무리 주변을 뱅글뱅글 돌면서 귀가하는 딸을 보고도 친구들과 잘 지내는 줄 알았다.

공장 안은 파벌 다툼이 끊이지 않았다. 새로운 파트타이머를 늘리느라 기존 파트타이머들의 근무 시간이 줄어들 뻔한 적이 있다. 공장 측이 내세운 보스와 터줏대감인 미키를 포함해 그 동료들이 미는 보스 간의 싸움이었다. 그런 싸움에서 입장을 분명하게 하지 않으면 어느 쪽이든 승패가 갈렸을 때 따돌림을 당한다. 어느 편에 붙을지 확실히 정했는데 편을 들었던 보스가 진다면, 일감이 줄고 괴롭힘을 당하고 가시방석에 앉은 듯한 불편함 속에서 하루하루를 보내야 한다. 미키 측 보스는 갖은 수단을 동원해 상대측 보스를 괴롭혀 라인의 실권을 장악했다. 공장은 미키 측 파벌에 좌지우지되었고 보스는 더 거만해졌고 '우애와 협조'는 어딘가로 사라져버렸다. 자극적이고 그로테스크한 일들이 날마다 벌어졌다.

그런 곳에 있으면 체력도 기력도 죄다 빨려 나간다. 살림은 원래부터 아슬아슬하게 돌아갔다. 아이리의 성적이 나쁜 건 알았지만 졸업만 하면 된다고 생각했다. 노느라 한밤중에 쏘다니는 것도 한때라고 여겼다. 중학생 때 학교에 화장을 하고 가는 아이리를 보고 교사들에게 호통을 친 적이 있다. 어째서 교사가 학생의 탈선을 잠자코 보고만 있냐며 따진 것이다. 그리고 두세 번, 작정하고 딸을 때렸다. 딸은 얼굴이 퉁퉁 붓고 온몸에 멍이 들었다. 한번은 갈비뼈가 부러졌다. 병원에서 딸을 폭행한 이유를 물었을 때, 미키는 딸의 행실이 나빠서라고 대답했다. 의사는 "폭력은 학대입니다" 하고 가르치듯이 말했다. "네, 이제 두 번 다시 안 그럴게요"라고 대답했다.

그때 마음에서 딸을 놔버렸다.

내가 이런 뒤치다꺼리를 하는 것도 고등학교를 졸업할 때까지다. 모녀지간이지만 우린 다른 인간이고 내가 할 수 있는 일은 없다. 저것이 거리를 어슬렁대면서 남자한테 몸을 팔다 병에 걸리든 애가 생기든 마약에 중독되든 사람을 죽이든 내가 할 수 있는 일은 없다.

가메이치 협박사건에 아이리의 계좌가 사용됐다고 한다. 가메이치를 협박한 범인은 산에이를 협박한 사람과 동일인이라고 한다. 그런 이야기는 기자한테 듣기 전부터 이미 알고 있었다. 공장에 가면 무슨 이야기든 귀에 들어온다.

미키는 공장장이 그 일을 경찰에 신고하지 않았던 이유를 알고 있다. 산에이 식품에서는 팔고 남은 제품을 재포장해서 유통기한을 다시 찍는다. 그리고 그런 일을 하는 직원은 강제로 비밀유지의무 계약서에 도장을 찍는다. 그것이 그 우둔한 공장장이 진짜 속사정을 아무에게도 말하지 못했던 이유일 것이다. 지금까지 그런 이야기를 다른 사람한테 한 적은 없었다. 그것을 기베라는 기자에게 다 이야기했다.

그 후 찾아온 형사에게도 똑같은 이야기를 해줬다.

벌거벗은 딸의 영상이 텔레비전에서 흘러나왔다. 얻어맞고 더러운 얼굴로 아우성치는 영상이다. 하지만 그래서 뭐가 어쨌다는 걸까. 나와 딸을 모르는 사람이 본다 하더라도 창피하다는 생각은 들지 않았고, 나와 딸을 아는 사람은 이런 영상을 본다 한들 별일도 아니라고 생각할 것이다.

이제 더 당할 창피도 없으니까.

2

'백만 엔 준다고 하면 저런 일은 얼마든지 해요. 아이리도, 그 주변 것들도.'

노가와 미키의 집을 나온 미치코는 프런티어에 보고 전화를 하고 하마구치의 제작사에 들렀다.

하마구치를 비롯한 제작진들은 25일 이후 회사에서 살다시피 하는지 응접용 소파 위에 쿠션과 담요가 둘둘 말려 있고 방 구석에는 꼬질꼬질한 방석이 쌓여 있다. 책상 이곳저곳에 마시다 만 페트병 음료와 캔커피가 굴러다니고 국물만 남은 컵라면 용기 옆에 구성표가 널브러져 있다. 눈 붙일 틈도 없이 바쁘다는 걸 한눈에 알 수 있었다.

하마구치는 소파에 엉덩이를 걸치고 테이블에 다리를 올려놓은, 누워 있다고도 앉아 있다고도 하기 힘든 자세로 무릎 위에 있는 노트북을 보고 있었다. 미치코가 노가와 미키가 그 영상 속 여자를 딸이라고 인정했다고 말하자 벼락에라도 맞은 듯이 몸을 일으키며 노트북을 테이블 위로 팽개치듯 밀어냈다.

"그 영상을 엄마한테 보여줬어?"

"내가 안 보여줘도 수사1과가 보여줄 거니까."

"노가와 아이리랑 한패가 아닌가?"

좀 전에 통화한 마나베도 같은 말을 했다. 미치코는 마나베에게 설명했던 것과 똑같은 말을 되풀이했다.

"그 어머니 말로는 노가와 아이리는 돈만 주면 그 정도 일쯤은 아무렇지도 않게 할 거래요. 거짓말을 밥 먹듯 한다, 때리는 놈한테 굽실댄다, 잘 대해주면 기어오른다 등등, 딸을 아주 신랄하게 평가하더군요. 할 수 있다면 목을 졸라 죽이고 싶다고까지 했어요."

하마구치는 잠시 말이 없었다.

테이블 위에 식은 커피가 있다. 하마구치는 기계적으로 컵을 입가까지 가져갔다가 커피의 탁한 빛을 봤는지 도로 내려놓았다.

"그 방송을 강행한 건 히키타라는 버라이어티 출신 피디야. 보도 쪽 인간들은 탐탁지 않게 여기지만 시청률은 잘 뽑아내더군. 실력으로는 방송국 안에서도 유명해. 어떻게 보면 분야가 달랐기 때문에 서슴없이 덤벼들 수 있었겠지."

"들은 적 있어요. 좋은 쪽으로든 나쁜 쪽으로든 실력이 남다른 사람이라고. 그 재능을 보고 윗선에서 보도 쪽으로 꽂아 넣은 거라고 하던데요? 그 사람 입장에서는 위에서 자기한테 바라는 역할을 해낸 셈이죠."

뭔가 진전은 있느냐는 미치코의 질문에 하마구치는 수사본부가 용의선상에서 성 구매자들을 버릴 작정인 것 같다고 말했다.

"두 사람의 휴대폰 기록에 남아 있는 연락처를 탈탈 털었는데, 겹치는 인물이 없는 걸 이제 확인한 상태 같아. 그 가능성을 버리면 현재로선 수사는 막다른 길이지. 그런데도 제외하겠다는 걸 보면 아예 가능성이 없다는 뜻이지."

"권총은?"

"오래된 권총이고, 마카로프 쪽이 아닐까 하는 데까지는 갔어. 20년쯤 전에 러시아를 경유해서 국내에 꽤 많은 수량이 유입된 적이 있다나 봐. 지금 시장에 나도는 물건은 아니야."

"원래 가지고 있었거나 누구한테 받았거나 빼앗았다는 얘기로군요."

하마구치는 고개를 끄덕였다.

"그리고 수사1과에 움직임이 있어. 어제부터 세타가야에 있는 한 병원을 감시하는 중인데 원장은 하세가와 도루라고 하는 쉰일곱 살 의사야."

"감시?"

"그래, 그 원장 주위를 캐고 있어. TBT에서 뉴스를 내보내기 전에 범인이 가메이치 본사에 전화를 걸었다는 이야기도 있어. 통신업체 차량이 수사본부에 갔으니까 범인의 번호가 남아 있었던 게 아닐까?"

"그보다 노가와 아이리한테서 뭔가가 나왔을지도."

하마구치는 이상하다는 표정을 지었지만 미치코는 하마구치의 의문에는 대답하지 않았다.

"하세가와 도루라고요?"

하마구치는 끄덕였다.

"우리도 카메라를 투입했어."

하마구치도 하세가와 도루라는 남자가 수사선상에 올라왔다고 확신한다는 말이다.

"뭔가 알게 되면 가르쳐줄 거죠?"

하마구치는 웃었다.

"자마 세이라의 머리카락을 감식반에 보낸 아키즈키 경위가 수사본부에 있잖아. 그쪽에서 정보 안 줘?"

"담당 경위한테 수사 정보를 빼돌리라는 말을 어떻게 해요."

하마구치는 또 웃었다.

"하세가와 도루, 우리 쪽에서 조사해도 돼요?"

"안 될 거 없지. 기베 씨가 조사하려고? 아니면 프런티어에 홀릴 건가?"

"마나베 씨는 증거가 워낙 많으니 다음 호 발행일까지는 범인이 체포될 거라고 보고 있어요. 그래서 관계자의 주변 정보를 확보하는 쪽으로 방향을 틀었어요. 그 하세가와라는 사람도 주변 정보로 활용할 여지가 있는 것 같아서 나카가와한테 알려주려고요."

하마구치는 고개를 끄덕였다.

업계의 뼈대는 사람들이 생각하는 것보다 구닥다리다. 아무리 정보의 유통 방식이 복잡하고 확장되더라도 심장부는 의리와 인정으로 움직인다. 상대에게 빚을 지거나 갚거나 하는 행위를 반복하면서 흘러 들어오는 정보의 의미와 가치를 함께 가늠한다.

미치코는 하마구치에게 산에이와 관련된 정보를 모두 넘겨줬다. 빚을 잔뜩 안겨준 것이다.

하마구치의 사무실에는 40인치 텔레비전 한 대가 덩그러니 놓여 있다. 평소에는 꺼둘 때가 많지만 오늘만큼은, 질리도록 들은 두 여자에 대한 뉴스가 온종일 나오고 있었다.

모리무라 유나는 두 아이를 키우는 씩씩하고 부지런한 엄마였고 자마 세이라는 성우가 되길 꿈꾸는 여성이었다. 힘없는 사람에게 물리력을 자행하는 짓은 용서할 수 없는 행위라며 젊은 희생자의 원통함을 호소한 뒤 남겨진 아이들을 위해서라도 흉악한 범인이 하루빨리 체포되기를 바란다고 사회자가 마무리 멘트를 했다.

하마구치가 조사한 실제 이야기와는 상당히 다르다.

모리무라 유나의 아이를 보호하던 아동상담소 직원의 말에 따르면, 두 아이는 충치투성이에 몸 여기저기에는 학대가 의심되는 멍이 있었다. 이웃들 말로는 남편과 살던 당시에는 네 식구가 공원에 가는 모습도 볼 수 있었다고 한다. 아내는 갈색 머리에 뚱뚱했고, 남편은 마르고 온순해 보였다. 마주치면 서로 인사는 했지만 그때도 아이들 때문에 사람들과 트러블이 있었다. 아이들은 낮이고 밤이고 상관없이 남의 집 초인종을 눌러대고 이웃집에 들어가 저녁 식사 때까지 버티고 앉아 있거나 멋대로 남의 집 냉장고를 열어 음식을 먹었다. 전형적으로 아동을 방임하는 부모들이었다. 이웃이 항의하면 유나는 호들갑을 떨며 사과하러 오거나 적반하장으로 화를 냈다고 한다.

자마 세이라가 성우를 꿈꿨다는 말은 없다. 어쩌면 자마 세이라가 살해당한 집의 원래 입주자인 여자와 혼동했을지도 모른다. 자마 세이라의 어머니는 서른여덟 살이고, 세이라는 열다섯 살까지 그 어머니와 함께 살았다. 전기가 자주 끊기는 집이었다. 아버지가 누군지도 모른다. 경찰 기록에 의하면 자마 세이라는 열세 살 때부터 매춘을 했고, 열다섯 살 때부터 이케부쿠로에서 손님을 찾았다. 친구들은 그녀를 '거렁뱅이'라고 불렀다.

하마구치 앞에 자마 세이라의 사진이 있다. 성인식 기념으로 기모노를 입은 세 명의 여자가 웃으며 V 포즈를 취하고 있고, 그 뒤에 화려한 장식을 머리에 얹은 자마 세이라가 양손으로 V 사인을 한 모습이 찍혀 있다. 앞의 세 명은 자기들 뒤에 그녀가 끼어들었다는 걸 몰랐던 것 같다. 불쑥 끼어든 그 모습을 보며 미치코는 무리에 들어가려고 엉덩이를 밀어 넣었다가 떠밀려 나오는 노가와 아이리를 떠올렸다.

"그 사진을 쓰면 피해자에 대한 동정심을 불러일으킬 수 있을 것 같은데요?"

"동정심이라."

하마구치는 그렇게 말하고 컴퓨터에 트위터 화면을 띄웠다.

나카노 연쇄살인사건이라는 해시태그가 달린 트윗이 주르륵 나왔다.

ㅡ뻥치고 있네. 창녀잖아.

ㅡ매춘부.

ㅡ자업자득.

"그런 건 꿈도 못 꿔."

아키즈키한테서 전화가 온 것은 하마구치의 제작사에서 나온 뒤다. 밤 11시를 넘긴 시각이었다. 아침부터 숨 돌릴 틈도 없이 움직였다는 생각을 하면서 전화를 받았다.

느닷없이 "지금 어디야?"라고 묻는 아키즈키에게 "어머나, 남편이라도 된 것 같은 말투네요" 하고 받아쳤다.

껄껄대고 웃는 소리가 들렸다.

"들어줬으면 하는 이야기가 있어. 지금 당장 와줘. 택시비를 주기는 어려우니까 순찰차를 보낼게."

순찰차로 모시러 오겠다는 말을 정중하게 거절하고 택시를 타고 나카노 서에 도착해 2층에 있는 수사본부의 사무실로 안내받았다.

아키즈키는 어쩐지 영혼이 빠져나간 얼굴로 앉아 있었다. 차분한 걸까, 정신이 딴 데 팔려 있는 걸까? 생각해 보니 아키즈키의 육체적, 정신적 피로는 자신에 비할 바가 아닐 것이다.

아키즈키 옆에 앉아 있는 두 명의 형사는 척 봐도 피로에 찌든 얼굴이었다. 그저 눈빛만 살아 있다. 전철 안에 이런 남자가 있다면 절대 가까이 가지 않을 것이다. 아무튼 수사가 분기점에 접어들면 이런 모습의 형사들을 많이 보게 된다.

책상 위에는 녹음기가 놓여 있었다.

"이거 좀 들어보겠어?"

아키즈키가 재생 버튼을 눌렀다.

─쓰레기 같은 여자라도 생명은 생명이잖아. 살려주지 그
래?

젊은 남자 목소리다.

─당신들, 이것들을 인간이라고 생각하고 있겠지. 근데 이
것들은 인간이 아니야. 지능이 토끼 정도밖에 안 돼.

─그 계좌로 2억 엔 입금해.

그때 다른 남자 목소리가 유난히 명확하게 들렸다.

─2억이라니, 그런 돈은 마련할 수 없소.

남자의 목소리는 계속됐다.

─동영상, 봤을 텐데.

그런 다음 남자는 재미있는 아이디어라도 떠올랐다는 듯이
말했다.

─모금 같은 걸 하면 어때? 이딴 여자 목숨, 살려줘 봤자 사
회에 아무 보탬도 안 돼. 애를 낳아서 학대하고, 몸을 팔고, 여
기저기 클레임이나 넣으면서 살다가 마지막엔 생활보호를 받
겠지. 돈만 드는 쓰레기지만 일단은 생명이잖아.

모멸과 냉소를 담은 목소리다.

딱 한 호흡, 틈이 생겼다.

─내일, 또 선물 보낼게.

그 뒤로는 잡음이 이어졌다. 아키즈키는 그 잡음을 가만히
듣고 있다가 정지 버튼을 눌렀다.

"오늘 TBT로 배달된 물건이랑 똑같은 게 가메이치 제과에도 배달됐어. 10시 42분, 봉투가 도착할 때쯤 범인이 가메이치 제과로 전화했어. 이 파일이 그 통화의 녹음본이야. 남자가 말한 그 계좌가 노가와 아이리의 계좌야. 거기에 2억 엔을 넣으라고 지시했어."

아키즈키는 탁자에 복사한 종이를 한 장 내려놓았다.

종이에는 노가와 아이리의 계좌번호를 향해 화살표가 그어져 있고 '2억 엔을 여기로 넣어'라고 적혀 있다.

"이 목소리 들어본 적 없어? 글씨는? 뭐라도 짚이는 거 없어?"

25일 아침, 미치코는 공장장이 녹음한 협박범의 목소리를 몇 번이고 들었다. 7월 5일에 녹음된 남자의 목소리 톤이 더 높다. 그리고 이 남자의 목소리에서는 절제력이 느껴진다.

다른 남자다.

범인이 바로 곁에 서 있는 기분이 들어 등줄기에 소름이 돋았다. 동시에 두 형사가 야행성 동물처럼 눈을 번뜩이면서 미치코를 주시하고 있는 것을 알아차렸다.

"산에이 사건을 조사하긴 했지만 범인과 접촉한 적은 없어요. 목소리도 글씨도 수사본부에서 알고 있는 정보 이상은 아는 게 없어요."

아키즈키는 미치코를 빤히 응시할 뿐이다.

"7월 5일 통화 속 남자는 뭘 구별할 만큼 많이 말하지도 않았고요."

"그건 알아."

아키즈키는 성문대조 결과가 나올 때까지 기다리기도 힘든 듯했다.

"일단 산에이에 전화를 걸었던 남자랑은 다른 사람 같아요."

미치코는 조용히 계속했다.

"7월 5일 통화 속 목소리는 침착하지 않고 톤이 조금 높아요. 당황했을 때랑 침착할 때는 목소리 높낮이가 다르긴 하지만, 단순히 높고 낮은 문제가 아니에요. 이번 목소리는 7월 5일 목소리와 인상이 달라요. 배에서 나오는 소리 같다고 해야 하나. 경솔하게 말하는 타입이 아닌 것 같아요."

그런 다음 아키즈키를 쳐다봤다.

"말하는 타입이 달라요. 난 그렇게 느꼈어요."

아키즈키도 아마 똑같은 생각을 했을 것이다. 그리고 정말 다른 사람이 맞다면 계산 밖의 사태가 벌어진 셈이다. 아키즈키 입장에서는 이런 계산 밖의 일들이 연이어 생기고 있다.

"글씨는 지난번 편지랑 분명히 달라요. 그리고 '2억 엔을 여기로 넣어'라는 문장과 '세 번째 희생자를 내기 싫으면 2천만 엔을 준비해라'는, 비슷하지만 다른 느낌이에요."

아키즈키는 다 듣고는 종이를 미치코 앞으로 내밀었다.

세 번째 희생자를 내기 싫으면さんにんめのぎせいを出したくなければ

2000만 엔을 준비해라2000まんえんを用いしろ

7월 21일, 산에이 공장 공장장이 받은 봉투에 들어 있던 협박문이다.

그리고 이번 노가와 아이리의 계좌 옆에 적힌 문장.

여기로 넣어ここに入れてね

양쪽에 다 있는 글자는 히라가나로 적힌 'に'와 'れ'다. 산에이에 배달된 협박문의 'れ'는 첫째 획인 세로선과 둘째 획인 가로선이 교차하지만, '여기로 넣어'에 있는 'れ'는 가로선이 첫째 획인 세로선에서 약간 떨어져 있다. 하지만 그것만으로는 다른 사람이 썼다는 결정적인 증거라고 할 수 없다.

"받은 건 전부 감식반으로 보냈어. 나도 이 '여기로 넣어'라는 문장이 지금까지 받은 메시지들과 다르다고 생각해."

그런 다음 공허한 눈을 들었다.

"살인사건에서 주모자는 한 명이야."

눈은 푹 꺼지고 뺨은 조금 홀쭉하다. 깊은 곳에서 눈동자만 되록거리는 게 보이지만 그 눈도 진이 빠진 것처럼 생기 없고

탁하다. 미치코는 말했다.

"19일 산에이가 받았던 협박과 23일 가메이치가 받았던 협박은, 산에이한테 2백만 엔을 내놓으라고 요구했던 건과 연장선에 있어요. 하지만 7월 2일에는 전화로 돈을 요구했어요. 문장으로 메시지를 쓴 건 19일부터, 그러니까 연쇄살인사건이 드러난 뒤에는 7월 2일 이전의 형식을 모방하는 것 같기도 해요."

제3의 인물의 그림자가 보일 듯 말 듯하다.

아키즈키는 미치코를 빨아들일 듯이 지그시 바라보고 있다.

미치코는 물었다.

"내일 또 선물을 보내겠다는 말이 무슨 뜻일 것 같아요?"

아키즈키는 훗 하고 웃었다.

"손가락 같은 건 딱 질색인데."

탁한 눈동자에 아주 조금 생기가 돌아왔다. 아키즈키는 두 형사에게 가볍게 고갯짓을 했다. 두 형사는 녹음기를 들고 방을 나갔다.

미치코는 범인이 손가락을 보낼 작정이었다면 좀 더 이른 시점에 보냈을 거라고 생각했다. 두 여자를 망설임 없이 살해해 놓고 어째서 돈을 받는 일은 이렇게까지 허술한 걸까?

"산에이 공장장한테 돈을 받으러 왔던 인상 험악한 남자 쪽은 어떻게 됐죠?"

노가와 아이리의 통신 데이터를 조회하면 그 안에서 발견
될 것이다.

아키즈키는 정신을 차린 것처럼 어조를 바꾸었다.

"노가와 아이리의 통신 기록이 방대해. 인터넷을 통해 성매
매를 하는 여자는 방대한 데이터를 남기지."

"산에이 협박은 벌써 3년 전부터 시작된 거고 그 남자는 공
범이에요. 노가와 아이리와 처음 연락한 성 구매자들과 구분
하는 건 간단할 것 같은데요."

미치코가 쏘아보자 아키즈키는 입을 다물었다.

"의심스러워 보이는 번호가 하나 있긴 해. 시부야에 있는 간
이 숙박소 명의의 휴대폰이더군. 조폭들이 생활보호대상자들
등쳐 먹으려고 쥐여준 휴대폰을 빌려 쓴 거겠지. 그 사용자를
지금 훑는 중이야."

'훑는다'라는 건 통화 이력에 있는 상대와 어떤 대화를 했는
지, 상대를 누구라고 인식했는지를 확인하는 작업을 말한다.
가령 그 전화로 치과 예약을 했다면 사용자를 특정할 수 있다.
대포폰의 경우, 항상 같은 인물이 사용했다고 단정할 수는 없
지만 그 휴대폰을 사용해 노가와 아이리와 연락을 주고받은
인물이 누구인지 훑어 후보를 추리는 수밖에 없다. 나카노 사
건과 노가와 아이리가 관련이 있다는 사실이 밝혀진 게 어제
다. 지금 훑는 중이라는 말은 거짓이 아닐 것이다.

"범인은 정말 2억 엔이 입금될 거라고 생각했을까요? 입금 된다 해도 이걸 어떻게 찾을 생각일까요?"

"첫 번째 질문에 대답하자면, 가메이치 사장은 사비로 낼 생 각도 있다고 했어. 가메이치 로고를 볼 때마다 소비자들이 그 영상을 떠올리는 상황만은 막고 싶겠지. 돈을 어떻게 찾을 생 각인지는 전혀 모르겠어. 전혀 상상도 안 돼."

"범인이 노가와 아이리의 계좌를 쓴 이유는 자기가 산에이 협박범들과 관련이 있다는 냄새를 풍기고 싶기 때문일 거예 요. 지나칠 정도로 노가와 아이리 이름을 내세우잖아요."

"그렇지만 노가와 아이리를 전면에 내세우거나 노가와 아 이리에게 수사가 집중되게 만드는 게 범인에게 무슨 이득이 있는 거지?"

"난 산에이한테 돈을 뜯어낸 협박범과 권총 살인범이 동일 범이라고 생각하지 않아요."

아키즈키는 턱 밑에서 깍지를 끼고 가만히 귀를 기울였다.

"조폭 출신이라는 남자가 신경이 쓰여요. 머리가 나빠 보이 고 발음이 어눌했다는데, 그 남자가 움직인다면 어디선가 정 보가 들어올 거예요. 그런 남자는 약속도 비밀도 못 지키는 법 이니까."

아키즈키는 깊이 생각에 잠겨 있다.

성 구매자가 범인일 가능성을 버리면 수사는 막다른 길일 텐데도 수사에서 제외하는 걸 보면, 아예 가능성이 없는 것 같다는 하마구치의 말이 떠올랐다.

"가메이치한테 배달된 그 영상에 나오는 여자가 자기 딸이라고 노가와 미키가 인정했어요."

"그래, 우리가 찾아갔더니 프런티어의 여자 기자가 방금 돌아간 참이라고 그러더군. 당신 정말 부지런해."

텔레비전을 이용해 극장용 범죄로 만드는 이유가 뭘까?

노가와 아이리를 전면에 내세워 이목을 모은다.

도저히 돈을 받아내지 못할 방식으로 협박을 한다.

예고를 해서 선동한다.

하지만 선동하고 싶은 대상이 누구인지, 미치코는 알 수 없었다.

"참, TBT가 경찰을 무시하고 독단으로 방송했다는 게 사실이에요?"

"방송 직전에 통지하더군."

아키즈키는 잠시 있다가 혼잣말처럼 중얼거렸다.

"미디어를 이용하는 걸까, 그러다 제 무덤을 파는 걸까?"

범인이 손안의 패를 다 보여주고 있는 것 같지만 그것은 안일한 생각이다. 미치코는 산에이 사건을 오랫동안 추적했다. 작은 실마리도 바짝 끌어당겨 확인했다. 하지만 어느 것도 어디로도 이어지지 않고 뚝 하고 끊어져 버린다. 그리고 나카노 사건 앞에 산에이 사건이 놓이면서 역시나 나카노 사건도 다른 단서와의 연결점이 뚝 끊어져 버렸다.

아키즈키는 자기보다 먼저 산에이의 벽에 부딪혔던 미치코에게서, 본인들이 가는 길을 막고 있는 벽의 돌파 가능성을 읽고 있다.

늘 그렇지만 사건이 복잡해질수록, 그래서 체력을 소모할수록 아키즈키의 얼굴에서는 끈기가 솟아난다. 하마구치나 마나베와는 다르다. 그들은 머리로 생각하지만 아키즈키를 비롯한 수사 현장 사람들은 발로 헤치고 들어간다. 데이터를 수집하느라 수사가 진퇴양난에 빠지면 비로소 아키즈키와 그 동료들은 굳은 표정으로 생각한다. 퍼즐이 난해할수록 투지가 솟는 것 같다.

아키즈키는 내 반응을 자극제 삼아 정보의 어디와 어디를 이으면 혈맥이 통하는지 더듬고 있다.

"노가와 아이리의 어디에서 하세가와 도루가 나온 거예요?"

순간 아키즈키의 표정이 딱딱하게 굳었다. 마치 날벼락이라도 맞은 것처럼.

그 모습 그대로 미치코를 노려봤다.

"하세가와 도루를 알아?"

미치코는 무심결에 웃음이 나왔다.

"난 25일에 내가 가진 정보를 당신한테 다 줬어요. 하세가와 도루를 알았다면 그때 말했겠죠. 경찰이 세타가야의 하세가와 도루라는 의사를 감시한다는 정보는 아는 방송 관계자한테 들었어요. 마침 노가와 아이리의 정보가 내려올 쯤이라서 내가 입수 못 한 정보 중에 하세가와 도루가 있었겠거니 하고 생각한 것뿐이에요. 지금 상황에 인원을 쪼개서 그쪽에 투입했다는 건 그 남자가 사건의 핵심에 닿아 있기 때문일 테고, 지금 사건의 핵심에는 아마 노가와 아이리와 관련된 어떤 사실이 있을 거예요. 그렇지만 집도 없고 친구도 없는 그녀한텐 제대로 된 기록이 없어요. 나는 입수하지 못했지만 1과는 한나절이면 입수할 수 있고 확실성이 높은 정보라면 아마 통장 거래 내역이겠죠? 노가와 아이리의 계좌는 범죄 행위에 대한 돈이 오가는 데 사용됐어요. 그러니 그녀가 관여한 범죄의 관계자가 통장 거래 내역에 이름을 남겼을 가능성이 있죠."

아키즈키의 표정이 더 딱딱하게 굳었다.

"하지만 거기서 대단한 정보는 안 나올 거예요. 범인은 사람을 두 명이나 죽이고 지금 목숨을 건 도박을 하고 있어요. 노가와 아이리의 통장에 추적당할 여지를 남겨놓을 리가 없죠."

아키즈키가 무거운 입을 열었다.

"둘 중 하나야. 범인이 어이없을 정도로 사회를 우습게 보고 있거나, 우리가 아직 찾아내지 못한 의도가 있거나."

아키즈키 가오루의 눈은 역시 내 얼굴 안에서 진실을 찾아내려는 모양이다.

"아키즈키 씨, 난 일개 기자일 뿐이고 경찰을 따돌릴 생각 따위는 전혀 없어요. 옛날 사람이라서 경찰한테 협조하는 게 의무라고도 생각하고요. 그래서 아키즈키 경위님한테 숨기는 건 하나도 없습니다."

아키즈키는 아직도 똑바로 미치코를 보고 있다.

"우리 사이가 몇 년인데, 그 말이 거짓말인 건 내가 잘 알지."

그런 다음 훗 하고 웃었다. 그렇게 잔뜩 가라앉은 분위기를 털어내듯 아키즈키가 벌떡 일어섰다. 미치코를 순찰차로 집까지 데려다주라고 제복 경관에게 지시하더니 "수사에 부디 협조 부탁드립니다" 하고, 포렴 아래를 지나는 것 같은 몸짓으로 인사했다.

'내일, 또 선물 보낼게.'

이튿날 27일, 아침 10시.

가메이치 제과 본사에는 수사1과 형사들이 이른 아침부터 만전의 태세로 잠복하고 있었다. 경찰 차량이 본사를 멀찍이서 에워쌌고, 사장실은 물론 총무부의 전화에도 일일이 셀 수 없을 정도로 많은 회선이 연결됐다. 어제 범인이 봉투를 보낸 후에 전화를 걸었기 때문이다.

임전 태세에 돌입한 가메이치 제과에 다시 봉투가 배달됐다.

소인은 시부야, 수신인은 어제와 똑같았고 인쇄된 종이가 붙어 있었다.

안에는 밀봉할 수 있는 슬라이드 지퍼백이 들어 있었다. 그 것뿐이었다.

지퍼백 안에는 길고 짧은 털들이 들어 있었다.

머리카락으로 보이는 긴 털, 음모로 보이는 굵고 뻣뻣한 털, 먼지처럼 가느다란 털까지.

사람 몸에 난 털이란 털은 종류대로 다 있는 것 같았다.

가메이치 제과의 총무과장은 눈을 돌렸다.

사장은 양손으로 얼굴을 감싸고 돌처럼 굳어버렸다.

그리고 총무부의 전화가 울렸다.

대기하고 있던 수사1과 형사 세 명이 전화를 에워쌌다. 세 명 모두 한 손으로 귀에 꽂은 이어폰을 누르고 있다. 한 명이 입가의 마이크에 대고 말했다.

"지금 전화가 왔습니다. 가메이치 총무부 외선 직통."

형사가 총무부장의 눈을 응시하고 힘주어 고개를 끄덕였다. 총무부장은 그 모습을 지켜보며 수화기를 들었다.

갑자기 목소리가 들렸다.

—2억 엔 준비해. 여자 두 명 죽였어. 이딴 암컷 한 마리쯤 더 죽이는 건 일도 아니야.

거기서 전화는 끊겼다.

224

통화 시간은 불과 5초였다.

형사들은 멀거니 서 있었다.

그 귓가에 1과로부터 보고가 들어왔다.

—휴대폰으로 걸려 온 전화였고 번호를 알아냈습니다. 노가와 아이리의 통신 기록에 있는 번호로, 계약자는 우치무라 후토시. 주소는 시부야에 있는 간이 숙박소. 문제의 대포폰으로 보입니다. 통화가 발신된 기지국은 시부야구 에비스. 지금 해당 전화 기록 제출을 요청했습니다.

미치코는 아침까지 기사를 썼다. 눈이 떠진 건 정오가 지나서다. 마우스를 건드리자 쓰다 만 원고가 컴퓨터에 떠올랐다.

베란다에 널어놓은 빨래가 펄럭인다. 셔츠, 속옷, 잠옷, 페이스 타월과 배스 타월이 평소처럼 가지런하게 걸려 여름 햇살 속에서 마르고 있다. 왜 베란다에 빨래가 있지? 미치코는 순간 영문을 알 수 없었지만 어제 산더미처럼 쌓여 있는 빨래거리를 발견하고 한밤중에 세탁기를 돌렸던 사실이 떠올랐다. 전후 기억은 날아가 버렸지만, 쓰다 만 원고가 저장도 되어 있지 않은 채 떠 있는 걸 보면 아마 글을 쓰다 그대로 잠이 들었던 모양이다.

그러고 보니 지난 이틀 동안 심지어 받은 메일에 답장도 하지 않았다.

부엌으로 가서 컵라면을 먹었다.

그런 다음 아키즈키에게 전화를 걸었다.

이제 안 받을지도 모른다. 받더라도 아무 말도 안 해줄지도 모른다.

오후의 노란 빛이 커튼 너머로 쏟아져 들어온다.

오늘도 더울 것 같다.

아키즈키는 전화를 받았다.

"뭐가 왔어요?"

아키즈키는 "손가락은 아니었어" 하고 대답했다.

—또 체모야. 아마 눈썹까지. 사람 한 명을 털 한 올까지 다 벗겨내고 있어.

미치코는 모든 신경을 서서히 아키즈키의 목소리에 집중시켰다.

"전화도 왔어요?"

—겨우 5초, 한마디였어. 여자 둘을 죽였으니까 이런 암컷 한 마리쯤은 쉽게 죽일 수 있다고.

"그게 다예요?"

—그래도 덕분에 전화번호가 남았어.

전화를 끊었다.

'둘 중 하나야. 범인이 어이없을 정도로 사회를 우습게 보고 있거나, 우리가 아직 찾아내지 못한 의도가 있거나.'

밀린 메일에 답장을 쓸 생각이었는데 키보드를 두드리던 손이 멈췄다.

산에이 공장장한테 푼돈이나 뜯어내던 잔챙이 공갈협박범이 어쩌다 살인에 손을 댔는지 미치코는 알 수 없었다. 하마구치나 나카가와, 마나베라면 그럴듯한 이유를 갖다 붙일 것이다. 정보와 정보의 끄트머리를 이어 붙이면 그럴듯한 이야기가 만들어진다. 그래서 사건 기자는 알짜배기 정보를 놓치지 않으려고 낮이고 밤이고 눈에 불을 켠다. 정보에는 해석의 여지가 있다. 즉 수집한 정보들을 이어 붙이는 방법만 바꾼다면 순접으로도 역접으로도 이어져 해석자가 바라는 의미를 가진 정보가 된다. 하지만 실제 발로 뛰며 정보를 모으는 사람은 그렇게 책상에 앉아서 가져다 붙여 만든 답 같은 건 납득할 수 없다.

발로 뛰고, 귀로 듣고, 육체로 감지한 온도의 감각이 쉽게 해석할 여지를 주지 않는다.

기베 미치코가 신문사에 소속된 기자에서 프리랜서 기자로 전향한 이유는, 그런 해석의 여지가 없는 진실을 손바닥 위에 올려놓고 바라보고 싶었기 때문이다.

베란다에 펄럭이는 빨래를 보면서 생각했다.

'공장장은 왜 그렇게 신고를 꺼린 걸까.'

'애초에 산에이 사건의 본질은 무엇이었을까.'

미치코는 정말 많은 시간을 들여 취재했다. 노가와 아이리의 어머니를 인터뷰하고 주변을 돌아다니며 이야기를 들었다. 기억나는 것은 공장장의 태도다. 스스로 빗장을 걸어 잠그고 있는 듯한데, 그렇다고 타인을 아예 거부하는 것도 아닌 그 애매한 태도. 범인과 공장장이 맺고 있는 묘한 의존 관계를 보며 현기증이 났다. 미치코가 손바닥 위에 올려놓고 바라본 것은 공장장과 노가와 미키였다. 미치코는 노가와 아이리를 손바닥에 올리려다가 놓쳐버렸고, 지금은 연쇄살인사건의 주요 인물로서 동영상 속에 있는 그녀를 보고 있다.

도로에 떨어진 물풍선이 메마른 아스팔트를 검은 얼룩으로 물들이는 장면을 바라보고 있는 것 같다. 더 이상 그 물에는 무게도 차가움도 촉감도 아무것도 없다.

미치코는 스마트폰의 매끄러운 액정 화면을 쳐다봤다.

공장장은 산에이 공갈협박 관련 취재에 일관되게 협조적이었다. 그 신중하고 방어적이고 민감한 남자가, 미치코가 프런티어의 기자라고 소개하자 명함을 보며 눈을 반짝였다. 뭔가 불순하고 부도덕한 악취가 났다. 그는 어떤 질문에도 막힘없이 이야기했다. 모든 걸 주저 없이 말하는 그 모습은 궁지에 몰린 범인이 모든 죄를 털어놓으며 해방감을 느끼는 모습처럼 보였다.

하지만 막힘없이 흐르는 그의 이야기에는 정작 중요한 '불순한 악취'를 느낄 만한 요소가 없었다. 협박 수법은 유치하고 추악했지만 그걸로는 공장장이 보인 표정이 납득이 가지 않았다. 그가 한 번 더 자멸적인 악취를 발산한 것은 그 로쿠고키타 공장에서였다.

알루미늄이 난반사하듯 햇살이 눈부셨던 가마타의 택시 승강장에서의 그날. 사건이 성매매 여성을 노린 연쇄살인사건이라는 사실이 밝혀지자 하마구치는 "뭔가 좀 으스스한데……"라고 말했고 사건의 크기를 새삼 실감하더니 큰일은 아니라며 애써 납득하려고 했다.

그날, 나카노 연쇄살인사건을 가장 제 일처럼 여기고 공포를 느꼈던 사람은 미치코도 하마구치도 아닌 공장장이었다. 말주변이 없는 공장장은 아무런 설명도 하지 않았고 그래서 미치코는 그가 무엇 때문에 그렇게 긴장하고 흥분했는지 간파하기 어려웠다. 하지만 공장장은 '세 번째 희생자'라는 말이 적힌 그 편지를 미치코에게 보여준 후, 모든 책무를 마쳤다는 듯 넋이 나가버렸다.

우에무라 마코토는 왜 프런티어 기자에게 반색을 하고 모든 걸 털어놓았을까. 그리고 왜 경찰에 신고하기를 그 정도로 피했던 걸까.

노가와 미키는 산에이가 재고 도시락의 유통기한을 조작하고 있었고, 그 일을 하는 직원들은 비밀유지의무 계약에 도장을 찍어야 했다고 말했다. 하지만 그런 이야기 정도로는 공장장에게 감돌던 그 악취를 설명할 수 없다.

미치코는 스마트폰 액정 속에 있는 산에이 식품 우에무라의 이름을 한참 바라보다 마침내 눌렀다.

연결음이 울리고 잠시 기다리자 공장장 특유의 우물거리는 목소리가 들렸다.

―네.

미치코는 한 번 더 이야기를 듣고 싶다고 요청했다.

공장장은 평소처럼 잠이 덜 깬 듯한 목소리로 횡설수설 대답했지만, 미치코는 개의치 않았다.

"지금 찾아뵙겠습니다."

―집으로 말인가요?

"어디든지요."

공장장이 집 앞 공원에서 기다리겠다고 해서 "그럼 두 시간 후에" 하고 전화를 끊었다.

쓰다 만 메일을 저장하고 컴퓨터 전원을 껐다. 일어서서 수돗물을 컵에 받아 얼음을 넣어 마시고, 빨래를 걷었다. 화장을 안 했다는 게 생각났지만, 화장품 뚜껑을 열 생각은 들지 않았다. 문을 잠그고 미치코는 찌는 듯한 폭염 속으로 발을 내디뎠다.

공장장의 자택은 아파트로 그 앞에는 공원이 있었다.

예전 아이들은 아파트 단지로 둘러싸인 공원에서 안전하게 놀았다. 모두 서로 얼굴을 알고 체면을 차릴 일 없는 시절이 그곳에 있었다. 획일적이라는 어휘가 '따분하다'로 해석된 것은 언제부터일까? 획일적이기에 비로소 담보되는 충족도 있다.

해가 뉘엿뉘엿 넘어가는 시각, 벤치는 뜨겁고 습도 높은 공기가 공원 전체를 답답하게 뒤덮고 있었다. 노란 저녁 햇살이 곧장 쏟아지고 유지매미가 목청이 터져라 울고 있다. 저녁매미의 쓸쓸한 울음소리가 그 모든 것을 일종의 환상처럼 덧칠한다.

실업에 직면한 상황일 텐데도 공장장의 표정은 밝았다. 그리고 정면에서 매스컴의 공격을 홀로 막아내고 있는 총무부장에게 감사해하는 것 같았다.

"부장님께선 이번 일을 시스템 문제라고 말씀하셨어요."

지금 매스컴은 나카노 사건의 발단이 된 산에이 사건 취재에 총력을 기울이고 있다. 그들은 산에이 본사의 총무부장을 물고 늘어졌고 총무부장은 당사 판단에 문제는 없었다는 자세를 고수했다. 기자들은 악덕 기업 산에이를 난도질하려고 단단히 별렀고 총무부장은 상처 입은 맹수처럼 사납게 그들을 물리치고 있다.

기자를 뿌리치는 총무부장과 붙들고 놓아주지 않는 기자의 모습이 여러 번 방송을 탔다. 산에이의 갑질 행태를 실컷 보도한 후 도망치는 총무부장을 쫓아가는 그림이라 화면상으로는 아무리 봐도 총무부장이 불리해 보인다. 로쿠고키타 공장에서 일하다 그만둔 파트타이머뿐만 아니라 현역 파트타이머도 기꺼이 취재에 응했다. 그들은 있는 일 없는 일, 듣는 사람이 반색할 이야기를 앞다퉈 늘어놓았는데 취재하는 쪽에서도 그 점을 뻔히 알면서 인터뷰한 내용들을 그대로 방송에 내보낸다. 가와사키에서 열아홉 명이 살해당한 사건을 취재하던 대규모 취재팀도 지금은 흔적 없이 흩어졌다. 두 피살자의 진실을 내보내지 못하면서 매스컴과 시청자 쌍방에 쌓인 불만을 산에이를 상대로 해소하려는 것처럼 보인다.

저녁매미가 종을 흔드는 것 같은 소리를 내며 운다.

"증거가 그렇게 많았는데도 당신은 무려 3년 동안 경찰에 신고하지 않았어요. 공갈협박범의 계좌, 편지까지 전부 가지고 있었는데도요."

경찰에 신고하라고 몇 번인가 재촉한 적이 있었다. 하지만 공장장은 절대 고개를 끄덕이지 않았다. 뭔가를 버텨내는 듯이 고개를 숙일 뿐이었다.

"당신은 노골적으로 악질적인 클레임에도 제대로 대응한 적이 없어요. 어째서죠?"

멀리서 머플러를 개조한 오토바이가 요란한 배기음을 낸다. 공장장이 불쑥 말했다.

"생트집이라고 생각하지 않았으니까요."

샌트집이라고 생각하지 않았다?

공장장은 설핏 웃었다.

"전, 공장 사람 중 누군가가 절 괴롭히려고 도시락에 실제로 이물질을 넣고 있는 게 아닐까 생각했어요."

잠시 말을 멈췄다.

"커다란 유리 조각도 튀긴 바퀴벌레도 정말로 들어 있었던 게 아닐까 하고."

하늘에 뜬 붉은 구름을 보는 게 얼마 만인가. 하루하루 생활에 쫓기다 보니 오랫동안 보지 못했다. 벚꽃도 불꽃놀이도 이런 해 질 녘 여름 노을도.

기베 미치코라는 기자는 전철 안을 둘러보면 꼭 한 명은 있을 법한 평범한 여성이다. 신장은 155센티미터 정도에 관능미가 전혀 느껴지지 않는 몸매인데, 꼭 볼품이 없다기보다는 매우 평범하다는 의미다. 동시에 전철이라는 공공장소에서 여성이라는 정체성을 의식적으로 드러내지 않겠다는 느낌이다. 그런 여성이 대체로 그렇듯 기베 미치코는 청결한 느낌에 어딘지 고고해 보이는 인상이다. 아마 구두에는 흠집 하나 없을 것이다. 그런 그녀가 이쪽을 쳐다보면 외무성 통역관이 쳐다보는 것 같은 기분이 든다. 나의 무엇에 관심을 가지고 어디를 보는지 도무지 알 수가 없다.

기베 미치코는 처음 만난 찻집에서 기자라고 신분을 밝히더니 클레임에 대해 이야기를 해달라고 했다.

통역관한테 일본어로 이야기를 하는 기분이라 그저 정확하게 설명하는 데 집중했다.

설명하는 동안 내가 혼자 부둥켜안고 있던 응어리가 제대로 된 곳으로 전해지는 기분이 들었다. 외무성 같은 곳. 어디인지는 잘 모르지만 전해져야 하는 곳. 가슴 안에서 소용돌이치던 온갖 감정이 밖으로 흘러나가는 듯한 안도감을 느꼈다.

히가시나카노에서 여자 두 명이 살해당했다. 협박장 안에서 세 번째라는 말을 봤을 때 딱 느낌이 온 것은 어째서일까? 로쿠고 한구석에서 벌어지던 우울하고 저급하고 좀스러운 괴롭힘이 왜 나카노에서 발생한 연쇄살인과 이어져 있다고 확신했을까?

지금 천천히 그날 일을 떠올린다.

7월 20일 밤, 그녀의 휴대폰에 전화를 걸었을 때는 무릎이 덜덜 떨리고 내 인생은 이제 지금까지와는 다른 모습이 돼버릴 거라고 생각했다. 이로써 어제까지와 똑같은 내일을 보낼 수 없게 되리라.

할 수만 있다면 눈을 감고 이대로 모르는 척하고 싶었다. 편지가 온 날부터 이틀 동안 몸부림을 치듯 고민했다. 기베 미치코가 찾아왔을 때는 피로와 수면부족과 흥분이 극에 달했다.

아는 걸 모두 내뱉을 수 있다는 해방감과 그로 인해 모든 것을 잃게 되리라는 절망감까지 온갖 감정이 한꺼번에 몰려들었다.

그렇지만 결국 모든 것을 다 말하지는 않았다.

경찰에도 불려 갔다. 총무부장에게도 추궁을 당했다. 그래도 말하지 않았다.

왜 생트집이라고 생각하지 않았냐고? 그건 그 공장을 아는 사람만이 이해할 수 있다. 그리고 그것을 말하려면 나의 한심한 모습을 모조리 공개해야만 한다. 몸을 가르고 '자, 보세요' 하고 절개한 내장을 보여주는 거다. 사람들은 매우 흥미로워할 것이다. 하지만 난 그걸로 끝이다. 숨이 끊기고 쓰러져도 내 생사에는 아무도 관심이 없을 것이다. 그저 구경거리가 된 내장을 신기하다는 듯이 바라만 보겠지. 그리고 다 보고 나면 잡담을 나누면서 떠날 것이다.

지금 이 고성능 번역기 같은 여성에게 내 몸을 가르고 보여줘야겠다고 생각한 까닭은, 이 고성능 번역기는 용건이 끝나면 내 몸을 아래에서 위까지 빈틈없이 지퍼로 닫아줄 것 같기 때문이다.

난 회사에서 잘릴 것이다. 그래도 이 여성은 처음 만났을 때와 완벽하게 똑같이, 멸시도 연민도 동정조차도 하지 않을 것 같다. 지금은 공장에서 잘린 일을 낙심하지 않는다. 이렇게 여름 저녁노을을 있는 그대로 느낄 수 있게 됐으니까.

산에이 공장에 오래 근무한 여자들은 일 잘하는 신입 파트타이머가 들어오면 조직적으로 괴롭혀 그만두게 만들었다. 신입이 분류 작업을 빨리하면 "혼자만 페이스가 다르다"라며 고함을 지르고 다른 사람들 속도에 맞추면 "신참 주제에 나대지 마"라며 욕설을 퍼부었다.

"트러블은 일상다반사였어요. 오래 일한 여자들은 자기 영역을 지키려고 혈안이 돼 있어요. 신입을 선별하고 받아들일지 쫓아낼지를 정하죠. 쫓아낼 사람이 정해지면 수단은 가리지 않아요. 휴게실에서 괴롭히고 사물함에 낙서하고 집단으로 모욕을 주고…… 그런 짓을 하는 사람들은 사실 공장에서 일하는 사람들 중 한 줌도 안 돼요. 그런데 그 한 줌도 안 되는 사람들이 없으면 라인이 안 돌아가요. 그 일에 참견했다가는 제가 표적이 돼요. 보고도 못 본 척을 하는 사이 그들의 괴롭힘은 점점 심해졌어요. 공장장의 권한 따위는 있으나 마나 한 것처럼, 매뉴얼도 관리 주의사항도 그냥 있는 척하는 것뿐이에요. 애초에 유통기한은 아주 여유 있게 설정해요. 그래도 보통 회사들은 다 지키죠. 그런데 산에이는 유통기한 사흘이 지날 때까지 폐기하지 않아요. 그리고 기한 라벨을 뗀 다음 공장으로 가지고 들어오죠. 그러면 그게 유통기한이 사흘 지난 건지 나흘 지난 건지 알아볼 수도 없어요. 라벨이 없다는 건 그런 거예요. 써도 되는지 안 되는지는 현장에서 판단하라고 위에서 지시하면, 현장 라인에서 그 말을 그대로 앵무새처럼 되풀이했어요. 우리 정직원들은 판단 못 해요. 하지만 숙련된 파트타이머들은 그런 일도 알아서 움직였어요. 식품의 신선도를 그녀들의 눈이 판단하는 거예요. 공장을 살리는 것도 죽이는 것도 숙련된 파트타이머가 하기 나름이었어요. 그 사람들은 자기들 세력권 안에 남이 들어오는 걸 죽도록 싫어해서 누가 자신들에게 순종하고 누가 자신들과 다른지 순식간에 판단해요. 그리고 자기들과 다른 사람은 온 힘을 다해 짓누르려 들어요. 도시락 포장은 숙련된 기술이 필요한데 우엉 조림을 1그램의 오차도 없이 집는 건 경험에서 나오는 기술이에요. 경험을 쌓은 사람이 현장을 좌지우지하죠."

그녀들의 냉소와 호통이 공장을 얼어붙게 했다.

이른 아침, 파트타이머들을 태운 통근 버스가 공장에 도착할 때마다 욱신욱신 위가 아팠다.

누군가가 날 밀어내려는 것 같았다. 그런 낌새가 무서웠다.

파트타이머와 아르바이트생들은 머리를 완전히 뒤덮는 비닐모자와 큰 마스크로 얼굴 대부분을 가리고 있다. 그런 모습을 한 사람들이 라인 앞에 서서 손이 닿는 주변만 바라보고 반복적으로 손을 움직인다.

이 우편물은 누구로부터 뿜어져 나오는 악의일까? 이따금 쏘는 듯한 시선을 느낄 때가 있다. 그 누군가는 날 미워하는 것이 아니다. 새파랗게 질리고 스트레스로 뒤룩뒤룩 살이 찌고 자르르 기름기가 흐르는 내 모습을, 사람들이 재수 없이 바라보는 것을 즐기는 것이다.

"공장장 팔자가 상팔자라니까. 그냥 멀뚱멀뚱 서 있으면 되잖아."

가시 돋친 목소리가 날아오면, 난 사무실로 들어가 스마트폰 게임에 몰두한다. 그래도 라인은 탈 없이 돌아가고 완성된 도시락을 담은 상자는 조용히 운반되어 나간다. 내가 할 수 있는 일은 그저 모든 굴욕을 꾹꾹 삼키는 것뿐이다.

"처음엔 흔한 클레임이었어요. 바퀴벌레 사체가 들어 있다든가 비닐장갑 쪼가리가 들어 있다든가 하는. 그런데 얼마 안 가 고객들한테 민원이 들어온다고 판매점에서 심심찮게 연락이 오기 시작했어요. 전 그때 진짜로 이물질이 들어간 게 아닐까 생각했어요. 파트타이머들이 고의로 그런 짓을 할 수도 있겠다고……."

그 여자들이 일부러 문제를 일으키고 내가 허둥대며 수습하러 다니는 모습을 보며 즐기는 게 아닐까?

그렇지 않으면 어떻게 클레임 처리에 골머리를 앓고 있을 때만 골라 라인이나 휴게실에서 문제가 터지느냐 말이다. 도난, 싸움, 울음을 터트리는 신입, 멈춰 서는 라인.

분명 누군가 작정을 하고 유리나 바퀴벌레를 넣는 것이다.

"아무리 매뉴얼을 치밀하게 만들어도 작정하고 마음을 먹으면 빠져나갈 길은 얼마든지 있어요. 애초에 그 공장을 좌지우지한다고 생각하는 파트타이머들이 공장 매뉴얼을 지키겠어요? 매뉴얼을 지키는 건 도움이 안 되는 신입들뿐이에요. 사실 매뉴얼대로 하면 바로 펑크가 날 거예요. 그 파트타이머들이 매뉴얼을 지키지 않으니까 공장이 돌아가는 거예요. 파트타이머들은 그 점을 알기 때문에 그렇게 당당하게 구는 거죠. 그래서 주위에서 오랫동안 돈을 노린 악질 클레임이라고 생각하고 있다는 사실이 비참한 마음을 달래주었습니다.

괜히 이런 클레임들을 위에 보고했다가 진짜로 뭔가 들어 있는 게 발각되면 관리 감독 부실을 사유로 창고에서 상자나 쌓는 일로 좌천될까 봐 두려웠어요. 그래서 아내 몰래 빚까지 내면서 돈을 줬어요. 그놈들이 하라는 대로 지정된 곳에 가서 돈을 줬습니다."

가마타구 서쪽, 고지야 모퉁이에 있는 상점가를 똑바로 지나가면 초등학교 대각선 맞은편에 공원이 있다. 그 공원 구석, 나란히 있는 세 개의 그네 중 가장 왼쪽에 있는 그네에서 기다리겠다는 전화를 받고 현금과 과자 세트를 가지고 갔다. 도시락에 들어 있는 햄버그스테이크가 설익었다는 클레임이었다.

2주일 후, 사무실로 걸려 온 전화를 받았다.

—그쪽 도시락을 샀는데 말이지, 도시락 안에 이쑤시개가

들어 있더라고. 사진 찍어놨는데 그 사진 어떻게 할까? 성의 좀 보여봐요. 식품 어쩌고 하는 국가 기관이 있더라고. 우린 거기에 말해도 괜찮은데.

그들은 텔레비전 뉴스를 보고 '재판으로 배상금이라는 돈이 지급된다'라는 사실을 배우고, 인간에게는 배상금이라는 돈을 청구할 권리가 있으며 그 권리를 휘두르는 것이 남들보다 똑똑한 인간의 발상이라고 생각한다. 머리가 부족한 인간이 남들처럼 권리를 휘두르려고 하니까 어디서 맺고 끊어야 하는지를 모른다. 그래서 염치도 없이 "그럼 3만 정도에 넘어가 주지" 하며 마치 대단한 선심을 베푸는 듯이 말한다.

"어디로 가져가면 될까요?"

— 저번이랑 똑같아. 초등학교에서 비스듬하게 맞은편에 있는 공원 안에 있는 그네 세 개 중에서 제일 왼쪽.

그 말에 비로소 아차 했다. 저번이랑 똑같은 장소라는 건 지난번 클레임을 건 사람이라는 말이다.

— 내일 3시야. 그 시간이면 회의 같은 것도 없잖아.

전화 너머의 남자는 즐거운 듯이 그렇게 말하고 전화를 끊었다.

한참 동안 그 자리에서 움직일 수 없었다.

"참치가 모자라잖아" 하고 공장에서 아우성치는 소리가 들리고 "분배를 생각했어야지"라는 고함 소리와 사람들이 달려

가는 소리가 들린다.

다음 날, 지정된 공원의 그네에는 낯익은 남자가 앉아 있었다. 마르고 체구가 작은 남자다. 울퉁불퉁한 두상의 머리는 박박 밀었다. 앞니가 하나 없고 윗입술이 조금 말려 올라가 있다. 맨살에 폭주족이 입을 만한 금색 자수 점퍼를 입은 남자의 볼품없는 가슴팍 위로 해골 펜던트가 늘어져 있었다.

남자가 앞니가 없는 입으로 히죽 웃더니 봉투에 든 돈을 세었다.

"3만 엔, 정확하네."

대체 뭘까? 어째서 문제가 된 도시락이 하필이면 또 이 남자에게 간 걸까? 이 남자는 전화로 도시락 안에서 이쑤시개가 나왔다고 말했다.

"이쑤시개가 어디에서 나왔습니까?"

"어디라니. 젓가락 봉투 안이지. 이쑤시개는 당연히 젓가락 봉투 안에 있잖아."

그렇게 남자는 공장장을 비웃었다.

아, 유리나 바퀴벌레가 나온 것도 사실이 아니구나. 공장 파트타이머들의 소행이 아니었구나.

"그래서 사태를 상사한테 보고했어요. 그랬더니……."

총무부 사람들은 우에무라를 거세게 비난했다.

'덜떨어진 양아치 놈들한테 바보 취급이나 당하고 잘하는

짓이다.'

'어떻게든 공장장이 책임을 져야지 말이야.'

본사에 정식으로 보고하면 목이 날아갈 각오를 하라는 말까지 들었다.

결국 스스로 처리하는 수밖에 없었다.

"그러자 익숙해지더라고요. 아무 생각도 안 하려고 마음먹었습니다. 클레임 대응 비용으로 본사에서 돈을 받는 경우도 있었거든요. '세 번째 희생자'라는 글을 봤을 때, 차가운 물에 얼굴이 처박힌 느낌이 들었어요. 제가 그런 놈들한테 계속 돈을 가져다 바쳤으니까요. 진작 나서서 제대로 처리했어야 하는데, 그러지 않았으니까요. 범인들이 하늘 높은 줄 모르고 설치게 만든 책임은 나한테 있다고 생각했어요. 하지만 회사는 대응을 거부했어요. 그래서 기베 씨한테 전화했습니다. 더는 아무 생각도 할 수 없어서요."

더는 아무 생각도 할 수 없다…… 미치코는 그 말을 멍하니 듣고 있었다.

머릿속에는 아키즈키가 한 말이 떠올랐다. 그 브라운관 텔레비전이 놓여 있던 가게에서 9시 뉴스를 들으려고 점주가 볼륨을 올렸을 때 단정한 아나운서가 처음으로 모리무라 유나의 이름을 소리 내어 읽었다. 화면에는 모리무라 유나의 집이 비치고 있었다. 허름한 아파트는 언제나 도시의 한구석 어딘가에 있지만 너무 눈에 익어버려서 아무도 의식하지 못한다. 그런 건물이 강한 여름 햇살을 받아 바싹 마른 모습으로 서 있었다.

'그것보다 가마타 서에서 보관 중인 시체가 하나 있어.'

그때 아키즈키는 그렇게 말했다.

'금실 자수 점퍼라고 하니까 허세깨나 부리는 양아치였겠지.'

가마타에서 죽은, 허세깨나 부리는 양아치.

"금실 자수 점퍼를 입은 체구 작은 남자가 돈을 받으러 왔군요."

공장장은 고개를 끄덕였다.

"네, 그 후로도 두 번이나 돈을 받으러 나타났어요. 벌써 1년도 더 전이네요. 하지만 똑똑히 기억하고 있습니다. 엄청난 새우등에 험상궂은 눈을 치뜨고 이쪽을 보면서 그네에 앉아 있었어요. 혹이라도 난 것처럼 머리가 울퉁불퉁한데, 마치 사람들에게 울퉁불퉁한 머리를 보여주고 싶다는 듯이 박박 밀었어요. 몸통은 비쩍 말랐고요."

타는 듯한 저녁 해가 떨어지자 어둠이 차오르고 외등이 깜빡거리다 켜졌다. 공장장을 옆에 두고 미치코는 가방에서 휴대폰을 꺼내 아키즈키 가오루에게 전화를 걸었다.

"전에 가마타 서에 보관 중인 시체가 있다고 했죠? 마르고 금실 자수 점퍼를 입었다는 남자, 혹시 엄청난 새우등에 혹난 것처럼 머리가 울퉁불퉁하지 않았어요?"

아키즈키는 허를 찔린 것처럼 순간 말을 잃었다.

—산토 가이토의 정보를 가지고 있어?

"산에이 공장장 말로는 공장에 공갈협박을 하고 고지야에 있는 공원으로 현금을 받으러 온 남자가 해골 펜던트에 폭주족 점퍼를 입고 있었대요."

만약 로쿠고 강변에서 살해당한 남자가 산에이 공장장을 협박한 범인이 맞다면, 산에이 사건 실행범의 움직임을 파악할 수 없었던 이유는 이미 죽었기 때문이다.

"산에이 공장장한테 가마타의 시체 사진을 보여줘요."

가마타 서에서는 그 시체를 '무면無面'이라 불렀다. 면상이 짓뭉개져 있어서 무면. 우에무라 마코토 공장장은 가마타 서에서 그 무면 사진을 보았다.

안면이 쇠공에 맞은 것처럼 둥글게 푹 꺼져 있었다. 두개골도 박살이 났지만 사인은 질식이다. 코와 입이 뭉개지면서 호흡이 불가능해진 것이다. 타박으로 구개 부분도 박살이 났다. 공장장은 눈을 피하지도 않고 그 사진을 유심히 바라보았다. 엎드린 자세를 찍은 사진에서 남자의 뒤통수는 모양이 흉한 감자처럼 왼쪽이 부풀어 있었다.

공장장은 그 사진을 뚫어져라 쳐다보았다. 그런 다음 어느 한순간 기억이 상을 맺기라도 한 것처럼 표정이 굳어졌다.

"맞아요! 이 머리예요. 고지야 공원에 현금을 받으러 온 남자가 맞아요."

지금 공장장 눈에는 해골 펜던트를 가슴에 늘어뜨리고 앉아 있는 남자가 보이는 듯했다.

미치코는 계단을 뛰어 내려가면서 하마구치에게 전화를 걸었다. 하마구치는 가마타 서 생활안전과에 아는 형사가 있다. 관할에서 살인사건이 발생하면 관할서는 인원을 총동원해 수사에 나선다. 이 정도 사건이라면 생활안전과에도 정보가 올라갔을 것이다.

전화가 연결되고 하마구치의 "어" 하는 목소리가 들린 것과 동시에 미치코는 말했다.

"가마타 서에 산토 가이토라는 남자의 시체가 있어요. 그 시체가 나카노 연쇄살인사건과 관련이 있어요. 가마타 서에 아는 형사가 있댔죠? 지금 전화해서 산토 가이토가 시체로 발견됐을 때 상황을 알아봐 줘요. 아직은 산토 가이토가 나카노 사건과 관련이 있단 걸 모르고 있을 거예요. 다른 경로로 사태를 자세히 알게 되면 이쪽에는 입을 다물 거예요."

살해 당시의 자세한 상황은 수사기밀이다. 시간은 밤 11시를 넘겼다. 미치코는 방금 뛰어나온 가마타 서를 올려다봤다.

"기회는 지금밖에 없어요."

하마구치는 "알겠어"라고 답하는 시간마저 아까운 듯 급하게 전화를 끊었다.

미치코는 곧바로 나카가와에게 전화했다.

"지금 어디야?"

—아직 회산데요.

"16일에 가마타에서 일어난 살인사건, 피해자 이름은 산토 가이토. 바로 정보 모아줘. 공장장이 가마타 서에서 보관 중인 시체 사진을 보고 산에이를 공갈협박한 범인이 맞다고 증언했어. 방금 하마구치 씨한테도 알렸어. 그 사람은 가마타 서에 지인이 있으니까 잘하면 정보를 입수할 수 있을지도 몰라."

미치코가 말을 쏟아내는 동안 나카가와는 한마디도 끼어들지 않고 끝까지 들었다.

—살인사건이면 경찰이 우르르 몰려왔겠네요. 분명 구경하던 누군가 어딘가에 올렸을 거예요. 16일이라고 했죠?

타닥타닥 키보드 치는 소리가 들리는 걸 보니 검색을 하는 모양이다.

—16일 새벽 시체 발견, 이거네요. 현장은 가마타 나카로쿠고, 다마강 제방. 추가 정보는 없는 것 같아요. 피해자 이름은 안 올라왔네요. 목격자가 있는지 SNS를 조사해 볼게요.

"16일 새벽…… 모리무라 유나가 살해당한 후라는 거네."

—네, 일곱 시간 정도 뒤네요. 개를 산책시키던 주민이 돌 같은 것으로 살해당한 변사체를 발견하고 신고했다고 쓰여 있어요. 둔기를 말하는 것 같아요.

하지만 뒤에서가 아니다. 앞에서다.

"가메이치에 협박 전화를 건 휴대폰이 그 산토 가이토의 휴대폰일 거야. 대포폰이랬거든. 그 전화를 지금 사용하고 있는 사람이 살인을 저지른 범인이겠지. 범인은 두 여자를 살해하고 공범까지 살해한 거야."

—이 정보 하마구치 씨랑 공유하는 걸로 알고 있으면 될까요? 편집장님한텐 제가 전달할까요?

"응, 전부 부탁할게. 난 바로 다시 들어가야 해."

타닥타닥하는 소리가 멎었다.

—들어가다니, 어딜 들어가신다는 거예요?

"지금 공장장을 데리고 가마타 서에 와 있어. 지금 내가 말한 건 몇 분 전에 공장장이 확인한 내용이야. 잠깐 경찰서 바깥으로 나와서 전화하는 거야."

나카가와는 순간 숨을 삼켰다.

—말 그대로 따끈따끈한 정보로군요.

하마구치는 가마토 생활안전과 형사에게 산토 가이토의 사체를 발견했을 당시의 상황을 캐물었다. 얼굴이 뭉개져 있었음, 지문으로 신원은 빠르게 파악했지만 그 뒤로는 이렇다 할 진전이 없었음. 그 정도 정보를 말한 형사가 하마구치에게 되물었다.

　―그런데 왜 무면에 관심을 갖는 거야?

　그런 다음 "어라, 이건 뭐지?" 하고 중얼거리며 말을 끊었다. 전화 너머에서 뭔가 다른 일에 신경을 빼앗긴 모양이다. 하마구치는 "허, 거기선 무면이라고 부르나 봐?" 하고 말하며 애써 형사의 주의를 끌었다. 형사는 다시 말하기 시작했다.

　―얼굴이 뭉개지고 없거든. 흉기는 얼굴을 통째로 뭉개버릴 만한 커다란 돌일 텐데, 결국 못 찾았어. 범인이 터무니없이 힘이 세거나 하늘에서 돌이 떨어졌다는 건데, 괴기현상이 따로 없다니까.

　그런 다음 비밀이라도 이야기하는 듯이 목소리를 낮췄다.

　―우리 서 부서장이 우리 힘만으로 해결할 수 있다며 고집을 부리는 바람에 형사과 애들이 잔뜩 화가 났어. 아니, 고집으로 사건이 해결되냐고. 그렇지 않아? 강 건너편에서 발견됐으면 가와사키 서 사건이 됐을 텐데 하필 강 이쪽이었거든. 애초에 그냥 얼른 1과에 맡기면 됐을…….

　또 말이 끊겼다.

　"뭔데, 왜 그러는데?" 하고 형사가 가까이 있는 누군가에게 묻는다. 누군가가 "1과가……" 하고 대답하더니 다시 형사가

"산토 가이토가 왜?" 하고 주위에 있는 누군가에게 물었다. "나카노 사건이랑?" 하고 형사가 앵무새처럼 되묻는 목소리가 이어지고, 누군가가 "산에이 사건의⋯⋯" 하는 목소리가 멀리서 들린다.

잠시 후에 형사가 휴대폰을 다시 들었다.

─이럴 때가 아니야. 무면한테 엄청난 일이 생겼어. 그럼 끊을게. 다음에 통화해.

하마구치가 알아낸 산토 가이토의 정보는 미치코를 통해 프런티어에 전해졌고, 나카가와는 사체 발견 현장에서 동영상을 찍은 남자를 찾아냈다.

나카가와는 이튿날, 기베 미치코가 개선장군처럼 프런티어에 오리라고 생각했다. 하지만 미치코는 아침 일찍 전화로 몇 가지 정보를 확인했을 뿐이었다. 그리고 오늘은 들르지 않을 거라고 전했다. 뭐 할 거냐는 나카가와의 물음에 "이케부쿠로에 갈 거야"라고 대답하고 전화를 끊었다.

나카가와에게 이야기를 전해 들은 마나베는 "왜 이케부쿠로야?" 하고 물었다.

"글쎄요. 뭘 조사하러 이케부쿠로에 가냐고 물어볼까요?"

마나베는 헷 하고 웃었다.

3

이케부쿠로 번화가의 한쪽 구석에 개미집처럼 윤락업소가 밀집한 지역이 있다. 이곳을 찾는 사람들은 모두 목적이 같기 때문에 수치심을 느낄 일도 없다. 그런 비일상적인 감각을 만들어내는 장소다.

가게가 옹기종기 모여 있는 건물 한쪽 편에 '플라워'라는 업소가 있다. 자마 세이라는 2년 전 이곳에서 겨우 한 달 일했다. 점장이라고 밝힌 남자는 "여기 찾아온 기자는 당신뿐이에요" 하고 놀랐다. 땀에 젖은 미치코의 셔츠를 본 점장은 쏟아지는 햇살을 힐끗 보더니 가게 안쪽으로 데리고 들어갔다.

점장은 무릎까지 내려오는 하얀 앞치마를 입고 밝게 물들인 머리카락을 젤로 높게 세운 남자였다. 윤락업소 점장이라고 하면 우락부락한 남자나, 적어도 좀 더 나이가 있는 남자를 생각하고 있었기 때문에 기묘한 느낌이 들었다.

"경찰관은 왔죠?"

"자마 세이라는 우리 가게에 겨우 한 달 있었어요. 경찰이 오긴 왔지만 마침 내가 없을 때라서 애들한테 그냥 몇 가지 물어보고 돌아간 것 같더라고요."

점장은 그렇게 말하고는 컵에 수돗물을 받더니 얼음을 넣고 미치코 앞에 놓았다.

왠지 모르게 의욕이 없어 보이는 스물여섯 살의 월급쟁이 점장은 자마 세이라에 대해 다른 사람들보다는 조금 자세하게 기억하고 있었다.

"이 근방에선 좀 유명했죠, 물갈이가 워낙에 빨라서 다들 기억 못 하는 것뿐이지만요."

그러고는 후후 하고 순박한 웃음을 지었다.

"유명하다뇨?"

"걸핏하면 사고를 쳤어요. 일은 안 빼먹고 했지만 상식이 없달까?"

점장은 자마 세이라가 덧셈, 뺄셈도 제대로 못 했다고 덧붙였다.

"이런 곳엔 그런 애들이 제법 있어요. 돈도 없으면서 뒷감당할 생각도 안 하고 호스트한테 빠지죠. 누가 얼러주지 않으면 못 배기는 건지. 세이라 걔는 술도 못 마셨어요. 그런데도 호스트 클럽에 드나들었다니까요."

혹시 사진이 있냐고 묻자 점장은 또 순박한 웃음을 지었다.

"자기 사진을 안 썼어요. 다른 사람 사진을 가지고 와서 자기라고 우겼죠."

점장이 건네준 것은 나카가와가 가지고 있던 자료와 같은 사진이다. 하얀 이가 인상적인, 붙임성 좋고 똑똑해 보이는 젊은 여자다.

"얘는 스미레라고, 근처 카바레 클럽에서 일하던 아이예요."

미치코는 고개를 들었다.

"이 여자를 아세요?"

"그럼요. '코브라'의 스미레짱이잖아요."

이제껏 미치코는 이 사진이 자마 세이라가 인터넷에서 퍼온 것이라고 생각하고 있었다. 세이라의 생활권에 실재하는 여자라고는 생각하지 않았다.

"우리 가게 앞에 이 사진을 걸어놨는데, 한번은 웬 남자가 불같이 화를 내면서 들이닥쳤죠."

남자는 부들부들 떠는 듯이 화를 내며 이 여자를 내놓으라고 소리를 질렀다. 점장은 할 수 없이 이 사진 속 여자는 여기 없다고 솔직하게 얘기하고 자마 세이라를 불러내 보여주었다. 다른 사람인 게 밝혀지면서 일단락되었지만, 세이라는 그 이

252

후 그 사진을 쓰지 못했고 얼마 안 가 가게를 그만두었다.

"그 남자, 스미레짱의 남친인가 했는데 알고 보니 동생을 끔찍하게 아끼는 오빠였죠."

"오빠……."

점장은 끄덕였다. 하얀 이를 보니 그가 담배를 피우지 않는다는 사실을 알 수 있었다. 이 점장, 어쩌면 술도 안 마실지 모른다.

"그 사람, 이런 가게 앞에 자기 여동생 사진이 걸린 걸 보고 무시무시한 기세로 뛰어 들어왔어요. 세이라를 봤을 때 그 넋이 나간 얼굴이란."

점장은 기억을 떠올리며 웃었다.

"세이라는 그런 문제들만 일으켰어요. 그런 애를 죽이면서까지 살인범이 되다니. 난 뭐가 뭔지 모르겠더라고요."

"자마 세이라 씨는 어째서 이 스미레라는 사람의 사진을 쓴 걸까요?"

"친구라고 해야 하나? 그냥 아는 사이라는 표현이 더 맞긴 할 텐데."

"그냥 아는 정도인데 사진을 빌려줬다고요?"

"허락 안 받고 가져왔겠죠. 훔쳤다고 하는 게 정확할지도 모르겠네요."

미치코는 "그렇군요" 하면서 메모를 했다.

"자마 세이라는 호스트 때문에 트러블이 있었다고 들었는데요."

공을 들이던 호스트를 두고 다른 사람과 옥신각신하다가 빚까지 졌다는 이야기가 있었다.

"그것도 스미레랑 얽힌 일이었을 거예요. 스미레는 세이라한테 친절했어요. 세이라는 그런 친절을 이용하는 사람이고. 애초에 세이라한테 친구라고 할 만한 사람이 있었을까 싶은데, 상대해 주는 건 스미레짱밖에 없었을 거예요. 그래서 유령처럼 늘 뒤에서 얼쩡대면서 따라다녔죠."

네모난 얼굴에 가무잡잡한 피부, 성욕이 강해 보이는 느낌의 여자였다고 한다. 싸구려 캐릭터 상품으로 온몸을 치장했지만 그 모습이 너무나 안 어울려 비웃음을 샀다. 세이라를 괴롭히던 여자들은 그녀의 가방에 매달린 캐릭터의 귀를 잡아뜯거나 리본을 찢어버리거나 눈에 구멍을 냈다. 그런데 희한하게도 세이라는 그런 괴롭힘을 잘 눈치채지 못했다.

"꿈 많은 소녀처럼 연출하고 싶었던 것뿐이지, 사실은 캐릭터 따위는 아무래도 상관없었을 거예요. 며칠이 지나도 귀가 떨어진 인형과 찢어진 리본을 그대로 달고 다녔어요."

점장은 스미레가 일했던 카바레 클럽을 가르쳐주었다.

골목 두 개를 더 지나자 '코브라'라는 간판을 단 업소가 나왔다. 그럭저럭 점포의 형태를 갖추고 있었고, 시선을 피하게 하는 천박한 요소도 없었다. 점장은 흔쾌히 협조했다. 머리카락은 검고 수염도 없다. 반지도 피어싱도 하지 않았다. 허세를 부리는 건 이제 유흥업소 쪽에서도 유행이 아닌 모양이다.

"우리 가게 뒤에 시온이라는 호스트 클럽이 있는데, 스미레가 거기서 일하는 다케라는 호스트와 사귀는 사이였어요. 처음엔 연애 감정까지는 아니었는데 처지도 비슷하고 서로 매상 올려준다고 드나들다가 결국 눈 맞은 거죠. 스미레는 퇴근하면 거기로 갔는데 세이라가 따라다녔어요. 세이라는 뭐든 스미레를 따라 했거든요. 그렇지만 인기 없는 여자라 돈이 별로 없었어요. 그러니 호스트 클럽에 외상이 쌓이고 외상 갚으라고 독촉도 당하고 쫓겨나기도 하고 그랬죠. 그러면서 스미레를 괴롭히기 시작했죠. 몇 번 다툼이 있었고요."

"서로 드잡이질 하면서 싸운 건 아니죠?"

점장은 끄덕였다.

"다케는 시온에서 넘버 쓰리 호스트, 스미레도 우리 가게에서 둘째 아니면 셋째 손가락에 꼽히는 아가씨였어요. 세이라 같은 여자가 상대가 될 리 없죠. 그런데 스미레랑 그 여자 사이가 나빠진 건 남자 때문만은 아니에요. 가방도 그렇고 옷도 그렇고, 세이라는 스미레한테 물건을 빌려 가면 되돌려 주지를 않았어요. 플라워에서 일하기 전부터 그랬어요. 걸핏하면 스미레를 걸고넘어졌죠. 머리채를 붙잡고 싸운 적도 있는데 그땐 다케가 세이라의 가슴팍을 잡고 내던졌어요. 스미레도 완전 뚜껑이 열려서 나중에는 오빠한테 모조리 다 말했더라고요."

"사진 때문에 플라워에 쳐들어갔다던 오빠?"

점장은 기억났다는 듯이 웃었다.

"맞아요. 그 오빠예요. 그 사람이 가서 세이라가 가져간 물건을 되찾아 왔어요. 나이 차이가 꽤 많이 나는 오빠였어요. 그 남매가 빚이 많아서 스미레는 일을 그만두고 싶어도 그만둘 수가 없었어요. 그래서 오빠가 동생이 이상한 남자랑 엮이지 않게 감시했죠. 그러니 스미레는 오빠한테 호스트랑 사귄다는 말은 입이 찢어져도 못 했을 거예요. 그래서 다케랑 몰래 사귀었죠. 그러던 중에 저쪽 업소에서 사진 소동이 난 거예요. 그 일로 노발대발하는 오빠를 보면서 빚 안 갚고 호스트한테 돈을 갖다 바치고 있다는 말은 절대 할 수 없다는 걸 깨달았겠죠. 결국 스미레는 자기 애인이랑 자기 빚을 몽땅 오빠한테 떠넘기고 도망갔어요."

메모를 하던 손이 멈췄다.

점장은 쓴웃음을 지었다.

"다케는 처음부터 호스트랑 안 맞는 남자였어요. 여자를 꾀어서 돈을 뜯어내는 재주가 없었죠. 스미레는 이상할 정도로 책임감이 있는 스타일이라 다케한테 필사적으로 돈을 댔어요.

거기까지는 꽤나 고전적이고 낭만적인 아름다운 러브스토리지만, 어쨌든 요즘 애니까요. 사채업자한테 빚 갚으라는 말을 듣고 그 오빠 얼굴이 새파래졌다고 하더라고요."

"얼마죠?"

"세 건 합쳐서 1천2백만이라더군요."

"세 건?"

"오빠랑 스미레의 빚 5백만, 다케 빚 7백만."

스미레와 오빠는 이타바시의 니코론이라는 대부업체에 각각 2백만 엔과 3백만 엔의 빚이 있고, 다케, 본명 오가타 겐키는 다른 금융회사에 7백만 엔의 빚이 있었다. 스미레는 시부야에 있는 사채업체에서 1천2백만 엔을 빌려서 세 건의 부채를 청산했다. 그때 스미레는 상환 의무가 오빠에게 있다는 각서를 썼다. 그건 1천2백만을 빌려준 업체가 직접 해준 말이니 틀림없다고 점장은 말했다.

"자세히 아시네요."

점장은 다시 웃었다.

"이쪽은 사채업자의 입김이 닿는 가게들이 많아서 가만히 있어도 정보가 흘러 들어오거든요."

다케만 없었다면 스미레는 빚을 깨끗이 갚을 수 있었을 거라고 점장은 말했다.

"스미레도 그렇지만 다케도 융통성이라곤 없는 녀석이라

서 연애에도 융통성이 없었어요. 스미레는 이 바닥을 뜰 전망이 서 있었지만 다케는 그러지 못했죠. 하지만 둘 다 그럼 이만 헤어지자, 이게 안 되는 거예요. 사랑에 진심인 사람들이니까. 게다가 오빠한테 호스트랑 사귀는 걸 들키면 난리가 날 거고. '오빠가 저를 번듯하게 살게 하려고 얼마나 고생을 했는지 몰라요. 점장님은 상상도 못 할 거예요'라고 말한 적이 있어요. 그런데 또 스미레가 빚을 지게 만든 게 오빠나 마찬가지여서, 자기가 호스트랑 사귀는 걸 알면 오빠는 본인 탓을 하며 다시 회복하지 못할 정도로 충격을 받을 거라더군요. 아무튼 둘 다 스무 살이고 말하자면 연애에 면역도 없는 상태에서 사랑에 빠졌어요. 다케가 손님이랑 잠자리를 갖기 싫어해서 가게랑 갈등이 있었고 결국 돈 때문에 위험한 일에 손을 대려고 했어요. 그걸 스미레가 말린 거죠. 그런 짓에 한번 손을 대면 빠져나갈 수 없으니까. 히야, 정말 영화 한 편 뽑을 수 있을 것 같은 사랑 이야기 아닌가요? 스미레는 다케를 보면 자기 오빠를 보는 것 같다고 했어요. 그래서 내버려 둘 수 없었던 거죠. 무슨 생각으로 빚을 오빠한테 덮어씌웠는지는 모르겠지만."

점장은 말을 끊고 생각했다.

"오빠한테 털어놓으면 아마 다케랑 헤어지는 조건으로 다케의 빚을 갚아주겠다고 할 것 같다. 그러면 다케는 오빠가 하라는 대로 날 포기하려 할 거다. 다케가 호스트란 게 걸림돌인데 빚 때문에 그 일을 그만두지 못한다. 이대로 둘이 같이 도 망가면 사채업자한테 쫓길 거다. 결국 다급해진 스미레는 빚 을 오빠한테 덮어씌우는 길을 선택하고 도망갔어요. 고작 스 무 살짜리 여자애니까 할 법한 생각이죠."

그런 다음 고개를 들었다.

"게다가 스미레의 오빠는 비밀스럽고 위험한 일을 하는 사 람이래요. 어떻게든 돈을 갚을 수 있는 모양이더라고요."

점장 말로는 다케라는 젊은이가 "잘생긴 얼굴로 호스트를 하는 것 말고는 이렇다 할 재주도 없는 청년이, 자포자기하면 서 살다가 조금 삐딱해진" 느낌이라는 것을 보니, 모성본능을 불러일으키는 타입인 것 같다.

"오빠를 보는 것 같다고 말했다고요?"

점장은 끄덕였다.

"오빠가 절도 혐의로 체포된 적이 있대요. 그건 세이라가 말 해줬어요. 스미레는 그 일은 오빠가 가족을 위해 희생한 거고 질 나쁜 범죄자들이랑 같은 취급 하지 말라며 무서운 얼굴로 불같이 화를 냈어요. 세이라는 네 오빠가 비겁하게 동료들을 경찰에 꼰질렀다고 비아냥거렸고요. 그러다 몸싸움까지 했는 데 그때 스미레가 정말 작정을 하고 달려들었죠."

"잠깐만요. 자마 세이라랑 스미레 씨의 오빠가 원래 알던 사 이였나요?"

"스미레랑 세이라는 어릴 때부터 안면이 있던 것 같아요."

"그럼 스미레 씨도 이타바시에서 살았나요?"

"글쎄요."

"스미레 씨의 본명을 가르쳐주시겠어요?"

그러자 점장은 안쪽으로 들어가더니 잠시 후 이력서를 가지고 나왔다.

"본명은 요시자와 메이, 스무 살."

"어떤 한자를 쓰는지 가르쳐주실래요?"

"쌀 아稗에 의복 의衣."

미치코는 받아 적으면서 물었다.

"어떤 학교를 다녔죠?"

"이타바시 구에 있는 초등학교랑 중학교요. 오빠 이름은 스에오. 가게에 처음 왔을 때는 아직 미성년이라서 오빠 이름과 생년월일을 적으라고 했어요."

"스에오는……."

미치코가 어떤 한자냐고 물으려던 순간, 점장은 이력서를 눈앞에 내밀었다.

"사진 찍어도 됩니다. 메모하시고 사진은 지워주세요."

미치코는 놀랐지만 점장은 선심 쓴다는 표정조차 짓지 않았다.

"우리 같은 일을 하는 가게에는 이런 이력서가 썩어 넘칠 정도로 쌓여요. 그만둘 때 이력서를 돌려달라고 말하는 사람은 한 명도 없어요. 본인이 비밀로 할 마음이 없는데 이게 다 무슨 소용일까 하는 생각이 들죠."

점장 마음이 바뀌기 전에 재빨리 사진을 한 장 찍었다.

"이런 데서 일하는 애들한테도 가족이 있고 학창시절이 있었구나. 이력서를 보고 있으면 그런 생각이 들어요. 화려한 차림을 하고 거기서 거기인 화장을 하고 누가 누구인지 아무 상관도 없는 일을 하고 있지만, 요리를 잘하는 아이도 있고 술을 못 마시는 아이도 있어요. 성격이 나쁜 애들은 어차피 알아서 그만두니까 남은 애들은 다 꽤 괜찮은 애들이에요. 그래서 그 애들이 결국 성매매 업소로 갔다는 소문을 들으면 슬퍼요."

요시자와 메이는 이타바시 구립 이타바시 제12초등학교와 제7중학교를 졸업했다. 점장 말대로 부모 칸은 비어 있고 오빠 이름이 있을 뿐이다.

스에오末男. 그 밑에 작게 '생년월일 1991년 5월 20일'이라고 적혀 있다.

"두 사람이 어디로 갔는지 짐작 가는 곳은 없으세요?"

"없어요."

"스에오라는 오빠가 빚을 못 갚으면 어떻게 되죠?"

"그런 곳에서 그렇게 큰돈을 빌려줄 땐 당연히 돌려받을 수 있다는 계산이 있는 거죠. 오빠가 못 갚으면 스미레가 몸으로 갚게 되겠죠."

"어디 있는지도 모르는데요?"

"그쪽 업계 인간들이 작정하고 찾으면 못 찾을 리 없죠."

"그렇다는 말은, 그 스에오라는 오빠가 못 갚으면 이 메이라는 여동생이 전액을 갚아야 한다는 뜻인가요?"

"아마도요."

"그때는 성매매 업소에?"

점장은 담담하게 대답했다.

"아마도요."

큰길로 나왔다. 머리 위에서 햇살이 내리쬐고 있다. 하마구치가 보낸 메일이 한 통 들어와 있었다. '하세가와 도루는 성실한 의사'라고 적혀 있었다.

'아내도 의사, 딸은 의대생. 사치와는 거리가 먼 생활. 체격 좋은 장신의 남자로 학창시절 투포환 선수. 리오와 쓰바사라는 자녀가 있음. 딸이 리오, 아들이 쓰바사. 수사1과가 달라붙은 이유는 기베 씨 말대로 노가와 아이리와 돈 문제가 얽혀 있기 때문인 듯. 생활안전과 형사를 한 번 더 떠볼게. 피스.'

마지막 '피스'까지 다 읽을 때쯤 전화가 들어왔다. 나카가와였다. 그늘로 들어가고 싶다는 생각을 하면서 전화를 받았다.

—산토 가이토가 지난 두 달 동안 입수 경로가 추적되지 않을 권총을 찾아다녔대요. 가격을 흥정하면서 돌아다녔다는 증

언들이 있어요. 하나 더, 산토 가이토가 같은 기간에 어떤 남자에 대해 여기저기 캐묻고 다닌 모양이에요. 이름은 요시자와 스에오. 알아내는 대로 추가 정보 보내드릴게요.

미치코는 멈춰 섰다.

"요시자와 스에오?"

―네, 맞아요. 시부야 서 내부 정보인데, 산토 가이토가 '요시자와 스에오라는 녀석은 어떤 놈이야?' 하고 묻고 다녔대요. 그 사람을 찾는 게 아니라 그 남자의 평판이나 과거를 알고 싶어 했던 것 같아요. 어떤 한자를 쓰는지는 모르겠어요.

"아마 끝 말末에 사내 남男을 쓸 거야."

―이미 알고 계셨어요?

"방금 그 이름을 들었어. 살해당한 자마 세이라의 지인 중에 요시자와 메이라는 스무 살 여자가 있는데, 그 여자의 오빠 이름이 요시자와 스에오야."

나카가와는 순간 침묵했다.

―스에오라는 이름은 그리 흔한 이름이 아니에요.

"요시자와 남매는 이타바시에서 태어나 자랐고 자마 세이라와는 어릴 때부터 아는 사이였던 것 같아."

다시 나카가와가 침묵했다. 미치코는 계속했다.

"요시자와 스에오는 자마 세이라랑 잘 아는 사이야."

요시자와 스에오는 자마 세이라에 대해 잘 알고 있었을 것이다. 그 칠칠치 못한 행동거지도.

그때 휴대폰에 다른 전화가 들어왔다는 알람이 떴다. '1과 아키즈키 경위'라는 이름이다.

"아키즈키 씨한테서 전화 왔어. 나중에 다시 걸게."

미치코는 나카가와의 전화를 끊고 아키즈키의 전화를 받았다. 살해당한 산토 가이토가 요시자와 스에오라는 남자의 평판을 캐고 다닌 게 어떤 의미일까 생각하면서.

아키즈키는 특유의 가라앉고 위압감이 느껴지는 목소리로 말했다.

—27일에 가메이치 제과에 배달된 그 체모 말이야. 노가와 아이리 거였어.

미치코의 머리에 눈물과 콧물로 범벅이 된 여자의 영상이 떠올랐다.

"어쩌면 노가와 아이리는 이제 자신이 피해자인지 가해자인지 분간을 못 하는 건지도 몰라요."

—노가와 아이리가 나카노 연쇄살인사건에 관여한 이상 피해자인지 가해자인지는 중요하지 않아.

그런 다음 아키즈키는 한 호흡 쉬었다.

—밋짱, 이 사건에서 또 다른 인간의 기척이 느껴진다고 했지? 사실 산토 가이토는 어떤 남자에 대해 캐고 다녔어. 내가 생각을 해봤는데, 혹시 밋짱도 알고 있었던 거 아니야?

시부야 서 형사한테 나쁜 뜻은 없을 것이다. 그렇지만 지금 수사1과 경위가 비장의 카드로 쓰려고 했던 남자의 이름이 잡지 기자한테 들어가고 말았다. 아키즈키는 그 이름이 프런티어를 통해 나한테까지 들어왔다는 사실을 전혀 알아채지 못했다.

요시자와 스에오의 이름을 꺼내 반응을 볼까? 하지만 아키즈키는 놀라기만 할 뿐 나한테 정보를 흘리지는 않을 것이다. 이미 정보를 공유할 시기는 지났으니까. 이쪽에서 먼저 이름을 꺼내면 경계경보를 울리게 만들 뿐이다.

"전에도 말했죠, 난 감추는 거 없어요. 주범이 뒤바뀐 게 아닐까 하는 생각을 한 건 분명해요. 하지만 그건 목소리가 비슷하냐 다르냐, 필적이 비슷하냐 다르냐를 따지는 일과 비슷한 거예요. 근거는 없어요. 그냥 그렇게 느꼈을 뿐이에요."

그러고 나서 물었다.

"그 남자가 누군데요?"

—수사기밀이야.

아키즈키는 시원스레 그렇게 대답하고 전화를 끊었다.

아키즈키는 아직 요시자와 스에오에 대해 '산토 가이토가 조사하던 남자'라는 것밖에 모른다. 아마도.

미치코는 스마트폰 안에서 조금 전 촬영한 요시자와 메이의 이력서 사진을 불러냈다.

요시자와 스에오는 스물일곱 살. 모리무라 유나와 같은 나이다. 그리고 자마 세이라까지 세 사람 모두 이타바시에서 살았다. 노가와 아이리와 이타바시의 관련성은 찾을 수 없다.

산토 가이토가 16일 동이 트기 전에 시체로 발견된 뒤 가마타 서에서 이 사건을 수사하고 있다. 만약 산토 가이토가 나카노 사건의 두 피살자와 접점이 있다면 정보가 분명히 선별되어 올라왔을 것이다.

즉 노가와 아이리도 산토 가이토도 두 피살자와는 관련이 없었다는 말이다.

산토 가이토가 요시자와 스에오의 뒤를 캐기 시작한 시기가 두 달 전, 바꿔 말하자면 두 달 전까지 산토 가이토는 요시자와 스에오를 잘 몰랐다는 말이다. 그리고 그 시기는 요시자와 스에오가 1천2백만 엔의 빚을 떠안게 된 무렵과 일치한다.

따갑게 내리쬐는 태양 빛을 받으면서도 미치코는 전봇대 옆에서 옴짝달싹할 수 없었다.

'찾아낸 걸지도 몰라.'

나카가와한테 다시 전화를 걸었다.

"아까 그 이야기 말인데, 요시자와 스에오에 대해 주변인이 뭐라고 말했대?"

―중요한 건가요?

"근거는 아직 없지만."

―알겠어요. 알아볼게요.

"이 정보는 일단 마나베 씨한텐 비밀로 해주면 좋겠는데."

—하마구치 씨한테도 비밀로 할까요?

"응. 이 건은 나랑 나카가와 둘만의 비밀로 해주면 좋겠어. 그리고⋯⋯."

미치코는 생각하면서 말을 덧붙였다.

"요시자와 스에오는 고등학생 때 집단절도에 가담했다가 체포된 적이 있어. 지역 신문에 실렸을지도 몰라. 1991년생이 니까 2006년부터 2009년 사이에 일어난 사건이야. 소년범죄라 변호사가 붙었을 거야. 그때 변호사가 누구였는지 알아낼 수 없을까?"

나카가와는 귀를 기울이고 있었다.

—사건이 특정되면 우리 고문변호사한테 부탁하면 돼요. 하지만 그렇게 되면 편집장님한테 비밀로 할 수 없어요.

"그건 알아."

전화를 끊은 후 미치코는 마음속에서 거듭 생각했다.

'쓰레기 같은 여자라도 생명은 생명이잖아.'

'지능이 토끼 정도밖에 안 돼.'

범인은 성매매 여성들, 이른바 매춘부를 가슴 깊은 곳에서 증오했다. 하지만 그곳에는 아키즈키가 말했듯이 더러운 존재로서 싫다는 마음이 아닌, 증오로도 연민으로도 해석될 어떤 감정이 떠다니고 있다. 그것은 그 '코브라'의 점장한테서도 느낄 수 있었다.

범인은 그런 여자들을 잘 알고 있다.

'그런데 스미레랑 그 여자 사이가 나빠진 건 남자 때문만은 아니에요. 가방도 그렇고 옷도 그렇고, 세이라는 스미레한테 물건을 빌려 가면 되돌려 주지를 않았어요. 플라워에서 일하기 전부터 그랬어요. 걸핏하면 스미레를 걸고넘어졌죠. 머리채를 붙잡고 싸운 적도 있는데 그땐 다케가 세이라의 가슴팍을 잡고 내던졌어요. 스미레도 완전 뚜껑이 열려서 나중에는 오빠한테 모조리 다 말했더라고요.'

자전거가 코앞을 지나쳐 가고, 요시자와 메이의 이력서가 떠 있는 액정에 똑 하고 땀이 떨어졌다.

요시자와 스에오와 자마 세이라의 관계는 아직 누구도 파악하지 못했다.

미치코는 메모에 있는 '니코론'이라는 글자를 바라보았다.

하지만 미치코가 찾아냈다고 생각했을 때 사건은 새로운 국면으로 빠르게 접어들었다.

사건 발생으로부터 16일째, 7월 30일.

하마구치가 제작하는 밤 9시 뉴스 아나운서는 마블링 좋은 고기에서 기름만 잘라내듯 섬세하고 교묘하게 두 사람이 윤락업 종사자 또는 매춘부였다는 언급을 피하면서, 지금 이 순간에도 길을 걷던 무고한 여성이 불시에 희생될 가능성이 있다는 논리로 이야기를 이끌었다.

"여성이 약자라는 사실, 여성과 아이가 사회의 구조적 모순 속에서 피해자가 된다는 사실을 이토록 명료하고 명확하게 보여주는 사건이 또 있을까요? 이처럼 극악무도한 범죄는 쉽게 볼 수 있는 게 아닙니다. 이건 사회에 대한 도전입니다. 이건 우리 모두를 향한 악의입니다."

아나운서는 멘트에 있는 힘껏 힘을 담았다.

뉴스가 시작되고 40분이 지났을 무렵, 짧은 손톱에 빨간색과 검은색 매니큐어를 번갈아 바른 여자가 등장했다. 여자가 어린아이처럼 음성 변조된 목소리를 내며 자마 세이라에 대해 "뭐라고 했더라, 나이 든 사람이 좋다고 말한 적이 있어요"라고 말하는 영상이 나왔을 때였다.

갑자기 취재 영상이 뚝 끊기고 스튜디오 영상이 나왔다. 스튜디오는 어수선했다.

귀에 넣은 작은 이어폰을 손가락으로 꾹 누르고 있는 아나운서의 시선이 마구 요동쳤다. 패널 중 누구도 카메라는 쳐다보지도 않았다. 다들 카메라 아랫부분을 두렵다는 듯 바라보고 있었다. 파랗게 질린 아나운서가 결심한 표정으로 카메라로 눈을 올렸다.

"조금 전, 나카노 연쇄살인사건의 범인이라고 주장하는 남

자가 보도국으로 전화를 걸어 왔습니다. 자신이 범인이라고
밝힌 남자는 스튜디오로 직접 전화를 연결해 달라고 요구했습
니다. 지금부터 그 전화를 스튜디오로 연결하겠습니다."

스튜디오는 쥐 죽은 듯 고요해졌다.

젊은 아나운서가 상기된 목소리로 "여보세요" 하고 입을 열
었다.

─죽은 여자들에 대해 제대로 보도해.

젊은 남자의 목소리가 스튜디오에 흘렀다.

노기를 띤 날카로운 목소리였다.

─그딴 여자들은 쓰레기야. 동물 이하라고. 마음 내키는 대
로 몸을 굴리고 언제 애가 생겼는지도 모르지. 애를 지울 돈도
없고 머리도 안 돌아가. 어쩔 수 없이 낳고 난 다음에는 죽어
라 괴롭히며 키우지. 차라리 실종이라도 되면 좋겠다, 사고로
죽으면 보상금이라도 타 먹을 수 있지 않을까 하면서. 그것들
이 애를 만드는 건 나라에서 주는 돈이 욕심나기 때문이야. 그
래서 애가 죽어도 알리지 않고 돈을 계속 받는 거야. 당신들이
그런 일은 부끄러운 게 아니라며? 밝고 열심히 일하는 엄마라
며? 나쁜 건 사회지 여자가 아니라며? 그럼 있는 그대로 보도
하란 말이야!

스튜디오가 얼어붙었다.

─이제 돈 따윈 필요 없어, 죽은 여자에 대해서 제대로 보

도하면 돈은 없어도 돼. 여자도 풀어주지.

남자가 그렇게 말을 끝마쳤을 때, 스튜디오에 있는 사람들은 아무도 손끝 하나 까딱하지 못했다. 정적만이 흐르는 화면은 마치 정지 화면 같았다.

이윽고 아나운서의 딱딱한 목소리가 나왔다.

"동영상을 촬영한 분입니까?"

인터컴으로 위에서 지시가 내려오고 있는지, 아나운서는 놓치지 않겠다는 듯이 귀에 찬 이어폰을 손가락으로 더욱더 깊숙이 누르며 고개를 작게 끄덕였다. 초조함으로 요동치는 눈을 힘주어 뜨고 강단 있는 말투로 멘트를 계속했다.

"여성은 무사합니까?"

그 말에 남자가 소리 없이 웃은 것 같은 기분이 들었다.

―사실 걱정 안 하잖아?

전화를 건 남자는 느릿느릿 말했다.

―자마 세이라는 결혼한 적이 없고, 산에이의 공장장이 사건을 감춘 게 아니라 위에서 묵살한 거야. 노가와 아이리는 남자들이 상대를 아예 안 해주니까 돈을 받고 남자들이랑 어울릴 수 있는 방법을 익혔어. 아무리 괴롭힘을 당해도 괴롭힘당하는 걸 자각 못 하는 진정한 바보야. 사실은 관심도 없으면서 한번 하고 싶은 작자들만 줄을 섰지.

이 목소리는 가메이치에 전화를 걸었던 남자의 목소리다.

젊고 어딘지 모르게 절제력이 느껴지는, 그러면서 약동감이 있는 목소리.

미치코는 숨을 멈추고 그 목소리에 귀를 기울였다.

—돈 때문에 남자 앞에서 알몸이 될 수 있는 게 천박한 매춘부야. 돈만 쥐여주면 사람들 앞에서 알몸으로 울 수도 있어. 미개하기 그지없는 쓰레기니까. 그런데도 너희는 불쌍하다고 하더군. 살인을 한 놈이 밉지? 정말 그렇게 생각한다면 2억 엔 정도는 모금할 수 있을 거야. 상대가 천박한 매춘부라 하더라도 말이야.

미치코는 휴대폰을 집었다. 지금 화면 안에서 범인과 전화 통화를 하는 사람은 하마구치가 푸념을 늘어놓았던 '웃는 얼굴이 밉살맞지 않은 것 말고는 장점이 없는 풋내기 신참'이다. 하마구치한테 전화를 걸긴 했지만, 그가 지금 전화를 받을 것 같지는 않았다. 하지만 예상과 달리 하마구치는 미치코의 전화를 받았다.

미치코는 여전히 화면을 노려보고 있었다.

"지금 보고 있어요."

—일이 말도 안 되게 커졌어.

"어떻게 된 거예요?"

—보도국으로 전화가 왔어. 경찰에 신고했지만 우리한테 선택의 여지가 없었어. 범인이 자기 요구를 받아들이지 않으

면 내일 어딘가에서 여자가 죽은 채로 발견될 거라고, 그러면 아무도 댁들을 옹호하지 않을 거라고 협박했대. '이 대화는 녹음되고 있다. 지금부터 정확히 30초 안에 생방송으로 연결하지 않으면, 이 녹음테이프를 다른 방송국에 보낼 거다. 당신들은 세 번째 살해에 가담했다는 소리를 듣겠지'라면서. 보도국에서 경찰한테 자세한 상황을 설명할 시간도 없었어. 하다못해 아나운서한테라도 설명할 시간을 달라고 하니까 18초 남았다고 말했대.

"왜 이번엔 TBT가 아닌 거죠?"

―모르겠어.

"경찰이 잠복하는 걸 눈치챘군요."

―지금 1과가 우리 쪽으로 오고 있어.

범인은 계속 말을 이었다.

―사람들은 심장병으로 죽어가는 꼬맹이를 위해 2억 엔을 모금하잖아. 꼼짝 못 하고 침대에 드러누워 있는 어린 아기도 살아야 할 생명이니까. 설마 생명을 두고 저울질하지는 않겠지? 똑같이 불쌍하잖아. 아니지, 불쌍하지 않더라도 생명이니까 가치는 똑같을 테지. 그럼 천박한 매춘부를 위해서도 2억 엔을 모금하란 말이야. 너희들이 뱉어내는 겉만 번지르르한 소리는 이제 지긋지긋해. 앞으로 어떻게 보도하는지 두고 보겠어.

그 말을 끝으로 전화가 끊겼다.

잠시 온몸에 전류가 흐른 것 같았다.

"전화번호는?"

미치코는 물었다.

—휴대폰. 그 대포폰인 것 같아.

"번호를 알고 있단 뜻이네요."

—알아낼 수 있는 건 기지국까지야. 메가바이트가 작아서 10킬로미터 정도밖에 범위를 좁힐 수 없나 봐. 지금 경찰이 하는 중이야.

"피처폰이군요."

미치코는 갑자기 웃었다.

—왜 그래?

"그냥 관심이 고픈 인간이 아닐까 싶어서."

—그렇게 생각해?

미치코는 우왕좌왕하는 스태프를 바라보았다.

"아뇨. 그 목소리는 범인이 맞아요."

오늘 범인은 전에 없이 말이 많다. 그리고 경쾌하고 생기가 있다.

—우리더러 뭘 보도하라는 건지.

하마구치가 중얼거렸다.

4

　이타바시는 고도차가 큰 곳이다. 나카센도 도롯가에 위치해 센주, 나이토신주쿠, 시나가와와 더불어 에도 4대 역참 마을의 하나로 번창했다. 오래전부터 그 자리를 지켜온 마을의 숙명이 그러하듯 좁은 길이 미로처럼 뻗어 있다. 원래는 쇼군 집안의 매 사냥터였던 땅으로, 습지가 펼쳐져 있었다. 철도망이 발달하면서 활기를 잃어가던 이타바시에 설상가상 큰 화재가 덮쳐 대부분의 여관이 불에 타 사라졌다. 재기를 노리고 일대를 유곽으로 탈바꿈시켰지만 결국 역참 마을의 기능을 잃은 땅은 쇠락해 갔다. 그곳으로 패전 뒤 돌아온 사람들이 흘러 들어왔다.

　전쟁이 끝나고 긴 시간이 흐르는 동안, 골짜기 바닥이었던 곳에는 판잣집이 빼곡하게 들어섰다. 차는커녕 자전거조차 지나다닐 수 없는 좁은 길과 계단이 나타났다가 사라지고, 사라졌다가 나타났다. 불이 붙으면 순식간에 들불처럼 번질 수밖에 없는 거리였다. 그곳이 완전히 재건축된 것은 불과 십수 년 전이다. 판잣집이 서 있던 자리에는 새로 지은 작은 집이 들어섰다.

그런 식으로 위험지역에 해당하는 구석진 곳이나 우묵땅에 시가 개축한 획일적인 형태의 집이 늘어서 있지만, 그 이외의 지대는 지금도 시간이 멈춘 것처럼 예전 모습 그대로다. 차가 천천히 달릴 수 있는 평평한 도롯가에는 벽이 썩어가는 집, 넝쿨로 뒤덮인 집이 있다. 지붕 위에는 낡은 텔레비전 안테나가 줄지어 달려 있을 뿐만 아니라 거리 전체가 마치 오래된 사진 속 장면 같다.

조금 들어가자 맞은편에서 차가 오면 어느 한쪽이 잠깐 후진할 수밖에 없는 좁은 외길이 있었다. 그 골목길에서 아이들이 놀고 고양이가 침입자를 쏘아본다. 차고에 세워진 차를 보며 이 길도 자동차 통행이 가능하구나 하고 생각한다. 그런 골목 끝에는 야생동물이 살 것 같은, 풀이 무성하게 자라는 곳이 있고 그 너머에 낡은 아파트가 서 있기도 했다.

요시자와 메이의 집은 낡은 소형 아파트였다. 명패나 초인종도 없다. 노크를 했지만 대답은 없었다. 말뚝처럼 늘어선 전기 미터기들이 천천히 돌아간다. 빈집은 아니다.

아파트 앞에는 작은 공원이 있었다. 모래놀이터와 그네, 벤치, 미끄럼틀 그리고 동물 모양 용수철 흔들말 3개, 그네 밑신개는 거무스름하고 그 밑의 땅은 움푹 패여 있었다. 나무 벤치는 끄트머리가 썩어서 거무스름하고, 원래는 밝은 연둣빛이었을 색이 바랜 코끼리 미끄럼틀이 작은 모래놀이터를 향해 코를 늘어뜨리고 있다. 많은 아이들의 손이 거쳐간 오래된 공원이다.

아파트 계단은 갈색으로 녹이 슬었고 한 걸음 디딜 때마다 캉캉 하고 소리를 냈다.

아래층에서 수상쩍다는 듯이 이쪽을 살피는 중년 여성에게 미치코가 말을 걸었다.

"여기 2층에 요시자와라는 분이 산다고 들었는데 지금 안 계신가요?"

여자는 수상한 눈초리를 거두지 않았지만 그렇다고 자리를 뜨지도 않았다. 미치코가 내려가서 프런티어의 명함을 건네자 점차 얼굴이 밝아졌다.

"요시자와 씨라면 한참 전에 이사 갔는데? 이사라기보다 사라져버렸지. 아들이랑 딸이 같이 살았는데 그 둘도 최근 두 달 정도는 안 보이더라고."

여자가 말하는 '요시자와 씨'는 어머니를 말하는 것 같다.

"요시자와 씨가 사라진 게 언제죠?"

"9년쯤 전이지, 아마?"

언뜻 봐도 인품이 좋아 보이지는 않는다. 취재 대상으로는 안성맞춤이다. 경솔하고 남 이야기하기를 좋아하고 솔직하다.

"어머니만요?"

"맞아요. 그땐 아들이 열여덟 살이고 딸은 아직 열한 살."

"아버지는?"

여자는 아무 말도 하지 않고 코웃음을 쳤다.

"아들은 스에오 씨를 말하는 거죠?"

"그래요."

미치코가 메모장을 꺼내 펼치자 여자 얼굴이 반짝거렸다.

"둘이서 어떻게 생활했죠?"

"오빠가 다 컸으니까 별문제는 없었지. 오히려 엄마가 없어져서 살기 편했을걸?"

"생활비를 보냈을까요?"

여자는 웃으며 고개를 저었다.

"그럴 것 같으면 집을 왜 나가겠어? 옛날부터 오빠가 동생을 키우다시피 했어요. 동생이 태어났을 때부터. 밥 해주고 공원에서 놀아주고 빨래, 청소도 오빠가 다 했다니까. 엄마는 낳기만 했지, 뭐."

그러고 나서 목소리를 낮췄다.

"몸 팔았거든."

몸을 팔았다.

여자는 말을 계속했다.

"그 살해당한 모리무라 유나 있잖아. 걔 엄마도 똑같아."

"모리무라 유나 씨의 어머니도 딸이랑 같은 일을 했나요?"

여자는 또 웃었다.

"말을 참 고상하게 하시네. 그런 걸 매춘부라고 하잖수. 말을 가려서 해봐야 똑같지, 뭐."

여자는 '매춘부'라는 단어에 힘을 주어서 천천히 말했다. 남이 싫어하는 말을 귀에 넣어주기라도 하려는 것처럼.

그 악의는 그녀 혼자만의 것이 아닌 것 같다. 열흘쯤 전부터 이 동네에는 커다란 가방을 멘 언론사 관계자들이 돌아다니고 있다. 그들은 피해자의 사연을 알면서도 아무것도 모른다는 얼굴로 취재를 한다. '사살'이라는 단어를 사용하지 않는 것과 똑같다. 보이면서 안 보이는 시늉을 하겠다는 발상이다. 있는 것을 없는 것처럼 취급하는 데서 오는 불만. 눈앞의 마른 여자가 '매춘부'라는 단어를 강조하는 것은 모리무라 유나의 어머니나 요시자와 남매의 어머니에 대한 모멸이기도 하고 마치 그런 게 존재하지 않는다는 듯이 행동하는, 미치코를 비롯한 보도진을 향한 불만인 것도 같았다.

'죽은 여자들에 대해 제대로 보도해.'

여자가 뱉은 말이 범인의 말과 겹쳤다.

"역 앞 상점가에 가봐요. 그 여자 아들이 겐이치라는 꼬치구이 가게에서 음식을 슬쩍하다가 경찰한테 몇 번을 잡혀갔는지 몰라. 근처 불량배들이랑 어울려 다니면서 도둑질도 했고. 마지막엔 일하던 나사 공장 돈을 훔쳐서 모가지를 당했지. 그 여동생도 결국 업소에 나가는 것 같던데? 그 어미에 그 자식들인 게지."

여자가 말한 역 앞 상점가는 다른 나라의 시장 같았다. 은방울꽃 모양 전등이 서 있는 아케이드 거리에는 가게 처마 끝까지 상품이 쌓여 있고, 상품마다 빨간색으로 가격을 적은 가격표가 꽂혀 있다. 앞치마를 걸친 가게 직원들은 가게 안에서 어슬렁거리면서도 길에 내놓은 상품을 향해 경계심 가득한 시선을 보낸다. 시야 끝까지 길게 이어지는 상점가에 셔터를 내린 점포는 거의 없다. 낡은 점포들의 처마는 크레파스로 빈틈없이 칠한 것 같은 저렴한 색채로 뒤덮여 있고, 그 사이사이로 파친코 가게 간판과 새로 들어선 깔끔한 프랜차이즈 커피숍, 세탁소가 나란히 서 있었다. 그 휘황찬란한 빛과 번쩍이는 조명 장식이 거리에 꺼림칙한 활력을 주고 있다.

여자가 알려준 '겐이치'에는 주인이 없었다.

500미터 정도 떨어진 공공도로 위에 원형 의자를 놓고 비닐 지붕을 쳐서 점포처럼 만든 간이주점이 있었다. 가게 앞에는 팩에 담은 반찬들이 진열되어 있고 손님이 그것을 안주로 술을 마시는 시스템의 가게 같았다. 에어컨 때문인지 비닐이 바닥까지 쳐져 있다. 미치코는 그 비닐 포렴을 걷고 안으로 들어갔다.

"안녕하세요, 뭐 좀 여쭐게요. 6번가 아파트에 사는 요시자와 씨 댁 남매에 대해 겐이치 꼬치구이 가게 사장님이 잘 아신다고 들었는데, 가게에 안 계시네요."

"뭐야, 또 비웠어? 정말 구제불능이네. 허구한 날 가게 비우고 수다나 떨러 간다니까요."

미치코가 프런티어 명함을 보여주자 주점 주인이 놀라서 쳐다본다.

"어이구, 무슨 일이신지?"

점주는 요시자와 스에오를 잘 알고 있었다.

태어났을 때부터 부모가 없는 것이나 다름없었다고 점주는 말했다. 요시자와의 어머니가 물장사를 해서 밤에 일하고 낮에는 잠만 잤다고 한다.

"요즘 말하는 싱글맘의 원조 같은 거죠."

마침 가게에는 손님이 없었다. 점주는 미치코에게 의자를 권하더니 본격적으로 요시자와 남매의 이야기를 해주었다.

"옛날에 물장사하던 여자들은 남자 손님이랑 별의별 짓을 다 했어요. 스에의 엄마가 바로 그런 여자였어요. 겐 그 양반한테 물어봤자 당신들한텐 입도 뻥긋 안 할 거예요. 스에를 되게 아꼈거든요."

"겐이치에서 도둑질을 했다고 들었는데요."

"누가 그런 소리를 한 거야?"

그러고 나서 미치코의 대답을 기다리지 않고 투덜거렸다.

"입을 고약하게 놀리는 것들이 꼭 있다니까."

점주는 잠깐 말없이 장난감이라도 만지작대듯이 명함을 손 안에서 빙글빙글 돌렸다.

"많은 일이 있었지만 그래도 스에는 여기서 장을 봤어요. 꼬박꼬박 학교를 다니고 동생을 돌봄센터까지 데리러 갔어요. 이 동네 할머니들도 스에를 얼마나 예뻐했는지 몰라요. 마음이 삐뚤어진 녀석이 아니에요. 그래서 그 녀석에 관한 나쁜 소문을 듣는 게 싫었죠."

점주는 진지한 얼굴을 하고 시선을 들었다.

"스에오가 무슨 짓을 저지른 겁니까?"

"그런 건 아닙니다."

점주는 마음이 놓인다는 듯이 표정을 풀었다.

손님이 한 명, 두 명 들어왔다. 취재할 때 취재원의 일에 폐를 끼치지 않는 것이 철칙이다. 미치코는 마지막으로 물었다.

"자마 세이라나 모리무라 유나라는 이름을 들어본 적 있으세요?"

그러자 점장은 순식간에 안색이 창백해졌다.

"모를 리가 있나요. 텔레비전 틀었다 하면 나오는 이름들인데. 이 동네에서도 온통 그 이야기만 해요. 그거 대체 무슨 일이랍니까?"

그리고 점주는 순간 말을 끊었다.

"스에가 그 일과 관련 있는 겁니까?"

무슨 일인지 궁금하다는 듯이 지켜보던 손님 한 명이 끼어들었다.

"모리무라 유나의 엄마라면 내가 알아. 북쪽 단지에 살면서 연금 받는 노인들 상대로 돈을 벌었지. 그 단지에 사는 친구한테 이야기를 들은 적이 있어."

"북쪽 단지라 하시면?"

점주가 대답했다.

"북쪽에 히라이즈미라는 주택 단지가 있어요. 지금은 리모델링해서 그럴듯해졌지만 한때는 사는 사람이 없어서 슬럼 같았는데…… 거기 말하는 거예요."

히라이즈미 주택 이야기를 꺼낸 남자가 "30분에 5천 엔이었던 것 같아"라고 말하는데 점주가 "그건 그냥 소문이지"라고 말을 끊자 남자가 발끈했다.

"내 친구가 똑똑히 들었다고 했거든. 그 여자랑, 모리무라 유나랑 다섯 살 차이 나는 작은 딸이랑 셋이서 살았다고. 그 여자한테 말하면 딸이랑 단둘이 있게 해줬다고 했어."

미치코가 "모리무라 유나의 어머니가 확실한가요?" 하고 확인하자 불쾌하다는 기색을 비쳤다. 다른 손님이 더 들어오자 미치코는 점주에게 고맙다고 인사하고 가게를 나왔다.

남자의 이야기는 사실일 것이다. 연금생활자를 상대로 30분 동안 매춘을 한다는 것이 너무나도 노골적이어서 허식이 발가벗겨진 수요와 공급을 보는 것 같다. 미치코는 지금 인간 존엄의 밑바닥을 쓸어 모으는 기분이 들었다. 딸과 단둘이 있게 해줬다는 그 말의 의미에 대해서는 더 생각하고 싶지 않았다.

큰길로 나와 그대로 북쪽으로 향했다.

밖은 아직 푹푹 찌는 듯 더웠다.

니코론은 상점가 한쪽의 상가건물 2층에 있었다.

앞코가 뾰족한 구두를 신고 젊어 보이려고 한껏 꾸민 부동산 회사 영업사원 같은 남자가 나와 응대했다.

요시자와 스에오라는 이름을 꺼내도 남자는 특별한 반응을 보이지 않았다.

"스에오 씨가 빌린 돈을 동생인 메이 씨가 모두 갚았다고 들었는데요. 몇 가지 좀 여쭤볼 수 있을까요?"

남자는 어디서부터 말을 꺼내야 할지 모르겠다는 표정을 지었지만 요시자와 스에오한테 자주 돈을 빌려줬다고 말했다. 꼬박꼬박 성실하게 빚을 갚는 나름 괜찮은 손님이었다고 덧붙였다.

오랜 기자 생활로 배운 것은 '사람은 질문을 받고 싶어 한다'라는 점이다. 그리고 어지간한 사정이 아니라면 자기가 알고 있는 내용을 다 이야기해 준다.

미치코는 시간을 들여 무난한 질문을 계속했고 어느 시점부터인가 남자는 경계를 풀고 이야기를 하기 시작했다. 요시자와 스에오가 이 업체에 처음 드나든 것은 열다섯 살 때였다고 한다.

"그 엄마가 여기서 생활비를 빌렸거든요. 그런데 상환이 밀려서 우리가 집으로 찾아갔죠. 며칠 후에 아들이 3만 엔을 갚으러 왔더라고요. 아아, 그때 방구석에서 나랑 지 엄마가 하는 말을 듣던 애구나 하고 알아봤죠. 그땐 지 엄마가 시켜서 온 줄 알았어요. 근데 그 애가 이따금 와서는 엄마가 얼마 빌렸냐고 묻고 며칠 후에 갚으러 오는 거예요. 그때부터 알고 지냈죠."

어린 남자애가 어디서 돈을 구했는지 신경이 쓰여서, 거기에, 남자는 미치코가 앉은 소파를 가리켰다, 앉히고 사정을 물었다. 갓 고등학교에 들어간 요시자와 스에오는 그들에게 절대로 마음을 터놓지 않았다. 얼마 후 그가 돈을 빌리러 왔고 어머니 명의로 대출을 해줬다. 세 식구의 생활비와 여동생 학비를 내기 위한 돈이었다고 남자는 말했다. 빌렸다 갚고, 빌렸다 갚고, 그런 생활을 하는 고등학생을 보고 있자니 안타까웠다고 말했다.

"이런 일을 하지만 우리도 붉은 피가 흐르는 인간이니까요. 사치를 부리는 것도 아니고 아무 잘못도 없는 아이가 묵묵히 돈을 빌리고 갚는 모습을 계속 지켜보는 게 꽤 괴로웠어요."

그래서 남자는 스에오에게 간단한 일들을 시키기도 했다. 심부름 값을 주면 스에오도 고마워했다. 스에오는 일에 실수가 없고 입이 무거웠다. 조직에 들어오라고 몇 번 권했지만 돈을 어떻게 마련했느냐고 물었을 때와 똑같았다. 절대 권유에 응하지 않았다. 한참 발길이 뜸하다는 생각이 들었을 무렵, 스에오가 절도에 가담했다는 소식을 들었다. 그러다 겨우 취직했다는 말을 들었을 때는, 사채업체 남자조차 '잘됐다'라고 생각했다. 그런데 그 스에오가 또 큰돈을 빌리러 왔다. 어머니가 남자와 함께 파친코에 다니다 빚을 졌다고 한다. 그 빚을 갚기 위해 여기서 돈을 빌렸고 긴 시간을 들여 스에오는 그 돈을 다 갚았다. 여동생은 고등학교를 졸업하고 취직할 곳이 정해졌다.

마침내 모든 것이 순조롭게 흘러갈 것 같다고 생각한 그때, 스에오가 발을 담그고 있던 건강식품 판매 관계자가 돈을 들고 도망을 갔다.

"그때 다시 우리한테 돈을 빌려서 해결했어요. 여동생은 자기도 이제 다 컸으니까 제대로 돈을 벌겠다고 취직자리를 건 어차고 카바레 클럽에서 일하기 시작했죠. 우리는 그 녀석이 니까 어떻게든 해결할 거라고 생각했어요. 그래서 동생인 메이가 빚을 다 갚겠다고 왔을 땐 이게 무슨 영문인가 싶었죠. 스에오가 엄마가 빌린 돈 때문에 왔을 때와 똑같이, 빚으로 빚을 갚으려고 한다는 느낌이 빡 왔거든요. 오빠는 알고 있냐고 물었더니 '그건 괜찮아요'라고 대답하더군요. 뭐가 괜찮다는 건지는 몰라도 갚겠다는 걸 갚지 말라고 할 수도 없죠. 내가 아는 건 거기까지예요, 기자님."

요시자와 스에오에게 1천2백만 엔의 빚이 있는 것은 아느냐고 물었다. 남자는 잠시 있다가 안다고 대답했다. 저무는 햇살이 먼지 쌓인 블라인드 사이로 쏟아져 들어와 남자의 얼굴에 그림자를 드리웠다. 고물 에어컨 소리가 시끄러웠다.

"메이가 남자랑 도망가면서 전부 스에오한테 떠넘겼겠죠. 메이는 절박한 얼굴로 말했지만 생각해 보면 행복해 보였던 것 같아요. 그 후에 스에오가 예사롭지 않은 얼굴로 찾아왔길래 그때 이야기를 해줬죠. 스에오가 동생이 남자랑 같이 왔냐고 물어서 메이 혼자였다고 말했어요. 하지만 남자가 밑에서 메이를 기다리고 서 있었죠. 메이가 내려가자 남자는 가만히 이 사무실을 올려다봤어요. 메이는 남자 손을 잡아끌고 큰길을 향해 걷기 시작했어요. 그래도 남자는 가만히 이쪽을 올려다봤어요. 메이가 그 손을 잡아끌자 남자는 끌려가듯이 걸음을 뗐어요. 메이는 성큼성큼 걸었어요. 난 그때, 그렇구나, 메이는 앞으로 자기 인생을 걷는구나 하고 생각했어요. 타는 듯이 이글거리는 해가 빛나는 쪽을 향해 똑바로 걸어가더군요. 남자 손을 잡아끌고. 행복해 보였냐고 스에오가 물어봐서, 내 눈에는 그래 보였다고 했죠. 마지막으로 어떤 남자였냐고 묻더군요. '보통 체격에 중간 정도 되는 키를 가진 눈이 성실해 보이는 남자였다, 위를 올려다보던 눈밖에 모르지만' 하고 대답했어요. 스에오는 아무 말도 안 하더군요. 말없이 돌아갔어요."

'쓰레기 같은 여자라도 생명은 생명이잖아. 살려주지 그래?'

애증이 반반 뒤섞인 그 말은, 여동생에게 배신당했으면서도 동생의 미래를 염려하는 스에오의 절절한 마음일지도 모른다.

"산토 가이토라는 남자는 모르시나요?"

"모르겠군요."

"하세가와 도루는?"

"하세가와 도루?"

남자는 깊은 의심이 드러나는 표정을 지었다.

미치코는 기다렸다. 이야기를 시작한 인간은, 대체로 마지막까지 이야기를 해주는 법이다.

"하세가와 쓰바사라면 몰라도⋯⋯."

남자가 말했다.

"쓰바사?"

"스에 그 녀석이 하세가와 쓰바사라는 남자의 채무 내역을 상세히 조사하고 있단 말을 들었어요."

리오와 쓰바사라는 자녀가 있음, 리오와 쓰바사…… 어디서 들었는지 미치코가 기억을 더듬었다.

그렇지. '피스'라고 적어 보낸 하마구치의 메일이다.

하세가와 쓰바사는 수사1과가 감시하고 있는 하세가와 도루의 아들이다.

요시자와 스에오는 노가와 아이리와 관계가 있을 것으로 의심되는 하세가와 도루의 아들에 대해 조사했다. 노가와 아이리는 산에이 사건의 가해자이고, 자마 세이라는 나카노 살인사건의 피살자다.

그렇다는 건…….

요시자와 스에오는 피살자와 가해자 양쪽 모두와 이어져 있는 게 아닐까?

미치코는 손바닥이 땀으로 흥건해지는 것을 느꼈다.

산토 가이토는 요시자와 스에오의 뒤를 캐고 요시자와 스에오는 하세가와 쓰바사를 조사했다. 이 사실이 의미하는 바는 무엇일까?

"요시자와 스에오 씨가 하세가와 쓰바사라는 남자의 채무 내역을 조사하고 다닌 시점이 언제죠?"

"7월 되기 전이었을걸요? 아직 에어컨을 안 틀었으니까."

그러고 나서 남자는 기억을 정정했다.

"아, 에어컨이 안 돌아갔구나. 그래서 AS를 신청했지. 그 무렵이에요."

"하세가와 쓰바사의 빚은 어느 정도인지 아세요?"

"꽤 되더군요. 시부야에 마루젠이라는 사채업체가 있어요. 우리랑 계열은 다른데, 거기서 왕창 빌리고 갚고 빌리고 했더라고요. 마루젠은 여자에 도박까지 주물럭대는 업체인데 대학생 주제에 배짱도 좋다고 생각했죠."

"언제 얼마를 빌리고 갚았는지도 알 수 있어요?"

"보통은 안 되죠. 하지만 스에는 이쪽 업계에서 빚 독촉도 해보고 이런저런 경험을 해봐서 요령도 있는 데다 경리 같은 일도 할 수 있어요. 게다가 인맥이 있으면 뭐든지 가능한 게 이 업계죠."

"하세가와 쓰바사와 어떤 관계인지 물어보셨어요?"

남자는 웃었다.

"스에는 그런 말은 안 해요. 녀석 입이 얼마나 무거운지는 내가 보증하죠."

미치코는 요시자와 메이의 사진을 책상 위에 올렸다. 자마세이라가 자기 사진이라고 가게에 붙여놨던 사진이다.

"스에오의 동생이네요."

그러더니 남자는 표정을 풀었다.

"메이 씨가 어릴 때 어땠는지도 아시나요?"

"알죠. 겁이 없는 애였어요."

사진을 바라본 다음 툭 내뱉었다.

"스에는 동생을 정말 애지중지했죠……. 사실은 자기 엄마도 좋아했어요. 그래서 엄마가 빚을 지든 무슨 짓을 하든, 안 좋은 소리 한번 한 적이 없어요. 자기가 원해서 이런 처지로 태어난 게 아니니까, 다른 사람들에 대해서도 그런 식으로 생각하는 구석이 있었죠. 우리 사무실을 맡긴 적도 있는데, 스에한테 돈을 빌려 간 녀석들은 재촉을 안 해도 갚으러 왔어요. 정을 건드린다고 해야 하나."

그러고 나서 말을 끊었다. 미치코는 신중하게 물었다.

"최근에 스에오 씨 목소리를 어딘가에서 듣지 못하셨나요?"

남자는 그저 요시자와 메이의 사진을 바라보고 있었다. 황금색으로 바뀐 햇살이 블라인드 틈새로 곧장 쏟아져 들어와 남자의 뒤에서 빛났다.

남자가 얼굴도 들지 않고 대답도 하지 않고, 그저 느긋하게 앉아 있는 모습을 보며 미치코는 직감했다.

"어제 텔레비전에서……"

미치코는 그렇게 거듭 재촉했지만, 남자는 꿈짝도 하지 않았다.

"어젯밤 9시 뉴스에 나온 목소리, 들어본 적 없으세요?"

남자는 미치코를 향해 눈을 치뜨고, 그 직업을 가진 사람이 지을 법한 웃음을 지었다.

"스에는 성가신 일에 말려드는 짓은 안 합니다, 기자님."

그 목소리는 요시자와 스에오다. 그게 아니라면 이 남자는 '그 목소리는 스에오가 아니다'라고 똑똑히 말할 것이다. 미치코는 물러서지 않았다.

"요시자와 스에오는 동생한테도 어머니한테도 배신당했어요."

남자는 여전히 애매하게 웃고 있다. 그 얼굴이 슬퍼 보였다.

"그렇지 않아요. 스에는…… 열일곱에 절도단에 들어가서 많은 집을 털었어요. 그런 스에이니 메이의 마음을 이해하지 않을까요? 난 여기서 젊은 남자들을 숱하게 봤지만, 보통의 젊은 놈들한텐 뒷일 같은 건 나 몰라라 하는 혈기가 있어요. 그런 절도단에서 자동차 핸들을 쥐고 있던 자가 열일곱 살짜리 고등학생이었다는 건 충격적인 일이죠. 그 무렵의 스에오는 혈기라기보다는 단순히 돈이 궁해서 절도질을 했겠지만, 그래도 성실한 학생이 남의 집 창문을 깨고 들어갔으니까 그 혈기의 정체가 뭔지 스에는 알고 있어요. 메이는 행복해지려고 한 거예요. 그건 배신이 아니라……."

남자는 뚝 하고 말을 끊었다.

미치코는 신기한 기분이 들었다. 태어났을 때부터 부모 대신 자신을 돌봐준 일곱 살 터울의 오빠가 자기를 키우기 위해 자기 인생을 희생했다. 그런 오빠에게 감당 못 할 빚을 떠넘기고 달아난 게 배신이 아니고 뭐란 말인가.

"어리광이에요, 아마도."

순간 미치코는 가벼운 충격을 받았다. 남에게 피해를 주지 않으려고 기를 쓰는 것보다, 행복을 거머쥐기 위해 망설임 없이 오빠에게 손을 벌리는 메이의 선택이, 사람으로서 걸어야 할 길에서 벗어나지 않고 사는 데 더 유리하다고 말하는 것 같았다.

큰길로 나오니 해가 완전히 저물어 어둠이 깔리는 중이었다. 아까는 사람이 없었던 '겐이치'에 불이 켜지고, 안에서 점주로 보이는 앞치마를 두른 남자가 손님 틈에 섞여 담소를 나누고 있었다. 머리가 벗겨진 그 남자는 술잔을 들고 손님 말에 맞장구를 치고 있다. 눈가에 주름이 모였다 펴지는 표정이 즐거워 보였다. 사람 좋아 보이는 남자였다.

'겐 그 양반한테 물어봤자 입도 뻥긋 안 할 거예요. 스에를 되게 아꼈거든요.'

겐이치라는 남자는 그 목소리가 누구인지 알 수 있을까?

요시자와 스에오는 이 겐이치라는 남자가 자기 목소리를 알아듣고, 그래서 원통해하고 슬퍼하더라도 괜찮은 걸까?

미치코는 하마구치에게 전화를 걸었다.

"하세가와 도루의 아들 하세가와 쓰바사, 몸통에 가까워요. 자세한 건 나중에 설명하겠지만 하세가와 쓰바사가 범인 중 한 명이에요."

─잠깐만! 우린 사람과 돈이 왔다 갔다 한다고. 자초지종은 가르쳐줘야지.

평소라면 한 번 입을 열면 그칠 줄 모르는 하마구치가 그렇게만 말하고는 말문을 딱 닫았다.

빠져나갈 길이 없다. 미치코는 단념했다.

"알겠어요. 프런티어에 먼저 말하고 나서요. 기다려줘요."

─알겠어.

미치코는 전화를 끊은 뒤 곧바로 나카가와의 번호를 눌렀다. 나카가와는 금세 전화를 받았다.

"요시자와 스에오는 하세가와 쓰바사라는 남자의 채무 내역과 움직임에 대해 조사하고 있었어. 하세가와 쓰바사는 수사1과가 감시 중인 의사 하세가와 도루의 아들이야. 죽은 산토 가이토를 포함해 하세가와 쓰바사, 요시자와 스에오 세 명이 사건의 중심에 있는 것 같아. 응, 마나베 씨한테 전해줘. 하세가와의 정보는 하마구치 씨한테서 받은 거라, 하마구치 씨한텐 쓰바사가 관여돼 있단 걸 먼저 알렸어. 자세한 경위는 아직 말 안 했고 이 전화를 끊고 나서 바로 말할 거야."

잔뜩 신경을 곤두세우고 듣고 있던 나카가와는 "잠깐만요"

하고 말했다.

그 자리에서 마나베에게 이야기하는 것 같다.

마나베가 전화를 바꿨다.

―어떻게 된 건데?

"녹음해도 될까요?" 하는 나카가와의 목소리가 들려서, 미치코는 녹음하라고 대답했다. 마나베가 "말해봐" 하고 재촉하는 목소리도 들렸다.

"산토 가이토는 살해당하기 전, 추적이 안 되는 권총을 구하러 다니면서 요시자와 스에오라는 남자에 대해 묻고 다녔어요. 자마 세이라가 이타바시에서 살 때 알던 지인 중에 요시자와 메이라는 여자가 있어요. 그 메이의 오빠가 요시자와 스에오예요. 요시자와 스에오랑 자마 세이라는 서로 아는 사이고요. 요시자와 스에오는 두 달쯤 전, 1천2백만이라는 빚이 생겼어요. 그리고 요시자와 스에오는 하세가와 쓰바사라는 남자가 사채업자한테 진 빚이 얼마인지 그 정황을 조사했어요. 빚이 상당했던 것 같아요. 산토 가이토와 노가와 아이리는 한패, 그 노가와 아이리의 통장에 남은 이름이 하세가와 도루일 거예요. 쓰바사는 그 사람 아들이고. 노가와 아이리에서 뻗어 나온 라인과 하세가와 도루에서 뻗어 나온 라인을 길게 늘이면 요시자와 스에오에서 만나요. 모리무라 유나의 어머니와 요시자와 남매의 어머니는 둘 다 성매매를 했어요. 그리고 모리무라 유나와 요시자와 스에오는 동갑. 두 피살자는 요시자와 스에오의 생활 반경 안에 있던 사람들이에요. 스에오의 배경을 좀 더 조사하고 싶은데, 나한테 하세가와 쓰바사에 대한 정보를 준 사람이 하마구치 씨라서 쓰바사가 몸통이란 소식을 알리지 않을 수가 없었어요. 그래서 하세가와 쓰바사가 열쇠를 쥐고 있다고 일단 연락을 넣었고요. 그랬더니 자세하게 설명해 달라는 요청을 받았어요. 그래서 먼저 프런티어에 정보를 주려고 전화한 거예요."

가만히 듣고 있던 마나베는 "알겠어"라고만 대꾸했다.

"괜찮아요. 지금 이름을 알려줘도 아직 텔레비전에는 못 내보내요. 하마구치 씨네 회사와 프런티어가 먼저 취재를 할 수 있는 것뿐이에요."

그런 의미에서는 프런티어가 유리하다. 텔레비전은 방송하지 못하는 내용도 잡지라면 쓸 수 있다.

"하마구치 씨네 정보가 없었다면 알아내지 못했을 거예요."

'피스'라고 적힌 그 메일이 없었다면 알 수 없었을 일이다.

—오케이, 지금 어디야?

"이타바시요."

—돌아오면 사무실로 올 수 있어?

"한 군데 더 들를 데가 있어요. 지금은 8시, 돌아가면 한밤중이 될 테니까 오늘은 못 갈 거예요. 내일 한꺼번에 보고할게요."

마나베는 그러라고 한 뒤 "땡큐, 수고해!" 하고 나카가와를 바꿨다.

하마구치는 이제나저제나 전화를 기다리고 있을 것이다.

요시자와 스에오의 정보는 아직 풀고 싶지 않았다고 미치코는 생각했다.

그는 왜 사람들을 계속 배신하는 걸까?

그는 왜 두 명의 여자가 살해당하는 사건에 관여한 걸까?

나카가와의 명쾌한 목소리가 들렸다.

―찾아보라고 하셨던 이타바시 강도사건 말인데요. 유력해 보이는 사건을 발견했어요. 2008년, 이타바시에서 연쇄절도 사건이 일어났고 열일곱 살에서 스물네 살의 남자 넷이 체포됐어요. 그때 차를 운전한 게 열일곱 살인 미성년자예요. 나이를 보면 이 사건이 아닐까 싶어요.

'그 절도단에서 자동차 핸들을 쥐고 있던 자가 열일곱 살짜리 고등학생이었다는 건 충격적인 일이죠.'

"맞아. 그거야. 요시자와 스에오는 차 운전을 담당했어."

―그럼 이 사건으로 알고, 재판에 입회한 변호사를 찾아볼게요.

하마구치는 먼저 전화를 걸지 않았다. 그는 기다리고 있다.

하마구치가 벨 소리가 울리기도 전에 전화를 받았다.

"텔레비전에서 나온 목소리, 요시자와 스에오라는 남자일 거예요."

— 하세가와 쓰바사가 아니고?

"요시자와 스에오의 여동생과 자마 세이라는 한동네에서 자랐어요. 자마 세이라가 자기라고 우겼던 사진이 스에오의 여동생인 메이 사진이에요. 살해당한 산토 가이토는 요시자와 스에오라는 남자에 대해 조사하고 있었고요. 그리고 요시자와 스에오는 하세가와 쓰바사가 사채업체에서 빌린 돈의 흐름을 조사했어요. 수사1과가 감시하고 있는 사람이 하세가와 도루. 그 이름은 아마 노가와 아이리를 조사하다 나왔겠죠. 노가와 아이리와 산토 가이토는 애초에 한패였으니까. 3년 전부터 산에이 협박에 관여했던 건……."

미치코는 한 호흡 쉬었다. 요시자와 스에오가 관여하기 시작한 것은 아마도 두 달 전부터다.

"하세가와 쓰바사라는 남자일지도 몰라요."

자신이 하는 말에 등줄기가 오싹해졌다.

— 대체 언제부터 그 정보를 쥐고 있었던 거야?

"요시자와 스에오의 이름은 범인이 하마구치 씨 방송에 전화를 걸기 전에 알았어요. 하지만 이어진 건 방금이에요. 하마구치 씨가 하세가와 도루의 자녀 이름을 가르쳐줘서 알아낼 수 있었어요. 그래서 알려주는 거예요. 프런티어한테는 알렸어요. 나카가와랑 마나베 씨도 다 이해했어요."

하마구치는 "알겠어, 고마워. 고생했어"라고 말했다.

"아직 안 끝났어요. 한 군데 더 가봐야 해요."

—어디?

"구립회관."

미치코는 전화를 끊었다.

요시자와 스에오는 왜 극형을 받을지도 모를 일에 끼어든 걸까?

왜 여자들을 그렇게까지 매도한 걸까?

어린 시절의 메이와 스에오에 대해 알고 싶었다.

상점가에서 두 블록 떨어진 곳에 아동돌봄센터가 있는 구립회관이 있다. 간이주점의 점주가 말했던, 스에오가 동생을 데리러 간 '돌봄센터'는 아동돌봄센터를 말하는 것이다. 보호자 없이 혼자 집에 있어야 하는 아동을 보호하기 위해 하교한 초등학생을 저렴한 금액만 받고 돌봐주는 공공 기관이다.

아직 불이 켜진 창문 너머로 벽에 붙인 색종이 공작물이 보였다. 어디선가 물려받은 듯한 책상들이 한쪽에 모여 있고 마룻바닥에는 닳아서 너덜너덜해진 두툼한 카펫이 깔려 있다.

미리 전화를 해두었더니 직원이 긴장한 얼굴로 기다리고 있었다. 메이의 사진을 보여주자 잔뜩 긴장하고 있던 직원의 얼굴이 스르르 풀렸다.

"요시자와 메이네요."

직원의 기억에 따르면 요시자와 메이는 초등학교 2학년 때부터 5년 동안 센터를 다녔고 항상 여기서 숙제를 했다. 지기 싫어하고 독불장군처럼 구는 면도 있었지만 가식 없는 성격이었다. 욱할 때도 많았지만 아이들을 좋아해서 나이 어린 아이들에게 자주 공부를 가르쳐줬다. 매일 오빠가 메이를 데리러 왔고, 오빠는 설사 엄마가 오더라도 따라가지 말고 자기를 기다리라고 메이에게 단단히 일러두곤 했다.

오빠 스에오는 이렇다 할 인상이 남지 않는 아이였는데, 언제나 살짝 고개 숙여 인사하고 동생 손을 맞잡고 돌아갔다. 그리고 모리무라 유나와 다섯 살 터울인 여동생도 같은 시기에 이곳에 다녔다고 한다. 모리무라 유나의 여동생은 메이보다 두 살 위였다.

미치코는 이제 크게 놀라지 않았다.

제대로 짚으면 수수께끼는 필연적으로 풀린다. 모든 것은 어딘가에서 이어져 있다. 복잡한 지하철 선로가 그러하듯이.

핵심에 닿은 것이다.

'죽은 여자들에 대해 제대로 보도해.'

'그딴 여자들은 쓰레기야. 동물 이하라고.'

'밝고 열심히 일하는 엄마라며? 나쁜 건 사회지 여자가 아니라며? 그럼 있는 그대로 보도하란 말이야!'

'이제 돈 따윈 필요 없어. 죽은 여자에 대해서 제대로 보도하면 돈은 없어도 돼. 여자도 풀어주지.'

'사실은 자기 엄마도 좋아했어요. 그래서 엄마가 빚을 지든 무슨 짓을 하든, 안 좋은 소리 한번 한 적이 없어요.'

하지만 아직 입체적으로 그려내기엔 부족하다.

모리무라 유나의 여동생이 센터에 다닌 기간은 반년뿐이지만 문제 행동을 많이 일으켰다고 한다. 요시자와 남매는 모리무라 유나의 여동생이 일으키는 말썽에는 참견하지 않았고, 스에오는 메이가 숙제를 다 마칠 때까지 구석에서 책을 읽으며 기다렸다. 모리무라 유나의 여동생은 메이한테도 시비를 걸었지만, 스에오는 절대 참견하지 않고 그저 모리무라 유나의 여동생에게 싸늘한 시선을 던질 뿐이었다고 한다.

'근처 불량배들이랑 어울려 다니면서 도둑질도 했고. 마지막엔 일하던 나사 공장 돈을 훔쳐서 모가지를 당했지. 그 어미에 그 자식들인 게지.'

아파트에서 만난 여자는 내뱉듯이 그렇게 말했다. 하지만 돌봄센터에 여동생을 데리러 오는 요시자와 스에오에게서는, 역 앞 상점가에서 수시로 물건을 훔치고 강도범으로 경찰에 검거되는 범죄자와 연결고리를 찾아볼 수 없다.

미치코는 남매가 역 앞 상점가에서 문제를 일으켰던 일에 대해 물었다. 직원은 말했다.

"확실히 한부모 가정이나 수입이 불안정한 집에서 자란 아이는 도덕적인 문제가 있는 경우가 많고, 그런 가정에서는 선악의 구분도 흐지부지해지기 쉽죠. 하지만 요시자와 남매에게는 그런 느낌이 들지 않았어요. 스에오는 조용했지만 눈에서 힘이 느껴지는 아이였어요."

직원은 마지막에 조금 미소를 지었다.

"가정에 문제가 있는 경우, 아이는 밝거나 어둡거나 둘 중 하나의 태도를 보여주죠. 어딘가 연기하는 것 같은 느낌이 있어요. 감정의 움직임이 부자연스럽죠. 여러 가지 징후도 드러나고요. 메이한텐 그런 게 없었어요. 아이답고 천진난만한 소녀였어요."

그날 아침, 미치코는 선잠에 들며 꿈을 꾸었다.

꿈속에서 알몸의 꾀죄죄한 여자가 콧물을 흘리고 난동을 부렸다. 그 모습을 누군가가 바라보고 있다.

그 수가 점점 늘어났고 정신을 차리고 보니 여자는 프로레슬링 링 같은 곳 위에서 울고 있었다. 가슴은 풍만하고 허벅지는 포동포동하다. 히스테리를 일으킨 아이처럼 떠나가라 소리쳐 우는 데다 하는 말에 일관성이 없어서 무슨 말을 하는지 알아들을 수가 없다. 주위에 있는 사람들은 그 모습을 보고 즐거워하지도 얼굴을 찌푸리지도 않는다. 어디선가 그만하라는 목소리가 들렸다. 교육에 좋지 않으니 그만해라. 불쾌하니까 그만해라.

쓰레기라서, 쓰레기라서, 하는 목소리가 들린다.

쓰레기라서 돈 받으면 이 정도 일은 해요.

여자가 손을 불쑥 앞으로 뻗어 미치코의 얼굴을 움켜잡으려고 하더니 요란한 괴성을 질렀다.

그러다 갑자기 바로 귓가에서 "아침저녁으로 시원해졌죠" 하는, 상황과 전혀 어울리지 않는 고상한 목소리가 명랑하게 말하는 소리가 들려왔고 엉망으로 흐트러져 있던 여자의 머리카락이 순식간에 사라졌다.

"정말 저녁엔 해가 일찍 떨어지더라고요" 하고 앞서 들렸던 목소리에 대답하는 고상한 목소리가 들리고, 눈앞에서는 벌거벗은 여자가 다시 한번 미치코에게로 손을 뻗는다.

여자의 더러운 얼굴. 여자의 얼굴에는 머리카락도 눈썹도 속눈썹도 없다.

요란스러운 괴성이 점점 기계음처럼 맑고 날카로워졌고, 미치코는 눈을 떴다.

눈을 떠도 소리가 계속됐다.

전화다. 벨 소리가 이른 아침 6시의 조용한 방에 울려 퍼지고 있다.

미치코는 천천히 휴대폰을 집어 들었다.

나카가와였다.

―나카노 사건, 용의자 세 명, 검거.

멍한 머리에 나카가와의 목소리가 들렸다.

미치코는 그 말의 의미를 이해하기 힘들었다.

"용의자 세 명이라니, 무슨 말이야?"

나카가와가 가지고 있는 메모를 확인하는 모양이다.

―하세가와 쓰바사, 노가와 아이리 그리고…….

나카가와는 한 호흡 쉬었다.

―요시자와 스에오.

검거 장소는 시부야구의 하세가와 쓰바사가 임대한 아파트. 수사관이 인터폰으로 압수수색 영장이 발부됐다고 알리자 남자는 당황했고 실내에서 커다란 소리가 나더니 통화가 끊겼다. 잠시 후 아까와는 다른 남자가 인터폰에 나와 문을 열었다.

아파트 실내는 동영상 속 공간과 일치했다. 결정타는 벽에 걸린 그림이었다. 그 집의 주인인 하세가와 쓰바사는 베란다에서 도주를 시도하려는 듯 밖을 둘러보고 있었다.

수사관이 들어갔을 때 바닥에는 여자가 앉아 있었는데, 눈썹도 속눈썹도 없는 여자는 억지로 잠에서 깬 듯이 멍하니 수사관을 쳐다봤다. 여자는 이름을 묻는 수사관에게 노가와 아이리라고 대답했다. 하세가와 쓰바사는 강경하게 임의동행을 거부하다가 체포영장을 청구하겠다고 하자 동행에 동의했다.

문을 연 남자는 아무런 저항 없이 요시자와 스에오라고 이름을 밝히고 길길이 날뛰는 하세가와 쓰바사와 넋을 놓고 있는 노가와 아이리의 모습을 물끄러미 바라봤다.

텔레비전 장식장 서랍에서 장전식 권총 마카로프가 발견됐다. 탄창에는 총탄이 두 발 남아 있었다.

—오늘 안에 체포영장이 집행될 것 같대요.

이른 아침 자기 방에서, 미치코는 전화기를 들고 나카가와의 이야기를 들으면서 우두커니 앉아 있었다.

산에이에 배달된 머리카락이 자마 세이라 것이었다는 소식을 들었던 아침과 비슷했다.

모든 것이 갑작스럽고 모든 것이 느닷없이 펼쳐져서 마치 안전장치가 해제된 놀이기구를 타고 있는 듯한 느낌이었다.

머릿속에 떠오른 장면은 상점가 진열대에 넘치던 원색의 셔츠와 과일과 구두.

꾀죄죄한 작은 원형 의자가 놓여 있던 간이주점.

여름은 아직 한창이었고 찌르는 듯 선명한 아침 햇살이 단숨에 방의 온도를 올렸다.

8월 1일의 일이었다.

제3장

1

수사1과는 매우 면밀하게 논거를 구축하고 파고들었다.

하세가와 쓰바사라는 이름은 노가와 아이리의 통화 이력 곳곳에서 발견되었기 때문에, 가메이치 제과에 처음으로 공갈협박 사안이 발생한 7월 23일부터 수사본부 안에서 주목하던 이름이다.

산에이 식품 공갈협박사건은 공장의 관할 경찰서인 가마타 서가 앞서서 수사를 진행하고 있었다. 가마타 서는 사정을 듣고자 하세가와 쓰바사와 접촉을 시도했지만, 하세가와 쓰바사가 전화를 받지 않아 접촉할 수 없었다.

노가와 아이리의 통장에는 하세가와 쓰바사의 아버지인 '하세가와 도루'로부터 3백만 엔이 입금된 기록이 있다. 그 기록을 두고 하세가와 도루는 '노가와 아이리한테 터무니없는 협박을 받고 돈을 입금했다'라고 증언했다. 도루는 아들 쓰바사와 노가와 아이리의 관계에 대해서는 몰랐다고 대답한 후 '아들은 불량한 소녀들을 도와주는 활동을 했다, 그곳에서 알게 된 게 아니겠느냐'라고 말했다.

하세가와 쓰바사는 대학 연구회 일환으로 '빈곤 퇴치 NPO' 활동을 했다. 그는 시부야구 안에서 밤거리를 서성이는 미성년 여학생을 대상으로 무료 공부방을 운영하는 멤버이기도 하다. 하세가와 도루의 이야기도 어느 정도 설득력은 있었다. 하지만 정작 중요한 하세가와 쓰바사의 소재는 아예 모르고 있었다. 아버지는 자기 아들이 잠시 해외에 다녀오겠다고 했다고 가마타 서에 설명했다.

노가와 아이리의 통신 기록에는 지금도 여전히 연락이 닿지 않는 사람이 열 명 정도 있다. 그 시점에서 하세가와 쓰바사와 우치무라 후토시는 연락이 닿지 않는 사람 중 한 명에 지나지 않았다.

산에이를 협박하고 돈을 운반한 실행범이 로쿠고에서 시신으로 발견된 남자, 산토 가이토였다는 정보를 입수한 뒤 수사는 단숨에 진전을 보였다. 산토 가이토가 빈민들을 갈취하는 빈곤 비즈니스의 말단 조직원이었다는 사실을 토대로 문제의 대포폰 사용자가 산토 가이토라고 단정했다. 그 대포폰 통화

목록에서 수사1과는 하세가와 쓰바사의 번호를 발견했다. 하세가와 쓰바사가 노가와 아이리뿐만 아니라 산토 가이토와 밀접하게 연락을 주고받았다는 사실을 바탕으로, 하세가와 쓰바사가 산에이 사건과 관련이 있을 것이라는 추측이 나온 시점이 사흘 전이다.

수사1과는 하세가와 부자를 추적하는 것과 동시에 하세가와 쓰바사가 빌렸다는 아파트의 CCTV 영상을 분석해 그곳에 드나드는 여자를 특정했다.

노가와 아이리는 예전에 가와사키 서에 스토킹 피해 신고를 한 적이 있다. 가해자로 지목된 남자는 사실무근이라고 호소했다.

"퇴근길에 저 여자가 내 앞에서 걸어간 적이 몇 번 있었는데, 그거 가지고 스토커 취급을 했어요. 오히려 노가와 아이리가 나를 따라다녔단 말입니다. 내가 편의점에 들어가면 날 미행하는 것처럼 편의점에 들어왔다고요. 그걸 내가 따라다닌 것처럼 말하는 거라고요!"

편의점 CCTV에는 남자의 뒤를 따라 들어오는 여자의 모습이 찍혀 있었다. 여자는 남자가 나갈 때까지 기다리다가 남자의 뒤를 따라 나갔다. 즉 움직이는 노가와 아이리의 영상이다.

아파트 CCTV 영상과 스토킹 신고 당시 제출된 노가와 아이리의 영상을 대조한 수사1과는 두 여성이 동일인물이라는 결론을 냈다. 아파트 CCTV 영상의 보존 기간은 한 달이다. 그 사실을 토대로 적어도 6월 29일부터 노가와 아이리가 하세가와 쓰바사의 아파트에 자주 찾아왔다는 사실이 밝혀졌다. 동시에 방송국 등에 배달된 벌거벗은 여자의 동영상 속에 보이던 그림의 액자가, 하세가와 쓰바사가 인스타그램에 '인터넷 옥션에서 겟'이라며 올린 오스트레일리아 원주민 그림 액자와 일치했다.

수사본부에게 산에이 사건 범인 검거는 바로 나카노 연쇄살인사건의 범인 검거를 의미했다. 권총을 소지한 범인을 검거하는 일은 긴급 사항이기도 했다. 수사1과는 신중하고 면밀하게 검토하고 만반의 준비를 마친 뒤 검거에 나섰다.

수확은 예상을 훨씬 웃돌았다.

집 안에서 발견된 증거품들은 나카노 연쇄살인사건에 사용된 권총은 물론이고 동영상에 찍혔던 관엽식물 화분과 러그, 그림의 액자까지 완벽하게 일치했다. 그곳에는 노가와 아이리, 하세가와 쓰바사뿐 아니라 요시자와 스에오라는 제3의 남자까지 있었다.

산에이 공장장은 텔레비전 생방송에서 흘러나왔던 남자의 목소리가 산토 가이토와도, 산에이를 협박한 남자의 목소리와도 다르다고 말했다. 따라서 이 사건에는 살해당한 산토 가이토 외에 다른 남자가 두 명 더 관여된 것이 분명했다. 한 명은 하세가와 쓰바사로 추정되었지만, 그날 압수수색으로 수사본부는 두 번째 남자로 의심되는 사람까지 검거한 것이다.

그 뒤로도 증거품은 속속 발견되었다.

실내에 있던 컴퓨터에는 가메이치 제과와 TBT 방송국 주소 외에도 '권총 사용법', '마카로프 사용법'을 반복해 검색한 흔적이 있었다. 봉투에 수신인을 적는 데 사용된 볼펜, 풀 따위에 지문이 남아 있고 쓰레기통에서는 USB 구매 영수증이 발견되었다. 하세가와 쓰바사의 자동차는 자마 세이라와 모리무라 유나가 살해당한 시간에 살해 현장 근처에서 목격된 오렌지색 토요타 프리우스였다. 주변 CCTV에 그 시간 그곳을 떠나는 자동차 영상이 남아 있었다.

그 허술함, 무방비함은 그야말로 산에이 공갈협박사건에 남아 있던 흔적 그대로였다.

하세가와 쓰바사는 처음에는 변호사를 불러달라며 자기는 이 사건과 아무런 관련이 없다고 주장했다.

새파랗게 질린 얼굴이 무척 초췌해 보였다. 몸에는 다수의 구타 흔적과 생생한 화상 자국이 있었지만 노가와 아이리의 상처에 비할 바는 못 되었다. 그 흔적을 통해 그가 최근 약 석 달 동안 간헐적으로 폭행을 당했다는 사실을 짐작할 수 있었다. 특히 등에 난 화상은 얼마 전에 생긴 것인지 고름이 차 있었다. 구부정하게 등을 구부린, 그렇지만 눈은 불타듯 이글거리는 모습은 굶주린 야생동물 같았다.

하세가와 쓰바사는 텅 빈 눈으로 아래를 내려다보며 진술했다.

대학교 이름과 연구회 멤버들 얼굴에 먹칠한 게 정말 괴롭다. 이런 식으로 말려들게 될 거라고는 생각도 못 했다. 노가와 아이리는 잘 곳이 없는 애라서 보호해 주는 거라고 생각하고 있었다.

요시자와 스에오라는 남자는 노가와 아이리가 데리고 왔다. 형사님이 말해줄 때까지 그냥 스에오라고만 알고 있었다. 나가줬으면 싶었지만 그 사람 역시 갈 곳이 없다고 하고, 조용한 남자기도 해서 그대로 뒀다. 부끄럽지만 세상 물정을 너무 몰랐던 것 같다.

형사가 상처에 대해 묻자 스에오에게 폭행을 당했다고 말했다.

칠칠치 못한 아이리한테 짜증이 나서 아이리를 좀 때린 날, 조용한 남잔 줄 알았던 요시자와 스에오에게 죽도록 두들겨 맞았다. 산에이를 협박한 건 노가와 아이리와 산토 가이토라는 남잔데, 설마 진짜로 실행할 거라고는 생각 안 했기 때문에 재미 삼아 어드바이스를 하기도 했다.

그리고 하세가와 쓰바사는 고개를 들었다.

"한번 생각해 보세요. 전 이미 취업도 했어요. 제가 뭐 하러 그런 일에 손을 대겠어요?"

그런 다음 다시 고개를 숙였다.

"협조 안 하면 가족이랑 친구들을 가만두지 않겠다고 협박 했어요. 그래서 집에 있는 건 마음대로 쓰라고 했어요. 산에이 를 협박하는 일을 도운 적이 있어서 경찰에 신고 못 했어요."

형사가 쓰바사에게 도박하느라 큰 빚이 있었던 거 아니냐 고 묻자, 쓰바사는 그 순간 얼굴에서 혼이 빠져나간 표정을 지 었다. 5분 정도 입을 다물더니 마침내 시인했다.

"네, 빚이 있어요. 몸에 난 상처 절반은 그놈들한테 당한 거 예요."

그 뒤 쓰바사는 묵비권을 행사했다.

노가와 아이리는 술술 이야기를 계속했다.

나카노 연쇄살인사건을 저지른 건 하세가와 쓰바사다. 산에 이 협박은 셋이서 했다. 쓰바사가 컴퓨터로 편지를 쓰고 받는 사람 이름이랑 주소는 내가 썼다. 돈을 받을 땐 내 계좌로, 직 접 받으러 갈 땐 산토 가이토가 갔다. 그땐 돈이 궁했다기보다 는 재미로 그랬다. 산토 가이토는 '공장장은 괴롭히는 재미가 있다, 그런 놈을 괴롭히면 기분이 후련해진다'라고 말했다.

쓰바사는 빚을 갚지 못하면 취직이 취소될 수 있는데도 가족한테 빚 이야기를 하지 않았다. 돈이 궁해질 대로 궁해지자 자기 여동생을 납치해서 부모에게 돈 3백만 엔을 뜯어냈다. 우리 가족한테도 뜯어내려고 했지만, 엄마는 '너한테 줄 돈은 없다'라면서 거절했다. 쓰바사는 산에이에 누드나 다름없는 사진을 보냈다. 왜 그런 걸 보내느냐고 스에오가 물으니까 "열받아서"라고 대답했다.

스에오는 두 달 정도 전에 왔다. 시부야에서 우연히 만났는데 갈 데가 없어 보여서 내가 쓰바사의 아파트로 데리고 왔다. 쓰바사는 나한테 폭력을 자주 쓰기 시작했다. 머리카락을 자르기도 하고 나중엔 온몸의 털을 다 깎기도 했다. 돈을 만들려면 어쩔 수 없어서 협조했다.

알몸으로 폭행당하는 동영상을 자의로 찍었느냐는 취조관의 물음에 노가와 아이리는 화난 심정을 고스란히 드러냈다.

"그렇게까지 걷어찰 줄은 몰랐어요. 사진으로는 실감이 안나니까 동영상을 찍겠다고 해서 협조한 건데, 그래놓고 그렇게 마구 찼어요."

고등학생 무렵부터 이케부쿠로나 시부야를 어슬렁거리면서 남자랑 자고 용돈을 벌었다. 그러다 험한 꼴을 당하기도 했다. 그 무렵에 하세가와 쓰바사를 알게 됐다. 나도 그랬지만 쓰바사도 돈이 궁했다. 산토 가이토와 하세가와 쓰바사가 도시락에 트집을 잡아서 돈을 뜯어냈는데, 난 봉투에 글자 쓰는 일을 하고 돈을 조금 받았다.

산에이를 협박하는 것도 점점 재료가 떨어져 갈 무렵, 우리 엄마가 산에이 도시락 공장에서 파트타이머로 일하는데 집에 오면 내내 불평만 늘어놓는다는 이야기를 쓰바사가 덥석 물었다. 쓰바사가 내부고발 편지를 보내는 방법을 생각해 냈고 산에이 로쿠고키타 공장에서 돈을 뜯어낼 수 있었다. 아이리는 그런 이야기를 다 털어놓았다.

취업이 결정된 쓰바사는 본격적으로 빚을 해결할 방법을 생각했다. 쓰바사는 좀 더 큰 먹잇감을 협박할 거라고 말했다.

"누굴 협박할 건데?"

"우리 아버지. 여동생을 납치해서 아버지한테 돈을 받아낼 거야. 3백만 엔 정도면 경찰에 신고하진 않겠지."

아이리는 무슨 말인지 이해하지 못했지만 쓰바사가 그렇게 말하니 되는 일이겠거니 생각했다.

"4백만 엔으로 하고, 내 몫으로 2백만 엔 줘."

그렇게 말하자 쓰바사는 코웃음을 쳤다.

"네 몫은 십만이야."

그렇게 3백만이라는 돈을 손에 넣었다.

그때 쓰바사는 "계좌가 네 거니까 의심받는 건 너야. 난 좋은 학교 출신에 전과도 없어서 절대 의심 안 받아"라고 말했다.

히가시나카노에서 사건이 일어났던 날, 가와사키에서 사람들을 여럿 죽인 녀석이 자수 후 연행된 경찰차 안에서 웃는 모습이 텔레비전 뉴스에 나왔는데, 히죽히죽 웃는 눈이 고양이 같았다. 그날 쓰바사는 내 게임기를 의자 다리로 찍어서 망가뜨렸다. 심장병에 걸린 아기 치료비를 모금하는 뉴스가 나왔는데 "두 살짜리 애새끼한테 2억이 뭔 소용이야, 난 겨우 2천만 엔이면 충분한데!"라며 짜증을 냈다. "돈 필요하다고, 이 쓸모없는 것아!" 하고 고함을 지르더니 나를 발로 차서 넘어뜨렸다. 그걸 보고 스에오가 쓰바사를 때렸다.

"그러고 나서 쓰바사랑 스에오 둘이 집 밖으로 나갔지? 시간은 5시쯤?"

아키즈키가 그렇게 묻자 노가와 아이리는 "맞아요. 5시인지 6시인지 하여튼 그쯤에" 하고 대답했다.

노가와 아이리는 온몸의 털이란 털은 다 면도가 된 데다가 눈썹에는 베인 자국이 연하게 남아 있고 속눈썹을 가위로 아무렇게나 잘랐는지 짧은 속눈썹만 군데군데 남아 있었다. 아예 없는 것보다 더 딱해 보였다. 털이라고는 머리카락만 남은 그녀는 공포 영화 속 귀신으로 분장한 캐릭터 같았다. 퉁퉁 부은 얼굴은 면도날의 자극 때문인지 맞아서 그런 것인지 그것도 아니면 원래 그런 얼굴인지 알 수가 없었다. 그녀는 자신이 범죄에 가담했다는 사실을 자각하지 못했고 잘 곳과 먹을 것이 있다면 그곳이 어디라도 괜찮은 것 같았다. 그녀는 그다지 슬퍼하지도 않았고 절망하지도 않았다. 이런 꼴로 만든 쓰바사라는 남자에게 딱히 화가 난 것 같지도 않았고, 애초에 눈썹과 속눈썹이 사라진 제 모습조차 그다지 처량하게 여기지 않는 듯했다.

신기한 일이었다.

그 동영상을 보고 모두가 가슴 아파했다. 그 여자의 절망과 슬픔에 안타까운 마음이 들었다. 하지만 정작 본인은 '그렇게까지 세게 때릴 줄은 몰랐다'라며, 그저 몸이 느꼈던 고통에 대해서만 앙심을 품고 있었다.

자신이 구경거리가 된 사실은 아무렇지도 않아 보였다.

기베 미치코는 노가와 아이리를 가리켜 '자기가 피해자인지 가해자인지 분간을 못 하는지도 모른다'라고 말했다. 아키즈키는 아이리를 보며 가해든 피해든 그녀에게는 똑같은 일이라고 생각했다.

가해자인지 피해자인지가 제3자에게는 중요한 일일지도 모르지만 아이리에게는 아무래도 상관없는 일인 것이다.

아이리가 그저 방관자로서 그 집에 있었다는 점을 깨달은 아키즈키는 그녀가 이제껏 상대한 손님처럼, 호기심 많은 외부인인 것처럼 질문하는 방식이 노가와 아이리를 취조하는 요령이라는 사실을 알아차렸다.

"산에이에 배달된 봉투에 나카노에서 살해당한 자마 세이라의 머리카락이 들어 있었는데, 그건 어떻게 손에 넣었어?"

"몰라요. 그런 건 다 쓰바사가 했으니까. 사진 찍거나 동영상 찍거나 머리카락 자르는 거."

"가메이치나 방송국에 전화를 건 것도 쓰바사야?"

"쓰바사는 자기가 했다는 증거는 안 남겨요. 그래서 산에이에 전화하거나 돈 받으러 가는 일은 산토 가이토가 했어요. 봉투에 받는 사람 이름은 꼭 내가 썼고. 자기는 대학생이라서 증거를 안 남기면 의심을 받을 일은 없다고 맨날 말했어요. 뭐든 다 너희가 한 짓이 될 거라고. 산에이에 2백만 엔을 내놓으라고 한 건 쓰바사였지만 나중에 가메이치나 방송국에 전화한 사람은 스에오예요. 산토 가이토한테도 물어봐요. 그 인간도 쓰바사가 마구 부려먹어서 열 좀 받았을 테니까."

아이리는 자기가 경찰서 취조실에 있고, 눈앞에 있는 사람이 경위라는 점을 깡그리 잊기라도 한 듯이 술술 이야기를 이어갔다.

쓰바사는 8월 12일, 변호사를 만난 다음 날 진술을 바꿨다.

"사실대로 말할게요. 산에이 협박을 주도한 건 나예요. 가메이치 협박도 내가 주도했어요. 협박 상대로 가메이치를 고른 이유는 마침 방에 빈 가메이치 과자 봉지가 있었기 때문이에요."

순순히 그렇게 말했다.

쓰바사의 인생은 언뜻 보면 아무런 문제도 없다. 활동적인 청년이다. 사회 정세에 관심을 가지고, SNS를 적극 활용하며 자원봉사 활동도 솔선해서 참가했다. 하지만 그날 쓰바사는 말했다.

"현실이 아닌 세계에서 사람들의 의견에 무조건 동조하다 보니, 실생활에서 현실감이 점점 흐릿해졌어요."

누군가에게 좋은 일이 있으면 축하한다며 하트를 잔뜩 붙인 댓글을 달고 누군가의 생일에는 또 축하한다며 하트를 잔뜩 붙여서 보내고 개가 구조되면 "굿 잡"이라고 댓글을 단다. "상대방 마음을 좀 더 생각해라"라고 말하는 사람이 있으면 앞뒤 재지 않고 "옳으신 말씀"이라고 입력하고 리트윗을 반복한다. 빨리 반응하는 게 생명이라 제대로 읽을 여유 따위는 없다. 하지만 읽으나 안 읽으나 똑같다. 첫머리만 보면 뭐가 적혀 있을지 안다. 이미 남이 한 말과 남이 쌓은 논리로 구성한 글이니까. 대충 읽고 추켜세운다. 그럴듯한 말을 늘어놓는 녀석에게는 그럴듯한 말로 대답해 주고, 그럴듯한 말을 하지 않는 녀석과는 어울리지 않는다. 그렇게 조건반사하듯 살다 보니 어떻게 행동해야 할지, 나한테 이득인지 손해인지 그런 계산만이 관심사가 되어갔다.

아키즈키는 범죄자를 많이 봐왔기 때문에 안다. 하세가와 쓰바사는 머리 회전이 빠르고 불성실하고 자존심이 세고 공감 능력이 없는 인간이다. 아마도 범죄자 중에서 가장 '재수 없는 유형'의 녀석일 것이다. 쓰바사 같은 인간은 결국 다른 사람들에게 신망을 얻지 못하고 마지막에는 외톨이가 된다. 그 결과, 노가와 아이리나 산토 가이토 같은 부류를 제집에 끌어들이게 된 것이리라.

제 득실 말고는 관심이 없는 남자.

하지만 이런 타입의 사람에게 가장 소중한 것은 자기 자신이기에, 쓰바사 같은 남자는 절대 자멸 행위를 하지 않는다. 기껏해야 산에이 공장을 괴롭히는 정도다.

살인은 격정적인 행위다. 배짱이라고는 없는 이런 인간이 살인을 저지를 수 있을까?

쓰바사는 논리정연하고 말이 많았다.

다른 사람한테 들은 얘기를 마치 자기 생각이나 발상인 양 떠벌리다 보면 자기 머리로 무언가를 생각하는 능력은 점점 사라진다. 정보를 곱씹을 능력이 없어진 하세가와 쓰바사는 떠들썩한 파티의 한가운데 있는 사람처럼 생각 없이 하루하루를 보내게 됐고 도박에 빠져들었다.

취직이 확정되고 나서야 서둘러 신변 정리를 하지 않으면 안 된다는 걸 깨달았다. 신변 조사 과정에서 합격이 취소되는 케이스도 있다는 이야기가 교내에 퍼졌기 때문이다.

부모님은 의사, 여동생도 성실하고 똑똑하다. 하지만 쓰바사는 똑똑함도 성실함도 물려받지 못했다. 쉽게 싫증 내고 무엇에도 정을 느끼지 못했다. 강아지일 때는 귀엽다고 쓰다듬었지만 성견이 되면 흥미를 잃었다. 노견이 된 개를 변함없이 예뻐하는 부모님과 여동생의 감정이 이해되지 않았다.

그래서 밝게 행동하는 법을 몸에 익혔다. 부모는 그것이 연기임을 알아차리지 못했다. 자식이 거짓 인격을 연기해서 가족을 속이고 있다고는 상상조차 못 했을 것이다.

쓰바사는 뻔뻔하게 자기 이야기를 계속 늘어놓았다.

하지만 그것은 범죄자가 자포자기 심정으로 하는 자백과는 완전히 다르다. 아키즈키는 쓰바사의 이야기를 끊지 않고 말하고 싶은 만큼 하게 두었다.

동생은 애초에 나란 인간한테 관심이 없었다. 날 싫어한다고 생각한다. 동생은 유독 나에게 매몰찼다. 그래서 동생을 납치한다는 아이디어가 떠올랐을 때 왠지 전율이 일었다.

다음엔 길 가는 여자를 납치, 감금하고 그 여자 집에다 2억 엔을 요구하는 장면을 머릿속으로 상상했다. 그런 큰돈은 당연히 없을 테니 소프트뱅크나 구글에 빌어서 돈을 구해 오라고 시킨다. 평소에 번지르르한 말로 돈을 버는 놈들한테 대신 내게 하는 거다. 재미있을 것 같았다.

그런데 빚쟁이 놈들은 내 능력을 무시하고 당장 부모님한테 돈을 받아 오라고 쑥뜸을 들고 쫓아다녔다. 붙잡혀서 옴짝달싹 못 하는 내 등에 놈들이 커다란 뜸을 놨다. 뼈까지 떨릴 정도로 아팠다.

엎드린 자세로 붙들려 있는 게 그렇게 굴욕적일 줄은 몰랐다. 풀려난 후에도 분하고 화가 났다. 놈들은 비웃으면서 내가 울부짖는 광경을 보고 있었다. 그래서 나도 할 수 있단 걸 보여줘야만 했다.

아이리의 머리카락을 자른 것도 알몸 사진을 찍은 것도 동영상을 찍은 것도 나다. 아이리는 자기가 내 동료라고 생각했는지, 내가 발로 걷어찰 때마다 죽어라 울부짖었다. 덕분에 실감이 났다.

아이리는 멍청하고 지저분하다. 너무 멍청해서 나한테 꼴사나운 모습을 보이면서도 태연했다. 아무도 그 여자를 믿지 않고 무엇보다 그 여자는 날 무시하지 않는다. 어떤 터무니없는 요구를 해도 자기가 터무니없는 요구를 당하고 있는 줄 모른다. 한마디로 좀 쓸 만한 원숭이를 데리고 있는 느낌이었다. 걔네 엄마 도시락 회사에 클레임을 걸어서 뜯어낸 돈이 50만 엔 정도고, 이용 가치가 더 있을 것 같아서 내 아파트에 드나들게 했다.

웃긴 건 내가 자기랑 섹스를 할 거라고 기대했다는 거다. 아이리는 나한테 공짜로 해주겠다고 지껄였다. 여자 같은 건 미팅 나가서 "게이오대학입니다" 한마디만 하면 포도송이에 매달린 포도알처럼 줄줄이 따라오는데 내가 왜 아이리 따위를 상대하겠나.

그 여자한텐 쓸 만한 원숭이라는 역할만 줘도 감지덕지다. 그 여자가 멍청해서 계좌를 아주 잘 써먹었다. 그 무렵 난 아이리의 계좌를 포기할 수 없는 상황이었다. 혹시 범죄에 꼬리를 잡혀 무슨 일이 생기더라도 곤란해지는 건 그 여자뿐이다.

그러고 나서 쓰바사는 똑똑히 말했다.

"그렇지만 형사님, 난 나카노 살인사건이랑은 상관없어요. 그것만큼은 분명히 해둘게요. 그러려고 숨김없이 다 말하는 거예요. 그 여자들을 죽인 사람은 스에오예요."

그렇게 말하고 꼼짝 않고 형사를 바라보았다. 아귀의 눈, 더는 달아날 곳이 없는 사나운 눈.

"만약에 형사님이 여자 두 명을 죽일 계획을 세웠다면 노가와 아이리 같은 멍청한 여자랑 손잡겠어요? 사람을 두 명이나 죽이는 일인데 잡히면 사형이잖아요. 나한테 여러 가지 문제가 있다는 건 인정해요. 독 안에 든 쥐 신세라고 할 수 있어요. 그렇지만 사람을 둘이나 죽이는 짓은 안 해요. 아이리 같은 얼간이를 데리고 사람을 둘이나 죽이는 건……."

그렇게 말하더니, 아귀의 눈으로 형사를 응시했다.

"자살행위죠."

그런 다음 쓰바사는 살인사건이 일어났던 7월 15일부터 16일에 걸친 일을 진술했다.

심장병에 걸린 꼬맹이한테 2억 엔씩이나 성금을 모아주자던 뉴스가 기억났다. 저녁에 스에오가 날 때렸다. 난 그날 아침까지 사채업체 놈들한테 붙잡혀 온갖 괴롭힘을 당했다. 거기다가 스에오한테까지 두들겨 맞았더니 정신을 차릴 수가 없었다. 스에오가 그런 내 멱살을 잡더니 내 차로 끌고 가서 조수석에 처넣었다.

요시자와 스에오가 운전을 했다. 좁은 일반도로를 달리다 마지막엔 이타바시로 들어갔다. 수도 탱크가 보였으니까 틀림없다. 어딘진 모르겠는데 허름한 아파트 앞에 차를 세우더니 녀석이 거기로 들어갔다. 나온 다음에는 날 깨웠다. 언제 잠이 들었는지도 모르고 잠들었던 것 같다. 겨우 눈을 떴다. 전날부터 거의 잠도 못 자고 계속 맞아서 무척 피로한 상태였다. 시계를 보고 한 시간이 지났구나 하는 생각을 했던 게 기억날 뿐이다. 스에오는 나를 깨워 운전석에 앉히고 자기가 말하는 장소로 가라고 했다. 시키는 대로 달리다 도착한 곳이 바로 가시와기였다. 난 어느 아파트 앞에 차를 세우고 스에오를 기다렸다. 스에오는 20분 정도 있다 돌아오더니 바로 출발하라고 했다.

그래서 시부야 역 앞까지 갔다. 녀석이 지시하는 대로 마크시티 갓길에 차를 세웠다. 스에오는 누군가를 기다리는 얼굴로 길을 쳐다보고 있었다.

거리는 평소랑 똑같았다. 지저분하고 붐볐다. 싸구려 옷을 입고, 싸구려 색으로 머리카락을 물들이고, 정말 싸구려 인형처럼 치장한 여자들이 줄줄이 끊이지 않고 걸어갔다. 남자건 여자건 죄다 지저분하다. 불량품만 모아놓은 것처럼. 이제 어떤 놈한테 몸을 팔까? 누구라도 이상할 것 없었다. 가랑이 사이에서 냄새가 날 것 같은 여자들뿐이었다.

시간이나 때우려고 스마트폰을 보고 있었다. 그러다 가시와기에서 여자가 살해당한 소식을 접했다. 가시와기를 나올 때 교대하듯이 경찰차 여러 대가 맹렬한 기세로 달려가던 게 생각났다. 그래서 나는 "여자가 권총에 머리를 맞아 죽었대. 아까 그 근처야" 하고 스에오한테 말했다. 그랬더니 스에오가 셔츠를 걷어 올렸다. 배랑 벨트 사이에 권총을 차고 있었다. 그제야 그놈이 범인임을 알아차렸다.

녀석은 "상대방이 진짜라고 믿게 만들어야지"라고 말했다. 그런 다음 차에서 내리더니 하치 공 동상 앞까지 걸어갔다. 어슬렁어슬렁 뭔가를 찾는 것처럼.

스에오가 어떤 녀석인지는 몰랐다. 아이리가 데려온 남자였기 때문이다. 하지만 그 이후로 녀석의 일처리는 빨랐다. 16일에도 나더러 차를 몰게 하고 차에서 내려서 한 시간 만에 돌아오더니 조수석에서 배에 찬 권총을 또 보여줬다. 나한테는 달리 뾰족한 수가 없었다. 난 그때까지도 꼭 취직할 생각이었다. 살인이라니 당치도 않다. 골치 아픈 일에 말려들었던 건 사실이다. 하지만 계획대로 돈만 잘 받아내면 사채 빚을 갚을 수 있을 거라고 생각했다.

"하지만 절대 공범은 아니에요. 난 그날 그 녀석이 사람을 죽일 줄은 몰랐어요."

쓰바사는 모리무라 유나가 살해당한 다음 날인 16일, 오후 2시경에 차를 몰고 나와 스에오가 시키는 대로 주차를 하고 한 시간 정도 기다렸다고 한다.

쓰바사는 3시 무렵 주차했다던 장소를 잘 기억하지 못했다. 쓰바사의 차는 오렌지색 프리우스고 마침 쓰바사가 말한 시간대에 자마 세이라의 집 근처에 있는 주차장 CCTV에 그곳을 떠나는 오렌지색 프리우스가 찍혔다. 수사관은 차를 세웠다는 장소를 특정하기 위해 그 주변으로 하세가와 쓰바사를 데리고 갔다. 하세가와 쓰바사가 말한 곳은 간선도로와 가까운 라멘 가게와 피시방 근처였는데, '차에서 큰 가로수가 보였다'라고 증언하더니 '그렇지만 확실하지는 않다. 그때 머리가 너무 멍해서'라고 덧붙였다. 멍했던 이유는 잠을 제대로 자지 못했기 때문이라고 한다.

15일 오후 5시 반경, 스에오에게 호되게 얻어맞은 쓰바사는 시키는 대로 차를 몰고 돌아다니다 일단 귀가한 후 홀로 집을 나갔다. 집에 다시 돌아온 것은 다음 날 새벽인 4시였다는 것이 쓰바사의 진술이다. 그리고 정오가 채 되기도 전에 스에오가 억지로 깨웠다. 그 무렵 쓰바사는 사채업자들이 보낸 불량배들에게 거의 매일 폭행을 당했다. 머리가 멍했다는 말에 신빙성이 없다고는 할 수 없다.

　　하지만 쓰바사는 16일 자정부터 새벽 4시 사이의 행동에 대해서는 말을 흐렸다. 산토 가이토가 살해당한 시간이다.

　　수사관은 쓰바사가 말한 라멘 가게와 피시방이 늘어선 길 좌측에서 커다란 포플러 가로수를 발견했다. 쓰바사는 가로수 같은 건 다 비슷하게 보인다며 결국 차를 세웠던 장소를 단정하지 못했지만, 그 나무 맞은편에 있는 편의점에 설치된 CCTV에 타이어를 포함한 차의 귀퉁이가 찍혀 있었다. 카메라에 찍히기 시작한 시간과 이동해서 사라진 시간이 하세가와 쓰바사가 말한 시간과 거의 일치했다.

　　요시자와 스에오는 마른 체형의 남자였다. 병적일 정도로 어둡고 끈적이는 눈빛을 하고 있었다. 그는 나카노 사건에 대해서는 아무 말도 하지 않았다. 그 외의 일에 대해서도 거의 말을 하지 않았다. 그의 침묵은 반항이나 제 몸을 지키려는 종류의 것이 아니라 마치 에너지 출력을 닮은 느낌에 가까웠다.

이 남자에 대해서는 애초부터 정보가 너무 없었다.

아키즈키는 좋지 않은 예감이 들었다. 처음 이 남자를 봤을 때부터 따라다닌 느낌이다.

저 눈 깊은 곳에 무엇을 품고 있을까? 상상이 가지 않는 눈이다. 심해처럼 깊고 조용한 저 세계의 안쪽에 시신을 세 구 정도 품고 있다 해도 이상할 것이 없었다. 물론 그저 솔직하고 섬세한 것뿐일지도 모른다.

다만 딱 하나 말할 수 있는 것은 이 남자가 뭔가 깊은 상처를 지니고 있다는 점이다. 그리고 본래의 자신을 겹겹의 천으로 칭칭 감싸고 그 끄트머리조차 안 보이게 꽁꽁 숨겨두었다.

아키즈키는 생각했다. 이 남자에게서는 사람을 죽일 만한 사나움이 느껴지지 않는다.

어떤 아우라도 발산하지 않는다. 마치 무력한 양 같다.

"가메이치 제과와 방송국에 전화한 건 너지? 성문이 모두 일치했어."

아키즈키는 자료를 펼치고 열 살 때부터 시작된 도둑질, 자전거 절도, 연쇄강도, 조폭 관련 범죄 가담과 같은 이타바시 서를 통해 입수한 정보들을 빠뜨리지 않고 소리 내어 읽었다.

"넌 돈이 떨어지면 사고를 쳤지. 지금까지 쭉 그랬어. 이번에도 꽤 큰 빚이 생겼더군. 그래서 돈이 필요했겠지."

스에오는 고개를 숙인 채 말이 없었다.

"돈이 되는 일이면 무슨 짓이든 다 했더군. 빚이 늘 때마다, 돈이 필요할 때마다 범죄에 손을 댔어. 그게 네가 살아온 방식이야. 그렇지만 그런 너라도 1천2백만 엔이나 되는 돈을 쉽게 구할 수는 없었겠지."

검찰은 요시자와 스에오가 주범이라고 보고 있었다. 전과가 하나도 없는 사람이 권총 입수부터 비롯해 두 건의 사살사건을 일으킬 수 없다는 논리였다. 일련의 사건들은 가메이치 협박으로 넘어가면서 양상이 달라졌다. 그 시점에 주범이 바뀌었기 때문이라고 가정하면, 노가와 아이리가 두 달 전에 요시자와 스에오를 아파트로 데리고 왔다는 이야기와 맞아떨어진다. 성매매 여성을 극도로 증오하는 그 심리도 요시자와 스에오의 가정환경을 생각하면 아귀가 맞아떨어진다.

반면 수사1과는 주범이 요시자와 스에오라는 가설을 아직 온전히 받아들이지 못했다.

하세가와 쓰바사는 극도로 자기중심적이고 정과 사랑이라는 인간적인 요소가 전혀 없을 뿐만 아니라, 매너리즘 속에 자신이 매몰되는 공포를 잠재적으로 안고 있다. 그런 경향은 그의 진술에서도 명백하게 드러났다. 게다가 최근 그는 궁지에 몰려 있었다. 줄곧 사채업자들에게 폭행을 당했으니 정신 이상을 일으켰다고 해도 이상하지 않았다.

"아키하바라에 차를 처박거나 행인들에게 닥치는 대로 칼을 휘두른 사람들 중 대부분은 범죄랑은 연이 없는 생활을 했어. 배짱이 없는 사람이기에 덮어놓고 일을 저지르는 경우도 있지 않을까?"

그것이 사오토메 경감의 의견이다.

요시자와 스에오는 온몸을 늘어뜨리고 고개를 숙이고 있다. 마치 기력을 모두 불태운 권투 선수가 링 구석에 걸터앉아 있는 모습 같았다.

아키즈키는 물었다.

"권총은 어디서 구했어?"

스에오는 역시 침묵했다.

아키즈키는 사오토메 경감에게 사건 실행범에 대해 어떻게 생각하느냐는 질문을 받은 적이 있다. 그 질문에 아키즈키는 짐작이 안 간다고 대답했다. 사오토메 경감 앞에서 '증거한테 물어보는 수밖에 없다' 같은 대답을 하는 것은 부처님 앞에서 경을 읽는 짓이나 다름없다. 그보다 아키즈키는 기베 미치코에게 물어보고 싶다고 생각했다.

8월 1일, 세 사람이 산에이 식품공장 공갈협박 혐의로 체포되었다. 그때까지 아무도 관심 없던 산에이 공갈협박사건이 조명을 받는 순간이었다.

용의자들이 체포되고 열흘 뒤, 가판에 진열된 프런티어는 날개 돋친 듯 팔렸다.

　노가와 아이리의 어머니인 노가와 미키의 인터뷰를 시작으로, 프런티어는 산에이 사건이 드러난 발단이 된 편의점 점장의 인터뷰부터 노가와 아이리 친구의 인터뷰까지 자세히 소개했다. 노가와 아이리의 반라 사진 두 장, 협박문, 유리 조각을 넣은 연어도시락 사진, ATM 거래명세서에 기재된 '노가와 아이리'라는 글자.

　산에이 사건은 기베 미치코가 가지고 온 것이었고, 애초에 프런티어에는 신고도 남아돌 만큼 정보가 많았다. 산에이 사건 자체는 경범죄다. 말하자면 어디에나 있을 작은 구멍에 지나지 않는다. 그 구멍을 갈랐을 때 안쪽에 커다란 공간이 펼쳐져 있으리라고는 아무도 상상하지 않는다. 하지만 그곳에는 꿈틀대듯 사는 사람들이 있었다. 하나의 생태계를 이루고 살아가는 그들의 모습은 너무나 동질적이고 긴밀해서 개미집을 떠오르게 한다. 변두리 도시락 공장 공갈협박이라는 흔하디흔한 범죄가 한 달 만에 연쇄살인으로 발전하는 그 현장감은 읽는 이를 매료시켰다.

　그때까지만 해도 아키즈키는 기자나 저널리스트라는 작자들이란 장지문에 구멍을 내거나 벽에다 귀를 갖다 대고 엿보고 엿들은 추문을 경찰이나 동업자들과 흥정해서 먹고사는 존재라고 여겼다. 이제 생각을 바꿔야 했다. 기베 미치코는 자기

귀와 다리로 알게 된 정보로 그곳에 실재하는 존재의 형태를 뽑아냈다.

미치코의 기사는 시종일관 산에이에서 벗어나지 않았다. 좀 더 정확히 말하자면 노가와 아이리라는 여자를 축으로 한 세계에 한정되어 있었다. 이쪽 요청에 따라 산토 가이토의 이름을 언급하지 않았고 나아가 하세가와 쓰바사, 요시자와 스에오에 대해서는 최대한 언급을 피했다. 그 이상을 쓴다면 상상이 되어버리기 때문이다.

대부분의 기자가 흥미 위주로 사건 기사를 쓸 때, 상상과 망상이 없는 기사를 쓸 수 있다는 점이 기베 미치코의 가치이리라. 그러니 잡지 프런티어는 발매 당일 중판에 들어갈 정도로 잘 팔린 것이다.

미치코는 사람들이 거들떠보지 않는 일상 속에서 드문드문 보이는 범죄, 임팩트도 매력도 특수성도 없는 공갈협박을 자신만의 후각에 의지해 추적했다.

그녀는 아무것도 모른다는 얼굴로 '난 자아도 욕망도 없어요' 하고 말하는 듯했다. 그렇지만 자아도 욕망도 없는 인간의 후각이 그렇게 뛰어날 리 없다. 인간은 타인을 자신에게 투영해 보는 방법 말고는 타인을 이해할 수 있는 재주가 없다. 자신이 초라하다면 사람들이 모두 초라하게만 보인다.

그 여자는 바보인 척하지만 능구렁이다. 아마 자기가 바보인 척 구는 능구렁이임을 들켰단 사실도 알고 있을 것이다. 그걸 알면서도 한사코 바보인 척 굴 수 있는 두꺼운 낯가죽까지 겸비했다.

그녀가 나카노 연쇄살인 기사를 쓸 때 범인을 누구라고 점찍을까?

용의자가 체포된 다음부터 기베 미치코는 무슨 영문에선지 수사에 관심을 끊었다. 하지만 그 여자가 절대 흥미를 잃었을 리 없다.

그 여자가 다른 덴 눈길도 주지 않고 이타바시를 드나드는 까닭은 무엇일까?

기베 미치코에게 카메라와 마이크를 달아주고 싶다는 생각을 했다. 그런다면 어디서 무엇을 수집하고 있는지 알 수 있을 텐데…….

아키즈키는 눈앞에 앉은 요시자와 스에오를 바라보았다.

"넌 열일곱 살 때 패거리들과 빈집털이를 시작했지. 창문을 깨고 눈에 보이는 물건을 싹 챙겨 튀었어. 사무실이나 독거노인이 사는 단독주택을 노렸고. 그땐 술술 불었다며? 나이도 어리고 협조적이어서 너만 보호관찰 처분을 받았어. 너랑 같이 도둑질을 했던 놈들은 훔친 돈으로 흥청망청 놀아댔지. 윤락업소에서 여자를 사기도 했어. 물론 넌 그러지 않았지."

아키즈키는 도발했다.

"그때 넌 네가 주범이 아니란 걸 알고 있었기 때문에 다 털어놓은 거야. 동료 이름을 팔고 너만 빠져나갔지."

요시자와 스에오가 동료의 이름을 말한 것은 사실이지만 그래서 그의 죄가 경감된 것은 아니다. 요시자와 스에오는 성실하게 학교를 다닌 학생이었고 당시 패거리 중 유일하게 염색을 하지 않았다. 검은 머리가 고함을 지르거나 폭력을 휘둘렀다고 증언하는 피해자는 없었다. 붙잡혔을 때 범인들이 탄 도주 차량의 운전대는 요시자와 스에오가 잡고 있었는데, 보행자를 치지 않으려고 핸들을 무리하게 꺾는 바람에 도주에 실패했다. 요시자와 스에오 덕분에 사망자가 나오는 최악의 사태를 면할 수 있었다. 그의 학교 담임이 머리가 바닥에 닿을 듯 조아리고 애원한 점도 크게 작용했다. '요시자와 스에오가 나쁜 짓을 한 건 사실이지만, 요시자와의 집은 그 아이가 먹여 살리고 있다.' 담임은 경찰서로 출퇴근하면서 요시자와 스에오가 어떻게 어머니와 여동생을 뒷바라지하고 있는지 절절하게 설명했다.

"사람 세 명 목숨 살려주신다는 마음으로, 제발 스에오가 졸업할 수 있게 해주십시오."

그렇게 도우려는 사람이 있었기에 요시자와 스에오는 보호관찰 처분으로 끝날 수 있었다.

요시자와 스에오는 그 도발에 전혀 넘어가지 않았다. 하는 수 없이 아키즈키는 계속했다.

"그런데 이번엔 왜 입을 다무는 거지?"

다시 한번 도발.

"빠져나가지 못할 짓을 했기 때문이지."

아무 반응도 없다.

요시자와 스에오는 무사히 고등학교를 졸업하고 금속 가공 공장에 취직했지만, 반년 후에 그곳에서 금고가 사라지는 사건이 일어나면서 직장을 관뒀다.

"은혜를 원수를 갚다니 너도 참 대단하다. 너를 감싼 담임도 후회막심이었을 거야."

스에오의 표정은 꿈틀거리지도 않았다. 마치 깊은 바다에 가라앉은 조개 같다.

8월 14일, 신문은 아키즈키에서 다른 취조관으로 넘어갔다. 새로운 취조관은 요시자와 스에오가 진범이 틀림없다고 믿어 의심치 않는 남자였다.

"넌 어머니를 미워했어. 집에서 성매매를 하는 어머니를 마음 깊은 곳에서 추잡하다고 생각했겠지. 여동생도 결국 카바레 클럽에서 일했고 나중엔 너한테 빚을 덮어씌우고 도망갔지. 여자들에 대한 증오심으로 불타오른다고 해도 이상할 게 없어."

하지만 요시자와 스에오는 무반응으로 일관했다.

그로부터 이틀 전, 철저하게 묵비권을 행사하던 하세가와 쓰바사가 모리무라 유나가 살해당한 7월 15일 밤에 있었던 일을 진술하기 시작했다. 그 내용을 토대로 현장검증이 실시되었고, 진술에 거의 모순이 없다는 것이 증명되었다.

취조관은 요시자와 스에오에게 그 사실을 알렸다.

"말을 하지 않는 이유는, 말할 수 있는 게 없기 때문이야. 거짓말을 계속 하다 보면 어디선가 모순이 생기기 마련이거든. 그걸 아는 사람은 입을 다물지. 넌 취조가 익숙해. 그래서 그 사실을 잘 아는 거지. 하세가와 쓰바사는 미주알고주알 다 떠벌리고 있어."

요시자와 스에오는 하세가와 쓰바사가 무슨 이야기를 했는지에 대해서도 흥미가 전혀 없는 듯했다. 반쯤 뜬 눈으로 동상처럼 움직이지 않았다.

'진짜라고 믿게 만들어야지.'

요시자와 스에오가 하세가와 쓰바사에게 했다는 그 말에 사건의 모든 것이 집약되어 있는 것 같았다. 하지만 누구에게도 인정받지 못한 채 울분을 차곡차곡 담아두고 살아온 사람은 하세가와 쓰바사지 요시자와 스에오가 아니다.

하세가와 쓰바사는 산토 가이토에 관한 질문에 '얼굴 안 본지 한참 됐다'라고만 말했다. 마지막으로 산토 가이토를 만난 날짜를 묻자 7월 초쯤인 것 같다고 애매하게 진술했다.

"산토 가이토는 머리도 나쁘고 외모도 너무 험악해서 지나치게 눈에 띄었어요. 산에이에서 거금을 뜯어내려고 했을 땐 연을 딱 끊고 싶었는데 그 녀석이 쓰는 대포폰을 포기할 수가 없었어요."

이것이 산토 가이토에 대한 하세가와 쓰바사의 진술이다.

살인죄로 체포할 때는 노가와 아이리를 제외해야 할지도 모른다는 예측이 나오고 있었다. 아키즈키와 사오토메 경감도 노가와 아이리를 살인혐의에서 제외하는 것에 이견은 없지만, 하세가와 쓰바사와 요시자와 스에오 둘 중 누가 주범인지 아직도 확정하지 못하는 상태였다.

말인즉슨 이 범죄의 구조를 전혀 파악하지 못했음을 반증하는 것이었고 이대로 기소로 가져가기는 대단히 어렵다는 게 검사의 생각이었다.

8월 16일, 다시 아키즈키에게 취조 순서가 돌아왔다.

취조 책상 앞에 조용히 앉아 있는 요시자와 스에오의 모습은 처음 그가 취조실로 끌려왔을 때와 다르지 않았다. 아키즈키는 어차피 이놈은 입을 열지 않을 거라고 단정했기 때문에 스에오가 갑자기 입을 열었을 때는 꿈인지 생시인지 분간이 안 될 정도로 놀랐다.

그것은 이야기가 권총에 이르렀을 때였다.

"권총은 산토 가이토를 통해서 구하지 않았을까요? 자세한 건 모르겠어요."

요시자와 스에오는 등을 웅크린 평소 자세 그대로 그렇게 말했다.

아키즈키 가오루뿐만이 아니었다. 서기관, 동석 형사도 숨을 삼킨 순간이었다.

세 사람 입에서 산토 가이토에 대한 이야기가 나온 것도 처음이었다.

7월 15일, 모리무라 유나의 시신이 발견되고 32분 후, 하세가와 쓰바사의 휴대폰에서 산토 가이토의 대포폰으로 전화를 걸었던 기록이 있다. 통화 시간은 약 5분. 산토 가이토에게는 마지막 통화였다. 하세가와 쓰바사는 기억이 나지 않는다고 말한 뒤 "요시자와 스에오가 내 폰을 멋대로 쓴 게 아닐까요?"라고 덧붙였다.

아키즈키는 내심 스에오의 말을 덥석 물고 싶었지만 신중하게 말을 골랐다.

"그동안 왜 입 다물고 있었어?"

"내 말을 믿어줄 형사가 없어서요."

아키즈키는 그렇지 않다며 이야기를 해보라고 설득했다.

스에오는 고개를 떨군 채 이야기를 시작했다.

하세가와는 처음부터 들키면 내가 주범이 될 거라고 말했다. 하세가와와 나는 살아온 길이 다르니 어쩔 수 없는 일이다. 가메이치에 전화한 사람은 내가 맞다. 그렇지만 두 여자를 죽인 건 내가 아니다.

그날은 텔레비전에서 정신이 이상한 남자가 열아홉 명을 죽였다는 뉴스가 나온 날이다. 피해자 이름은 방송되지 않았는데, 죽은 사람의 원통함과 산 사람의 사정을 저울질하면 당연히 산 사람의 사정이 중요하겠구나 하는 생각을 했다. 그날 저녁 내가 쓰바사를 때렸다. 그런 다음 쓰바사를 집에서 끌고 나갔다. 반쯤 죽도록 패버릴 생각이었는데 쓰바사가 좋은 생각이 있다고 했다. 자마 세이라와 모리무라 유나 이야기는 내가 전에 한 적이 있다. 녀석은 주소도 알고 있었다. 그 여자들을 만나러 가자고 했다. 난 아무래도 상관없었다. 쓰바사의 아파트는 맨정신으로는 있을 수 없는 곳이고 그렇다고 달리 갈곳이 있는 것도 아니었다. 잠자코 차를 몰았다. 가시와기에 있는 모리무라 유나의 집 근처에 차를 세웠다. 차에서 내린 쓰바사는 20분 정도 뒤에 돌아왔다. 그런 다음 시부야 역 앞까지 가서 길 위의 여자를 물색하는 눈으로 보고 있었다. 외국인이 무리 지어 걸어갔는데, 그러고 보니 시부야는 폐허를 재생한 근미래 도시 같은 느낌이 드는 곳이라 마치 영화 세트장 같다는 생각을 했다. 걸어 다니는 놈들도 어디 나사 하나쯤 빠진 것 같다는 감상에 잠겨 있는데 쓰바사가 갑자기 가시와기에서 여자가 살해당했다는 SNS 글을 나한테 읽어줬다.

스에오는 거기서 다시 입을 다물었다.

"그날 밤 일을 조금 더 기억해 봐."

"돌아온 후에 난 아파트 방구석에 앉아 있었어요. 아이리는 평소처럼 텔레비전을 보고 있었고. 밤 12시쯤에 쓰바사는 혼자 나갔어요. 이유는 몰라요. 돌아온 시간도 모르고요."

자마 세이라가 살해당한 것은 이튿날이다.

"이튿날은?"

"저한테 차를 몰라고 해서 오후 2시쯤에 같이 히가시나카노에 갔어요. 차를 세운 건 3시쯤이었을 거예요. 쓰바사는 한 시간 정도 뒤에 돌아와서 전날이랑 똑같이 곧바로 차를 출발시키라고 했어요."

아키즈키는 가슴속으로 신음했다.

요시자와 스에오의 증언은 하세가와 쓰바사의 증언과 정확히 일치했다. 그것은 그 일이 실제로 일어났다는 것을 의미하며, 꾸며낸 부분이 없으니 무너뜨릴 수 없다는 것을 뜻하기도 했다. 그리고 둘 모두, 자신은 운전을 했고 살인을 한 쪽은 상대방이라고 말하고 있다.

하세가와 쓰바사는 살인 이외의 범죄는 모두 깨끗이 인정했다. 그러나 살인만큼은 절대 자기 짓이 아니라고 주장했다. 취업까지 성공한 자신이 극형을 각오하고 살인할 이유가 없다, 빚을 도저히 감당하지 못할 상황이 되면 부모님이 갚아줄 거라고 생각했다는 주장은 매우 일리가 있다. 돈이 급했던 요시자와 스에오가 좋은 집안에서 자란 남자를 이용해 도박에 나섰다는 시나리오가 더 설득력이 있다.

하지만 노가와 아이리는 모든 범죄를 주도한 사람은 하세가와 쓰바사라고 증언했다. 또한 요시자와 스에오는 하세가와 쓰바사가 '들키면 네가 주범이 될 거라고 말했다'라고 주장하고 있다. 또 하세가와 쓰바사는 '너 같은 것한테는 손을 쓰는 것도 아깝다'라며 노가와 아이리에게 발길질을 해댔다. 게다가 그가 노가와 아이리의 머리카락을 제외한 모든 체모를 밀어버린 행위는 정상적인 사람이라고 생각할 수 없는 잔학성과 교만함을 보여준다. 하세가와 쓰바사는 자신을 믿고 따른 미성년 여학생을 윤락업소에 팔아넘기는 포주나 다름없는 짓으로 빚 독촉을 모면해 왔고, 그 행위에서 여자에 대한 온정이나 죄책감은 눈곱만큼도 찾아볼 수 없었다. "그딴 여자는 쓰레기야"라는 정서는 하세가와 쓰바사의 내면에 확실하게 자리 잡고 있었다.

만일 그가 주범이라면 처음부터 모든 죄를 요시자와 스에오에게 덮어씌울 생각이었다고 해석할 수 있다.

만일 하세가와 쓰바사가 주장하는 대로 부모님이 대신 갚아주는 선택이 가능했다면 사채업자들에게 린치를 당한 시점에 부모님한테 울며 매달리지 않았을까? 또한 하세가와 쓰바사는 자신이 빚을 지고 있다는 사실이 들통난 순간 묵비권을 행사하는 쪽으로 태도를 바꾸고 요시자와 스에오에게 '협조하지 않으면 가족과 친구들을 해치겠다'라는 협박을 당했다는 진술은 거짓말이었다고 인정했다. 그 빠른 두뇌 회전, 일종의 영악함은 특기할 만했다.

요시자와 스에오에게 전과가 많다는 사실을 역으로 이용해 하세가와 쓰바사가 꾸민 일일지도 모른다.

어느 쪽이 진실이든 두 사람이 두 명의 여자를 살해한다는 공통의 목적을 가지고 있었다고 해석하기 힘들었다. 즉 공모 공동정범이 성립하지 않는 것이다.

노가와 아이리 증언에 따르면 두 사람은 거의 대화를 나눈 적이 없다. 쓰바사가 스에오를 상대로 자기 자랑을 늘어놓은 일이 있을 뿐. 노가와 아이리는 "쓰바사는 스에오의 이름도 몰랐을걸요"라고 말했고, 실제로 신병을 확보했을 당시 하세가와 쓰바사는 그의 이름을 '스에오'라고만 알고 있었을 뿐 어떤 한자를 쓰는지도 몰랐다.

아키즈키는 요시자와 스에오를 바라보았다.

"15일, 심장병 환아를 위한 성금 모금 뉴스가 나오던 시간에 넌 하세가와 쓰바사를 폭행했어. 반쯤 죽을 때까지 팰 생각이었다고? 왜 그런 생각을 했지?"

요시자와 스에오는 잠시 말을 멈췄다. 그런 다음 눈 하나 깜박이지 않고 대답했다.

"쓰바사가 아이리를 비난하면서 발길질을 했어요. 나도 갈 곳이 없어 쓰바사의 집에 있는 처지였지만 여자를 벽으로 밀치고 발로 차는 모습을 보니 저절로 손이 움직였어요."

"노가와 아이리가 불쌍하다는 생각이 들었나?"

요시자와 스에오는 아주 살짝 웃었다.

"그런 게 아니에요. 형사님도 거기 있었다면 똑같이 했을 거예요."

미소 띤 표정을 보인 것은 아주 잠깐이었을 뿐, 스에오는 다시 바다 바닥에 가라앉은 조개 같은 모습으로 돌아갔다.

8월 18일, 아키즈키는 요시자와 스에오에게 나카노에서 여자를 죽인 범인은 요시자와 스에오라고 말하는 하세가와 쓰바사의 주장을 들려줬다.

하지만 그 말을 듣고도 스에오는 침묵했다.

"말 안 하면 네가 불리해."

스에오는 아무 반응도 없었다.

"그럼 인정하는 거냐?"

스에오는 끝까지 입을 다물었다.

"우릴 한번 믿어봐. 말을 안 하면 아무것도 진전이 안 돼."

8월 20일.

요시자와 스에오가 무거운 입을 열었다.

쓰바사가 정말로 여자를 둘이나 죽였을 거라곤 생각 안 했다. 쓰바사가 나카노 사건의 범인을 사칭하면서 '세 번째 희생자'라는 말로 가메이치와 흥정을 하는 줄 알았다. 잘될 거라곤 생각하지 않았지만 이 지경까지 왔으니 아무래도 상관없었다. 형사님 말대로 난 엄마나 여동생, 품행이 나쁜 여자들 때문에 정말 고생을 많이 해서 그런 여자들을 진심으로 미워한다. 가메이치나 방송국에 한 말은 내 본심이다. 자마 세이라의 머리카락이 그 협박장에 들어가 있었다고 뉴스에서 나오자 쓰바사는 자랑스럽다는 듯이 말했다. "이제 진짜라고 믿겠지"라고. 그러고 나서 녀석은 "모두 네가 한 짓이 되는 거야. 넌 어차피 그렇게 살았으니까"라고 말했다.

"사람들이 나랑 너 중에서 어느 쪽 말을 믿을 것 같아? 나한테 의심의 눈길이 쏠릴 일은 없어. 의심받는 건 너야. 그러니까 실수 없이 해."

고민해 봤자 뾰족한 수가 없었다. 쓰바사는 산토 가이토를 처치해야 한다고 말했다. 녀석 쪽에서 덜미가 잡힐 거라고. 그 말을 듣고 권총은 산토 가이토를 통해 손에 넣었다고 추측했다. 체포되면 나한테 뒤집어씌울 속셈이란 건 처음부터 알고 있었다. 그럴 작정으로 날 차에 태운 거라고 생각한다.

아키즈키는 '진짜라고 믿게 해주겠다'라는 말이, 분명 둘 중 한 명이 실제로 한 말이라고 확신했다.

한쪽이 진실을 말하고 다른 한쪽이 그것을 이용하고 있다.

"이 지경까지 왔다는 건 무슨 말이지?"

"나도 빚이 있었어요. 그 아파트에 두 달 있으면서 그들이 산에이를 협박하고 있다는 사실도 알았고 아이리를 때리는 하세가와 쓰바사도 봤어요. 녀석은 권총으로 사람을 죽였고 나도 그 차에 타고 있었어요. 어떻게 하면 내 몸을 지킬 수 있을지 도무지 모르겠더군요. 사회가 날 믿어주지 않을 거란 사실도 알고 있었어요. 거기서 도망쳐도 난 공범으로 쫓기겠죠. 그리고 녀석 말대로 내가 주범이 될 테고 그게 거짓인지 사실인지 아무도 고민조차 하지 않을 테죠. 내가 살아남을 길은 아예 없었어요. 그런 의미예요."

스에오는 넋두리를 하듯 말했다.

"쓰바사는 사채업자가 보낸 불량배들한테 지속적으로 폭행을 당했어요. 하루하루 야위어갔고, 전화벨 소리에 벌벌 떨기까지 하더군요. 원래 아이리한테 폭력을 쓰지는 않았는데 사건 열흘 정도 전부터 사람이 딴판으로 변했어요."

"자마 세이라와 모리무라 유나는 너랑 아는 사이였던데?"

요시자와 스에오는 동상처럼 움직이지 않았다.

"맞아요. 전에도 말했지만 자마 세이라와 모리무라 유나 이야기는 내가 해줬어요. 아는 사람 중에 추잡한 매춘부 없냐고 묻길래 그런 여자는 얼마든지 있다고 했더니 '그게 아니라 뭔가 속 터지고 열불 나는, 저렇게 쓰레기 같은 여자 말이야' 하면서 자고 있는 아이리 쪽을 향해 턱짓했어요. 그때 여러 여자 이야기를 해줬어요. 이케부쿠로에서 손님 찾는 여자, 이타바시에서 스낵바 손님한테 가슴을 풀어헤치고 집으로 불러들이는 여자. 그때 자마 세이라와 모리무라 유나 이야기를 했어요."

자마 세이라는 여동생과 아는 사이였다. 사건이 일어나기 열흘쯤 전, 시부야 큰길에서 만났을 때 집까지 데려다달라고 해서 데려다줬다. 그때 집 위치를 알았다. 모리무라 유나는 어릴 때부터 알던 사이라서 집은 전부터 알고 있었다. 그런 장사를 하는 여자들 뒤를 밟아 집을 확인해 두면 그 일대를 관리하는 조직이랑 일할 때 도움이 되니까.

아키즈키는 산토 가이토의 소식을 아느냐고 물었다.

그리고 숨을 죽이고 반응을 봤다.

요시자와 스에오는 사는 게 지치고 지겹다는 듯한 목소리로 대답했다.

"몰라요."

"다들 산토 가이토를 어떻게 생각했지?"

"무시했어요. 노가와 아이리는 산토 가이토를 문어대가리라고 불렀어요. 키가 작고 이가 삐뚤빼뚤하고 발음이 나쁜 남자였는데 머리가 크고 울퉁불퉁해서 그렇게 불렀던 것 같아요. 그렇지만 몇 번 마주친 게 다예요. 직접 이야기한 적은 없어요. 그 집에 드나들던 남자라는 것밖에 몰라요."

"산토 가이토랑 하세가와 쓰바사의 관계는 어때 보였지?"

요시자와 스에오는 고개를 가로저었다.

"잘 모르겠어요. 노가와 아이리는 산토 가이토를 문어대가리라고 불렀지만 쓰바사는 아예 부르지도 않았어요. 쓰바사는 사실 산토 가이토를 두려워했을 거예요. 뒤에 조폭이 있으니까요. 그래서 산토 가이토가 없을 때만 문어대가리라고 했어요. 그렇지만 산토 가이토는 쓰바사에게 순종적이었어요. 그 정도밖에 모르겠어요."

"산토 가이토를 마지막으로 만난 건 언제지?"

노가와 아이리는 언제부터 산토 가이토를 보지 못했느냐는 질문에 기억이 나지 않는다고 말했다. 산에이에 도시락 협박을 하던 무렵엔 봤지만 몸값을 요구하면서부터는 잘 보이지 않았다고 한다. 4주 정도는 못 본 것 같다는 것이 노가와 아이리의 증언이다.

요시자와 스에오는 잠시 입을 다물었다.

"산에이에 노가와 아이리의 사진을 보내기 전인데 정확히 며칠 전인지는 기억 안 나요."

"첫 번째 사진은 7월 8일에 배달됐어. 그 전이라는 거지?"

요시자와 스에오는 고개를 끄덕였다.

　8월 22일, 수사본부는 산에이 식품 공갈협박에 대한 구류기한을 맞이했고 아키즈키를 비롯한 수사1과는 가메이치 제과 공갈협박 혐의로 다시 세 사람의 체포영장을 청구했다.

　아지랑이가 일렁이는 여름날이었다.

　잡지, 신문들은 세 사람의 성장 과정부터 생활까지 낱낱이 실었다.

　하마구치와 같이 일하는 방송국 피디는 거기에 이야기를 덧씌웠다.

　'성매매를 하는 어머니 밑에서 자라 아버지가 누구인지 모르는 남자, 요시자와 스에오. 어린 시절 어머니가 집에 남자를 데리고 올 때마다 밖으로 쫓겨났다. 어릴 때부터 좀도둑질, 절도, 강도질을 반복했고 자신에게 도움의 손길을 뻗는 사람들의 은혜를 번번이 원수로 갚았다. 그가 진 빚은 천만 엔 이상이라고 한다. 어두운 눈의 예민한 남자, 집념이 강하고 감정을 속에 담아두는 성격이며 뱀처럼 마음이 차갑다.

　의사 부모 밑에서 태어나 명문 중·고등학교를 거쳐 유명 사립대학에 들어간 대학생, 스물두 살의 하세가와 쓰바사는 유복한 자신의 환경을 돌이켜보며 불우한 처지의 소녀들에게 관심을 갖게 된다. 그녀들에게 교육의 기회를 제공하고자 활동했으나 그 활동의 이면에는 미성년자 성매매라는 현실이 펼쳐져 있었다. 그는 불우한 소녀들에게 아파트를 제공하고 그곳을 아지트로 삼았다. 구원의 손길을 뻗으려다 지나치게 깊은 곳까지 들어가버린 청년은 그곳에 자리한 어둠에 먹혀버렸다.

노가와 아이리는 즉석만남 게시판에서 손님을 찾는 성매매 여성이다. 남자를 치한으로 몰아 돈을 갈취하는 짓을 아무렇지도 않게 하는 도덕심이 결여된 여자. 납치당했다는 거짓말을 내뱉지만 믿어주는 이 하나 없었고 결국 남자에게 이용당하고 착취당했다. 그녀는 갖은 폭행을 당하면서도 아지트에 눌러앉았다.

열심히 사는 싱글맘들을 '쓰레기'라고 부르며 마치 길고양이라도 처분하듯이 살해한 세 사람은 잔인한 괴물일까, 사회의 부조리가 낳은 부산물일까?'

피디는 "대박이지 않아? 영화 예고편 같지?" 하고 중얼거렸다. 그리고 이 시나리오에 따라 제작하라는 윗선의 뜻이 하달되었다.

하마구치의 제작사 취재팀은 요시자와 스에오가 자란 이타바시에 들어가 흥미로운 증언을 확보했다. 지금은 멀끔하게 개축되어 모두 사라진 예전의 집들은 이제 사진 속에만 존재한다. 미로 같은 골목과 성인 어깨 폭 정도밖에 안 되는 가파른 계단. 그 풍경은 지금 마을에 사는 이들에게도 달가운 기억이 아니었다. 강 건너 불구경이라는 말이 있지만, 일찍이 그곳에 살았던 사람들조차 옛날부터 맞은편 강가에 살기라도 했다는 듯이 경멸을 감추지 않았다.

사람들은 모리무라 유나와 그 어머니에 대해 숙덕거렸고 업신여기는 표정을 숨기지 않았다. 제 몸에 불똥이 튀지 않는 곳에 있을 때 사람은 신랄해진다. 취재팀은 그런 사람들을 보며 요시자와 스에오의 '생생한 흉악성'에 대해서도 인터뷰할 수 있으리라 믿어 의심치 않았다. 그런데 뜻밖에도 요시자와 스에오가 흉악한 남자라는 증언은 좀처럼 나오지 않았다.

요시자와 스에오에 대해 묻자 사람들은 그 어머니 이야기를 들려주었다. 그들이 살아온 열악한 환경은 귀를 의심케 할 정도였지만, 그것만으로 요시자와 스에오를 극악무도한 인간으로 만들기에는 부족했다. 취재팀은 상점가, 중학교, 고등학교 교사, 학교 친구 등을 닥치는 대로 찾아가 인터뷰를 했지만 요시자와 스에오의 평판은 방송국 피디가 바라던 시나리오와 들어맞지 않았다.

노가와 아이리를 아는 사람들은 그녀가 끔찍한 범죄의 가해자라는 사실 때문인지 아무것도 숨기거나 포장할 필요가 없다는 듯 인터뷰에 적극적으로 응했다. 취재진의 기대를 마치 그림으로 옮긴 듯한 증언, 상상을 웃도는 증언들이 그물을 던질 때마다 묵직하게 따라왔다.

하세가와 쓰바사에 대한 질문을 받은 주변인들은 "밝은 친구", "정의감으로 불타는 친구", "분위기 메이커"라고 입을 모았고, 함께 자원봉사를 했다는 대학생은 "회식 자리에서 취한 사람이 있으면 마지막까지 챙기고 행사가 끝나면 뒷정리까지 도와줬어요"라고 말하며 침통한 목소리로 "하세가와 선배한테 이런 일이 생기다니 믿기지 않아요. 뭔가 착오가 있을 거라고 생각해요"라고 말을 이었다. 하지만 하세가와 쓰바사의 친구들은 마치 요즘의 정치 상황에 관한 질문이라도 받은 것처럼 무미건조한 대답을 한 데 반해, 요시자와 스에오에 관한 인터뷰에 응한 사람들은 얼굴에 당혹감과 갈등을 드러냈다.

직원들에게 그런 내용을 전달받은 하마구치는, 대체 이것이 무엇을 의미하는지 전혀 알 수가 없었다. 이대로는 요시자와 스에오의 이야기를 방송에 내보낼 수가 없다.

하마구치는 직접 현장에 뛰어들었다.

촬영 장비를 들고 걷고 있노라면 기삿거리를 찾는 기자들이 따라붙는다. 꼬치구이 가게 '겐이치'에는 이미 리포터가 자리를 차지하고 있었는데, 하마구치의 제작사 직원들과 그들을 따라온 기자들도 그곳에 합류했다. 늘어질 듯한 더위 속에서 우글우글 모여든 취재진을 앞에 두고 겐이치의 점주는 짜증이나 당황스러움이 보이지 않는 얼굴로 서 있었다.

그러고는 "스에는 착실한 놈이야"라고 중얼거렸다.

그가 한 말은 그것뿐이다.

20년 넘게 이 바닥에서 먹고산 하마구치는 주위 시선은 아랑곳하지 않고 닥치는 대로 취재했고, 회사로 돌아가는 차 안에서 기베 미치코에게 전화를 걸었다.

만나자는 하마구치의 연락을 받고 미치코가 제작사에 들렀을 때 하마구치는 잔뜩 풀이 죽어 있었다.

"아무것도 안 나와."

그런 다음 미치코를 원망스럽다는 듯이 바라보았다.

"요시자와 스에오는 어머니한테 비밀로 하고 고등학교에 진학했어. 스에오가 그 돈을 어떻게 마련했는지는 중학교 담임도 몰라. 풍문으로 들은 이야기는 스에오가 일했던 나사 공장의 금고가 사라지고 나서 스에오가 그만뒀다는 거래. 그리고 그 무렵, 스에오의 어머니가 빚을 남기고 증발했어. 사람들은 당연히 요시자와 스에오가 훔쳤다고 생각했지. 그래서 공장 사장을 찾아갔어."

하마구치는 지그시 미치코를 쳐다보고 있다.

"그런데 사장은 그렇게 말하지 않았어. 날 응접실로 데리고 들어가더군. 고급스럽지만 제법 연식이 오래된 응접세트였어. 내 얼굴을 보면서 부드럽게 말하더군. 요시자와 군은 일도 빨리 익히고 일머리도 있고 말수는 적지만 성실한 직원이었대."

그러고 나서 하마구치는 잠시 생각했다.

"상점가 사람들도, 중학교와 고등학교 담임도 스에오를 믿고 있어. 상점가에서는 상품을 훔치고 중학생 땐 절도를 하고 고등학생 땐 체포까지 당했는데도 다들 스에오를 믿는다는 거야. 난 생각했어. 스에오의 뭘 믿는 걸까? 실제로 줄곧 나쁜 짓을 했잖아. 그런데도 그 사람들은 이렇게 말해. 요시자와 스에오가 그런 짓을 하고 싶어서 한 게 아니다, 살기 위해 했을 뿐이다, 스에오에게 달리 어떤 선택지가 있었겠느냐고."

미치코는 하마구치가 하는 말을 숨죽이고 듣고 있었다.

"금고가 사라진 건, 요시자와 스에오가 그만두기 2주일 정도 전이었대. 금고가 사라지자 회사 안에선 요시자와 스에오가 전과자다, 소년원 출신이다, 절도로 여러 번 체포된 적이 있다 하는 소문이 돌기 시작했어. 그다음 달부터 아예 발길을 끊었대. 그렇게 두 번 다시 나타나지 않았다는군.

고등학교 담임이 사방팔방 발품을 팔아 겨우 찾아준 직장을, 감사 인사 한마디 하지 않고 그만뒀어. 그런 남자를 왜 성실한 남자라고 하느냐고 사장한테 물었어. 정말 신기하잖아. 그랬더니 사장은 이렇게 말하더군. 그만두기 전에 자기 업무는 남김없이 끝내고 남몰래 인수인계도 하고 선배 종업원한테 빌렸던 6천 엔도 갚고 '감사합니다' 하고 머리 숙여 인사를 했다는 거야. 그 선배는 처음에 겨우 6천 엔인데 되게 정중하게 인사를 한다고 생각했대. 그런데 나중에 스에오가 사라지고 나서 그 선배가 감사하다는 말은 '지금까지 감사했습니다'라는 의미였던 것 같다고 사장한테 말했다는 거야. 사장은 도둑질했다가 들켜서 도망치는 녀석이 그렇게 경우 바르게 행동할 수가 없다고 하더군. 요시자와는 공장에서 하던 일에 분명히 애착을 가지고 있었다고 생각한대."

하마구치는 눈앞에 놓인 자료를 보는 듯 마는 듯 펼쳤다.

"스에오가 절도범이 된 과정을 보면 눈물이 날 정도야. 요시자와 스에오의 어머니는 원래 스낵바에서 일했어. 그 근방에는 기업 연구소가 제법 있었는데 그런 곳에 근무하는 남자들은 윤락업소엔 안 가. 술집 여자들이랑 몰래 관계를 갖고 용돈을 주지. 그런 단골을 집에서 상대하는 여자였어. 애가 집에 있을 수 있는 환경이 아니었던 거지. 그래서 정말 어릴 때부터 상점가를 놀이터 삼아 자랐어. 붙임성 있고 얌전한 아이였다더군. 그 상황에 둘째가 태어났어. 그 여자는 나이 들어 손님도 줄고 홀몸으로 스에오만 키우기에도 힘에 부쳤을 텐데 또 아기 뒤치다꺼리를 하게 된 거야."

"정말 가난했어요."

"그래. 그 여자는 상점가 단골이었어. 그래서 다들 사정을 알았지. 아기 기저귀를 사러 오는 것도 스에오였어. 아줌마들한테 죽 쑤는 방법을 배워서 동생을 먹였대. 스에오는 그때 겨우 일곱 살이었어. 그렇게 자랐으니 여동생도 오빠를 엄청나게 의지했지. 아주 어릴 때부터 오빠가 학교에 갔다 올 때까지 상점가 가게 앞에서 기다렸어."

하지만 상점가 사람들은 적극적으로 나서서 돕지는 않았다. 스에오의 어머니가 상점가 여자들에게 미운털이 박혀 있었기 때문이다.

"남자한테 꼬리를 치니까. 상점가 남자들도 요시자와의 어머니가 일하는 바에 갈 땐 혹시 하는 마음이 있었을 거고. 노인들은 어두워져도 상점가를 떠도는 요시자와 남매 모습이 전쟁 때 본 부랑아들 같다고 말했어. 팔고 남은 음식 같은 걸 주니까 들러붙는 거라며 남매에게 친절을 베푸는 점주들을 비아냥거리는 사람들도 있었어. 하지만 엄마가 집에 남자를 데려오니까 집에 못 가는 거지."

하마구치는 거기서 미치코를 쳐다봤다.

"기베짱은 요시자와 스에오에 대해 알고 있었지? 나한테 고등학교 담임이랑 스에오가 근무하던 공장 사장을 만나보라고 한 게 당신이잖아."

미치코는 그 상점가를 떠올렸다. 남국에라도 온 듯 알록달록한 인테리어, 점주가 날카롭게 눈을 번득이는 그곳, 자전거가 빛의 화살처럼 지나가는 상점가…… 그리고 마치 사람의 몸을 헤치고 들어가는 것 같은 마을, 미로 같은 길은 꼭 혈관

같았다.

"여동생 담임도 만났어. 그 교사도 요시자와 스에오를 향한 신뢰가 두텁더군. 여동생이 오빠를 얼마나 신뢰하는지를 알았기 때문에 자기도 좋게 기억한다는 거야."

지기 싫어하고 독불장군처럼 구는 면도 있었지만 가식 없는 아이. 돌봄센터 직원은 메이에 대해 그렇게 말했다. 애교가 있는 밝은 얼굴의 여자다.

"이유는 모르겠지만 메이는 그 동네 불량배들한테 단단히 찍혔던 것 같아. 고등학생 땐 갖은 괴롭힘을 당했어. 하지만 메이는 일일이 반응하지 않았어. 메이를 괴롭혔던 무리 중에 모리무라 유나가 있었지."

미치코는 하마구치를 바라보았다.

"그건 몰랐어요."

하마구치는 웃었다.

"진짜 너무하다니까. 나를 이렇게 막 부리는 건 기베짱밖에 없어."

"말해줘요."

"알겠어."

그렇게 말하더니 하마구치는 아주 살짝 몸을 앞으로 내밀었다.

"하교하는 요시자와 메이를 남자 셋이 덮쳤어. 목적은 성폭행. 메이가 죽어라 저항하고 고함을 지르자 길 가던 사람들이 달려왔고 남자 중 하나가 붙잡혔어. 그 녀석이 모리무라 유나가 시켰다고 자백했어. 이건 요시자와 메이의 고등학교 담임한테 들은 이야기야. 모리무라 유나가 메이를 왜 그렇게 싫어했는지는 모르겠다고 했지만."

"돌봄센터예요."

"돌봄센터?"

"모리무라 유나의 여동생과 요시자와 메이는 반년 동안 같은 아동돌봄센터에 다녔어요. 요시자와 스에오는 날마다 메이를 데리러 갔죠."

"응. 그건 나도 들었어."

미치코는 고개를 끄덕였다.

"언제나 오빠가 지켜주는 여자아이, 모리무라 유나는 그런 메이를 미워했을지도 모르죠."

하마구치는 미치코에게서 시선을 떼지 않았다.

"그런 걸까?"

"사랑받는 여자를 미워하는 건 사랑받지 못하는 여자의 습성이에요. 모리무라 유나와 요시자와 스에오에겐 공통점이 있어요. 둘 다 어머니가 비슷한 일을 했어요. 모리무라 유나는 그런 집에서 태어난 여자는 그렇게 되는 거라고 자기 인생을 체념하고 있었을 거예요. 본인은 의식하지 못했다 하더라도. 그런데 메이는 그렇지 않았어요. 제 역할을 해주는 부모도 없고 가난한데 성실하게 고등학교를 다니고 건전한 친구를 만들었죠. 모리무라 유나는 그걸 견딜 수 없었어요. 그 무렵에 자기는 애 뒤치다꺼리까지 해야 했을 테니까. 이제야 모리무라 유나를 타깃에 넣은 이유를 알겠네요."

하마구치는 그 말을 천천히 곱씹었다.

"스에오가 죽었다는 거야?"

미치코는 입을 다물었다. 하지만 하마구치는 미치코 사고의 끄트머리를 움켜쥔 채 놓지 않았다.

"왜 스에오지?"

"요시자와 스에오가 범인으로 나오는 그림으로 방송할 거죠?"

"잘 들어. 흑백이 가려지면 시나리오는 다시 수정될 거야. 난 악마한테 영혼을 팔았기 때문에 나쁜 놈을 착한 놈으로 만들고 착한 놈을 나쁜 놈으로 만들어서 방송하는 건 일도 아니야. 언제든 손바닥 뒤집듯이 뒤집을 수 있거든. 우린 그런 일을 하는 사람이니까. 보는 사람들도 잠깐 야단을 떠는 분위기를 즐기고 싶을 뿐이야. 자극을 원하는 것뿐이지. 난 시청자 뇌에 술을 따라 넣고 있어. 범인은 요시자와 스에오나 하세가와 쓰바사 둘 중 하나야. 어느 한쪽은 연기하는 거겠지. 그리고 빠져나가지 못한 쪽은 사형이야."

미치코는 하마구치의 얼굴을 빤히 쳐다보며 천천히 말했다.

"하마구치 씨는 요시자와 스에오가 살아남길 바라네요."

하마구치의 얼굴에 잔뜩 힘이 들어갔다.

"쓰바사가 한 말이 사실이라면 그날 차는 일단 이타바시로 향했어. 그랬다면 쓰바사의 차는 어딘가에서 N시스템(차량 번호판 자동 촬영 시스템)에 걸렸을 게 분명해. 당연히 경찰은 그걸 조사하고 있겠지. 찍힌 게 없다면 경찰한텐 결정적인 패가 없는 거야."

요시자와 스에오는 하세가와 쓰바사를 따라 가시와기에 갔다고 말했다. 하세가와 쓰바사는 요시자와 스에오를 따라 먼저 이타바시에 갔다고 말했다.

"하지만 이타바시에서 오렌지색 프리우스를 봤다는 목격자 증언이 있어요. 요시자와 스에오의 집 근처에 낯선 오렌지색 프리우스가 세워져 있는 걸 봤다는 증언이에요."

"응. 오렌지색은 흰색보다는 적지. 그런데 그 증언은 날짜가 애매해. 시간도 7시부터 9시 사이 중 언제였는지 불확실하고."

"N시스템 이야기는 확실한 거예요?"

"이타바시로 향하는 간선도로에는 적어도 세 군데에 N시스템이 설치돼 있어."

미치코는 곰곰이 생각했다.

"노가와 아이리 동영상 봤잖아. 여자한테 그런 짓을 하는 놈은 어린애 머리에 뜨거운 물도 끼얹을 수 있어."

하마구치가 험한 말투로 내뱉었다.

마나베도 그렇지만 하마구치도 미치코와 달리 이 사건의 본질에 동요하고 있었다. 하마구치나 마나베는 여자의 권리를 의무나 겉치레가 아닌 진심으로 존중하고자 했던 페미니즘 문화를 겪은 세대다. 고집도 겉치레도 모두 내팽개친 것 같은 지금의 '여성 빈곤'의 현실은 그들이 젊은 날 꿈꿨던 이상이나 이념에 심한 생채기를 낸다. 마나베조차 "활자화해 버리면 그걸로 끝이야"라며 뒷걸음질을 친다. 남자가 아이를 학대했다면 아마 마나베는 "신경 쓸 거 없어. 낱낱이 써서 내보내" 하고 지시를 내렸을 것이다. 여자의 삶이 퇴행하는 현실에 슬픔을 느끼는 것은 자신들이 사랑했던 시대를 향한 향수가 아닐까?

굳세고 밝은 여성과 굳세고 자상한 남성이 손에 손을 맞잡고 미래를 열어나간다. 그것이 그들 시대의 청춘이었기에.

그리고 그런 시대의 끝자락에 태어난 요시자와 스에오는 살아남기 위해 이타바시의 한구석에서 계속 발버둥 쳤다.

하지만 아무리 용을 써도 그 쓰레기더미에서 빠져나오지 못했다.

"하마구치 씨, 쓰바사는 이타바시에 갈 때 좁은 일반도로를 달렸다고 했어요. 만약 스에오가 N시스템의 위치를 파악하고 있었고 그걸 피해 갔다면 쓰바사의 이야기를 무작정 거짓말이라고 할 수도 없어요."

"난 모르겠어. 이 일련의 사건이 대체 무슨 목적 때문에 발생한 건지."

"사건이 항상 무슨 목적을 가지고 일어나는 건 아니잖아요."

하마구치는 가만히 미치코를 바라보았다. 미치코의 속마음을 들여다보려는 것처럼.

"그건 나도 알아. 하지만 범인은 사람 두 명을 짐승이라도 죽이는 것처럼 살해했어. 잡히면 자기 목숨도 끝난다는 사실을 알면서도 말이야. 하세가와 쓰바사는 여자 두 명을 죽여서 잃을 게 너무나 많아. 하지만 수면부족과 스트레스로 피로가 극에 달해 있었지. 사채업자들에게 입만 살았다고 무시당하는 바람에 화도 났어. 쓰바사는 무시당하면 눈이 뒤집히는 성격이야. 산에이가 상대해 주지 않자 노가와 아이리의 나체 사진을 보냈어. 가학성이 높은 성격이야. 반면에 요시자와 스에오는 범죄에 익숙한 남자고 잃을 게 아무것도 없어. 하지만 돌발적으로 무슨 일을 저지르는 타입은 아니야. 필요할 때 계획적으로 일을 처리하지.

모리무라 유나는 길거리에서 살해당했어. 언제 누가 나타날지 모를 길에서 단 한 발로. 그 남자는 무시당하고 돈을 갚지 못해 두들겨 맞고 도망 다니느라 자포자기한 쓰바사일까? 더러운 여자들을 향한 증오와 벗어나지 못하는 운명에 자포자기한 스에오일까? 욕실에서 알몸의 여자를 겨누고 그 이마에 총알을 박아 넣은 남자는 대체 어느 쪽일까?"

"누구 뒷모습이 보이는데요?"

하마구치는 미치코를 바라보았다.

"내 눈엔 자포자기한 스에오가 보여."

그런 다음 한 호흡 쉬었다.

"요시자와 스에오가 여동생과 그 남자친구의 소재를 찾고 있다는 이야기가 있어. 그의 어머니도 9년 전에 거액의 빚을 남기고 종적을 감췄어. 그 빚도 여동생의 학비도 전부 요시자와 스에오가 해결했어. 요시자와 스에오는 그보다 한참 전부터 집안 살림을 책임졌어. 그런데 끝내 여동생은 빚을 스에오한테 떠넘기고 호스트랑 튀었어. 마지막 순간에 여동생은 오빠를 너무나 손쉽게 배신했어. 그 절망은 충분히 매춘부를 죽이겠다는 동기가 될 수 있어."

"그럼 피디가 그린 그림대로 만들면 되잖아요."

"이유가 달라."

"결과는 같죠."

그러고 나서 미치코는 하마구치를 지그시 바라보았다.

"하마구치 씨는 쓰바사가 죽였다고 말하고 싶은 거죠? 그런데 설명을 듣고 있으면 범인은 스에오라고 생각하고 있네요. 그 말은, 사실은 스에오가 범인이라고 생각하지만 스에오가 살아남길 바란다는 거죠. 그렇죠?"

하마구치는 입을 굳게 다물었지만 다음 순간 연필을 책상에 내던졌다.

"나도 모르겠어. 하지만 이제 범행은 일어나지 않을 거고, 어느 한쪽이 범인이 되고 끝나겠지. 이제 굿이나 보고 떡이나 먹으면 돼. 결과를 내는 건 경찰, 검찰, 법원의 몫이야. 우린 잠시 잠깐 스쳐 지나가는 이야기를 만들지. 둘 중 한 명은 살인에 관해서는 무죄라고 나오겠지. 만약 우리가 하세가와 쓰바사가 범인이라는 각본을 내보냈는데, 쓰바사가 범인이 아닌 것으로 결론이 나면 그 아버지가 잠자코 있지 않을 거야. 고소하겠지. 그러고도 남을 기세거든. 지금이야 협조하고 있지만 가마타 서가 조사에 들어갔을 땐 변호사하고 이야기하라고 했대. 스에오는 털어도 아무도 뭐라고 하지 않아. 인권변호사가 다소 시끄럽게 구는 정도겠지. 거기까지 예측하고 그 피디는 스에오가 범인인 이야기를 짜 맞춰가고 있을 거야."

그런 다음 하마구치는 미치코에게로 시선을 되돌렸다.

"범행 직전에 스에오가 쓰바사를 흠씬 두들겨 팬 건 확실해. 쓰바사가 노가와 아이리를 구타하는 모습을 보고 스에오가 쓰바사를 때렸어. 제 발로 서지도 못할 정도로. 그런 다음 쓰바사의 멱살을 잡고 밖으로 나갔어. 사진 촬영도 그렇고 동영상 촬영도 그렇고, 그동안 노가와 아이리를 대하는 쓰바사의 태도에 분노했다, 그런 해석이 가능해. 그런데 살해한 게 스에오라면 노가와 아이리를 위해 쓰바사를 때린 남자가 몇 시간 뒤에는 노가와 아이리와 비슷한 처지의 여자를 망설임 없이 살해했다는 거잖아. 그 일들이 어떤 감정으로 어떻게 이어지는지 알아내기가 여간 어려운 게 아냐."

하마구치는 말을 계속했다.

"다만 요시자와 스에오는 일을 벌일 땐 크게 벌이는 스타일이야. 미련을 잘라내듯 과감하게 일을 벌이지. 자포자기하는 심정으로 그러는 건 아니야. 목적을 위해 몰두하는 것으로 보여. 그 모습은 범죄에 익숙하다기보다 그를 잘 아는 사람들의 말처럼 성실하다는 말이 딱 들어맞아. 그런 성실한 남자이기 때문에 진심으로 화가 났을 때 무섭게 변하는 거야. 물정 모르고 약자를 괴롭히는 것 말고는 아무것도 못 하는 대학생이랑은 분노의 레벨이 달라."

하마구치는 이야기를 계속했다.

"하지만 말이야. 모리무라 유나는 길에서 살해당했어. 겁먹을 틈도 없이 말이야. 그럼 범인이 총에 익숙하냐? 그렇진 않아. 사용법을 인터넷에서 검색했어. 공포를 느끼지 않는다는 건 어떤 의미에서는 상식적이지 않아. 자기가 다니는 대학교의 수업 과제를 고스란히 더러운 돈벌이에 태연하게 이용하는 두꺼운 낯짝, 세상을 우습게 아는 그 모습도 상식적이지는 않지. 그건 뒤집어 말하면 길에서 총을 쏠 수 있는 배짱이라고도 말할 수 있지."

하마구치가 갈피를 못 잡는 것처럼, 수사1과를 포함한 모든 관계자들도 갈피를 못 잡고 있었다.

2

　이타바시는 JR사이쿄 선을 타고 이케부쿠로를 지나면 금방
이다.

　건널목을 건너면 상점가로 이어진다. 눈 감고도 길을 찾을
수 있게 된 상점가를 북쪽으로 쭉 걸어가다 보면 아케이드에
서 골목으로 나가는 길이 나타난다. 저렴해 보이는 물건을 파
는 상점이 끝없이 이어지다가 한 동짜리 상가건물에서 아케이
드는 끝이 난다. 그 건물 앞에서 미치코가 멈춰 섰다.

　3층에 '엔도 모리오 법률사무소'라는 간판이 달려 있다.

　엘리베이터 앞에는 '수리 중'이라는 종이가 붙어 있었다. 옆
에 폭이 좁은 계단이 있어서 걸어 올라갔다. 점토를 끈처럼 가
늘고 길게 꼬아 이어붙인 다음 길게 늘인 것 같은 좁은 계단에

는 비상 출구도 보이지 않는다. 복도와 계단에 종이박스와 낡은 의자가 놓여 있다.

3층 한 사무실 문에 '엔도 모리오 법률사무소'라고 적힌 명패가 걸려 있다. 불투명 유리문으로 안쪽이 비쳐 보였다. 사람이 있다.

미치코는 노크했다.

불투명한 유리문 너머에서 남자가 얼굴을 드는 것을 알 수 있었다.

이윽고 문이 열리자 굳은 얼굴의 남자가 서 있었다.

엔도 변호사는 탁자 위에 명함을 내려놓고 그것을 찬찬히 바라보았다. 명함에는 '프런티어 기자 기베 미치코'라고 적혀 있다.

"전화로 먼저 예약을 잡지 않고 찾아와 죄송합니다."

"예에."

변호사는 옛날 영화에 나오는 초등학교 교사 같았다. 설명하자면 무방비하다. 꾸민 구석이 없고 굳이 말하자면 촌스럽다.

사무소는 혼자 꾸려나가거나 조수가 있어도 한 명 정도이리라.

변호사에게는 비밀유지의무가 있다. 미성년자 사건에 관한 사항이라면 더더욱 입을 굳게 다문다.

"10년 전, 이타바시에서 미성년 소년을 포함한 4인조 연쇄 절도사건이 있었을 텐데요."

엔도 변호사의 눈이 딱 하고 미치코한테서 멈췄다.

"가장 나이가 어린 범인이었던 요시자와 스에오의 소년심판에 보조인으로 출석하셨죠."

엔도 변호사는 미동도 하지 않고 미치코를 보고 있다.

"연쇄절도사건으로 총액 8백만 엔에 상당하는 피해가 있었던 사건입니다. 요시자와 스에오는 이 사건에서 보호관찰처분으로 끝났습니다. 당시 일을 여쭤보고 싶어서 찾아왔습니다."

엔도 변호사는 그제야 후우 하고 가슴 깊은 곳에서 숨을 토했다.

"역시 프런티어의 기자님쯤 되니 독특한 위압감이 있군요."

간사이 지방 억양이 있다.

"당신이군요, 이 기사를 쓴 사람이."

엔도 변호사는 자리에서 일어나 책상 서랍에서 프런티어 9월호를 꺼내 탁자 위에 내려놓았다.

"네. 저예요."

엔도 변호사는 감탄했다는 듯이 고개를 젓더니 찻잔에 싸구려 녹차 티백을 넣고 전기 포트의 버튼을 눌러 따뜻한 물을 따랐다.

티백의 실이 축 늘어진 찻잔 두 개가 스테인리스 쟁반에 실려 나와 달각 소리를 내며 탁자 위에 놓았다.

"요시자와 스에오에 대해 알고 싶다고 전화하면 거절당할 게 뻔해서 직접 쳐들어왔다, 배짱이 꽤 두둑하시군요. 그렇지만 그런 이야기를 할 수 없단 사실도 잘 알고 계시겠죠?"

"이 일대 상점가를 돌며 요시자와 스에오에 관해서 조사했어요. 어머니는 성매매를 했고 아버지는 불명. 요즘 말로 아동방임 상태로 자랐고 좀도둑질, 자전거 절도 등으로 여러 번 경찰서를 들락거렸다고 하더군요. 변호사님 견해로는 요시자와 스에오가 매춘부가 미워서 두 여자를 살해했다고 보시나요?"

미치코는 엔도 변호사와 눈을 맞췄다.

"메모는 안 하겠습니다. 변호사님한테 들었다고 어디서 얘기하지도 않을게요. 이 자리에 들은 건 기사에도 반영하지 않겠습니다."

미치코가 그렇게 말하자 엔도 변호사는 의아한 얼굴을 했다.

"그럼 왜 묻는 겁니까?"

"요시자와 스에오를 이해하고 싶어요."

소년심판은 죄를 묻는 것이 아니라 그 아이가 어째서 그렇게 되었는지를 따지는 재판이다. 그곳에서 이루어지는 것은 성장 배경을 포함해 그 소년의 인생을, 상자를 뒤집듯 헤쳐 늘어놓는 작업이다. 그 과정을 거쳐 스에오는 보호관찰처분을 받았다. 그 과정을 이 변호사는 모두 지켜봤을 것이다.

엔도 변호사는 미치코를 뚫어져라 쳐다보았다. 그런 다음 벽에 걸린 시계를 보고 일어서더니 책상으로 돌아가 노트를 펼쳤다.

"3시에 다시 와주시겠습니까? 정오부터 2시까지 약속이 있어서 3시에나 돌아올 겁니다. 니혼바시까지 나가야 해서요."

그러고 나서 미치코를 향해 고개를 들었다.

"그 대신 수사 상황에 대해서 아는 걸 말씀해 주세요."

기다리는 동안 미치코는 주변을 돌아다녔다. 어쩌면 약속한 몇 시간 사이에 엔도 모리오의 마음이 바뀔지도 모른다. 하지만 미치코에게는 확신이 있었다.

그는 프런티어에 실린 미치코의 기사를 이미 알고 있었다. 그리고 프런티어를 꺼내 사건에 흥미가 있다는 사실을 내비친 후에 3시로 다시 약속을 잡고 교환 조건을 제시했다.

그는 정보를 원한다.

3시에 다시 찾아갔을 때 사무실에는 한 사람이 더 있었다. 엔도 변호사의 조수로 보이는 젊은 여성이 퇴근 준비를 하고 있었는데, 그녀는 나가기 전 미치코 앞에 대나무로 엮은 찻잔 받침과 함께 시원한 보리차를 두고 갔다. 고용주가 자기가 없는 사이에 이 뜨거운 날 손님에게 뜨거운 녹차를, 그것도 싸구려 티백 녹차를 낸 것을 알고 어쩌면 잔소리 몇 마디를 늘어놓았을지도 모른다.

엔도 변호사는 소파 맞은편에 앉아 미치코와 대치했다.

"잘 아시겠지만, 비밀유지의무란 변호사라는 위치에서 알게 된 사실을 발설해서는 안 된다는 원칙을 말합니다. 요시자와 스에오가 저한테만 털어놓은 이야기, 재판 과정에서 말했던 진술 등이 거기에 해당합니다. 하지만 미리 밝혀두겠는데, 요시자와 스에오는 자기한테 불리한 사실을 감춘 적이 없었습니다. 결론부터 말씀드리면 저한테만 털어놓은 진실은 없습니다. 하지만 그렇다고 해서 제가 아무한테나 말을 하진 않을 겁니다."

변호사는 탁자에 프런티어 기사를 펼쳤다.

기사에는 노가와 아이리의 반라 사진이 두 장 실려 있다.

"당신은 이 기사에서 이런 사람들을 특별히 추악하게 다루지 않았어요. 그래서 이야기하는 겁니다."

미치코는 초면인 기자를 향한 의례적인 인사말이라고 생각하고 가만히 그 말을 들었다.

"그때 절 고용한 사람은 요시자와 스에오의 고등학교 담임이었습니다. 시마다 선생님이란 분이었는데, 그분이 제게 부탁한 건 요시자와 스에오에게 전과가 붙지 않게 해달라는 것 하나였습니다. 여기 찾아온 사람은 상점가에서 꼬치구이 가게를 하는 마에다 겐이치 씨와 시마다 선생님 두 분이었지만, 대여섯 분이 돈을 모아 변호사 비용을 냈습니다. 중학교 담임도 포함돼 있었어요. 전 어떻게 된 영문인지 알 수가 없었습니다. 스에오의 부모가 아니었어요. 머리를 조아린 사람도, 백방으로 뛰어다닌 사람도."

엔도 변호사는 말을 끊고 미치코를 쳐다보았다.

"그의 어머니는 그 사건 당시 서른네 살이었습니다. 딸도 하나 있었는데 열 살이었어요. 어머니는 피부가 하얗고 매우 미인이셨어요. 그분은 얼마나 큰일이 벌어진 건지 전혀 이해하지 못했어요. 스에오가 죄를 저지르고 경찰에 잡혀갔는데 불안해하지도 않았죠. 마치 아무 일 없는 일상이 내일이면 돌아올 거라고 믿어 의심치 않는 것 같았어요. 죄니 범죄니 하는 말을 이해하지 못했어요."

"열일곱에 얻은 자식이란 말인가요?"

"계산해 보면 그렇죠. 아시다시피 하루 벌어 하루 입에 풀칠하는 매춘부입니다. 한 달에 9만 엔 정도 되는 보조금을 받고 있었지만, 월세나 광열비를 내면 다 사라져버렸습니다. 뿐만 아니라 넉 달에 한 번 몰아서 들어오기 때문에 어머니나 어머니가 데리고 온 남자가 써버리는 경우도 있었던 것 같아요. 생활보호 보조금을 받게 하려고 상점가 사람들이 노력했지만 담당 창구에서 그 어머니한테 '일할 수 있습니까' 하고 물으면 일할 수 있다고 대답을 해요. 그래놓고는 지금도 일하고 있다고 대답해 버리는 바람에 생활보호 보조금도 못 받았습니다.

요시자와 스에오가 가게 물건에 손을 댄 건 여동생이 세 살에서 다섯 살쯤 되었을 무렵이었습니다. 동생이 굶는 걸 가만히 두고 볼 수 없었던 거죠. 자전거 절도는 어머니한테 붙은 남자가 강요해서 한 일이에요. 그 이야기를 지금까지 다른 사람한테 한 적이 없다고 합니다. 그때 스에오는 어떻게든 이 궁지를 벗어나서 집으로 돌아가겠다고 강하게 결의했어요. 저한테 어떻게 하면 집으로 돌아갈 수 있느냐고 물었죠. 전 스에오한테 하나도 숨기지 말고 진실을 말하라고 했습니다. 그래서 처음으로 여러 이야기들이 스에오의 입을 통해 세상에 나오게 됐습니다."

엔도 변호사는 자기가 들었던 이야기를 상세하게 말해줬다.

그는 몸을 앞으로 내밀고 미치코를 똑바로 쳐다봤다.

그때 미치코는 엔도 변호사가 지금도 요시자와 스에오를 변호하고 있다는 것을 깨달았다. 그는 예전에 요시자와 스에오를 변호한 사람으로서 지금도 요시자와 스에오를 변호하기 위해 기자의 취재에 응했고 변호사의 의무를 위반하는 위험도 마다하지 않고 이야기하고 있다.

"담임인 시마다 선생님은 그런 사정을 알고 요시자와 스에오를 어떻게든 도와주고 싶다고 생각한 건가요?"

엔도 변호사는 고개를 끄덕였다.

"시마다 선생님이 요시자와 스에오의 형편을 알게 된 건 스에오가 정해진 시간에 하교하는 걸 무엇보다 우선했기 때문입니다. 이유를 물어보니 돌봄센터에 있는 여동생을 데리러 가야 한다는 겁니다. 어머니와 둘이 둘 순 없다, 집에 드나드는 남자와 어머니의 관계를 보게 하고 싶지 않다고 했습니다. 그런 사정은 보통 남한테 이야기하기 싫어하죠. 하지만 스에오는 도움을 구하기 위해 부끄러움도 마다하지 않았습니다. 그 집념 때문인지, 목적의식 때문인지, 시마다 선생님은 스에오에게 압도당했습니다. 당시 그 집 통장에 확실하게 들어오던 돈은 아동수당 종류와 스에오가 신문 배달을 하고 받는 월급뿐이었습니다. 스에오는 어머니가 그 돈을 다 써버리지 못하도록 어머니 지갑에서 돈을 빼내어 지갑 안의 돈이 항상 일정 금액을 넘어가지 않게 관리했고, 모은 돈을 은행 계좌에 입금하거나 빚을 갚는 데 썼습니다. 연쇄절도사건은 아직 학생이었던 스에오가 그런 식으로 어떻게든 돈을 융통하고 앞으로 1년만 버티면 취직해서 스스로 돈을 벌 수 있다고 기대하던 바로 그때 일어났습니다."

"그 1년을 기다리지 못할 사정이 있었나요?"

"딱히요. 실제로 그만한 돈으로 세 식구가 먹고살 순 없으니까요. 중학교 동창이 제안했고 요시자와 스에오는 제안에 응했어요. 시마다 선생님은 서른이 안 된 남자 교사인데 그때까지는 비행이라든가 빈곤과는 인연이 없는 고등학교에서 재직

하던 사람이었어요. 그래서 요시자와 스에오의 상황에 충격을 받았던 것 같습니다."

"그래서 백방으로 뛰어다녔군요."

엔도는 고개를 끄덕였다.

"보호관찰처분이란 이례적인 판단이었다고 생각합니다. 요시자와 스에오한테 문제가 있는 게 아니라 아이를 이런 상황에 처하게 한 행정과 사회에 책임이 있다는 판단이었죠."

"가정환경 말이군요."

엔도 변호사는 또다시 끄덕였다.

"어머니가 아이들을 학대한 건 아닙니다. 적어도 본인에겐 그럴 의도가 없었어요. 하지만 당시 그녀는, 이를테면 돈을 받고 여자아이를 남자 무릎 위에 앉히는 행위에 어떤 문제가 있는지 이해하지 못했습니다. 딸이 싫어하는 행동을 하면 안 된다는 건 알고 있어요. 하지만 딸이 남자 무릎에 앉는 걸 싫어하지 않을 것 같다고 말했어요. 열 살짜리 아이에게 자유의사란 있는 듯하면서도 없죠. 엄마가 해야 한다고 하면 싫어도 그 말을 따라요. 부모는 그걸 보고 싫어하지 않으니까 괜찮다고 해석해요. 그 어머니한테는 자식들의 환경을 생각할 만한 지혜가 없었던 거예요."

"딸을 남자 무릎에 앉혔나요?"

"아뇨. 어떻게 생각하느냐고 물어보기만 했습니다."

미치코가 끄덕이자 엔도는 계속했다.

"같이 도둑질을 한 패거리들은 훔친 돈을 윤락업소 같은 곳에서 다 써버렸습니다. 요시자와 스에오는 그런 곳에도 일절 같이 가지 않았어요. 다른 멤버들은 요시자와 스에오의 몫이 얼마인지는커녕 자기들이 훔친 총액이 얼마인지도 모르고 있었죠. 아무튼 요시자와 스에오는 밀려 있던 학비까지 다 지불했어요. 나중에 들은 이야긴데, 사채업체한테 빌린 돈도 다 갚은 것 같았습니다. 멤버들은 훔친 돈을 금고라고 부르는 잠금장치가 있는 상자 안에 넣어뒀기 때문에 빼내는 건 가능했을 거예요. 하지만 그 사실을 안 건 저도 한참 후였습니다."

요시자와 스에오는 목적을 달성했다는 얘기다.

"마에다 겐이치 씨는 물건을 훔친 스에오를 처음으로 신고한 분이죠?"

"결과부터 말하자면 그렇죠. 어릴 땐 야구 경기에 데리고 가기도 했답니다."

"왜 그분은 그렇게 예뻐하던 요시자와 스에오를 신고했을까요?"

"도둑질을 쉬쉬하고 덮어주면 버릇이 될 거라고 생각했기 때문입니다."

미치코는 순간 머리가 멍해졌다.

"친자식을 생각하는 마음으로?"

"그렇죠. 그런 걸로는 결국 아무것도 달라지지 않았지만 말입니다."

손님 이야기에 맞장구를 치던 사람 좋아 보이는 얼굴의 남자가 떠올랐다.

"요시자와 스에오의 화술은 어떻다고 느끼셨죠?"

엔도 변호사는 의아한 표정을 지었다.

"무슨 말씀이신지?"

"돌봄센터 직원은 그가 이렇다 할 특징이 없는 말이 없는 아이라고 했어요. 반면 사채업자는 요시자와 스에오한테 돈을 빌려 간 사람들은 독촉하지 않아도 알아서 갚으러 왔다고 했어요. 사람의 정을 건드리는 구석이 있었다고."

엔도 변호사가 곰곰이 생각했다.

"말주변이 좋은 친구는 아니에요. 다만 상대방의 이야기를 진지하게 듣는다는 인상은 받았죠. 이야기를 가족처럼 들어준다고 해야 할까요?"

"상대방의 이야기를 가족처럼 듣는다……."

"생각이 깊다고 해야 할까요. 멍하니 넋을 놓고 있는 것처럼도 보였어요. 제가 만났을 땐 범죄를 저지른 뒤였기 때문에 평소와는 다른 모습이었을지도 모르겠지만요."

"그의 아버지에 대해서는 모르시나요?"

"당시 그 근처에 생물학 관련 연구소가 있었다고 하더군요.

그곳에 단기 부임으로 와 있던 젊은 연구원이 아닐까 싶어요. 스에오의 어머니는 그 남자를 손님이라고 생각하지 않았어요. 당시 스낵바 마담이 그렇게 말하더군요."

"손님이라고 생각하지 않았다는 말이 무슨 뜻이죠?"

"사랑이죠. 자상한 연상 남성과의 연애."

하마구치는 연구소 같은 곳에 근무하는 남자들이 업소에서 성매매를 하는 대신 술집에서 일하는 여자들과 몰래 관계를 맺는다고 말했다. 확실히 열여섯 살 여자에게 그것은 사랑이었을지도 모른다.

"혹시 여동생도 아버지가 같나요?"

"거기까진 모르겠습니다. 같은 남자일 수도 있고 다를 수도 있겠죠."

"변호사님은 요시자와 스에오가 성매매 여성들을 증오했다고 생각하시나요?"

엔도 변호사는 잠시 생각에 잠겼다.

"열일곱 살 시점에는 어머니 생각을 많이 하는 아이였습니다. 그 이상은 모르겠군요."

그러고 나서 잠시 말을 멈췄다가 덧붙였다.

"다만 주변의 파렴치한 여자들을 혐오했던 건 사실입니다. 동생을 절대 그런 부류로 만들지 않겠다는 강한 결심에서 그런 감정을 엿볼 수 있어요. 그리고 사회적으로는 자기 어머니가 그 파렴치한 여자들의 대표주자였죠."

"그 동생이 요시자와 스에오에게 빚을 떠안기고 도망쳤어요. 그 일에 대해선 어떻게 생각하세요?"

"어떻게라……."

엔도 변호사는 미치코를 마주 쳐다봤다.

"제가 본 건 동생이 열 살 때니까요. 하지만 어머니보다는 오빠의 상황을 훨씬 잘 이해하고 있었습니다. 골똘히 생각에 잠긴 그 표정이 지금도 기억에 남아 있어요."

그 여동생은 10년 후, 오빠의 헌신을 짓밟았다.

'타는 듯이 이글거리는 해가 빛나는 쪽을 향해 똑바로 걸어가더군요. 남자 손을 잡아끌고. 행복해 보였냐고 스에오가 물어봐서, 내 눈에는 그래 보였다고 했죠.'

다케를 보고 있으면 오빠를 보는 것 같다고 메이는 말했다고 한다. 사랑하는 대상이 오빠에서 다른 남자로 옮겨 가는 것은 나이가 찬 여동생에게 극히 자연스러운 일이다. 사랑하는 남자가 생기면 오빠와 단둘만의 생활에서 벗어나고 싶다고 생각하는 것 또한 본능일지도 모른다. 요시자와 메이가 오빠에게 1천2백만 엔이라는 빚을 떠넘긴 것은 오빠와 헤어지기 위한 방법 중 하나였을지도 모른다.

이번에는 엔도 변호사가 미치코에게 물었다.

"스에오가 두 여자를 죽였습니까?"

"부인하고 있다고 들었어요. 같이 체포된 하세가와 쓰바사와 정면으로 이야기가 충돌하고 있죠."

"충돌이라뇨?"

"저도 자세한 건 몰라요. 두 사람 다 하세가와 쓰바사의 차를 타고 살인 현장 근처까지 간 건 인정했다고 해요. 요시자와 스에오는 자기는 동승만 했을 뿐 차에서 내린 쪽은 하세가와 쓰바사라고 말하고 있어요. 하세가와 쓰바사도 마찬가지로 자기는 동승만 했고 차에서 내린 쪽은 요시자와 스에오라고 주장했고요. 그리고 차에 돌아온 스에오가 자기가 죽였다고 자랑하듯 권총을 보여줬다고 말했어요."

"권총은 어디서 입수했죠?"

"그것도 양쪽 주장이 똑같아요. 상대방이 구했다는 거죠."

미치코는 변호사가 물어보는 말에 알고 있는 대로 답했다. 엔도 변호사는 집어삼킬 듯이 미치코의 이야기를 들었다.

창밖 상점가에 일제히 불이 켜졌다.

"스에오가 지능이 높다고 느끼셨나요?"

"소년심판을 받기 전에 법률 책을 세 권 정도 읽고 왔더군요. 제 앞에 내려놓은 그 책을 보고 어느 정도 지식을 갖추고 왔는지를 알 수 있어서 이야기가 매우 빨리 진행됐습니다. 왜 그런 걸 물으시죠?"

"어떤 인물인지 종잡을 수가 없어서요."

엔도 변호사는 고개를 위아래로 움직였다.

"변호에 앞서 스에오의 방을 보러 갔습니다. 인상적이었던 건 책장이었어요. 중학교 선생님이나 고등학교 선생님이 준 책, 헌책방에서 공짜나 다름없이 얻은 책들이었지만 그 오래되고 지저분한 책들을 싸구려 책장에 가지런히 꽂아놨더군요."

"성장환경이 사람을 만든다, 제아무리 총명한 기질을 갖춘 아이라도 적절한 교육의 기회가 주어지지 않으면 그 총명함을 이끌어내지 못한다, 그렇게 생각하시나요?"

"요시자와 스에오는 초등학생 때 공원 벤치에서 공부를 했다고 합니다. 당시 파출소에서 근무했던 경찰관이 해준 이야기죠. 뭐 하고 있느냐고 말을 걸었더니 이 부분을 모르겠다며 물어봤다고 합니다. 분수 나눗셈 문제라서 조금 알려줬다더군요. 그 경찰관은 몇 년인가 지나서 이번에도 공원에서 공부하고 있는 요시자와 스에오를 발견했어요. 교복을 입은 중학생이 돼 있었죠. 말을 걸자 또 모르는 게 있다고 질문을 했대요. 보니까 이번엔 제곱근 문제였대요. 난감해서 나중에 파출소로 오라고 말해줬답니다. 마침 그때 파출소에 고학력자인 경찰관이 연수를 나와 있었다네요. 그래서 스에오는 파출소를 찾아가서 문제 풀이를 배웠어요. 그 고학력자 경찰관이 파출소를 떠날 때까지 요시자와 스에오는 몇 번이고 파출소를 찾아가서 문제집을 내밀었어요. 전 머리가 나쁜 쪽 경찰관한테 그때 이야기를 들으러 갔고, 검사한테 그 이야기를 전했어요. 고학력자 경찰관은 파출소를 떠날 때 요시자와 스에오한테 참고서를 세트로 선물했다고 합니다. 열심히 하라는 말을 덧붙여서. 제가 스에오 집에 갔을 때 그 문제집과 참고서가 요시자와 스에오의 책장에 꽂혀 있는 걸 봤어요."

엔도 변호사 안에는 당시의 요시자와 스에오가 아직도 생생히 살아 있는 듯했다.

"총명함은 조건이 갖추어지지 않더라도 내면에서 싹을 틔울 거라는 생각에 말씀드렸습니다. 능력은 잠들어 있는 걸 싫어하지 않을까요?"

"그 능력을 살릴 장소를 만나지 못한다면요?"

엔도 변호사의 말이 멎었다.

미치코를 바라보며 천천히 입을 뗐다.

"어딘가에서 폭발하겠죠."

그런 다음 잠시 곰곰이 생각하더니 마음을 다잡듯 말을 이었다.

"요시자와 스에오는 여동생을 돌봄센터에 넣으려고 신청용지와 제출서류를 겐이치 씨 가게로 가지고 갔습니다. 어떻게 하면 동생을 돌봄센터에 다니게 할 수 있는지 물어봤다더군요. 스에오의 절박한 얼굴을 보고 겐이치 씨는 돌봄센터 담당자와 담판을 지었어요. 그렇게 해서 동생은 돌봄센터를 다니게 된 겁니다."

엔도 변호사는 미치코의 얼굴을 지그시 바라보았다.

"전 말이죠, 요시자와 스에오가 다른 사람의 품으로 파고드는 힘을 가졌다고 생각합니다. 사람을 믿는 힘이라고 바꿔 말해도 좋습니다. 그 힘이 방향을 바꾸면 자신을 믿게 하는 힘이 되기도 하죠."

"엔도 변호사님은 요시자와 스에오가 두 여자를 살해했다고 생각하세요?"

그는 마치 장기 말이라도 전진시키듯이 가볍게 답을 내놓았다.

"뭐라 말씀드릴 수 없군요. 그런 처지에 놓인 아이들에게 범죄란 우리가 생각하는 교통사고만큼 가까운 존재입니다. 기자님이 저한테 한 질문은 스에오가 교통사고를 당했다고 생각하냐는 질문만큼이나 막연한 질문이에요. 그럴 수도 있고 아닐 수도 있겠죠."

"상황에 따라서는 사람을 죽일 수 있다?"

"사람을 죽일 만한 친구가 아니란 건 확실합니다. 그렇지만 사고란 상대방 쪽에서 들이받아 생기는 경우도 있으니까요. 아까 이야기했던 파출소 경찰관한테 요시자와 스에오가 망치로 유리창을 깨고 절도를 할 거라고 생각하느냐고 묻는다면 그 사람은 틀림없이 그 아이는 그런 짓을 하지 않을 거라고 대답했을 겁니다. 그렇기 때문에 '뭐라 말씀드릴 수 없다'라고밖에 말할 수가 없습니다."

하세가와 도루의 병원 대기실에는 환자들이 진찰을 기다리고 있었다. 긴 의자 세 개가 벽을 따라 놓여 있고 벽에 걸린 대형 텔레비전에서 세계의 풍경 영상이 흘러나오고 있다.

자동차 네 대를 세울 수 있는 주차장에 항상 서 있는 국산 세단이 원장의 자동차다.

하세가와 도루는 체격이 좋은 남자였다. 환자들 사이에서 평판도 좋고 여자와 얽힌 소문도 없다.

미치코는 나카가와와 함께 차 안에서 하세가와 도루가 병원에서 나오기를 기다렸다.

카메라를 맨 사람이 주차장 주위를 어슬렁거렸다.

하세가와 도루는 당초 노가와 아이리의 계좌에 3백만 엔을 입금한 전후 사정을 말하길 거부하고 변호사를 선임하겠다며 씩씩거렸다고 한다. 쓰바사의 진술을 듣고서야 노가와 아이리의 계좌로 이체한 3백만 엔은 딸의 몸값이었다고 인정했다. 그리고 진술을 거부한 이유는 "끝난 일이 다시 사람들 입에 오르내리는 게 무서웠기 때문"이라고 해명하면서 아들이 관련되어 있을 거라고는 생각하지 못했다고 말했다.

오후 3시가 지난 시각, 하세가와 도루가 병원 뒷문으로 나왔다. 카메라맨이 그를 향해 셔터를 눌렀다.

도루는 차 트렁크를 열어 종이봉투를 안에 내려놓고 탕 하는 가벼운 소리를 내며 트렁크를 닫았다. 종이봉투를 내려놓았을 때 차체가 순간 내려앉았다가 올라갔다.

그런 다음 여유 있는 발걸음으로 걸어가 운전석 문을 열었다. 기베 미치코는 도루가 차에 타자 타이어가 살짝 꺼지는 모습을 응시했다. 운전석에 앉은 도루는 안전벨트를 매고 사이드미러를 펼친 다음 출발했다.

떠나가는 차를 지켜본 미치코에게 나카가와가 의아하다는 듯 물었다.

"이야기를 들으려던 거 아니었어요?"

"그럴 생각이었지."

그때 미치코의 휴대폰이 울렸다. 경쾌한 벨 소리가 미치코를 현실로 다시 데려왔다.

마나베에게서 온 전화였다. 마나베는 수사1과가 용의자 세 사람을 간자키 다마오의 집에 대한 주거침입으로 또다시 체포했다고 말했다.

미치코는 아키즈키에게 제법 빚을 안겨주었다. 하지만 그는 그 사실을 잊은 듯했다. 아니, 잊은 척하고 있는 것일지도 모르고 '빚을 갚는다'라는 말을 어딘가에 처박아 두고 잊어버리기로 한 것일지도 모른다.

그도 아니라면 미치코의 요구가 무모했던 것일지도 모른다.

산토 가이토가 사망한 시각의 행적에 대해 세 사람이 각각 뭐라고 진술했느냐고 묻자 아키즈키 경위는 가르쳐줄 수 없다고 답했다.

―내가 왜 그런 걸 말해줘야 하지?

"말해줄 거라고 생각하진 않았어요. 말해주면 좋겠다고 부탁하는 거지."

―뭐 새로 알아낸 거라도 있어?

"글쎄요. 알아내면 말해주고 싶은 생각은 있는데."

미치코는 산에이 협박사건의 기사를 쓰기 전 아키즈키에게 연락했던 일을 떠올렸다. 당시 아키즈키는 산토 가이토만큼은 기사에 언급하지 말라고 했다. 언급하지 말았으면 좋겠다는 수준이 아니라 언급하지 말라고 한 것이다.

"내가 넘겨준 산에이 정보 덕에 꽤 시간을 아끼지 않았어요?"

―거래하면서 그런 이야기를 끄집어내는 건 밋짱답지 않은데.

"기사를 쓸 때도 아키즈키 경위님한테 허락을 받았죠?"

―받았지.

"허락 안 받고 쓸 수도 있었어요. 쓰기만 하면 우리 독점 기사니까."

─나로선 쓰지 말라고 부탁하는 수밖에 없지.

"구속력은 없는 부탁이죠."

─그렇지.

"그런데 아무런 구속력도 없는 경위님의 부탁을 난 항상 들어줬고요."

아키즈키는 입을 다물었다. 미치코는 계속했다.

"그러니까 아무 메리트 없이도 내가 아키즈키 경위님의 요구를 들어줬다는 걸 인정하시죠?"

여전히 아키즈키는 말이 없었다.

"하세가와 쓰바사와 요시자와 스에오, 두 사람에게 들이밀 결정적인 패가 없다. 하지만 한패로 기소하면 공판이 유지되지 못한다. 지금 그런 상황이죠?"

─누구한테 들었어?

"조금만 생각하면 알 수 있죠."

이제 슬슬 살인죄로 체포해야 하는 시기에 주거침입이라는 경미한 죄로 다시 체포했다는 것은 살인죄로 체포하기 위해서는 시간이 더 필요했다는 말이다. 범죄의 구조가 확정되지 않으면 공판은 유지될 수 없다. 공판이 유지되지 않는 사건은 검찰이 기소하지 않는다. 즉 앞으로 23일 동안 수사본부는 두 사람의 역할을 확정해야만 한다. 어느 쪽을 살인을 실행한 자로 볼 것인지 그 판단은 공판이 유지될 만한 설득력 있는 증거와 증언을 어느 쪽을 대상으로 쌓아 올릴 수 있는가에 달렸다. 그 것이 인간이 인간을 심판할 때 사용하는 합리적인 방법이다. 하지만 지금, 두 사람 중 누가 살인을 저지른 범인인지를 증명할 증거가 충분하지 않은 상황인 것이다.

미치코는 수첩 페이지를 넘겼다. 작은 글자로 빼곡하게 적은 비망록이다. 수사1과가 요시자와 스에오의 존재를 알아차린 시점은 체포 직전이다. 그때부터 허둥지둥 탐문에 나섰다. 요시자와 스에오와 살해당한 두 여자가 스에오의 여동생을 매개로 연결되어 있다는 사실을 아키즈키는 어디까지 파악했을까? 요시자와 스에오는 아마 여동생에게 시선이 쏠릴 만한 이야기는 될 수 있는 한 하지 않을 것이다.

"자마 세이라는 요시자와 스에오의 여동생과 아는 사이였고 여동생은 그 여자한테 늘 시달렸어요. 동생은 자마 세이라와 트러블이 있을 때마다 오빠를 불렀고 그래서 요시자와 스에오도 자마 세이라를 잘 알고 있었어요. 애가 있는 것도, 친구 집을 전전하고 있다는 것도, 그 친구 집에서 손님을 받는다는 사실까지 아마 전부 다."

눈알을 뒤룩뒤룩 굴리고 있을 아키즈키의 얼굴이 눈앞에 그려지는 듯했다.

"플라워라는 가게에 가서 점장에게 스미레의 오빠가 불같이 화를 냈던 이야기를 들려달라고 하면 자마 세이라와 요시자와 스에오의 이야기를 들을 수 있을 거예요. 근처에 있는 코브라라는 카바레 클럽에 가면 요시자와 스에오의 여동생에 대해 알 수 있을 거고."

─플라워는 이미 다 알아봤어.

아키즈키의 말투가 어물어물했다. 적어도 가짜 사진 때문에 스에오가 불같이 화를 냈다는 이야기는 모르고 있을 것이다. 2년 가까이 지난 이야기를 지금 일하는 여자들이 알 리 없다.

"한 번 더 가볼 가치가 있을지도 모르죠. 그쪽 사람들은 경찰이 물어보는 말에만 대답하니까요. 자, 스에오와 쓰바사는 산토 가이토가 사망한 날 어디서 뭘 했는지 말했나요?"

잠시 침묵이 흘렀다. 미치코는 재차 지적했다.

"무면이라고 불리는 처치 곤란의 변사체였던 산토 가이토가 가메이치에 대포폰으로 전화를 건 사람과 동일인이라는 것도 내가 가르쳐줬잖아요. 공장장한테 그 무면의 사진을 보여주라고도 했고."

아키즈키는 말투를 바꾸고 스리슬쩍 말했다.

─요시자와 스에오는 노가와 아이리와 함께 하세가와 쓰바사의 아파트에 있었어. 노가와 아이리의 증언도 확보했어.

"살해 시각에?"

─그래.

하지만 아키즈키는 거기서 말을 끊더니 다음 말을 이어나갈 기색이 없었다.

"모리무라 유나와 요시자와 스에오는 같은 학년이라는 것 말고는 접점이 없어요. 그 둘이 아니라 두 사람의 동생들이 같은 돌봄센터에 다녔죠. 그 인연으로 모리무라 유나는 요시자와 스에오의 동생을 걸핏하면 못살게 굴었고 스에오도 모리무라 유나의 존재를 알게 됐어요. 이타바시니시초의 구민회관에 한 번 더 사람을 보내보세요. 동생의 고등학교 선생님을 찾아가면 그녀가 괴롭힘을 당했다는 사실이 증명될 거예요. 쓰바사는 그 시간에 뭘 했다고 말했죠?"

─나가 있었대. 나간 건 밤 12시, 돌아온 건 새벽 4시.

"어디에 뭘 하러 갔다던가요?"

─진술을 자꾸 번복하고 있어.

"어떻게 번복했는데요?"

미치코는 이제 더 할 말이 없었다.

"나한테 말하는 건 벽에다 대고 이야기하는 거랑 같아요. 아키즈키 씨가 윤리적인 갈등을 느끼는 건 이해하지만 실제로 해가 될 일은 하나도 없어요."

아키즈키가 잠깐 뜸을 들였다.

─한 번만 말할 거야. 쓰바사는 요시자와 스에오가 대포폰

이 필요하니 산토 가이토를 불러내라고 해서 전화를 걸었대. 그런 다음에 스에오의 요구대로 산토 가이토에게 로쿠고 강변에 있으라고 장소와 시간을 지시했대. 그 장소와 시간은 말 못해. 전화를 끊은 후 스에오가 쓰바사에게 다시 지시했다더군. 차를 어느 곳에 가져다 놓은 다음 3시에 다시 가지러 가라고. 쓰바사는 요시자와 스에오가 하라는 대로 움직였다고 말하고 있어.

3

　오빠에게 납치당했던 하세가와 도루의 딸의 이름은 하세가와 리오다. 미치코는 자전거 대여점에서 자전거를 빌려서 하세가와 도루의 자택을 감시하다가, 해가 막 떠오를 무렵 자전거를 타고 집을 나서는 리오의 모습을 확인하고 자전거에 올라타 뒤를 쫓았다.

　리오는 있는 힘껏 페달을 밟으며 아직 완전히 날이 새지 않은 거리를 달렸다. 미치코는 리오가 탄 자전거의 백라이트만 쳐다보며 엉덩이를 들고 열심히 따라 달렸다.

　리오는 역 두 개 정도의 거리를 달리다 세 번째 역 앞에서 멈췄다.

　미치코도 자전거를 세웠다.

리오 뒤를 쫓아 전철에 올라탔다.

미행이라니 몇 년 만일까.

리오가 이른 아침에 나온 이유도 자전거로 역을 두 개나 지나간 이유도 기자들을 피하기 위해서이리라. 의대에 다니는 그녀는 그리 쉽게 쉬지 못할 테니까.

대학교에 도착한 것은 7시 전이다. 리오는 정문을 통과해 곧바로 도서실로 향했다.

미치코는 걷는 속도를 조금 높여서 리오에게 따라붙었다. 그런 다음 "하세가와 씨" 하고 불렀다.

리오가 뒤돌아서서 미치코를 봤지만 대학 관계자라고 생각했는지 의심하는 기색은 없었다.

미치코는 명함을 내밀었다.

일반인들은 프런티어를 3류 잡지로 인식하지 않는다. 산에이 식품 기사로 주가가 올라 지금은 특히 인지도가 높았다.

하지만 상대는 가해자의 관계자다. 잡지 기자를 싫어할 것이다.

"잠시 말씀 좀 여쭐 수 있을까요?"

미치코는 여러 가지를 계산했다. 이를테면 스무 살의 여자 눈에 자신이 어떻게 비칠까 하는 것까지. 진남색 슬랙스에 굽이 낮은 검은 구두, 커다란 토트백은 가벼운 검은 나일론 재질, 눈에 띄지 않는 로고가 새겨진 흰색 면 티셔츠를 입고 왔다.

여성에게 신뢰감을 주려면 너무 개성이 드러나는 복장은 피해야 한다.

초가을 이른 아침, 바람을 가르며 달린 젊은 여자. 미치코는 엉덩이를 들고 열심히 리오를 쫓아가면서 그녀의 발놀림이 경쾌하다고 생각했다. 리오라는 이 젊은 여자는 끔찍한 재난 같은 사건 앞에서도 젊은이 본래의 경쾌함을 잃지 않았다. 그것은 살아가는 힘이자 행복해지는 힘 같은 것이다. 미치코에게는 그 모습이 이타바시의 사채업자가 묘사하던 요시자와 메이의 모습과 겹쳐 보였다. 리오는 요시자와 메이와 같은 스무 살이다. 스무 살의 여자는 행복해지고자 한다.

리오는 처음에는 놀라 경계하는 것 같았지만, 딱히 크게 동요하지는 않았다. 그리고 난처한 얼굴을 했다.

"9시부터 수업인데요."

미치코가 건넨 명함을 찬찬히 바라보던 리오는 일찍 문을 여는 학교 안 카페로 그녀를 안내했다.

교정의 잔디가 한눈에 들어오는 카페였다.

미치코는 오빠 주도로 계획된 납치사건에 관해 묻고 싶다고 말을 꺼냈다. 부친은 사건 후에도 경찰에 신고하지 않았는데 그 점이 불안하지는 않았는지. 그 질문에 리오는 아빠가 확실하게 끝났다고 장담했기 때문에 끝난 일이라고 받아들였다고 말했다.

"'이번 일은 잊어라. 저쪽은 두 번 다시 널 건드리지 않을 거야. 그것만큼은 확실해.' 아빠는 그렇게 말씀하셨어요."

　리오는 그날 일을 그렇게 이야기했다.

　수업을 마치고 집으로 돌아가는 길에 웬 낯선 남자가 자기를 불러 세웠다. 그 남자는 '빈곤 퇴치 NPO' 활동을 하는 하세가와 쓰바사의 동생이냐고 묻더니 공부방에 다니던 여학생이 다시 윤락업소로 돌아가 버렸다, 어떻게든 공부방으로 다시 데려오고 싶은데 그 여학생이 우리 빈곤 퇴치 NPO 멤버들 얼굴을 다 알고 있어서 말을 붙일 수가 없다, 가게로 가서 좀 불러내 주면 좋겠다, 자세한 건 오빠랑 의논하라고 말했다고 한다.

　"무슨 영문인지는 몰랐지만 오빠의 활동을 도와주고 싶었기 때문에 하라는 대로 차에 탔어요. 저녁 7시쯤이었어요. 차는 가루이자와까지 가더니 어느 집 차고로 들어갔어요. 남자는 기다리라고 하고 차고에서 나가 셔터를 닫았어요. 완전히 캄캄해졌죠. 전 부모님한테 연락을 하려고 스마트폰을 꺼냈어요. 그러자 기다렸다는 듯이 아까 그 남자가 나타나서 폰을 빼앗았어요. 그제야 큰일이 났단 걸 깨달았어요."

　남자는 어딘가로 가버렸고 리오는 손으로 벽을 더듬어 차고에서 집 안으로 들어갔다.

　"실내는 전기도 들어왔고 먹을 것도 있고 화장실도 쓸 수 있었어요. 하지만 문이 다 잠겨 있어서 밖으로 나갈 수는 없었어요. 전화선이 뽑혀 있는지 전화도 연결되지 않았어요. 밖은 어두컴컴했어요. 침대도 있고 텔레비전도 있어서 거기서 하룻밤을 보냈어요."

이튿날 오전 10시 무렵, 밖에서 인기척이 나더니 현관 잠금장치가 풀리는 소리가 났다. 도망갈 곳도 없었다. 리오는 재빨리 침대 밑에 숨었다. 하지만 소리만 났을 뿐 아무도 안으로 들어오지 않았다. 침대 밑에서 기어 나와 살짝 문을 밀자 문이 소리도 없이 열리고 집 앞에 있는 낡은 나무 벤치 위에 휴대폰이 놓여 있는 것을 발견했다.

"전 바로 택시를 불렀고, 택시 안에서 집에 전화했어요."

그 택시 운전사가 리오를 태웠던 장소를 기억하고 있어서 이번에 경찰이 그 별장을 수사했다. 오랫동안 매물로 나와 있는 별장이었는데, 잠금장치를 망가뜨린 뒤 밖에서 쇠사슬과 자물쇠를 사용했을 것이라는 설명이었다. 차고 셔터도 안에서 열리지 않게 밖에서 뭔가 손을 썼을 것이다.

식권으로 산 달걀샌드위치와 아이스커피가 테이블 위에 있다. 그리고 그 옆에는 대화를 녹음하고 있는 스마트폰이 리오에게도 보이게 놓여 있다.

"널 건드리지 않을 거다, 그것만은 확실하다…… 아버님이 그렇게 말씀하셨다고요?"

"네, 담판을 지었다고 하셨어요."

"사건 후 오빠가 집으로 돌아온 건 언제였죠?"

"다음 토요일이었어요. 엄마가 오랜만에 솜씨를 발휘해 요리를 해줬죠."

"아버님과 오빠가 어떤 대화를 나눴는지 기억나세요?"

리오가 약간 고개를 숙였다.

"오빠는 평소랑 다를 게 전혀 없었어요. 요리 사진을 찍더니 인스타그램에 올려서 자랑할 거라고 했어요."

"아버님은?"

"기억 안 나요. 우리 셋은 다 지쳐 있었어요. 오빠만 들떠 있었죠. 오빠가 저한테 섹시해졌다고 말했어요. 전 왠지 무서워서 포크를 떨어뜨렸어요. 아빠가 그걸 가만히 지켜봤고 엄마도 가만히 지켜보고……."

리오는 숨을 멈췄다. 과거의 그 시간에 머무는 것처럼.

그런 다음 천천히 계속했다.

"엄마가 새 포크를 가져다줬어요. 하지만 저는 왜인지 모르게 너무너무 무서워서 내 방으로 올라갔어요."

그러고 나서 고개를 들었다.

"오빠가 한 짓이 아닐까 생각했던 적도 있어요. 하지만 아빠는 알아차리지 못했을 거예요. 왜냐면 식사를 한 건 사건이 있고 사흘 뒤였으니까요."

리오는 얼굴이 잔뜩 굳은 채 말했다. 그 남자가 집으로 돌아가는 자신을 불러 세우던 순간과 휴대폰을 빼앗던 남자의 얼굴이 자꾸만 떠오른다고 했다.

"기다렸다 차에 태웠던 남자와 문 앞까지 와서 휴대폰을 놓고 간 사람은 다른 사람인가요?"

"같은 남자였던 것 같아요. 저한테 말을 걸었을 때도 좀 이상하다는 생각은 했어요. 발음이 어눌하다고 해야 할지 더듬는다고 해야 할지, 외워 온 대본을 읽는 것처럼 한마디 한마디를 공들여 말했어요."

체구가 작았고 야구 모자를 푹 눌러쓰고 있었다. 어두웠기 때문에 잘 보이지는 않았지만 썩 좋은 인상은 아니었다. 그렇지만 오빠가 하는 모임에는 그런 사람들도 있다고 익히 들었기 때문에 신경 쓰지 않으려고 애쓰면서 차에 탔다고 리오는 설명했다.

"그 남자가 제 휴대폰을 빼앗으려고 제 코앞까지 왔는데 앞니가 하나 없었어요. 그게 너무 무서웠어요."

틀림없다, 산토 가이토다.

"지금까지 오빠 일로 신경이 쓰였던 적은 없으세요?"

"원래 그렇게 사이가 좋지는 않았어요. 항상 혼자만 업되어 있는 사람이라 같이 있으면 마음이 차분해지질 않아요. 오빠는 말을 많이 하지만 일관성이 없어요. 가끔 소소한 거짓말도 했어요. 요 몇 년 동안은 대화를 나눌 일도 없었어요."

"어떤 거짓말?"

리오는 잠시 생각하더니 대답했다.

"예를 들면 어느 날 작은아버지가 아빠한테 '리오 응석을 다 받아주니까 애가 저 모양'이라고 말했다는 거예요. 신경이 쓰여서 아빠한테 물어봤더니 그게 대체 무슨 말이냐고 하시더라고요."

"작은아버님께서 아버님께 '애가 저 모양이다'라고 말한 사실이 없다는 건가요?"

리오는 고개를 끄덕였다.

"아빠가 대학병원에서 입지가 좁아져서 할 수 없이 개업했다는 말도……."

악의가 있는 거짓말이다. 인상을 조작한다. 이간질을 한다. 그리고 결국에는 들통날 게 뻔한, 사람을 위태롭게 하는 거짓말이다.

리오의 수업 시간이 다 됐다.

"아버님 말씀을 들어볼 순 없을까요?"

리오는 설핏 웃었다.

"말해볼게요. 아빤 늘 프런티어를 읽거든요."

그러고 나서 리오는 자기 휴대폰 번호를 빠르게 적었다.

"아버님 몸이 좋으시더라고요."

리오는 간신히 쑥스러운 듯한 미소를 지었다.

"학창시절에 투포환을 하셨대요."

"엄한 아버님이신가요?"

"보통일걸요."

"어머님은요?"

"아빠보다 엄격하고 잔소리가 심한 면도 있지만 마지막에는 제 고집을 들어줘요."

"오빠와 아버님의 관계는 어땠나요?"

리오는 미간을 찌푸리고 생각했다.

"오빠는 말이 많아요. 그런데 대화가 잘 이어지지는 않았어요. 아빠는 늘 듣는 역할이었죠."

"오빠를 나무란다거나 꾸중한 적은 없었나요?"

"딱히 없었던 것 같아요. 아빠가 병원을 개원하기 전까지는 워낙 바빠서 집안일에 거의 관여하지 않았으니까요."

"친구들은 예전처럼 말을 걸어주나요?"

그 순간 리오의 눈언저리가 빨개졌다. 그런 다음 크게 고개를 위아래로 움직였다. 리오는 일어서더니 감사하다는 듯이 몇 번이고 머리를 숙이고 밖으로 나갔다.

마지막 말은 계산에서 나온 말이 아니었다.

미치코는 새벽에 눈을 뜬 이후로 아무것도 입에 넣지 않았다는 사실이 떠올라 말라버린 달걀샌드위치를 입 안 가득 베어 물었다.

그 무렵 하세가와 쓰바사는 연일 이어진 취조에 피로감을 드러내고 있었다. 체포된 지 50일이 지났다.

"요시자와 스에오에 대해 잘 알잖아. 모른다는 게 말이 돼? 그건 거짓말이지."

아키즈키의 말에 쓰바사는 침묵했다.

"녀석이 절도나 강도 전과가 많은 것도 알고 있었잖아. 산토가이토한테 뒷조사를 시켰지?"

"참 악의적으로 말씀하시네요, 형사님. 내가 시킨 게 아니라고요. 녀석이 멋대로 조사했어요. 그 녀석은 스에오를 무서워했어요. 유유상종이라고, 척하면 착 느낌이 왔던 거겠죠."

"넌 머리가 잘 돌아가. 처음엔 전면 부정할 속셈이었지만 우리가 네 채무 상황을 알고 있다는 걸 파악하자마자 묵비권을 행사하는 쪽으로 방향을 틀었어. 스에오한테 맞았다는 말만 입 밖으로 내지 않았다면 지금도 네가 이용당한 거라고 주장하고 있었겠지. 두 사람이 몰래 말을 맞추고 거짓말을 하는 거라고. 그런데 입을 잘못 놀리는 바람에 넌 섣불리 거짓말을 하고 옴짝달싹 못 하는 신세가 됐어. 그래서 넌 어디까지 털어놓을지 어디서부터 감출 수 있을지를 계산했어. 사채업자한테 물어보면 네가 돈을 마련하느라 노이로제 상태였다는 것까지는 눈 깜짝할 사이에 밝혀질 테지. 그래서 바로 진실을 털어놨어. 매우 현명한 판단이야. 가메이치 협박 건도, 산에이 협박

건도 큰 처벌을 받을 일이 아니란 사실을 잘 알고 있었어. 중요한 건 나카노에서 두 명이 살해된 사건이야. 그래서 그것 말고 다른 자잘한 일은 전부 인정하자고 마음먹은 거지. 그렇기 때문에 너와 요시자와 스에오의 의견이 정면에서 대립하는 거야. 이것도 다 계산했겠지. 범인은 아마 극형을 받을 테니까. 순순히 인정 안 하는 게 당연해.

둘이 함께 차를 타고 피살자의 집 앞까지 갔다는 증언까지는 일치해. 의견이 갈리는 지점은 어느 쪽이 차에서 내려 권총을 쐈느냐는 점 하나야. 너희 중 한쪽은 진실을 말하고 있고 다른 한쪽은 상대방과 자신을 바꿔치기해서 말하고 있어.

앞으로 17일만 버티면 된다고 생각하는지 모르겠지만 노가와 아이리 폭행 혐의로 전환해서 다시 체포하면 그만이야. 다시 체포할 요건은 얼마든지 있어. 너라면 이미 짐작할 테지만 모리무라 유나, 자마 세이라 살인혐의는 이제부터야."

쓰바사는 땀을 흥건히 흘리고 있었다.

"요시자와 스에오는 사실 관계를 이야기하더니 그 뒤로는 입을 딱 다물고 있어. 녀석은 말할 수 있는 게 적은 것 같아. 산토 가이토가 안 잡힌 건 알지?"

"녀석은 아는 게 없어요. 처음 산에이를 협박할 때랑 제 동생을 납치할 때 도운 일이 전부니까."

"사실을 말하자면 산토 가이토의 신병은 이미 확보했어."

쓰바사의 뺨 근육이 꿈틀하고 움직였다. 그런 다음 잠시 틈이 생겼다.

"그 녀석은 뭐라고 했는데요?"

아키즈키는 쓰바사를 신중하게 관찰했다.

"녀석은 아무 말도 하지 않았어."

쓰바사는 아키즈키를 가만히 응시했다.

수사1과는 같은 내용을 요시자와 스에오에게 물어보았다.

"나카노에서 두 여자가 살해당한 사건을 두고 하세가와 쓰바사와 너의 주장이 완전히 대립하고 있어. 둘 중 하나는 살인죄로 처벌을 받게 될 테니까 당연하겠지. 너랑 하세가와 쓰바사의 주장은 같이 차를 타고 피살자 집 앞까지 갔다는 내용까지는 시간도, 본 것도 모든 게 일치해. 그리고 너희 둘 다 차에 남아 기다렸다고 말하고 있어."

스에오는 고개를 숙이고 듣고 있다.

"산토 가이토의 소식을 알고 있어?"

대답이 없었다.

"그자의 신병은 이미 확보했어."

스에오는 여전히 고개를 숙이고 있다.

"그 친구가 이번 일을 어디까지 알고 있을 것 같아?"

"전 그 사람이랑 대화한 적이 없어요."

스에오의 대답은 그것뿐이었다.

로쿠고 강변은 그 위를 달리는 15호 국도에서 훤하게 내려 다보인다. 강 양쪽 기슭에는 불법거주자들이 많이 산다. 자기 들끼리 구역 다툼을 하느라 자잘한 싸움이 끊이지 않는다. 하 지만 경찰에 대한 반감이 커서 어지간하게 다급한 일이 아니 라면 경찰에 신고하지 않는다.

산토 가이토의 시신을 처음 발견한 사람은 개와 산책 중이던 강변 거주민으로, 시마지라고 불리는 남자다. 그가 시신을 발 견한 것은 오전 4시경이지만, 그보다 세 시간쯤 전인 오전 1시 경에 무슨 소리를 들었다. 바닥에서 자던 개가 짧게 짖어서 보 니, 개가 일어서서 문 틈새로 바깥을 가만히 노려보고 있었다. 그래서 바깥을 살펴봤는데 가까운 곳에서 여러 차례에 걸쳐 무슨 소리가 났다.

그리고 세 시간 후에 시신을 발견한 것이다.

신고했더니 아침부터 경찰관이 왔고, 젊은 순경이 꼬치꼬치 캐묻는 바람에 시마지는 몹시 성가셨다.

지금은 비글을 키우지만 그전에는 고양이를 두 마리 키웠 다. 고양이 한 마리는 누군가 가져다 놓은 쥐약을 먹고 죽었고 또 한 마리는 어느 날 오두막 앞에 죽은 채로 놓여 있었다. 작 은 화재도 일상다반사로 일어난다. 주민들끼리 죽일 듯 주먹질하는 모습을 본 적도 있다. 강변 텃밭의 경작권을 두고 너 죽고 나 죽자 식으로 싸움을 벌인 것이다. 어느 한쪽이 사라졌으니 정말 죽었을지도 모른다.

그렇게 살벌한 강변이었지만 그래도 얼굴이 뭉개진 시체를 본 것은 처음이었다.

사람 얼굴을 돌로 뭉개는 작자가 근처를 어슬렁댄다고 생각하니 마음이 진정되지 않았다. 그 작자가 엽기적으로 우리 같은 사람들을 골라 죽이는 걸 즐기는 사람이라면 우리가 고양이처럼 살해당할 게 아닌가.

그래서 시마지는 주위를 돌며 수상한 사람 못 봤는지 물어보다가 자신과 똑같이 오전 1시경에 무슨 소리를 들었다는 초로의 남자를 찾아냈다. 그 남자는 야광 페인트를 덕지덕지 바른 것처럼 번질번질 빛나는 노란색 구두를 신고 있었다. 그 남자가 소리를 들은 것은 시체가 발견된 장소 근처다.

"밤낚시를 하고 있었는데 차 소리가 나더라고. 하지만 차 소리는 금세 멎었어."

남자는 차 소리가 난 방향을 쳐다봤다. 그러자 저 앞에서 자동차 전조등이 보였다고 한다.

"그게 금세 꺼지더라고. 꺼지기 전에 전조등 앞에 남자가 서 있는 게 보였어. 빡빡머리 남자였어. 불이 꺼지니까 다시 깜깜해졌지. 그다음에 차 문이 열리는 소리가 났어."

그래서 남자는 귀를 기울이고 있었다고 한다.

"깜깜한데 뭔가 깜박깜박하고 빛이 움직이는 게 보였어."

그렇지만 정확히 어떤 상황인지는 알 수 없었다.

"픽 하고 큰 소리가 한 번 나고 그다음에 텅 하는 소리가 나고 쿵 소리가 나더니 어수선하게 탕탕 하는 소리가 났어. 그러더니 불이 켜지고 붕 하고 차가 천천히 가버렸어. 내가 본 바로는 두 사람은 대화는 한마디도 안 했어."

초로의 남자가 짭새한테는 절대 이 일을 말하지 않겠다고 하자 시마지는 그러는 게 낫겠다고 대답했다.

"짭새 놈들, 우릴 수상쩍은 눈초리로 보기나 하고 말이야."

"맞아. 그 살인범이 우리를 노리는 게 아니면 뭔 상관이야."

"근데 이상한 게 그 녀석 머리에 손전등을 매달고 있더라고."

그게 깜박깜박 움직이던 빛의 정체라고 시마지는 생각했다.

사건이 일어난 날로부터 약 두 달 정도 후, 웬 여자가 찾아왔다. 그 여자는 자기가 프런티어 기자라면서 기베 미치코라고 적힌 명함을 줬다. 풀을 헤치고 다가와 명함을 정중하게 내밀었기 때문에 시마지는 초로의 남자가 했던 이야기를 그 여자에게 다 해줬다. 소리를 들었던 곳에서부터 차가 떠나는 곳의 위치까지.

"그 양반은 배운 게 없는 사람이라 손전등이라고 했지만 난 그게 헤드랜턴이라는 걸 바로 알았지. 그래서 나중에 온 형사한테도 그 이야기를 해줬어. 돌덩이 같은 얼굴에 눈만 부리부리하고 키 크고 마른 형사였어. 가마타 서 놈들도 몇 번 왔는데 그것들한텐 말 안 했어. 그래도 얼굴이 돌덩이 같은 그 형사는 나한테 존댓말을 해서 좀 도와줘야겠다고 생각했지."

시마지는 기자 발치에서 장난치는 비글을 쳐다봤다.

"이 녀석 사료도 사 왔고."

미치코는 노란색 구두를 신은 남자를 찾느라 일주일 동안 강변으로 출퇴근했다. 겨우 찾아낸 건 9월 26일이다. 남자는 가와사키 쪽 강변에서 낚시를 하고 있었다. 미치코는 그 남자가 소리를 들었다던 시간인 오전 1시에 현장에서 만나자고 약속을 잡았다.

미치코는 하마구치에게 입이 무거운 사람이 아니면 부탁할 수 없는 일을 부탁하고 싶다고 말하며 동행을 부탁했다.

"어디서 거짓말이야. 입이 무거운 사람을 찾는 자리였으면 나카가와를 불렀겠지."

미치코는 "그러게요" 하고 대답했지만 그 이상 설명하지 않았다.

미치코는 그날 밤 하마구치와 함께 로쿠고 강변으로 차를 타고 들어갔다. 시간은 오전 1시였다.

하마구치는 회사 차인 왜건을 몰고 왔는데 문제의 장소까지 들어가는 동안 나뭇가지가 차체 여기저기를 긁어댔다. 확실히 칠흑처럼 깜깜하다. 우연히 현장에 있었다는 노란 구두 남자가 미치코 일행에게 "여기야" 하고 말했다.

"난 시체는 못 봤어. 사람이 죽었을 거라고는 생각 안 했으니까. 그날 밤은 여기저기 장소를 바꿔가며 낚시를 했는데 새벽녘에 짭새들이 우르르 몰려오길래 가와사키 쪽으로 이동했어. 경찰 놈들이랑 마주쳐서 좋을 일 하나 없으니까. 그래서 이 이야기를 해준 건 비글 주인이랑 당신들뿐이야."

그러고 나서 남자는 이 일대의 치안 상황이 얼마나 나쁜지를 한바탕 늘어놓았다.

"저 나무에 하얀 손수건 보이지? 내 영역은 저 하얀 손수건에서부터 이 나무 아래까지야. 그런데 아무도 안 지켜. 그래서 내가 화를 내는 거야. 표시가 있으니까 내 영역이 확실한데 말이지."

남자는 표시를 하고 자기 거라고 선언하면 자기 소유가 된다고 믿는 것 같았다.

남자가 가리키는 쪽을 손전등으로 비추자 나무들 사이로 하얀 천 쪼가리가 보였다.

그 손수건은 성인 두 명의 키를 더한 높이쯤 되는 나무의 중간보다 조금 위쪽에 묶여 있었다.

그곳은 산토 가이토의 시신 발견 현장이었다. 산토 가이토의 시신을 수사했던 수사관이 고개를 들면 저 손수건이 보였을 것이다.

"그 어두운 밤에 하얀 손수건이 언뜻언뜻 보이더라고. 이 근처에 누가 있다는 거잖아. 그래서 영 신경이 쓰였어."

주변은 칠흑처럼 깜깜했으니 헤드랜턴을 찬 남자가 머리를 움직일 때마다 빛이 닿는 부분만 선명하게 밝아졌으리라. 그 불빛이 몇 번인가 하얀 손수건을 비췄다는 말이겠지.

미치코는 손수건 위치를 봤다.

조금 올려다보는 위치에 있다. 몸집이 작은 이 초로의 남자가 자기 영역을 주장하기 위해 손수건을 나무에 묶으려면 팔을 있는 힘껏 뻗어야 했으리라.

"그 남자는 저 나무 바로 옆에 있었어. 계속 아래를 보고 있었지."

"아래를 보고 있었다고요?"

"불빛이 아래로 퍼져 있었어. 난 계속 보고 있었거든. 왔다 갔다 탐조등처럼 비추던걸. 그래봤자 5분도 안 있었지만."

"계속 아래를요?"

미치코는 남자의 얼굴을 쳐다봤다.

"어떻게 아래를 보고 있었단 걸 알죠?"

"그야 위쪽으로 불빛이 퍼지면 밑에서 불빛이 나온다는 거고 밑으로 퍼지면 위에서 나오는 거잖아? 그 남자는 위쪽은 한 번도 안 쳐다봤어."

"나무 바로 옆에 있었고 위쪽을 안 봤는데 저 손수건이 보였다고요?"

"그렇대도. 보였다니까!"

꾀죄죄한 노란색 구두를 신은 남자는 어째서인지 자랑스럽다는 듯 그렇게 말했다.

미치코는 순간 사고가 정지됐다.

"그 이야기, 눈이 부리부리한 형사한테도 했어요?"

"시마지가 했어. 그랬다고 하더라고."

"위쪽을 안 봤는데 손수건이 보였다고 말했다고요?"

"시마지는 그런 것까진 몰라. 나도 지금 생각났거든."

하마구치가 그 손수건으로 다가가 손전등 불빛을 비췄다. 손전등 불빛이 위를 향해 퍼졌다.

하마구치는 그 지저분한 손수건을 찬찬히 바라보고 있었다.

구류기한이 이틀 앞으로 바싹 다가온 10월 4일, 새벽녘.

미치코는 아키즈키에게 전화를 받았다.

"결정타가 없어. 오늘 마지막 패를 쏠 거야."

그리고 전화는 끊겼다.

미치코는 그날, 하세가와 도루의 병원을 찾아갔다.

오전 진료 시간이 끝날 때까지 기다렸다가 간호사에게 원장님을 뵙고 싶다고 밝혔다.

벽에 걸린 대형 텔레비전에는 여전히 세계 각지의 명소와 유적을 안내하는 영상이 흐르고 있다. 텔레비전 옆에 나란히 걸린 대형 디지털시계 같은 전광판에는 숫자가 깜빡이고 있다. 이따금 환자가 손에 쥔 종이와 견주어 보는 모습을 보니 전광판의 숫자는 진찰 대기번호인 듯하다. 자유롭게 쓸 수 있는 정수기도 있다. 좋은 설비를 갖추고 관리의 손길이 구석구석 닿은 좋은 병원이다.

이윽고 마지막 환자가 진찰실로 들어가자 접수대 직원이 다가왔다.

"맞은편 슈퍼마켓 근처에 패밀리레스토랑이 있어요. 거기서 기다려달라고 하십니다."

그 말대로 슈퍼마켓에서 좀 더 가니 주차장이 완비된 패밀리레스토랑이 나왔다. 넓고 손님이 적은 데다 규칙적으로 배치된 소파의 높은 등받이가 칸막이 역할을 대신해서 옆자리와 확실하게 구분이 됐다.

가장 안쪽 자리에 앉자 종업원이 주문을 받으러 다가왔다. 아이스커피를 주문하자 메뉴를 확인한 뒤 돌아갔다.

하세가와 도루에게 연락이 온 것은 이틀 전이다. 기사화하지 않는다는 조건으로 오전 진료가 끝난 후 30분 정도 취재에 응하겠다고 했다.

딸의 얼굴을 봐서 거절하지 못했던 것일지도 모른다. 취재를 수락해서 켕기는 구석이 없다는 점을 어필하고 싶었는지도 모른다. 아니면 어차피 끈덕지게 물고 늘어질 테니 얼른 해치우는 게 낫겠다고 생각했을지도……

30분 정도 기다리자 하세가와 도루가 나타났다.

도루는 차분한 남자였다. 도루가 자리에 앉는 것과 거의 동시에 종업원이 주문을 받으러 왔고, 도루는 잠깐 망설였지만 미치코 자리에 놓인 아이스커피를 본 다음 아이스커피를 주문했다. 그 몸짓과 음색, 시선을 움직이는 방법까지 모든 것이 조용하고 조심스럽다. 다만 나이보다 조금 늙어 보였다.

미치코는 명함을 테이블 위에 올리고 상대방 앞으로 정중하게 내밀었다.

"시간을 내주셔서 감사합니다."

도루는 명함에 새겨진 글자를 바라보고 가볍게 끄덕였다.

"지난번에 리오 씨와 이야기를 나눴습니다. 따님이 참 미인이시더군요."

표정은 속마음을 대변한다. 표정을 바꾸지 않을 때조차 그 마음 깊은 곳을 비추고 있다. 당초 미치코를 마주 보고 앉은 도루의 얼굴은 무표정하고 그 어떤 동요도 없어 보였다. 기자의 존재가 그의 무언가를 위협하지 않으리라는 확신이 표정에 드러나 있었다. 하지만 미치코가 리오의 이름을 꺼냈을 때 그의 턱에 순간 힘이 들어갔다. 그것은 무의식중에 나온 반응일 테지만 그 찰나의 동요를 미치코는 놓치지 않았다.

종업원이 도루의 커피를 내려놓고 자리를 떠났다. 그 모습을 지켜보던 미치코는 조용하게 말을 이었다.

"3백만 엔을 요구받았을 때 왜 경찰에 신고하지 않으셨죠?"

"사건이 드러나면 딸아이가 상처받을까 두려웠습니다."

"당신은 따님한테 '담판을 지었다'라고 말씀하셨어요. 어떤 이야기가 오갔나요?"

"다음에 또 이러면 경찰에 알리겠다, 그렇게 말했습니다."

도루는 한 호흡 쉬고 반복했다.

"난, 범인에게, 다음에 또 이런 일이 생긴다면 경찰에 신고하겠다, 그저 그렇게 말했습니다."

하세가와 도루의 표정이 달라지고 눈에 거센 분노가 감돌았다.

"범인과 전화로 이야기하셨죠?"

"머리가 나쁜 듯한 여자였습니다."

도루는 토해내듯이 그렇게 말했다.

그의 내면에 있는 것은 분노라기보다 혐오다. 미치코는 애써 부드러운 말투로 계속했다.

"남자와는 통화 안 하셨나요?"

"네, 줄곧 여자였습니다."

"젊은 여자였나요?"

"맞아요. 머리 나쁜 듯한 젊은 여자였습니다."

당시 일을 떠올리면서 격한 감정이 되살아나는 듯했다. 그곳에 있는 것은 혐오, 증오, 당혹과 분노와 두려움이다.

"노가와 아이리를 만난 적 있으세요?"

"아니요. 돈을 입금하라고 지정한 계좌의 명의인으로 이름을 알고 있을 뿐입니다."

"아드님이 고등학교 때 집단 괴롭힘에 가담했던 걸 알고 계신가요?"

도루는 고개를 숙이더니 감정을 꾹 억누르는 듯한 목소리로 대답했다.

"아뇨."

"피해자는 옥상에서 뛰어내려 자살했다고 합니다."

알고 있었을 것이다. 도루는 고개를 들지 않은 채 입을 다물었다.

"아드님이 나카노 살인사건의 혐의를 받고 있습니다."

미치코는 그렇게 말하고 도루를 물끄러미 바라보았다.

도루는 몹시 무겁고 괴로운 듯한 말투로 대답했다.

"아들놈은 회사에 들어가기 전까지 한동안 세상 구경을 하고 오겠다고 내게 말했습니다. 넓은 세상을 보고 오겠다고. 병원은 리오가 물려받을 테니까 마음이 놓인다고 말했습니다."

"토요일 식사 자리를 파한 후에 말인가요?"

아버지는 미치코를 바라보았다. 그 눈에는 분노보다는 오히려 공포가 강하게 느껴졌다.

딸의 납치 이야기를 하면서 이 남자는 지금 분노가 아니라 강한 공포를 느끼고 있다.

"이번 체포 소식을 듣기 전부터 리오 씨를 납치한 범인이 아드님이란 걸 알고 계셨군요."

또 이런 일이 벌어지면 경찰에 알리겠다는 말은, 아들을 경찰에 고발하겠다는 의미였던 것이다. 몸값을 주고받는 데 계좌이체를 이용하는 허술함, 몸값치고는 몹시 낮은 금액. 어쩌면 리오가 돌아올 때까지는 의혹이었을지도 모른다. 어설픈 수법에 수상함을 느끼던 차에 돌아온 리오의 이야기를 듣고 의혹은 확신으로 바뀌었을 것이다.

다음에 또 이러면 경찰에 신고하겠다는 아버지의 말에 쓰바사는 자기가 한 짓임이 들통났다고 확신했을 것이다. 그 말은 부모가 자식을 야단칠 때 하는 말과 비슷하기 때문이다. 다음에 또 이러면 특별활동을 그만두게 하겠다, 다음에 또 이러면 스마트폰을 압수하겠다. 자식들에게 익숙한 부모의 최후통첩이다. 그 말을 했을 때, 도루는 전화기 너머 아들을 보고 있었을 거라고 미치코는 생각했다. 실제로 통화를 한 상대는 아이리지만 쓰바사는 그 자리에서 함께 통화를 듣고 있었을 것이다. 쓰바사는 전화 너머로 들려오는 말에서 아버지의 분노를 느꼈으리라. 그래놓고 쓰바사는 납치사건을 전혀 모르는 척했다.

사흘 후 식사 자리가 마련된 하세가와 집의 거실에서는 각자가 각자의 생각을 가슴에 품고 있었고, 그래서 심상치 않은 긴장에 휩싸여 있었다. 리오는 자기가 피로해서 그렇게 느끼는 것이라고 생각했다.

미치코는 리오에게 식사 자리 이야기를 들었을 때, 그녀가 납치당한 충격이 채 가시지도 않은 시기에 어머니가 손수 요리를 해서 파티를 열었다는 사실이 아주 부자연스럽다는 느낌을 받았다. 그런데 그게 아니었다. 그 저녁 식사는 양친이 아들에게 보내는 경고였다. 그리고 아들은 "한동안 세상 구경을 하고 올게"라고 말했다. 그것은 아버지의 최후통첩에 대한 쓰바사의 대답, 더는 가족에게 손을 대지 않겠다는 대답이 아니었을까?

쓰바사는 밝고 호감 가는 청년을 연기했다. 하지만 부모가 쓰바사의 미소 띤 얼굴에 속아 넘어가지 않았다면? 아들의 범죄성향을 부모가 알고 있었다면?

리오는 "섹시해졌네"라는 쓰바사의 말에 포크를 떨어뜨렸다. 그 자리에서 가족이 얼어붙었다.

"그때 경찰에 신고했다면 이번 사건은 일어나지 않았을지도 모른다고 생각하지는 않으시나요?"

"그럴지도 모르겠군요."

도루는 다시 표정을 잃었다. 흘려들었다. 받아넘겼다. 마음을 닫았다. 혹은 그 일에 대해 생각할 마음이 없다. 포기했다. 뿌리쳤다. 사고를 닫았다.

미치코는 도루의 얼굴에서 읽어낼 수 있는 감정을 그저 늘어놓았다. 그리고 생각을 멈췄다. 미치코의 연상은 거기서 멈췄다.

도루는 사고를 닫았기에 미치코의 질문에 현혹되지 않았다. 그래서 그의 얼굴에서 표정이 사라진 거라고 미치코는 생각했다.

"어떤 아드님이셨나요?"

"평범하고 말이 많은 아들이었습니다."

그런 다음 얼굴을 들었다.

"부모 된 사람으로 할 수 있는 일은 최대한 할 생각입니다."

엔도 변호사가 비밀준수의무에 저촉되는 이야기는 할 수 없다고 하던 말과 비슷했다. 극히 상식적이고 양식 있는 사람의 입장 표명.

"만나면 뭐라고 하시겠어요?"

아버지는 잠시 말이 없었다. 그런 다음 천천히 입을 열었다.

"우린 어떤 아이라도 소중히 키울 생각이었습니다. 하지만 그 '어떤'이란 세간에서 말하는 장애가 있다는 뜻이었습니다. 우리가 받아들여야 하는 게 그런 것밖에 없다고 생각했죠. 우리가 소중히 키운다면, 그래서 자신을 존중할 줄 아는 아이로 성장한다면 본인의 단점은 받아들일 수 있을 거라고 생각했어요. 단점 또한 그 인간의 개성이니까요. 나도 아내도 아이를 좋아했습니다."

미치코는 직감했다. 그는 아들이 두 번 다시 이 세상으로 나오는 일은 없다고 확신하고 있다. 그리고 그 사실을 고통스럽게 여기지 않는다.

그가 포기하고 뿌리친 것은 아들의 존재가 아닐까?

그리고 지금 하나의 이야기를 끝마친 것처럼 아버지는 달성감과 황홀감에 젖어 있다.

프런티어의 기자는 이제 그 엔딩 크레딧에 등장하는 이름 중 하나에 지나지 않는다.

두 사람의 테이블 위에서 한 번도 입을 대지 않은 아이스커피 잔이 뻘뻘 땀을 흘리다가, 어느 잔에선가 얼음이 녹아 달카당하고 시원한 소리가 났다.

그 무렵 아키즈키와 수사본부는 어떤 사실을 입수하고 취조실로 하세가와 쓰바사를 불렀다.

"산토 가이토는 7월 16일 오전 4시 35분 로쿠고 강변에서 변사체로 발견됐어. 모리무라 유나가 살해당한 다음 날 새벽이야."

그때까지 하세가와 쓰바사는 산토 가이토에 대해 시종일관 '그 녀석한테 물어봐도 딱히 아는 게 없을 거다'라는 말로 응수해 왔다. 산토 가이토가 살해당했다는 사실을 모르는 걸까, 모르는 척하는 걸까?

수사관이 쓰바사에게 산토 가이토의 사망 사실을 꺼낸 것은 처음이다.

쓰바사가 낯빛을 잃었다.

그리고 사나운 눈으로 아키즈키를 쳐다봤다. 아키즈키는 그 눈을 똑바로 마주 보고 말했다.

"네가 죽였지?"

그때 쓰바사는 피가 거꾸로 치솟는 듯이 불같이 화를 냈다.

"난 안 죽였어요!"

"그럼 한 번 더, 15일 밤에 뭘 했는지 설명해 봐."

아키즈키는 쓰바사의 대답을 기다리지 않고 몰아붙였다.

"집으로 돌아가자 스에오가 차를 가와사키의 미나미가와라 공원에 있는 공중화장실 앞에 두고 오라고 말했다. 스에오는 산토 가이토가 차를 쓸 거라고 했다. 산토 가이토한텐 원래 있던 장소에 차를 가져다 놓으라고 말해놨으니까 아무 데서나 시간을 때우다 오전 3시 정각에 가지러 가서 타고 돌아오라고 했다. 무슨 일인지도 묻지 않고 하라는 대로 했다. 넌 그렇게 진술했지?"

쓰바사는 초조함을 감추지 않았다.

"내 등 봤잖아요. 그 전날 아침까지 거의 고문을 당했어요. 집에 돌아와서는 스에오한테 두들겨 맞고, 차를 여기저기로 몰고 다니고, 그런 데다 사건은 살인으로까지 번졌어요. 더는 아무것도 생각할 수 없었어요. 차는 3시에 원래 뒀던 곳에 돌아와 있었고, 운전해서 집에 돌아왔을 땐 서 있는 것조차 힘들 정도로 지쳐 있었어요. 아이리 그 멍청이가 밤새 텔레비전을 틀어놔서, 새카만 어둠 속의 고양이처럼 눈이 빛나는 남자 영상이 계속 나오고 있었어요."

"산토 가이토를 불러낸 건 너야. 오후 10시 15분에 네가 전화를 건 기록이 산토 가이토의 휴대폰에 남아 있어."

"그 이야기는 이미 했잖아요. 스에오가 처음 사람을 죽인 다음 시부야의 마크시티 앞에 차를 세웠을 때 말했어요. 12시에 로쿠고 강변으로 산토 가이토를 불러내라고."

그러고 나서 쓰바사는 헉하고 숨을 삼켰다.

"로쿠고 강변."

"그래. 네가 불러낸 곳에서 죽었어. 얼굴을 완전히 뭉개버렸더군."

그런 다음 형사는 쓰바사를 뚫어져라 바라보았다.

"산토 가이토가 잡히면 녀석이 권총 입수 경로를 불 테고 그러면 요시자와 스에오를 범인으로 몰아가지 못할 테니까. 그래서 입막음한 거 아냐?"

쓰바사는 빙그레 웃었다.

"그럼 죽인 건 스에오예요. 녀석이 내가 살인을 저지른 걸로 몰아가려고! 내 죄로 만들려고!"

"그 시간에 요시자와 스에오는 네 아파트에 있었어."

쓰바사의 입이 떡 벌어졌다. 죽음의 순간 수면에 떠오른 금붕어처럼.

"'사람을 둘이나 죽이려고 하면서 그런 멍청이랑 손잡겠어요?' 네가 여기서 한 말이지?"

쓰바사는 아키즈키를 바라보고 크게 숨을 들이쉬었다.

"난 사실을 말했어요. 차를 두고 오라고 해서 차를 가지고 나갔어요. 가와사키 방향은 익숙하지 않아서 내비게이션을 켰어요. 멀리서 불꽃놀이 소리가 났어요. 스에오가 무슨 말을 했는지 정확히는 기억 안 나요. 지금이 중요하다고 녀석은 말했어요. 등뼈가 삐걱대는 것처럼 아팠어요. 하라는 대로 열쇠를 꽂아두고 차를 세웠어요. 도둑맞든 말든 아무래도 상관없었어요. 아무한테도 들키지 말라고 했어요. 차에서 멀찌감치 떨어

져 있으라고도 했고요. '이유를 말해줄까?' 하고 묻길래 내가
거절했어요. 더 이상 새로운 사실 따위는 하나도 머리에 안 들
어왔으니까요.

　여자를 아무렇지 않게 죽인 그 남자한테 공포 비슷한 감정
을 느꼈어요. 하라는 대로 시간이 될 때까지 공원 벤치에 앉
아 있었어요. 치밀한 설계도처럼 빈틈없는 계획이 있고, 녀석
이 그에 따라서 지시한다는 기분이 들었거든요. 섣불리 망치
면 안 된다는 예감이 들었어요. 스마트폰 알람을 3시로 맞추
고 그렇게 계속 앉아 있었어요. 내년 4월에는 새로운 인생이
시작될 거라고, 새로운 인간관계와 일…… 그러려면 돈을 갚
아야 한다고, 돈을 갚으면 게임은 초기화된다고, 가시와기에
서 지나쳐 간 경찰차의 요란한 사이렌 소리와 스에오의 허리
춤에 있던 권총과 그리고 진짜라고 믿게 해줘야 한다던 스에
오의 말을 계속 생각했어요. 그렇게 넋을 놓고 있는데 알람이
울렸어요."

　그러고 나서 쓰바사는 불쑥 고개를 들었다.

　"3시에 차를 세웠던 곳으로 돌아갔어요. 차는 그대로 거기
에 있었어요. 보니까 핸들이 완전히 꺾여 있어서 역시 누가 썼
구나 하고 생각했죠."

　아키즈키는 안색 하나 바꾸지 않았다. 지어낸 이야기를 참
고 들어준다는 것처럼.

쓰바사는 진땀을 흘렸다.

"그때 내 입장이 돼보라고요. 형사님도 똑같이 할 테니까."

아키즈키는 다 이해한다는 듯이 말을 시작했다.

"빚 때문에 쥐구멍에 몰린 넌 두 여자를 죽여서라도 세상이 진짜라고 믿게 해주자고 생각했어. 그러기 위해 산토 가이토를 시켜 권총을 구했고, 네가 권총을 가지고 있다는 사실을 증언할 수 있는 유일한 증인인 산토 가이토를 죽였어. 그런 다음 '치밀한 설계도'를 그리고 지금 그 설계도대로 증언하는 거야. 모든 걸 요시자와 스에오라는 평소 행실이 나쁜 남자 탓으로 돌리려는 속셈이지. 모든 게 노가와 아이리의 증언과도 일치해."

쓰바사는 웃음을 터뜨렸다.

"아이리 말을 진지하게 받아들이는 거예요?"

쓰바사의 얼굴에는 더러운 기름 같은 끈적끈적한 웃음이 들러붙어 있다.

"형사들은 참 멍청해. 물론 그 정돈 이미 알고 있었어. 화석 같은 대가리로 결론을 정해놓고 짜 맞추지. 지금 스에오한테도 스에오를 범인으로 정해놓고 똑같은 줄거리를 떠벌리고 있겠지. 다 알아. 스에오는 뼛속까지 나쁜 놈이라서 자백 안 해. 하지만 난 내가 한 짓이 아니니까 자백할 게 없어. 구류기한까지 앞으로 이틀 남았지? 형사님, 둘 다 자백 안 하면 어떻게 하시려나?"

그렇게 말하고 쓰바사는 웃었다.

"당신들 진짜 멍청해."

아키즈키 경위는 차분했다.

"산토 가이토를 살해한 흉기가 발견되지 않았는데 말이야, 네 차 트렁크에서 흙과 돌 조각이 나왔어. 범인이 흉기인 돌을 트렁크에 실은 다음 어딘가에서 처분했을 거라고 추측하고 있어. 그 시간, 현장에서 무슨 소리를 들었다는 남자가 있지."

아키즈키는 쓰바사를 물끄러미 바라보았다.

"그 남자는 이렇게 말했어. '퍽 하고 큰 소리가 한 번 났다. 그리고 텅 하는 소리가 나고, 쿵 소리가 나더니, 그다음엔 탕탕 하는 소리가 연이어 났다. 그런 다음 차가 가버렸다.' 처음 '퍽' 소리는 산토 가이토의 얼굴을 돌로 내려쳤을 때 난 소리. 다음에 난 '텅' 소리는 트렁크를 여는 소리. '쿵'은 흉기로 쓴 돌을 싣는 소리. 마지막 '탕탕'은 트렁크를 닫거나 문을 열고 차에 올라탄 소리겠지."

쓰바사의 안색이 불안으로 서서히 물든다. 그래도 쓰바사는 주장했다.

"트렁크에 돌 조각 좀 있었던 걸로 내가 범인이라는 거야?"

"형사가 확실히 똑똑하진 않지. 나도 알아. 그래도 돌 조각 가지고 사람을 살인범이라고 부를 정도로 바보는 아니야. 기소하더라도 공판이 유지되지 않을 테고."

공판 유지라는 말에 쓰바사의 얼굴이 굳었다.

"넌 산토 가이토를 죽이지 않았다고 하지만, 요시자와 스에오는 그자를 죽이지 못해. 여러 번 말했지만, 그 시간 스에오는 네 아파트에 있었어. 그리고 네 차 트렁크에서 혈액 반응이 나왔어."

"혈액?"

"네 차에서, 산토 가이토의 피가 나왔다고."

쓰바사가 숨을 삼켰다.

아키즈키는 신중하게 하세가와 쓰바사의 얼굴을 봤다. 그 모습은 생이별을 앞둔 남자의 얼굴 같았다.

하세가와 쓰바사의 차에서 돌가루가 발견된 것은 8월 15일이다. 혈액 반응은 그것과는 별개로 트렁크에 깔린 시트 구석진 곳에서 미량 검출되었다.

트렁크에 남아 있던 미량의 피는 산토 가이토의 혈액과, 돌은 로쿠고 강변에 있는 돌과 성분이 일치했다. 차에는 잔가지에 긁힌 것으로 보이는 자잘한 흠집이 여러 개 있었고 나뭇잎 수액도 미량 채취되었다. 차가 로쿠고 강변으로 들어간 것은 틀림없어 보였다. 산토 가이토의 혈액이 어떤 경위로 트렁크에 묻었는지에 관한 신중한 조사가 이루어졌다. 그리고 드디어 피가 묻어 있던 시트 부분에 무거운 것을 실었던 흔적을 발견했다. 그 꺼져 있는 자국 안에서 돌 조각과 돌에 묻어 있던 모래가 나왔다. 그것이 9월 11일이다.

그동안 하세가와 쓰바사는 산토 가이토 사망 시각의 알리바이에 대해 불확실한 진술을 해왔다. 처음에는 산토 가이토에게 전화를 걸지 않았다고 했다가 나중에는 요시자와 스에오가 건 게 아니겠느냐고 진술을 바꾸기도 했다.

검찰은 산토 가이토 살해혐의로 기소가 이루어지는 것이 무엇을 의미하는지 잘 이해하고 있었고, 따라서 돌과 피라는 증거만으로 하세가와 쓰바사를 산토 가이토 살해혐의로 기소할 수 있는지에 대해 신중한 자세를 보였다. 동시에, 가능하다면 자마 세이라와 모리무라 유나의 살해를 입증할 합리적 증거와 증언이 필요하다는 뜻을 사오토메 경감에게 표시했다. 사오토메 경감 역시 한 사람의 생사가 달린 문제를 그 증거 하나만으로 직결시키는 사태를 우려하고 있었다.

9월 14일에 단행한 주거침입죄를 적용한 재체포는 '또 하나의 증거'를 찾을 마지막 기회였다. 그 '또 하나의 증거'의 범주에는 하세가와 쓰바사가 범인임을 보강하는 것, 부정하는 것, 요시자와 스에오가 죽었을 가능성을 시사하는 것까지 모든 것이 포함된다.

하지만 그로부터 23일 동안 새로운 증거를 찾아내지 못했다. 한편으로 수사본부는 하세가와 쓰바사가 세 명을 살해했다는 논리를 내세웠을 때 발생하는 모순을 검토하기 시작했다.

가메이치를 선택한 이유는 쓰레기통 옆에 떨어져 있던 과자봉지가 가메이치 제과 상품이어서. '이제 돈 같은 건 필요 없다. 죽은 여자들에 대해 제대로 보도하라'라고 말한 사람은 요시자와 스에오이고, 쓰바사와는 아무런 상의도 없이 벌인 일이라는 점. 텔레비전 뉴스 프로그램 스튜디오에 전화를 연결한 것도 요시자와 스에오가 독단으로 벌인 일이라는 점. 그렇게 생각하면 요시자와 스에오가 한 행동은 모두 돈을 받아낸다는 계획에서 벗어난다. 요시자와 스에오는 자기 증언대로 '이제 아무래도 상관없다'라고 생각했던 것으로 추정된다.

하세가와 쓰바사가 어째서 여자 두 명을 살해하면 돈을 받아낼 수 있을 거라고 생각했는지에 대해서는 '불가사의'라는 말이 나왔지만, 산에이 식품을 협박하는 과정 그 자체가 어린애 장난처럼 종잡을 수 없는 성격을 지니고 있었고, 가메이치를 협박하면서 보여준 허술함은 산에이 협박사건의 허술함과 겹치는 데가 있었다. 무엇보다 하세가와 쓰바사를 범인으로 가정했을 때, 종잡을 수 없는 그의 행동을 설명할 수 있는 것은 그가 폭행을 당했다는 사실이다. 폭행을 당한 하세가와 쓰바사는 전화벨 소리에도 벌벌 떨 정도로 불안정한 상태였다. 또 한 가지는 그의 반사회성이다. 그는 요시자와 스에오라는 신원이 수상쩍은 남자가 있는 한 자신은 안전하다고 믿었다. 만일의 경우 그를 희생양으로 삼으면 사람들이 납득할 것이라고 진심으로 생각하고 있었다. 그렇게 하나씩 메워나가자 모순이 풀렸다.

아키즈키는 천천히 말했다.

"너는 밤 10시 15분에 산토 가이토에게 전화를 걸어 로쿠고 강변으로 불러내 돌로 쳐서 살해하고, 그 돌을 차에 실은 다음 도중에 어딘가에서 유기하고 4시에 돌아왔어. 그것 말고는 네 차에 산토 가이토의 피가 남아 있는 걸 설명할 방법이 없어. 네가 탔던 차에 산토 가이토 살해에 사용된 흉기가 실려 있었던 건 틀림없는 사실이야."

쓰바사는 시뻘게진 얼굴로 의자를 걷어차고 일어섰다.

그리고 형사에게 제압당했다.

하세가와 쓰바사는 산토 가이토 살인죄로 재체포되었다. 검사는 법원에 이어서 두 건을 더 기소할 예정이라고 밝혔다.

"세 건의 살인죄라는 거군요."

"그렇죠."

"단독이고요."

"네, 그래요. 나머지 두 건은 모리무라 유나와 자마 세이라 살해혐의. 모두 단독 살인죄예요. 그렇게 아시고 공판 전 준비 절차를 진행해 주세요."

노가와 아이리는 산에이 식품에 대한 공갈죄로, 요시자와 스에오는 가메이치 제과에 대한 위력업무방해 및 공갈미수로 각각 기소되었다.

10월 6일의 일이었다.

4

　나카노 연쇄살인사건을 향한 대중의 관심은 범인을 체포한 뒤 2주 동안이 가장 뜨거웠다.

　가와사키에서 열아홉 명이 살해당한 사건이 범인 체포를 기점으로 열흘 정도 만에 잊혀진 것과 비슷했다.

　아동학대 사건은 끊임없이 일어나 기베 미치코조차 어느 게 어느 사건인지, 부모의 특징과 수법과 피해자의 나이를 구별하기 어려울 정도였다.

　요시자와 스에오와 하세가와 쓰바사가 체포되고 2주일 후, 부모에게 17년 동안 감금당했던 성인 여성이 쇠약해진 끝에 결국 죽음을 맞이한 모습으로 발견되었다. 두 달 동안 행방불명이었던 유아가 발견되었고, 무더위 영향으로 채소 가격이

올랐으며, 호우로 강이 범람해서 집 여러 채가 휩쓸렸다. 정치인이 부적절한 발언을 해서 SNS가 불타올랐고, 이어서 생각났다는 듯이 외교 문제가 도마에 올랐다. 하마구치가 맡은 정보 프로그램에서는 웃는 얼굴이 밉살맞지 않다는 것만이 장점인 풋내기 캐스터가 한 시간 반을 외교 문제에, 나머지 30분을 채소 가격 급등 소식에 소비했다.

히가시나카노에서 여자 두 명이 살해당한 사건은 탁류처럼 흘러 들어오는 정보에 떠밀려 사람들의 기억에 남지 못했다.

누구에게도 사랑받지 못했던 두 여자가 이마에 총을 맞아 사망했고, 그와 동시에 문어대가리라 불리던 남자가 살해당했다. 그런 사건은 수명이 다한 세포 같은 것이었다. 그 세 사람의 목숨을 빼앗은 것이 누구인가 하는 문제는 더 이상 대중에게 아무런 흥미를 끌지 못했다.

안전한 사회에 사는 사람들에게 이런 사건은, 용의자가 체포되었을 때까지가 관심의 절정기일 것이다. 살해 동기 따위는 개개인이 대충 상상하는 걸로 충분하다. 주간지가 미덥지 못한 정보로 써 내려간 사실과 다르든 같든, 어차피 별 차이 없는 일이다.

'나카노 사건, 그거 연쇄살인이겠지?'

'권총이라잖아. 세상 참 살벌해.'

미치코는 언젠가 신바시에서 그런 말을 나누면서도 약속

시간에 늦을까 걱정하며 걸음을 옮기던 두 사람을 떠올렸다.

산에이 총무부장은 세 번째 희생자를 내기 싫거든 2천만 엔을 준비하라는 요구를 단 한마디로 거절했다.

'너 바보지?'

정말 핵심을 찌른 한마디였다.

'쓰레기 같은 여자'의 목숨 따위를 가지고 호들갑을 떠는 건 바보들이나 하는 짓이다.

하지만 미치코는 생각했다. 두 여자가 생의 마지막 순간 망막에 새긴 모습은 누구였을까. 권총을 눈높이까지 들어 올리고, 조준하고, 방아쇠를 당긴다. 그 맞은편에 있는 것은 얼떨떨하게 눈을 부릅뜬 여자들이다.

죽음의 공포를 느낄 여유도 없다. 원통하다는 생각을 할 틈도 없다. 그리고 고통도 없다.

눈이 녹듯이, 소리도 흔적도 원한도 원통함도 없이 그저 사라진 두 여자.

미치코는 그날 강변에서 분명 범인의 뒷모습을 보았다.

사오토메 경감은 하나의 증거를 살리는 것도 묵살하는 것도, 그 증거를 살리기 위해 있었던 일을 왜곡하는 것도, 묵살하기 위해 있었던 일을 왜곡하는 것도 결국 똑같은 일이라고 말했다고 한다.

그래서 미치코는 자기가 본 진실을 살리는 것에도 묵살하는 것에도 대단한 의미는 없다고 생각한다. 하지만 미치코는 자신이 본 것을 마음속에서 지우지 못했다.

하마구치는 감이 좋았다.

그날 미치코는 나카가와를 부르지 않고 하마구치를 불렀다. 하마구치는 "입이 무거운 사람을 찾는 자리였으면 나카가와를 불렀겠지" 하고 한마디했다. 나카가와가 같이 있었다면, 그는 그날 일에 관해 마나베에게 입을 다물어야 하기에 배신행위를 하게 되는 셈이었다.

혹시라도 마나베가 알게 된다면 보도윤리니 사회정의니 따위와는 별개로 언론인을 들쑤시는 욕망 그 자체에 따라 발표하라고 했을 것이다.

미치코는 무엇을 망설이는 걸까. 행복해지기 위해 무리하게 깊은 골짜기를 건넜던, 그리고 어떤 불행에도 굴하지 않고 있는 힘껏 자전거 페달을 밟던 두 젊은 여자를 떠올렸다. 그리고 긴 엔딩 크레딧을 보는 것처럼 미치코의 얼굴을 바라보던 장년의 남자를 생각했다.

하세가와 쓰바사는 극형을 언도받을 것이다.

그가 억울하게 죄를 뒤집어쓴 거라면 진범은 요시자와 스에오였다.

노가와 아이리는 보석으로 나와 어머니 집으로 돌아갔다. 어머니는 그 딸을 틀림없이 재판에 출석시킬 것이다. 노가와 아이리에게 집행유예는 나오지 않을 것이다. 그녀는 절도, 폭행을 비롯한 경범죄를 다수 저질렀다. 5년 이하의 징역에 처하고 복역할 것이다. 출소한 후에는 또 길거리에 서는 걸까.

노가와 미키의 모습이 뇌리에 되살아났다.

지친 여자가 외등 아래에서 비닐봉지를 고쳐 든다.

지쳐 보이는 얼굴, 귀신 같은 얼굴.

그런 사람은 누구에게도 도움을 받지 못한다.

그렇다. 아무도 도움을 주지 못한다.

많은 사람이 어린 요시자와 스에오를 안타깝게 여겼다.

힘이 되어주고 싶다고 생각했다.

실제로 파출소 경찰관은 공부를 가르쳐줬고, 주점 주인 겐이치는 야구장에 데려갔고, 동네 여자들은 그를 위해 체육복에 번호표를 달아줬다. 고등학교 담임은 그의 소년심판을 앞두고 변호사 고용 비용을 위해 모금을 했다.

그랬는데도 결국 요시자와 스에오는 수렁에서 벗어나지 못했다.

그렇게 신중하고 강철 같은 의지를 가진 남자였지만 결국 본인과 주변 사람이 바라는 평온하고 안전한 생활을 손에 넣는 데 실패했다.

지금 나사 공장 사장은 요시자와 스에오의 신원보증인을 신청한 상태다. 중간에 다리를 놓은 것은 엔도 모리오 변호사다. 보석금도 나사 공장 사장이 내기로 했다.

요시자와 스에오는 처음에 신원보증인이 되겠다는 사장의 제안을 거절했다.

면회를 갔던 엔도 모리오 변호사는 집행유예가 나올 가능성은 거의 없다고 전했다.

"혐의는 가메이치 제과 공갈미수야. 하지만 자네 경우에는 위법적인 일에 발을 들이고 있었기 때문에 집행유예가 나올 가능성은 낮아. 2년 정도는 교도소에 있어야 한다고 각오하는 게 나을 거야."

엔도 변호사는 나사 공장 사장이 걱정한다는 말도 전했다.

"만약에 공장에서 계속 일했으면 이런 일은 안 일어났을 거라고, 시마다 선생님이 그렇게 부탁했는데 무책임한 짓을 했다고 사장님이 안타까워하서. 사장님의 마음을 생각해서 보석을 받아들이는 게 어떨까?"

요시자와 스에오는 그래도 폐를 끼칠 수 없다며 보석 신청을 거절했다.

미치코는 점토를 끈처럼 꼬아 이어 붙인 다음 길게 늘어 놓은 것 같은 좁은 계단을 올라가 엔도 변호사의 사무실을 방문해 이야기를 들었다.

요시자와 스에오의 여동생 메이가 엔도 변호사에게 연락했다고 한다.

요시자와 메이는 텔레비전에서 나오는 목소리가 오빠라는 걸 바로 알아챘고, 숨을 죽이고 사태의 추이를 지켜봤다. 그리고 보석 허락을 받기 위해 가족이 필요할 경우 최대한 돕겠다며 엔도 변호사에게 연락처를 남겼다고 한다. 요시자와 스에오는 그 메모를 잠시 쳐다본 후 쫙쫙 찢어버리더니 그러다 빚쟁이만 달라붙을 뿐이라며, 어차피 두 달 있으면 교도소에 가니까 쓸데없는 짓 하지 말라고 전해달라고 부탁했다.

미치코는 산에이 기사가 실린 프런티어 9월호를 요시자와 스에오에게 보내주라고 나카가와에게 말했다.

요시자와 스에오의 어머니에게도 연락이 닿았다. 어머니는 여관에서 일하다 만난 손님과 결혼한 상태였다. 상대는 건축 설계사고 지금은 도야마의 산속에서 살고 있다. 어머니는 나카노 서에서 사정청취에 답한 후 도야마로 돌아갔다.

여전히 비춰 보일 듯 맑은 피부였다고 아키즈키는 말했다.

그때 미치코는 처음으로 스에오의 어머니 이름을 알았다.

스에. 스에라는 소녀는 자기 자식에게 스에오라는 이름을 지어줬다.

열일곱 살에 자식을 낳아 엄마가 된 여자의 때 묻지 않은 결심이 보이는 것 같다고 미치코는 생각했다.

결국 요시자와 스에오가 보석을 신청하고 수리되었다.

벌써 가을이 와 있었다.

시신 냄새가 진동하던 여름. 그래도 태양 고도가 낮아지면 가을은 온다. 아침이 오지 않는 밤이 없는 것처럼 끝나지 않는 여름은 없다.

미치코는 몇 번이고 이타바시를 방문해서 남매를 아는 사람을 수소문해 돌아다니고, 두 사람이 살았던 아파트를 찾아 갔다.

아파트 앞에는 작은 공원이 있다. 칠이 벗겨진 놀이기구가 늘어서 있는 쓸쓸하고 작은 공원에서 오빠와 여동생은 손님이 돌아가기를 기다렸을 것이다.

녹슨 그네와 용수철 흔들목마, 외등 하나와 모래놀이터와 코끼리 미끄럼틀 그리고 벤치.

그 아담한 장소에서 올려다보이는 곳에 자리한 집과 여기서 조금만 가면 나오는 상점가.

지금은 사라진 난잡한 집들과 그곳을 구불구불 이어주는 좁고 험한 골목.

넓은 줄 알았던 초등학교 운동장이 어른이 되고 보니 몹시 좁게 느껴지는 것처럼, 어린 요시자와 스에오에게 이곳은 하나의 세계처럼 펼쳐져 있었으리라고 미치코는 생각했다.

미치코는 공원 앞에서 기다렸다.

오후 6시, 아파트에서 젊은 남자가 내려왔다.

선이 가녀린 남자. 첫인상은 곧 어디로든 사라질 것처럼 몸놀림이 가볍다는 것이었다.

그가 계단을 내려와 미치코를 발견하고 걷는 속도를 살짝 늦추었을 때, 그저 몸놀림이 가벼운 것이 아니라 상황을 분석하고 파악하는 속도가 대단히 빠르다는 것을 깨달았다.

움직임에 소리가 없다.

"요시자와 스에오 씨죠?"

미치코가 다가가 말을 걸었다.

요시자와 스에오는 미치코에게 시선을 맞췄다.

"자마 세이라, 모리무라 유나를 살해한 진범은 당신이죠?"

요시자와 스에오는 우뚝 발을 멈췄다.

"저는 프런티어의 기자, 기베 미치코예요. 산에이 기사를 썼어요."

요시자와 스에오는 미치코에게 시선을 맞춘 채 움직이지 않았다.

"전 계속 생각했어요. 어째서 당신이 그 여자들을 죽였는지, 그 이유를요. 이제 와서 진실을 떠들고 다니진 않을 거예요. 경찰은 당신을 살인죄로 기소하지 못했으니까요. 그렇지만……."

미치코는 계속했다.

"아무 증거도 없이 이 결론에 이른 건 아니에요. 단 하나의 증거로 수사본부가 하세가와 쓰바사를 주목하게 만든 당신이라면, 그 의미를 아시겠죠?"

이 남자에게 승산이 얼마나 있었을까?

"수많은 우연이 결과를 바꿀 수 있다는 점은 예상했을 거예요. 어쩌면 새로 설치된 N시스템에 걸렸을지도 모른다, 어쩌면 이타바시에 세웠던 오렌지색 프리우스가 CCTV에 찍혔을지도 모른다. 여러 가능성을 덮고 당신은 승부를 걸었어요. 우연이 자멸을 초래할 증거가 될 확률은 몹시 낮아요. 운명을 가르는 건 물적 증거라는 사실을, 당신은 아마 열일곱 살 때 받은 취조를 통해 감각적으로 깨달았겠죠. 공판 유지가 무엇에 기반해 이루어지는지 습득했다고 말해도 좋겠군요. 많은 우연이 당신을 피해 갔지만, 당신 쪽으로 떨어진 우연이 있어요. 우연이 두 차례 겹치면 그건 우연이 아닌 필연이죠. 나카노 살해 사건에는 사실 우연이 두 차례 겹쳤어요. 하지만 당신은 아직 그 사실을 모르죠."

요시자와 스에오는 가만히 서서 듣고 있다가 근처에 있는 놀이기구에 앉았다. 스에오가 앉은 판다 모양의 흔들목마는 눈 주위의 검은색이 바래서 수척해진 백곰처럼 보였다.

낡은 놀이기구 위에 앉아 있는 요시자와 스에오는 상상했던 것보다 훨씬 젊었다. 그리고 여동생의 사진에서 느껴지던 명랑함이나 약동감은 없다. 그 눈이 지긋이 미치코를 응시하고 있었다.

눈빛은 절대 공격적이지 않았지만 당장에라도 눈 깊은 곳에서 손이 불쑥 뻗어 나와 미치코의 마음속으로 파고들 것 같았다.

"전 어느 시점부터 요시자와 스에오라는 남자는 사람을 죽이지 않을 거란 확신이 들었어요. 당신이 살인범이 되면 메이 씨는 살인범의 동생으로 살아갈 수밖에 없죠. 그러니 당신이 섣불리 살인 같은 걸 할 리가 없어요. 하지만 모리무라 유나와 자마 세이라를 살해해서 하세가와 쓰바사가 얻을 이익이 뭐가 있을까요? 그 둘을 살해한다고 가메이치에서 돈을 받을 수 있는 것도 아닌데.

산에이에 2백만 엔이라는 돈을 요구했다가 무시당하고 사채업자한테 린치를 당하고…… 거기까지는 하세가와 쓰바사의 이야기를 어느 정도 이해할 수 있어요. 그렇지만 그 후에 여자 두 명을 살해하고 산토 가이토를 죽여서 권총 입수 경로를 지워버리는 등 계속 일을 크게 키운 점은 이해가 가지 않더군요. 노가와 아이리는 모든 일이 하세가와 쓰바사의 주도로 이루어졌다고 말했어요. 하지만 노가와 아이리는 사건의 전모를 파악하지 못했어요. 그녀가 아는 건, 본인이 본 것과 들은 것뿐이에요."

바로 앞에 남매의 집이 보인다. 지은 지 반세기는 된 듯한 낡은 건물이다.

"이 공원이군요. 당신과 메이 씨가 시간을 보낸 곳이."

스에오는 미동조차 하지 않았다.

그는 자신의 범죄가 어떻게 드러났는지, 그래서 지금 얼마나 위험한 상황인지, 내가 말한 '두 차례의 우연'이 무엇인지 파악하고 싶을 것이다.

"메이 씨가 태어나기 전부터 당신은 이 공원 구석에서 많은 것들을 견디며 지냈어요. 동네 여자들은 그 어미에 그 자식이라며 혀를 찼어요. 가정환경이 안 좋은 집에서 자란 아이는 자신의 가정도 무너뜨리는 경우가 많죠. 성매매를 하는 엄마를 보며 배움도 상식도 없이 자란 딸은 쉽게 성매매에 발을 들여요. 그건 개인의 문제가 아니에요. 개인이 선택할 수 없는, 달아날 수 없는 길 같은 거예요. 당신이 그 길을 거역하려고 했을 땐 우리가 생각하는 이상의 고난이 따랐겠죠. 당신은 공부해서 고등학교에 들어갔어요. 이 길에서 벗어나려면 공부해서 학력을 높이고 취직해서 사회인이 되는 것, 사회의 위쪽으로 들어가는 수밖에 없다고 생각했기 때문이겠죠. 도중에 돈이 떨어지면 다시 범죄에 손을 댔어요. 당신은 생활자금이 떨어지면 범죄를 저질렀어요. 바꿔 말하자면 범죄를 통해 생존 위기를 극복해 온 거죠."

그를 둘러싼 혼돈에서 그의 마음을 구해낸 것이 배움이었을 거라고 미치코는 생각한다. 배움에는 갈 방향을 일러주는 이정표가 있고 결과가 있다. 그 결과는 공평하고 노력이 보상을 받는 세계다.

"시마다 선생님은 요시자와를 대학에 보내고 싶어 했다, 그렇지만 요시자와한테는 아직 초등학교 4학년인 여동생이 있었다. 엔도 변호사님은 그렇게 말씀하셨어요. 그 무렵 당신은 절도에 가담했죠. 시마다 선생님은 경찰서 문턱이 닳도록 드나들며 정상참작을 부탁했어요. 엔도 변호사님은 그때 시마다 선생님이 했던 말을 기억하고 계시더군요. '요시자와는 아무 말도 안 했지만, 대학에 가고 싶었을 거다. 그래서 그 범행에 가담했던 것 같다.'"

스에오가 미치코를 뚫어져라 보고 있다.

"'그래도 녀석은 좌절하지 않았다. 내가 찾아준 금속 가공 공장에 취직했다. 경찰에 검거된 기록이 남아 있기 때문에 갈 수 있는 곳이 거기밖에 없었다. 녀석은 머리를 숙이고 잘 부탁드린다고 말했다. 녀석이 공장을 그만둔 다음, 그 공장에서 금고가 사라졌다는 이야기를 들었다. 절대 녀석이 한 짓이 아니다. 하지만 소문을 이길 재간은 없다.' 시마다 선생님은 무척 원통해하셨어요. 전 생각했어요. 요시자와 스에오라는 사람은, 새삼스레 그런 일로 원통해하지도 않았을 거라고. 당신이 공장에서 금고를 훔쳤다는 혐의를 받고 있을 때 어머니가 마지막 빚을 당신한테 떠넘겼어요. 보통 사람이라면 진절머리를 내며 모든 걸 놔버렸을 거예요. 그런데도 끝내 쓰러지지 않았던 건 아직 열한 살인 여동생이 있었기 때문이에요. 그런 당신이 동생의 장래를 망치는 짓을 할 리가 없었죠."

스에오는 갑자기 웃음을 지었다.

"자신을 지켜주는 사람이 없었기 때문에 당신은 동생의 보호자가 되려고 한 거죠."

스에오는 웃음을 거두었다.

"이번에도 당신은 돈을 갚아야만 했어요. 그 돈은 동생이 인질로 붙잡혀 있는 빚이니까요. 코브라라는 카바레 클럽에서 가르쳐줬어요. 그 사람들은 채무자가 어디로 숨든 찾아낸다고 하더군요. 못 갚으면 동생이 몸으로 갚아야 하죠. 점장이 그렇게 말해줬어요."

스에오는 미치코를 응시했다. 외등이 눈을 깜빡이는 것처럼 점멸하더니 곧 불을 밝혔다.

"전 이상하다는 생각을 떨치지 못했어요. 두 용의자는 모두 돈 때문에 매우 난처한 상황에 처한 사람이에요. 그런데 범인은 일을 크게 벌리기만 하고 어떻게 돈을 수중에 넣으려는 걸까? 예상대로 마지막엔 돈은 필요 없다고 했어요. 그때 이런 생각이 들었어요. 처음부터 이 범인에겐 다른 목적이 있었던 게 아닐까 하고 말이에요."

요시자와 스에오는 과묵한 남자다. 그의 화려한 범죄 이력을 보면 구제불능이 분명한데도, 그를 대면한 당사자는 하나같이 그를 나쁘게 말하지 않는다. 파출소 순경조차 스에오에게 마음을 썼다.

　미치코는 나사 공장 사장이 했던 이야기를 떠올렸다. 6천 엔을 갚으며 깊숙이 머리 숙인 그 경우 바른 사내의 이야기를.

　"당신이 텔레비전 생방송 중에 전화를 걸어 했던 말은 아마 본심이겠죠. 분명히 그렇게 들렸어요. 그건 당신 자신이 같은 환경에 있었고, 그녀들 때문에 고통을 받으며 살아왔기 때문이겠죠. 하지만 원한을 토해내는 게 목적도 아니었어요.

　당신은 부지런히 공부해서 원인과 결과의 인과관계를 분석하는 능력을 길렀고 목적과 수단을 정리하는 기량도 갖췄어요. 그러니 노력할 수 있죠. 노력이 결실을 맺지 않더라도, 노력은 수단에 지나지 않으니까 목적을 가진 한 다른 수단을 짜낼 수 있어요. 그렇기 때문에 당신은 한계를 모르고 헤쳐나갈 수 있었어요. 동생이 어머니의 전철을 밟지 않도록, 아직 학생이었던 당신이 5년 동안 돌봄센터로 동생을 데리러 간 것만 봐도 목적과 그 수단이라는 순서를 잘 이해하고 있다는 점을 알 수 있어요. 그리고 그걸 실행하는 끈기에 놀랐어요. 동생을 지키려면 질 나쁜 친구들을 만날 기회를 없애는 수밖에 없어요. 그땐 어머니조차 동생을 데리러 오지 못하게 했어요. 모리

446

무라 유나의 어머니는 집에 손님을 들이다 딸까지 팔게 된 것 같더군요. 어머니한테 악의가 없더라도 단둘이 있게 두면 그런 결과도 생길 수 있다, 당신한텐 그런 상상력도 있었어요."

스에오가 입을 열었다.

"날 칭찬하러 왔나요?"

몸 안이 술렁거렸다. 이 목소리가 그 전화 속 남자의 것인가. 낮지만 또렷한 목소리다. 명료하게 전달되는 목소리.

"당신 행동에는 목적이 있다고 말하고 싶은 거예요."

스에오가 다시 입을 다물었다.

과묵하기 위해서는 인내가 필요하다. 반론도 동의도 모두 담아둬야만 하기 때문이다.

"노가와 아이리를 전면에 내세워 이목을 집중시킨다. 도저히 돈을 받아낼 수 없는 협박을 한다. 우리는 놀아났죠. 정말 가메이치에서 돈을 받아내고 싶었다면 노가와 아이리의 계좌를 지정하는 일은 없었겠죠. 가메이치 사장은 돈을 내놓을 의사도 있었다고 하니까요. 그렇지만 범인에게는 그 돈을 손에 넣을 수단이 없었어요. 노가와 아이리 명의로 된 계좌를 지정한 순간부터, 돈을 찾을 길은 없어요. 노가와 아이리를 전면에 내세운 이유는 사건을 산에이와 연관 짓기 위해서였어요. 두 명을 살해하고 세 번째 희생자를 언급하는 협박장을 방송국과 대형 과자 회사에 보낸다면, 산에이 공장장이 잡지 기자한테 말하지 않았더라도 수사본부가 산에이 협박 건을 파헤쳤겠죠. 노가와 아이리의 계좌에는 산에이 공장장이 입금한 내역이 여러 건 기록되어 있으니까."

수사는 반드시 노가와 아이리와 그녀가 소굴로 삼고 있던 집의 주인, 하세가와 쓰바사에게 이른다. 수사1과라면 하세가와 쓰바사를 알아내는 데 한나절이면 충분하다. 공장장이 미치코에게 말을 했든 안 했든 수사는 착착 진행되었을 것이다.

"미수에 그치게 한다. 범인의 의도가 거기에 있다고 생각하면 앞뒤가 다 맞아떨어지죠. 처음부터 가메이치에서 돈을 받아낼 마음이 없었다고 한다면 말이에요."

범인은 두 손 두 발 다 들 정도로 사회를 우습게 보고 있거나, 우리가 아직 찾아내지 못한 의도가 있거나 둘 중 하나라고 아키즈키는 말했다. 어떤 의미에서는 양쪽 모두 맞는다고 할 수 있다.

이 남자는 세상 사람들이 상상하는 것과는 다른 의도를 가지고 수사 방향을 계산하고 있었다. 목적을 오인하게 만들면 순식간에 수사는 막다른 곳에 부딪힌다. 취재도, 범죄수사도 상정한 얼개 없이는 쌓아나갈 수 없기 때문이다.

"무슨 일이 있더라도 메이 씨만은 지키겠다. 그 모습에선 불굴의 정신마저 느껴져요. 고등학교를 졸업한 메이 씨가 가장 먼저 한 일은 오빠와 함께 빚을 갚는 거였어요. 그건 어렸던 메이 씨가 어른이 됐다는 증거이기도 했을 테죠. 그런 동생이 빚을 자신한테 덮어씌웠다 하더라도, 그 빚은 따지고 보면 자신이 만든 것이지 동생이 만든 게 아니에요. 호스트 클럽 남자랑 도망친 건 너무한 짓이지만, 그것도 따지고 보면 카바레 클럽에서 일하게 만든 자기 책임이기도 했어요. 성인이 된 여동생이 뜻밖에도 사랑에 빠졌어요. 당신은 생각했겠죠. 화는 나중에 내면 된다. 어떻게 하면 동생을 지킬 수 있을까. 빚을 갚아야 한다. 당신의 목적은 빚을 갚는 거였어요. 당신은 오로지 그걸 목적으로 삼았을 거예요. 그 돈을 어디서 벌 것인가.

'너 이 자식, 납치라고' 하고 고함을 지른 건 하세가와 쓰바사였어요. 당신이 전면에 나선 시점은 나카노 살해사건 후부터죠. 취조에서 당신은 방송에서 한 말이 본심이라고 했다죠? 하지만 난 그렇게 화를 낸 건 계산된 행동이 아니었을까 생각해요. '모금이라도 하지 그래?'라는 당신의 말은 가슴에 박혔어요. 당신은 나처럼 닳고 닳은 인간마저 잘 속여 넘겼어요. 감정을 억누르는 재주를 익혔기 때문에 냉정하게 계산하고 움직일 수 있었어요. 언제나 주의 깊게 관찰하고 살아남았죠."

스에오가 미치코를 보았다.

"쓰바사는 왜 부모님한테 빚을 갚아달라고 부탁하지 않았을까요? 쓰바사의 아버지는 딸을 납치하고 3백만 엔을 요구한 범인이 아들이란 걸 눈치채고 있었을 거예요. 아버지는 3백만 엔을 주면서 끝이라고 못을 박았어요. 그래도 쓰바사는 안색 하나 바꾸지 않았죠. 이번 사건으로 가장 득을 본 게 누구일까 생각했어요. 자마 세이라의 어머니는 눈물 한 방울 흘리지 않았어요. 모리무라 유나의 어머니에게 딸의 죽음은 성가신 일이었죠. 만약 노가와 아이리가 살해당했다면, 그녀의 어머니는 남몰래 홀로 눈물을 흘렸을지도 모르겠네요.

하세가와 쓰바사는 자기가 안 죽였다고 계속 주장하고 있다더군요. 그의 아버지는 그가 2천만 엔이라는 빚 때문에 범죄를 저질렀다는 소식을 듣고, 그 정도 돈이라면 어떻게든 마련해 줬을 거라고 말했대요. 대학교에서야 평판이 좋지만, 고등학교 시절의 하세가와 쓰바사를 아는 사람들은 그가 '거짓말쟁이'에 '성실하지 않다'라고 말했어요. 가장 득을 본 건 그를 입사시키기 전에 걸러낼 수 있었던 회사일지도 모르겠다, 아주 잠깐 그런 아이러니한 상황도 생각해 봤어요. 그런데……."

미치코는 신중하게 말을 더했다.

"범행을 부인하는 쓰바사의 외침에 몹시 절실함이 담겨 있다고 하더군요."

스에오의 안색이 바뀌었을까? 외등 불빛이 충분히 밝지 않아서인지 모르겠지만 조금도 그렇게는 보이지 않았다.

"나는 이 계획이 당신과 하세가와 쓰바사의 아버지가 공모

한 거라고 생각해요."

스에오는 그때 확실하게 고개를 들었다. 눈을 피하지 않고 똑바로 미치코를 응시했다.

"두 명을 살해하면 극형을 받겠죠. 생명은 다른 사람을 위해 존재하는 게 아니에요. 본인을 위한 거죠. 살아갈 가치가 있느냐 없느냐의 문제가 아니라, 태어난 존재에겐 당연히 살아갈 권리가 있어요. 그 권리를 두 개나, 자신의 생명이 위기에 처한 것도 아닌 상황에서 빼앗는다면 그 인간은 사회에 있으면 안 되는 인간이죠. 애초에 생명에 가치 같은 건 없어요. 어떤 쓰레기에게도 보장된 권리죠.

하세가와 쓰바사는 기소될 거예요. 경찰은 음모론은 채택하지 않아요. 입증하지 못할 테니까요. 그리고 음모를 제기하지 않는다면 두 사람을 살해한 범인은 쓰바사가 될 거예요. 쓰바사가 산토 가이토를 살해했기 때문이죠. 계획을 위해 한 사람을 살해한 남자가 '내가 살인을 할 리가 있겠느냐'라고 항변하는 논리는 통하지 않아요.

그가 얼마나 허술한 협박을 반복하고 사람을 무시하는 말을 내뱉었는지는 산에이 공장장이 증언할 거예요. 그리고 얼마나 궁지에 몰려 있었는지는 사채업자들의 증언과 그의 몸에 남은 상처를 보면 명백해요. 그가 기본적인 도덕심조차 없는 인간이라는 건 동생 납치와 '빈곤 퇴치 NPO' 소녀들을 배신한 행위를 보면 알 수 있어요. 사회 질서를 존중하지 않는 성향은 불법 도박에 푹 빠져 지냈다는 사실에서 엿볼 수 있고요. 그리고 흥분하면 자신을 제어하지 못한다는 건 노가와 아이리에게 가한 폭행뿐만 아니라 고등학생 때 그가 가담한 집단 괴롭힘의 내용을 조사하면 알 수 있어요.

그런 그가 권총을 가지고 있었다면, 그리고 '쓰레기 둘을 죽이고 사회에 몸값을 요구한다'라는 계획을 세웠다면 자기가 알던 여자 두 명을 충분히 살해할 수 있어요."

스에오는 정확하게 미치코에게 시선을 맞춘 채 고개를 돌리지 않았다.

"나카노 사건은 물증이 없기 때문에 쓰바사는 마지막까지 포기하지 않을 거예요. 하지만 증거불충분으로 무죄를 받아낸다 하더라도, 그의 가족에겐 그와 연을 끊을 충분한 이유가 되겠죠. 두 번 다시 자신들 근처에 그가 올 일은 없어요. 이 사건으로 정말 득을 본 건 하세가와 쓰바사의 가족이에요."

스에오는 마치 동상이 된 것 같았다. 입을 굳게 다물고 눈은 여전히 똑바로 미치코를 응시하고 있다. 미치코에게는 그 표정 하나하나가 해답이기도 했다.

"당신은 먼저 모리무라 유나를 살해한 뒤, 밤 12시에 산토 가이토를 로쿠고 강변으로 불러내라고 쓰바사에게 지시했어요. 그리고 차를 가와사키의 미나미가와라 공원 공중화장실

앞에 두고 오라고 했죠. 쓰바사는 당신의 지시대로 4시에 차를 타고 아파트로 돌아왔어요. 그동안 당신은 내내 쓰바사의 아파트에 있었고요. 미나미가와라 공원에 세웠던 차가 로쿠고 강변에 나타났고, 운전자는 산토 가이토를 살해하고 흉기인 돌을 차에 실은 다음 어딘가에 버렸어요. 즉, 돌에 묻은 산토 가이토의 피가 차에 남게 한 거죠. 그리고 차는 원래 위치에 다시 가져다 놨어요. 그때 운전한 사람은 쓰바사의 아버지인 하세가와 도루 아닌가요?"

요시자와 스에오는 그저 들려오는 말만을 자기 안의 깊은 곳으로 빨아들이고 있다.

"하세가와 도루의 도움으로 당신의 알리바이가 완성됐어요. 산토 가이토는 쓰바사가 말한 곳에서 기다리고 있었겠죠. 그랬을 경우, 차를 운전해서 아파트로 돌아가기만 했다는 쓰바사의 진술은 앞뒤가 들어맞아요."

스에오가 천천히 자세를 바꾸었다. 외등 불빛에 스에오의 모습이 분명하게 드러났다.

무엇인가로부터 해방되었기 때문일까. 음습해 보였던 남자의 눈은 생각했던 것 이상으로 힘이 있는 눈으로 바뀌어 있었다. 가녀린 이목구비가 요염하기도 했다.

"하지만 이 가설은 채택되지 않겠죠. 당신과 하세가와 도루사이에는 접점이 없으니까요. 언제 그런 계획을 세웠겠냐는 반문이 나오겠죠. 발각되면 정말로 사회적 지위는 물론이고 목숨이 걸린 결단이니까요.

　반사회적 성향을 가진 자식을 둔 부모의 고통이나 고뇌를 모르는 사람들은 친자식을 사회에서 말살하는 결단을 절대 이해하지 못할 거예요. 그렇지만 그들의 마음은 터질 듯이 억눌려 있죠. 할 수 있다면 자기 손으로 죽여버리고 싶다는 생각마저 하죠. 하세가와 쓰바사의 증언이 진실이라고 가정할게요. 모리무라 유나를 살해하기 전, 당신은 이타바시의 집에 들렀어요. 당신이 한 시간 정도 후에 돌아왔다고 쓰바사가 증언했죠. 그리고 이어서 들렀던 가시와기의 편의점 뒷골목에서 당신은 권총을 발포했어요. 그러니 권총은 집에서 가지고 나온 거겠죠. 당신과 동생이 살았던 그 작은 아파트는 아주 깔끔하게 정리되어 있던데, 과연 거기에서 한 시간씩이나 머물렀을까요? 툇마루나 다락방이 있는 것도 아닌데.

　저기 보이는 저 아파트 단지 아래에 아직도 공중전화가 있더군요. 당신은 거기서 쓰바사의 아버지와 통화했어요. 그래서 한 시간이나 걸렸던 거예요. 그렇다 하더라도……."

　미치코는 스에오를 응시했다.

　"아들을 처리해 주겠다. 그러니 산토 가이토 살해를 도와달라. 그런 이야기가 전화 한 통으로 끝날까요? 아무리 생각해도 그건 억지스럽죠. 그래서 이 가설은 그 자리에서 부정당할 거예요."

미치코는 스에오를 바라보았다.

"하지만 그것도 가능성은 있어요. 사전에 아버지를 만났다면 말이에요. 당신이 그 눈으로……."

주의 깊고 예민한 눈이다. 하지만 절대 음험하지 않다. 총명하고 의지가 강한 눈.

'전 말이죠, 요시자와 스에오는 다른 사람의 품으로 파고드는 힘을 가졌다고 생각합니다. 사람을 믿는 힘이라고 바꿔 말해도 좋습니다. 그 힘이 방향을 바꾸면 자신을 믿게 하는 힘이 되기도 하죠.'

엔도 변호사는 그렇게 말했다.

"아버지에게 아들 이야기를 물었고, 그 아버지가 당신에게 사실을 털어놓은 거 아닌가요? 쓰바사에게 또 돈 문제가 생기면, 그땐 어쩌면 부모를 살해하고 재산을 손에 넣으려 할지도 모른다. 그 과정에서 여동생을 해칠지도 모른다. 집에 불을 지를지도 모른다. 독극물을 탈지도 모른다. 자기가 동생을 납치했다는 사실을 들킨 걸 알면서도 태연하게 집에 드나드는 쓰바사에게 아버지는 겁을 먹었어요. 저는 그가 딸을 지키기 위해 어떤 극단적인 선택을 했다 하더라도 그게 터무니없다는 결정이라고 생각하지 않아요. 그때 쓰바사의 아버지가 아들이 이 세상에서 사라졌으면 좋겠다고 말했다 하더라도 이상할 게 없다고 생각해요."

스에오의 동생 메이는 그때까지 자신을 지켜준 오빠에게 모든 빚을 떠안기고 사라졌다. 그 이기적인 행동은 잔인할 정도다. 하지만 그 행동의 바탕에는 오빠를 향한 절대적인 신뢰가 있다. 오빠라면 어떻게든 해줄 거라는 신뢰.

그리고 스에오는 그 마술을 쓰바사의 아버지에게 걸었다.

쓰바사의 집에 얹혀산 지 두 달. 그 어디쯤에서 스에오는 쓰바사의 정직하지 못한 면을 발견했다. 스에오가 쓰바사를 조사한 흔적은 사채업자의 기억에 남아 있다. 사채업자가 기억하기로는 그 시기가 6월 말이었다. 쓰바사의 아버지는 병원 근무 시간에 묶여 있기 때문에 자유롭지 않다. 누구에게도 의심을 받지 않고 두세 시간 움직이려면, 오후 진료가 없는 목요일이다. 6월 말부터 사건이 일어난 7월 15일 사이의 목요일은 6월 28일, 7월 5일, 7월 12일로 세 번이다.

하지만 가능성이 높은 것은 7월 5일뿐이었다. 7월 5일, 학회가 끝나고 집으로 돌아오기까지 몇 시간, 쓰바사 아버지의 행적이 불확실하다. 학회 참석자들은 '평소라면 집에 가기 전에 같이 한잔하는데 5일에는 일이 있다며 먼저 나갔다'라고 대답했다.

"그는 그때 차를 가져가지 않았어요. 주차장에 세워뒀죠. 그 근방을 이 잡듯 샅샅이 뒤지면 스물일곱 살 정도 되는 남자와 쉰이 넘은 덩치 큰 남자가 둘이서 대화하는 모습을 본 목격자를 확보할 수 있지 않을까요?"

패밀리 레스토랑이나 프랜차이즈 커피숍 같은 곳은 아니다. CCTV가 없는, 개인이 경영하는 가게다.

스에오의 분위기가 달라졌다.

얼굴 근육은 여전히 움직이지 않았다. 모든 감정을 말하는 것은 눈이다.

눈이, 과거가 아닌 현실로 돌아온 것이다.

눈앞에 있는 미치코에게.

5일이라는 날짜에 확신이 있었던 건 아니다. 5일에 한잔하자는 동료의 제안을 거절한 건 사실이지만, 쓰바사의 아버지가 언제나 제안에 응했던 건 아니라서 동료는 전혀 이상하게 생각하지 않았다.

'정말 5일이었구나.'

그날 스에오의 방문은 쓰바사의 동향을 알고 싶었던 아버지의 욕구와도 맞아떨어졌다. 스에오는 쓰바사가 처한 상황을 솔직하게 전했을 것이다. 2천만 엔이라는 빚, 불법 도박, 연구회 활동을 빙자한 성매매 알선, 인정사정없는 빚 독촉과 산이 협박 건. 그리고 쓰바사의 가족을 동정하기도 했을 것이다.

"어차피 쓰바사의 빚을 갚는 데 써야 하는 2천만 엔. 만약 그걸 자신에게 준다면 쓰바사가 두 번 다시 당신 가족 앞에 나타나지 못하게 하겠다. 당신은 그렇게 제안한 거 아닌가요?"

그것 말고는 로쿠고 강변에서 하마구치보다 키가 큰 남자가 산토 가이토를 살해했다는 사실을 해석할 방법이 없었다.

"마지막으로 '여자 두 명을 죽였다. 이딴 암컷 한 마리쯤 더 죽일 수 있다'라며 가메이치에 전화를 걸었어요. 7월 27일이에요. 그때 처음으로 대포폰 번호가 드러나서 산토 가이토가 용의자로 급부상했고, 연이어 하세가와 쓰바사라는 이름이 올라오면서 불과 서른여섯 시간 사이에 사태는 급박하게 전개됐어요. 그 전화는 무엇을 위한 것이었을까요? 전날인 26일에 '내일, 또 선물 보낼게'라고 말한 덕분에 수사1과는 만반의 준비를 하고 당신한테서 연락이 오기를 기다렸어요. 당신은 26일 전화 한 통으로 가메이치에 형사들을 잠복시켰어요. 그렇게 상황을 만들고 대포폰으로 전화를 건 거예요. 즉 당신은 수사1과의 통신기에 대포폰 번호를 남기기 위해, 즉 수사1과에 대포폰 번호를 선물하기 위해 두 통의 전화를 걸었던 거예요."

쓰바사를 범인으로 만들 함정은 이미 16일 시점에 설치가 끝났다. 남은 건 사건을 크게 만들어서 경찰이 진범 체포보다 '범인 체포'에 열을 올리는 상황을 만드는 것이었다. 모든 이가 납득하는, 뒤탈 날 일 없는 결말을.

둘 중 누가 범인이든 이제 아무도 관심이 없을 테니까.

"당신은 그날, 이타바시의 집에 있던 권총을 가지고 나온 다

458

음 저 공중전화에서 쓰바사의 아버지에게 전화를 걸었어요. 계획을 실행하기로 했으니 일을 하나 도우라고."

하세가와 도루의 통신 기록을 낱낱이 조사하면 7월 15일 오후 8시 무렵 '공중전화'에서 발신된 통화 내역이 있을 것이다. 공중전화에도 번호가 있다. 수사1과가 조사하면 하세가와 도루가 바로 여기 있는 공중전화에서 건 전화를 받았다는 사실을 증명할 수 있을 것이다.

"칠이 벗겨진 분홍색 다이얼식 공중전화가 10엔짜리 동전 여러 개를 삼키면서 통화를 이어줬어요. 아마 30분 정도. 그걸 1과에 이야기하면 모든 게 뒤집히겠죠."

스에오는 미치코에게서 시선을 떼지 않고 훗 하고 작게 웃었다.

"뒤집힐 일 없습니다. 그 전화를 걸었다는 인물이 나타나고, 하세가와 쓰바사의 아버지도 그 인물과 통화를 나눴다고 증언하겠죠. 그게 거짓말이라고 증명하는 건 불가능해요."

이타바시에서 전화를 건 사람 정도는 준비할 수 있다는 의미다. 그리고 쓰바사의 아버지는 스에오 말대로 말을 맞출 것이라는 뜻이다.

그리고 그것은 스에오가 미치코의 가설을 인정했다는 의미이기도 하다.

쌀쌀한 밤공기가 공원을 감쌌다. 사람 하나 없는 초라한 공원. 미끄럼틀 색은 바랬고 작은 그네의 밑싣개는 가장자리부터 시커멓게 썩고 있다.

"하나만 말해줘요. 15일, 당신은 왜 쓰바사를 때린 거죠?"

미치코는 요시자와 스에오를 응시했다.

"범행 직전에 당신은 쓰바사를 몹시 때렸어요. 심장병 환아 수술에 8천만 엔이 부족하다는 뉴스가 나온 건 5시 20분. 쓰바사는 그 뉴스에 심기가 불편해졌어요. 그리고 '난 겨우 2천만 엔이면 충분한데'라고 말했죠. 노가와 아이리의 증언에 따르면 당신이 쓰바사를 때린 건 그 후예요. 당신은 쓰바사의 멱살을 잡고 밖으로 나갔어요. 노가와 아이리를 때린 쓰바사한테 벌준 거라고 해석할 순 있어요. 하지만 그 몇 시간 후에 노가와 아이리와 다름없는 처지에 있는 여자의 미간에 총알을 박아 넣었어요. 그 사실이 계속 마음에 걸려요."

스에오는 편안한 모습이었다.

"난 내가 한 일에 대해선 설명할 수 있어요. 맞아요, 쓰바사를 때렸어요. 하지만 절대 노가와 아이리가 불쌍해서 때린 건 아니에요. 노가와 아이리가 불쌍하다고 생각한 적은 한 번도 없어요.

그날, 그래요. 분명히 5시가 지났을 때였어요. 아픈 아이를 위해 1억2천만 엔이라는 돈을 모으고 있다는 뉴스가 나왔는데, 쓰바사는 그 뉴스를 불만스러운 듯이 손톱을 잘근잘근 씹으면서 듣고 있었어요. 그러더니 갑자기 '너네 집은 뭐 좀 털어먹을 거 없어?'라는 말을 꺼냈어요. 그러자 한바탕 얻어맞고 주저앉아 있던 아이리가 '이 녀석 집에 무슨 돈이 있어'라고 말하며 나와 내 가족을 모욕했어요. 이 녀석은 아버지가 누군지 모른다, 가게 앞 음식을 낚아채 도망가는 떠돌이 개 같은 녀석이라고 했어요. 어머니는 글도 못 읽고 여동생은 엄마 대를 이어 몸을 판다, 그런 말도 했어요. 아이리는 큰 입을 벌리고 깔깔 웃으면서 그렇게 말했어요.

사람들이 나한테 싸움을 걸거나 업신여겨도 난 아무렇지 않아요. 아이리는 걸핏하면 쓰바사한테 맞고 발가벗겨지고 괴롭힘을 당했죠. 전혀 사람 대우를 받지 못했어요. 만약 쓰바사한테 그런 대우를 받는 걸 아이리가 슬퍼하거나 분하게 생각했다면, 같은 처지에 있는 사람을, 태어날 때부터 불리한 인생을 살 수밖에 없었던 사람을 그렇게 큰 소리로 웃으면서 깔볼 수 있었을까요? 내가 떠돌이 개고 어머니가 글을 못 읽고 여동생이 몸을 판다는 게 사실인지 아닌지는 떼어놓고 말이에요.

난 아버지가 없고, 어머니가 남자한테 몸을 팔아 먹고사는 집에서 태어났어요. 크면서 나와 어머니와 동생이 살아가기가 얼마나 힘든지를 실감했죠. 어부들이 하는 말 중에 '널빤지 한 장 아래는 지옥'이라는 말이 있어요. 나는 그게 어떤 심정인지 알아요. 지금 살아 있는 건 우연히도 균형이 무너지지 않았기

때문이지, 언제 어떤 식으로 삶이 전복될지 모른다는 공포를
매분 매초 느꼈어요. 난 열심히 키를 잡았어요. 선생님은 내게
운명을 개척하라고 했죠. 하지만 내 인생은 바닥이 없는 진창
을 걸어가는 거나 마찬가지여서 하루하루 먹고사는 것만으로
진이 빠졌어요. 난 다른 사람이 베푸는 온정을 누렸으면서 그
걸 배신했어요. 그리고 다시 믿어주는 사람들의 도움을 받았
고 또 배신했어요. 배신할 때마다 내 몸을 베는 것처럼 괴로웠
어요."

　미치코의 눈에는 머리 위에 어린 소녀를 업고 무릎까지 가
라앉는 진창길을 걸어가는 소년의 모습이 보였다.

　"모두가 당연하다는 듯 걷고 있는 저기 저 햇볕이 내리쬐는
대지를 딛고 싶다. 간절히 원했지만 난 계속 넘어졌어요. 그래
도 일어서는 수밖에 없었죠. 아이리는, 나에 대해서 거의 모르
는 아이리는, 그때 날 비웃으면서 쓰바사 옆에 서려고 했어요.
쓰바사의 환심을 사고 싶다, 쓰바사와 같은 곳에 서고 싶다, 그
러기 위해서라면 무슨 짓이든 할 수 있고, 어떤 말도 하겠다.
자신이 당했던 멸시를 아무런 거리낌 없이 다른 사람에게 휘
두를 수 있다. 웃고 있는 아이리를 보니 화가 치밀었어요. 아
이리는 금세 또다시 쓰바사한테 발길질을 당하기 시작했어요.
쓰바사는 아이리에게 욕설을 퍼부으며 발길질을 했어요. '돈
이 필요하다고, 이 쓸모없는 년아.' 자기가 내뱉는 말에 흥분

해서 길고양이를 걸어차듯이 아이리를 찼고, 아이리는 벽으로 몰리면서도 쓰바사한테 한마디도 따지지 않았죠.

아이리는 쓰바사가 무슨 짓을 해도 따지지 않아요. 발가벗기고 사진을 찍어도 반항하지 않고 수치심도 느끼지 않아요. 강자에게 아부하고 약자한텐 어떤 동정도 공감도 하지 않죠. 쓰바사한텐 때릴 권리가 있고 아이리는 그걸 견뎌내야만 하죠."

미치코 귓가에 전화를 통해 들렸던 목소리가 되살아났다.

'이것들은 인간이 아니야. 지능이 토끼 정도밖에 안 돼.'

차례차례 스에오가 했던 말이 재생되기 시작했다.

'이딴 여자 목숨, 살려줘 봤자 사회에 아무 보탬도 안 돼. 애를 낳아서 학대하고, 몸을 팔고, 여기저기 클레임이나 넣으면서 살다가 마지막엔 생활보호를 받겠지.'

'그딴 여자들은 쓰레기야. 동물 이하라고. 마음 내키는 대로 몸을 굴리고 언제 애가 생겼는지도 모르지. 애를 지울 돈도 없고 머리도 안 돌아가. 어쩔 수 없이 낳고 난 다음에는 죽어라 괴롭히며 키우지. 당신들이 그런 일은 부끄러운 게 아니라며? 밝고 열심히 일하는 엄마라며? 나쁜 건 사회지 여자가 아니라며?'

'돈 때문에 남자 앞에서 알몸이 될 수 있는 게 천박한 매춘부야. 돈만 쥐여주면 사람들 앞에서 알몸으로 울 수도 있어. 미

개하기 그지없는 쓰레기니까.'

그리고 마지막엔 항상 같은 말에 당도한다.

'쓰레기 같은 여자라도 생명은 생명이잖아. 살려주지 그래?'

스에오는 지긋이 미치코를 쳐다보았다. 그 눈은 이제 정체를 알 수 없던 눈이 아니다.

"그래서 화가 나서 때렸어요."

"그때 결심이 섰군요."

스에오의 눈이 번뜩 빛난 것 같았다.

"지금 있는 곳에서 벗어나고 싶다는 마음 하나로 27년 동안 살아온 당신은, 여기서 포기할 수 없었어요."

스에오가 마른침을 삼키며 듣고 있다. 그의 눈이 끈적끈적한 질감으로 미치코를 바라본다는 것은, 미치코의 추리가 그 순간을 정확하게 재현하고 있다는 방증이다.

"당신은 1천2백만 엔을 갚는 것만 생각했어요. 7월 5일, 쓰바사의 아버지와 만나 대화를 하는 동안 이 남자에게 돈을 받을 수 있겠다고 직감했죠. 빚을 갚기 위해 청부업자가 될 각오를 한 거예요. 그때부터 계속 이번 일을 계획하고 있었던 거 아닌가요? 어떻게 하면 쓰바사를 나락으로 떨어뜨릴 수 있을까? 시체가 발견되지 않게 죽일까? 정당방위로 죽일까? 결국 두 명을 살해하고 그 죄를 쓰바사한테 뒤집어씌우는 계획에 이르렀어요. 산에이 협박사건을 이용해서 쓰바사를 죄에 빠뜨리자. 당신도 엉성하기 짝이 없는 그들의 협박사건에 대해 잘 알고 있었으니까요. 하지만 결심이 서지 않았죠. 인간의 생명을 빼앗겠다는 결정은, 제대로 된 인간이라면 당연히 쉽게 내릴 수 없죠. 하지만 그날 아이리가 한 말을 들으면서, 아이리 같은 인간은 짓뭉개 버려도 상관없다고 마음을 먹었어요. 아이리 같은 인간이란 자마 세이라이기도 하고 모리무라 유나이기도 했어요."

스물일곱 살이란 나이의 남자, 힘과 행동력은 절정기다.

"우리 같은 기자들한테는 다양한 정보원들이 있어요. 말단 경찰관 중에는 용돈벌이를 하고 싶어 하는 사람도 있죠. 당신 집 천장에 맞닿아 있는 벽장 안에 과자 캔 두 개가 나란히 놓여 있었다더군요. 하나는 동그란 디즈니랜드 과자 캔, 또 하나는 사각형 전병 캔. 디즈니랜드 캔에는 메이 씨의 사진과 학생증, 통지표가 정리되어 있었고, 전병 캔에는 당신의 어릴 적 사진과 모자수첩 등이 있었어요. 한 살 때 섰다, 엄마 얼굴을 알아보는 것 같다. 그런 내용이 세세하게 적혀 있었고요. 그리고 탯줄도요. 메이 씨 캔에는 그런 게 없어요. 그런데 당신 사진이 들어 있던 캔 밑부분에 뭔가를 덧대어 붙였던 흔적이 있었다더군요. 감식반 조사에 따르면 덧붙인 건 10여 년 전, 그걸 뜯어낸 건 최근이라고요. 당신은 남에게 보여주기 싫은 사진 같은 것을 넣어두었다고 말할 테지만, 거기엔 마카로프가 들어 있었을 거예요. 10년 전이라면 열일곱 살, 강도질을 하고 돌아다닐 때로군요. 군마나 이바라키에도 진출했다고 하니까 그때 입수한 것일 수도 있고, 도피용 차량 운전수 역할을 맡았던 당신에겐 도망간 범인이 남긴 권총 정도는 입수할 기회가 있었을지도 모르죠. 그날 당신은 그 마카로프를 가지러 이타바시로 갔어요. 자택 근처 공중전화에서 쓰바사의 아버지에게 각오는 되어 있느냐고 다짐을 받았겠죠. 그리고 도움을 요청했어요. 30분 동안 작전회의를 했죠. 이 이야기를 수사1과가 받아들이지 않는 건, 아버지인 하세가와 도루가 공범이라는 사실을 증명하기가 매우 어렵기 때문이에요."

아키즈키는 그 정도로는 기소까지 갈 수 없다고 말했다.

'검찰도 처음에는 스에오의 범행이라고 생각했지만 지금은 망설일 여지도 없이 쓰바사가 진범이라고 확신해. 그건 산토 가이토를 살해한 사람이 두 여자를 살해했고, 요시자와 스에오는 산토 가이토를 살해할 수 없기 때문이야. 다양한 방향에서 검토하고, 관리관과 검찰이 결정한 일이야. 합리적인 증거가 필요해, 밋짱. 우린 그걸 모을 수 없었어.'

'하지만 이제 범행은 일어나지 않을 거고, 어느 한쪽이 범인이 되고 끝나겠지. 이제 굿이나 보고 떡이나 먹으면 돼.'

하마구치는 그렇게 말했다.

"당신은 폭력이 가진 힘을 잘 알았겠죠. 어머니의 내연남에게 맞은 적도 있을 테니까요. 사채업체가 보낸 불량배들이 휘두르는 폭력도 목격했을 거고. 집을 파괴하는 힘과 두려움에 떠는 인간의 얼굴. 당신에겐 경험을 통해 얻은 지식이 있었어요. 그리고 쓰바사를 코앞에서 계속 지켜보기도 했어요. 그래서 쓰바사가 자기에게 폭력을 휘두른 사람에게 고분고분하게 군다는 사실을 알고 있었어요.

쓰바사가 당신 지시대로 움직이는 동안, 당신은 단 몇 시간 사이에 산토 가이토를 살해하고 다음 날에는 자마 세이라를 살해하고 모든 걸 끝냈어요. 이 사건이 요란스럽게 소문이 나지만 않았어도 경찰은 좀 더 신중하게 수사를 했을지도 몰라요. 하지만 당신은 점점 사건을 크게 만들어서 경찰을 몰아세웠어요. 수사본부는 녹초가 되어가는데 빨리 범인을 체포하라는 압력은 점점 더 커졌죠. 어디까지 계산했는지는 모르겠지만, 어쨌든 모든 것은 하세가와 쓰바사를 함정에 빠뜨리기 위한 범행이었고 당신은 마지막에 당신이 가지런히 세운 도미노의 블록을 쳐서 쓰러뜨렸어요."

아키즈키는 요시자와 스에오를 일컬어 '에너지를 꽉 틀어막았다'라고 표현했다. 동면하듯 눈을 내리깔고 숨을 죽이고 있다.

'그는 기다리고 있었던 거야.'

미치코는 이 사건과 관련해서는 모든 것들이 안전장치가 풀린 놀이기구를 타고 있는 것처럼 갑작스럽게 결과가 뚝 하고 떨어졌다는 느낌을 받았다. 그리고 바로 지금 그 이유를 이해했다. 그는 함정을 설치했고, 미치코를 비롯한 수사본부는 그 함정이 작동할 때마다 장난감 상자가 뒤집힌 것처럼 와르르 쏟아져 내리는 새로운 국면을 뒤집어써야 했다.

그리고 그는 마지막 함정이 작동하기를 숨죽이고 기다렸다. 깊은 바다에서 잠이 든 것처럼.

미치코는 하마구치가 올려다본 하얀 손수건을 떠올렸다.

지저분하고 너덜너덜한 손수건이다.

"산토 가이토를 살해한 이유는, 그가 살아 있으면 하세가와 쓰바사에게 권총을 구해다 준 적이 없다는 증언을 할 게 분명했기 때문이죠. 산토 가이토는 권총 같은 건 구하러 다닌 적이 없어요. 그가 권총을 구한다는 건 가짜 정보였고 그 정보를 흘린 건 당신이겠죠."

쓰바사의 키는 하마구치와 비슷한 정도다. 하마구치는 그 손수건을 확인하기 위해 약간 고개를 들었다. 하지만 범인은 머리를 위로 쳐들지 않고도 손수건에 불빛을 비췄다. 쓰바사의 키로는 아무리 용을 써도 불가능한 일이다.

그렇기 때문에 그곳에 서 있었던 사람은 쓰바사가 아니다.

쓰바사 아버지의 키는 하마구치가 찍은 영상으로 알 수 있었다. 병원 문을 지나는 그의 정수리는, 문 옆에 걸린 영업시간 알림판 위쪽의 선 높이와 일치했다. 알림판 위쪽의 선까지 높이는 187센티미터다. 쓰바사와는 15센티미터 차이다.

스에오는 조용히 듣고 있었다.

미치코 또한 뭔가를 기대했던 것은 아니다. 굳이 말하자면 그의 반응일까?

과묵한 스에오에게 어울리는 반응.

방울벌레가 애달피 울기 시작했다.

"난 말이죠."

스에오는 천천히 입을 열었다.

"세상 사람들이 그래도 두 여자의 죽음을 조금은 더 동정할 거라고 생각했어요. 하지만 산에이 총무부장의 말투에는 두 여자의 죽음으로 인한 그림자 같은 건 전혀 없더군요. 난 절대 사건을 크게 만들 마음이 없었어요. 쓰바사가 아이리를 아무렇지 않게 때린 것처럼, 다른 사람들도 아이리가 맞는 걸 아무렇지 않게 지켜볼까? 난 그게 알고 싶었어요. 보고 싶었다고 말해도 괜찮을지 몰라요. 아이리가 어떤 꼴을 당해도 불쌍하지 않은데, 왜 두 여자가 살해당한 건 불쌍할까요? 두 여자한텐 살아갈 권리가 있다고 당신은 말했죠. 그야 있겠죠. 하지만 두 여자는 그 권리를 존중받지 못했어요. 그리고 사건은 두 여자가 살해당한 것이 문제가 아니라, 사람이 살해당했다는 사실이 문제였어요. 사람이 살해당하는 건 자기들의 살아갈 권리가 침해당하는 문제이기 때문이죠. 그래서 뭐든 좋으니 범인이 잡히고, 사람을 죽음으로 몰아넣은 인간은 벌을 받는다는 원칙이 지켜진다면 그걸로 만족하는 거예요. 사람들이 원하는 건 진실도 정의도 아니에요. 자기가 살기에 안전환 환경. 내 말, 무슨 말인지 알겠어요?"

스에오는 미치코를 물끄러미 바라보았다.

"그 여자들은, 죽어서야 처음으로 권리라는 것을 손에 넣었어요."

마치 실이 이어져 있는 것처럼 흔들림 없이 미치코의 시선을 붙잡고 있다.

"난 그런 걸 권리라고 생각 안 해요. 그 여자들한테 권리는 없어요. 살아갈 권리가 없단 말입니다. 나한테도 내 어머니한테도. 동생은 살아가는 동안에 인권이라는 걸 손에 넣을지도 모르죠. 난 동생한테 그걸 주고 싶었어요. 인간 대접을 받는 세상으로 밀어 넣고 싶어요.

당신은 진심으로 내가 그 여자들을 죽인 죗값을 치러야 한다고 생각하나요? 생명에는 숭고한 생명과 그렇지 않은 생명이 있어요. 그 여자들도, 나도, 내 어머니도 숭고하지 않은 생명이에요. 부정해도 소용없어요. 살해당하고 나서야 비로소 인권을 부르짖을 수 있는 인간은 듣기 좋은 소리나 지껄이는 카나리아나 마찬가지고, 일그러진 사회의 일면을 알린다는 의미에서만 그 죽음이 문제가 될 뿐이에요. 그러니 아무도 그 여자들의 진실에는 관심이 없었죠. 사람으로는 인정받지 못한 거예요."

그러고 나서 스에오가 천천히 말했다.

"당신들은 무엇을 가지고 내가 한 짓을 비난할 수 있죠?"

그 말이 싸늘한 가을밤 속으로 떨어졌다.

방울벌레가 높고 낮게 날갯소리를 낸다.

스에오는 웃음을 머금었다.

"당신은 죽은 여자와 노가와 아이리에 대해 철저하게 파헤쳤어요. 기베 미치코라는 이름을 프런티어 기사에서 보고 기억하고 있었죠. 그래서 당신 이야기를 들려줬어요.

두 여자는 구제불능이었어요. 노가와 아이리도 마찬가지고 하세가와 쓰바사는 해충이죠. 하지만 중요한 건 그런 게 아니라 돈이에요.

당신 말대로예요. 산토 가이토는 권총을 구하러 다닌 적이 없어요. 그리고 난 대가로 1천2백만 엔을 받을 거예요. 하지만 내 범죄를 입증하기는 불가능할 겁니다. 돈도 절대 추적하지 못할 거고요. 쓰바사의 아버지한테 문어대가리를 죽이라고 시킨 이유는, 그 의사를 공범으로 만들기 위해서예요. 그 남자가 마음이 바뀌어 고발하려면 자기 범죄도 털어놔야 할 테니까요. 딸을 애지중지하는 남자니까 그럴 수 없겠죠. 그래서 당신들 힘으로는 무너뜨리지 못해요. 어쨌든 경찰은 이 이상 깊이 파고들지 않을 거예요. 왜냐면 나랑 쓰바사 둘 중 하나가 범인이니까요, 이걸로 시민들을 위한 안전한 환경은 지켜졌거든요. 당신이 어떤 증거를 쥐고 있든, 어차피 이제 다 끝났어요."

하세가와 도루는 추적할 수 없는 1천2백만 엔을 준비할 생각이구나.

스에오의 시선은 차가운 칼날 같았다.

"언제부터 하세가와 쓰바사를?"

그가 하세가와 쓰바사를 조사하기 시작한 것이 사건의 발단이다.

스에오의 시선은 미치코에게 고정되어 있었다.

'요시자와 스에오는 절대 시선을 떼지 않는다. 그에게는 탐욕스러울 정도의 집중력과 분석력이 있다. 소리도 호흡도, 상대방이 흘리는 땀마저도 요시자와 스에오에게는 언어와 다름없는 정보가 된다. 그 눈으로 상대방의 내면에 들어와 상대방이 언어로 표현하지 않은 부분까지 읽어낸다.'

스에오는 천천히 입을 열었다.

"하세가와 쓰바사는 부모와 의논하라는 말을 곧바로 거부했어요. 그때 뭔가가 코끝을 스치고 지나가는 걸 느꼈어요. 뭔가 정상이 아닌 것, 일그러진 느낌이죠. 그래서 조사했어요.

그 냉정하고 도도한 척하던 쓰바사가, 사채업자가 보낸 불량배들이 부모 이야기를 꺼낼 때마다 꼭 돈을 갚겠다고 무릎을 꿇더군요. 부모한테 말하면 업체 입구에서 목을 매겠다면서 오히려 적반하장으로 나왔죠. 녀석의 약점은 부모였어요. 부모에게 이상할 정도로 집착했어요. 어리광이라기보다는 질척대는 느낌이랄까요. 애착과 증오가 범벅이 된 내면에는 기본적으로 열등감이 깔려 있는 것 같았어요.

사채업자는 쓰바사가 언젠가 범죄자가 될 거라고 하더군요. 자식을 죽이거나, 아내를 죽이거나, 연인을 죽이거나, 상사나 부하를 죽일 거라고. 확실히 쓰바사한텐 그런 냄새가 났어요. 하지만 그렇다고 해서 나한테 무슨 생각이 있었던 건 아니에요. 그저 쓰바사가 하는 짓을 가만히 보고만 있었죠. 녹음테이프처럼 대화 하나하나를 귀에 담고 비디오테이프처럼 하나하나 눈에 새겼어요.

난 동생을 그렇게까지 소중하게 생각하지 않아요. 녀석만 없으면 얼마나 편할까 생각했죠. 하지만 메이도 이런 가정에 태어나고 싶어서 태어난 건 아니에요. 우린 그 어머니의 배에서 태어났어요. 그 사실을 바꿀 수 없는 이상 넋두리를 늘어놔 봐야 아무 소용이 없죠. 메이는 날 위해 멀쩡한 취직자리를 포기했어요. 나는 녀석을 병원 사무직 자리로 돌려보내고 싶었어요. 마땅히 누려야 할 인생으로……."

마땅히 누려야 할 인생.

능력을 살릴 곳을 찾지 못하면 어떻게 되느냐고 미치코가 물었을 때, 엔도 변호사는 어딘가에서 폭발할 거라고 말했다.

"사채업자는 내가 빚을 안 갚으면 메이를 찾아서 받겠다고 했어요. 그건 당신 말대로 1천2백만 엔을 메이의 몸으로 벌게 하겠다는 의미예요."

역시 목적은 동생이 만든 빚을 갚는다, 그것 하나였다.

"당신은 가족을 비웃는 아이리를 보고 화가 치밀었어요. 쓰바사는 아이리를 욕하면서 발길질을 하고 있었어요. '돈이 필요하다고, 이 쓸모없는 년아' 그렇게 말하면서. 그다음에 있었던 일을 말해줄 수 있을까요?"

요시자와 스에오는 입을 닫았다. 미치코는 말을 이었다.

"아버지가 누군지도 모르고 어머니는 글도 못 읽는다. 가게 앞 음식을 낚아채 도망가는 떠돌이 개 같은 녀석. 노가와 아이리가 그렇게 당신을 비웃었어요. 그리고 당신은 일어나서 하세가와 쓰바사를 때렸죠. 쓰바사한텐 때릴 권리가 있고 아이리는 그걸 견뎌야만 한다고 했던 당신은 그 순간 충돌했어요."

요시자와 스에오의 눈에 살벌한 기운이 감돌았다. 증오, 분노, 그런 감정이 요시자와 스에오의 눈에 깃들었다.

"아이리는 내 눈을 보며 깔깔대고 웃었어요. 이 순간을 기다리기라도 했던 것처럼. 쓰바사의 발길질에 아이리의 말이 끊겼어요. 아이리가 시끄럽게 꽥꽥거리자 쓰바사는 정말 악에 차서 고함을 질러댔어요. 난 그전까진 하세가와 쓰바사의 아버지를 도울 수 없을 거라고 생각하고 있었어요. 하세가와 쓰바사를 정말 몹쓸 인간이라고 생각하긴 했지만, 하세가와의 가족들을 어떻게든 도와주고 싶다는 생각은 했지만, 그럴 수 있을 리가 없었죠.

그날 밤은 더웠어요. 쓰바사의 몸에서 쉰 땀내가 났었죠. 쓰레기다. 난 무슨 수를 써도 여기서 벗어날 수 없다. 마치 바람이 한데 모은 쓰레기더미 속에 쇠사슬로 묶여 있는 것처럼."

요시자와 스에오가 미치코의 눈동자 깊은 곳을 들여다보듯 쳐다봤다.

"고등학교 담임 선생님은 저에게 운명에 맞서 싸우라고 했죠. 그땐 그 선생님과 내가 다른 세상에 산다는 걸 아직 몰랐어요. 싸우면 승리를 쟁취할 수 있는 줄 알았죠. 싸워서 승리를 쟁취할 수 있는 곳에 있는 녀석은 그럴듯해 보이는 소리를 하죠. 난 그런 그럴듯하고 허울 좋은 소리를 하는 사람에게 심판을 받고요. 그 작자들은 내가 사는 세상을 전혀 몰라요. 나는 뒤에서 녀석의 어깨를 붙잡았어요. 그런 다음 때려눕혔어요. 녀석은 날아가서 책장에 부딪혔고 책장에서 장식품과 책이 쏟아져 내렸어요. 그림도 관엽식물도 아로마 오일도."

스에오는 미치코에게서 시선을 떼지 않았다.

"절도 패거리에 끼었을 때, 흙발로 남의 집에 들어가서 '영감, 불 지르는 수가 있어'라고 거칠게 위협하는 동료의 모습을 내 눈으로 보기 전까지는 돈만 생기면 대학에 갈 수 있을 거라고 막연하게 생각했어요. 나한테 부족한 건 돈뿐이라고. 한패였던 인간이 지갑 안에 든 2천 엔 때문에 나이 지긋한 여자의 얼굴을 때렸어요. 공포로 굳은 그 사람들의 눈에 비친 건 인간이 아니라 악귀였어요. 그 눈을 봤을 때, 내가 평범한 사람으로 돌아갈 수 없다는 사실을 깨달았어요. 그래도 그 돈으로 고등학교를 졸업하고, 어머니의 빚을 갚고, 밀린 집세를 내고, 동생 학비를 확보했어요. 지금도 같이 하자고 말해준 녀석한테 감사하고 있어요."

스에오의 눈이 미치코를 향해 덤벼들고 있다.

"폭력은 싫어해요. 어머니의 남자들은 동생한테 주먹질하고 싶어 안달을 냈어요. 어린 동생의 배를 주먹으로 짓뭉개려고 했죠. 그래서 주먹에 힘을 주고 뭔가를 파괴하는 일에 생리적으로 혐오감을 느꼈어요.

당신, 아까 충돌이라고 했죠? 지금 당신 앞에서 이렇게 털어놓고 있어요. 이게 진짜 충돌이라고 생각해요. 지금이랑 똑같아요. 이성을 놓아버린다는 게 이런 느낌일까 하는 생각이 들었어요. 감정보다 힘이 먼저 치고 올라오더군요. 팔이 멋대로 움직이고. 뇌도 그랬어요."

스에오는 쏘는 듯한 시선을 미치코에게 고정한 채다.

"아마 뇌가 이성을 거치지 않고 나한테 직접 말을 걸어온 것 같아요. 저놈들을 파괴하라고. 지금도 뇌가 나한테 직접 말하는 것 같아요. 당신한테 진실을 말해주라고."

요시자와 스에오의 시선이 미치코 안으로 그대로 쏟아져 들어왔다.

"나한테 맞은 쓰바사는 몇 번이고 바닥에 널브러졌어요. 난 그때마다 멱살을 움켜잡고 일으켜 세웠죠. 쓰바사의 눈이 유리구슬처럼 반짝반짝 빛나고 코에서 피가 흘러나왔어요. 주먹으로 녀석의 턱을 치면 녀석의 얼굴이 저 멀리 날아갔어요. 쓰바사가 뭐라고 말을 했을지도 몰라요. 하지만 아무것도 들리지 않았어요. 비명을 지르는 여자의 모습과 선명한 피가 보였을 뿐. 어쩌면 아이리도 때렸을지도 몰라요. 정신을 차리고 보니 마비라도 된 것처럼 조용하더군요. 쓰바사의 가방은 무슨 명품 브랜드예요. 그걸 집어 들고 안에서 차 열쇠를 꺼냈어요. 주방으로 가서 100엔에 파는 열 장짜리 비닐장갑을 주머니에 넣고, 쓰바사의 멱살을 잡고 아파트를 나왔어요. 쓰바사의 차 문을 열고 녀석을 조수석에 처넣었어요."

미치코는 당황하지 않았다. 그가 무엇을 계산하고 있는지 알 수 없었지만, 지금 그가 하는 말은 경찰한테 했던 이야기에서 크게 벗어나지 않았다. 비닐장갑이라는 단어 말고는.

요시자와 스에오는 틈을 두지 않았다.

"당신은 내가 폭력의 힘을 알고 있다고 말했죠. 굴욕적으로 두들겨 맞으면 사람들은 대부분 전의를 상실해요. 그것도 이성을 뛰어넘은 뇌의 판단이겠죠. 쓰바사는 조수석에 처박혀 어디로 가냐고 묻지도 않았어요. 가끔 배를 부여잡고 기침을 했죠."

그가 지금 계산 없이 말하고 있다는 것을 미치코는 그 순간 알아차렸다.

"기억해요. 간선도로를 피해서 일반도로를 타고 이타바시로 들어갔어요. 길이 워낙 구불구불해서 흔들리는 배를 탄 기분이었죠."

미치코는 스에오가 달렸을 이타바시로 향하는 길을 택시로 두 번 간 적이 있다. 사설도로인지 공공도로인지, 진입이 가능한지 불가능한지도 가늠할 수 없는 도로를 따라 늘어선 집에는 주차장이 있고 차가 서 있다. 나뭇가지나 풀 종류는 어디서부터라 할 것 없이 무성하게 자라 있어서 모든 경계를 불분명하게 만든다.

"나한텐 익숙한 길이었죠. 비탈을 오르고, 그 앞에서 직각으로 꺾으면서 내려갔어요. 쓰바사는 조수석에서 의식을 잃은 것처럼 진동에 몸을 맡기고 있었죠."

요시자와 스에오는 머뭇거리지 않았다.

"차를 세운 곳은 이 반대편이에요. 당신 말대로 권총은 천장 밑 벽장에 있던 캔에 들어 있었죠. 그 권총은 멤버들과 빈집을 털고 다니던 시절에 군마에 있는 폐가에서 발견했어요. 녀석들은 그걸 어디에 쓸지 몰랐죠. 그래서 들고 있던 주머니에 던져 넣었어요. 관리가 안 된 마카로프였어요. 총알은 절반이 남아 있었고 탄창에는 총알이 네 발 장전돼 있었죠. 캔 바닥을 이중으로 만들고 그 공간에 감춰놨어요. 그걸 꺼내서 벨트랑 배 사이에 찼어요.

그런 다음 가시와기까지 차를 몰고 갔고, 모리무라 유나의 집 앞에 도착했을 때 유나가 불쑥 나왔어요. 뒤를 밟았더니 편의점으로 들어가길래 골목에서 기다렸어요. 유나는 10분 만에 나오더군요. 유나는 고무 샌들을 질질 끌면서 터덜터덜 걸었어요. 난 앞질러 가서 전봇대 뒤에서 휴대폰을 만지는 척하고 서 있었어요. 2미터 앞까지 다가왔을 때, 권총 슬라이드를 당기면서 유나가 가는 길을 가로막았어요."

요시자와 스에오는 자각하지 못했을 것이다. 말하고 있는 그의 얼굴은 일그러져 있었다. 마치 안면에 총을 맞은 남자가 얼굴을 고통으로 일그러뜨린 채 이야기를 계속하는 것처럼.

"슬라이드를 당기자 정말 짧게 모래 안으로 발을 밀어 넣는 것 같은 독특한 소리가 났어요. 유나가 반응한 건 인기척보다 그 소리였을지도 몰라요. 유나는 고개를 들었어요."

미치코의 눈앞에 정면에서 권총을 겨누는 스에오의 모습이 보였다.

이마 한가운데. 2미터에서 더 다가갔을 테니 표적을 빗맞힐 일은 없다.

"권총을 쏴본 적은 없었어요. 방아쇠를 당기자 유나의 이마가 뒤로 날아가는 게 보였어요. 눈을 부릅뜨고 큰 대자로. 권총을 주머니에 집어넣고 뒤돌았어요. 한 걸음 내디뎠을 때 뒤에서 쿵 하는 소리가 났어요. 아마 유나가 쓰러진 소리였겠죠. 권총에서는 온기가 느껴졌고, 어디 사는 누가 사용했는지 모를 낡은 권총이 제대로 작동했다는 사실이 감명 깊었어요. 차까지는 걸어서 2분, 소란이 일기까지 또 3분. 난 쓰바사한테 차를 출발시키라고 했어요. 반대차로로 요란한 사이렌을 울려대는 경찰차가 연신 달려갔죠. 만족하셨나요, 기자님?"

스에오의 얼굴에서 일그러진 표정이 사라졌다.

"아뇨. 그다음 이야기를 들려줘요."

스에오는 막힘이 없었다. 아무런 망설임도 없다는 듯이.

"시부야까지 돌아와서 마크시티 모퉁이에 차를 세우라고 했어요. 네온사인이 어지럽게 번쩍대는 그 골짜기 바닥 말이에요. 쓰바사가 스마트폰을 만지작대면서 나카노 어딘가에서 젊은 여자의 변사체가 발견된 것 같다고 말했어요. 유나의 시체 사진이 트위터에 올라왔어요. 쓰바사는 우리가 조금 전까지 있던 곳 근처라며 흥분했어요. '가시와기의 골목이래. 지나가던 사람이 총성을 들었대.' 쓰바사는 이상할 정도로 흥분했어요. 그거 알아요? 처음부터 녀석은 이상했어요. '경찰관이 대박 많이 모여 있는 것 같다. 흉기는 권총으로 보인다.' 그렇게 소리 내어 읽더군요."

열기가 소용돌이치는 한여름 밤, 시부야에 멈춰선 한 대의 자동차 안에서 쓰바사는 자기에게 무슨 일이 일어나는지 상상도 하지 못한 채, 기분 좋게 SNS를 소리 내어 읽었다. 그 모습이 보이는 것 같다. 마치 영화의 한 장면처럼.

"난 허리춤에 찬 권총을 보여줬어요. 쓰바사는 물끄러미 마카로프를 봤어요. '산에이가 네 말을 무시한 건 진짜라고 믿을 만한 근거가 부족했기 때문이야. 그래서 저쪽한테 진짜란 걸 알게 해줬어.' 난 그렇게 말했어요.

쓰바사는 사실 사채업자들을 얕잡아보고 있었어요. 산에이한테서 2백만 엔을 뜯어내려고 했을 때, 쓰바사는 히죽거리면서 자기가 거물이라도 되는 것처럼 돈은 갚을 수 있다며 큰소리를 떵떵 쳤어요. 그 일에 실패하자 사채업자가 보낸 불량배들이 '큰소리칠 땐 언제고!' 하면서 쓰바사의 등에 뜸을 피우고 지져댔어요. 뼛속까지 사무치는 듯한 열기와 눈물을 쏟으며 부르짖는 자신의 모습 때문에 싸구려 자존심이 짓밟혔죠. 분노로 나뭇잎처럼 부들부들 떨었어요. 그래서 내가 저쪽한테 진짜란 걸 알게 해줬다고 말했을 때 녀석의 눈이 초롱초롱 빛났어요."

"자마 세이라는?"

"한 명 가지고는 이슈가 되지 않아요. 한 명 더 필요했어요. 그렇지만 자마 세이라가 그날 그 시간에 그곳에 서 있지 않았다면, 지금도 30분에 5천 엔을 받으며 몸을 팔고 돌아다니고 있었을지도 모르죠.

쓰바사한텐 이왕 하는 거 두 명은 필요하다고 말했어요. 그래서 하치 공 동상 앞에서 세이라를 찾았어요. 자마 세이라는 날 기억하더군요. 지금 시간 있으면 어떠냐고 말을 걸길래, 내일이라고 대답했어요. 연락처를 가르쳐달라고 해서 그럼 됐다고 했죠. 녀석은 그때 사실 목숨을 건진 거예요. 그런데 녀석이 그러더군요. 집으로 가지 않겠냐고. 그래서 다음 날 녀석의 집 근처에서 보기로 약속했어요. 이야기한 시간은 1분도 안 돼요. 그 혼잡한 곳에서 우리의 모습은 점이나 마찬가지죠. 그렇지만 누군가에서 들켰을지도 모른다는 생각은 했어요. 그땐 그때 가서 생각하려고 했어요."

시원한 가을밤이다. 공원은 신기할 정도로 오가는 사람이 없다.

"이제 만족하죠?"

"왜 욕실이었죠?"

"집이 깨끗했거든요."

그곳은 간자키 다마오의 집이었다. 자마 세이라한테 화를 내면서도 친절하게 대해줬던 친구다.

"작은 책장에 문고판 소설책이 가지런히 꽂혀 있고, 3단 컬러박스에는 꽃무늬 커튼을 달았더군요. 책은 옛날 작품이 많았고 오래된 미용잡지가 세워져 있고 싸구려 조화가 컵에 꽂혀 있었어요. 어릴 땐 한여름에 집에 있는 게 괴로웠어요. 그래서 공장에서 받은 첫 월급으로 인터넷에서 중고 에어컨을 사서, 가전제품 판매장에서 일했던 남자에게 돈을 주고 설치했어요. 아직 중학교에 올라가기 전이었던 메이는 깡충깡충 뛰면서 좋아했고, 하루에 한 시간만 틀 수 있다면 목욕하고 나와서 틀면 되겠다고 소리쳤어요. 그런 게 생각나더군요. 자마 세이라 같은 여자한테 친절을 베풀다니 마음씨 좋은 사람이라는 생각이 들었어요. 그래서 세이라한테 욕조로 들어가라고 했어요. 안 그러면 집 안이 피투성이가 될 테니까."

스에오는 지그시 미치코를 바라보았다.

"운이란 건 진짜 있어요, 기자님. 아무리 계산해도 안 될 때는 안 돼요. 될 때는 되죠. 자마 세이라는 이미 죽기로 정해져 있었던 거예요. 시부야에 서 있었고, 거절하려고 했더니 집에 가자고 유혹한 그때 말이에요.

커튼 너머로 해가 쏟아져 들어와서 집은 한증막 같았어요. 세이라는 더위 같은 건 전혀 상관도 없는 것처럼 계속 이야기했죠. '피시방도 돈이 드는데, 여기는 편하게 잘 수 있다. 나 기억하고 있었네' 하는 이야기를. 애는 몇 살이냐고 물었어요. '몇 살이더라?' 생각해 본 적도 없다고 했어요.

욕조에 물을 받는 소리가 났어요. 세이라는 커다란 리본이 달린 싸구려 가방, 때 묻은 분홍색 가방을 작은 테이블 위에 내려놓았어요. 벨트 아래에는 마카로프가 딱딱하게 배를 누르고 있었죠. 세이라는 계속 뭐라고 떠들었어요.

세이라한테 손찌검을 한 게 한두 번이 아니에요. 세이라는 남한테 빌린 걸 돌려주지 않아요. 사진, 옷, 반지, 가방, 폭력을 쓰지 않으면 이런 물건을 돌려주지 않았어요. 그 여자는 내가 찾아갈 때마다 끈적하게 엉겨 붙는 눈으로 쳐다봤어요. 사실 그 여자한테 물건을 돌려받으러 가는 건 고통이었어요.

욕실에서 콧노래가 들리더군요. 권총을 쥐고 문 앞에 섰어요. 애는 어쩌고 있느냐고, 다시 한번 물었어요. 시설에 맡겼다고 하더군요. 난 애 얼굴을 보러 가느냐고 물었어요.

그 여자가 가끔이라도 애를 보러 간다고 대답했다면 그대로 돌아갔을 거예요. 세이라는 대답 대신, 문 너머에서 웃었어요. 그 웃음소리는 마침 전날 들었던 아이리 목소리와 똑같았는데, '바보도 아니고 애 걱정을 왜 해?' 그렇게 말하는 것 같았어요. 욕실 문을 열고 세이라의 정면에 총구를 겨눴어요.

세이라는 욕조에 앉은 채 눈을 들었어요. 방아쇠를 당기자 이마에 작은 구멍이 나고, 거기서 스포이트를 누른 정도의 피가 풋 하고 솟아 나왔어요. 쿵 하고 머리를 벽에 찧는 소리가 나고 박살이 난 뒤통수로 피와 살이 콸콸 쏟아져 나왔어요."

그러고 나서 미치코를 지그시 보았다.

"운은 있다고요, 기자님. 언젠가는 운에게 버림받겠죠. 하지만 버림받을 때까지는 살아갈 수 있어요. 당신이 처음에 말했죠. 두 가지 우연이 내 범죄를 확신하게 만들었다고. 그렇다면 어쩔 수 없어요. 난 이 이상 사람을 죽이지 않을 거예요. 하지만 당신은 거기에 있고, 난 여기에 있고, 하세가와 쓰바사는 살인죄로 심판을 받고 있어요. 내 운이 다할지 아닐지는, 초조해하거나 두려워한들 달라지지 않아요. 자마 세이라는 세 번이나 기회가 있었는데도 꼼짝없이 죽었고, 모리무라 유나는 내가 찾아갔을 때 우연히 혼자 편의점에 왔고, 총을 쏜 순간에 아무도 우릴 보지 못했어요. 어머니가 누구랑 관계를 갖고 내가 태어났는지는 모르겠지만, 하세가와 쓰바사는 왜 혼자 그 지경으로 태어났는지는 모르겠지만, 그런 과정 안에서 운이 좋은지 나쁜지까지는 계산하지 않아요. 그런데 대체 왜 하세가와 쓰바사의 아버지를 주목하게 된 거죠?"

요시자와 스에오는 아직 산토 가이토에 대한 부분만 이야기하지 않았다. 그건 산토 가이토의 살해 사실이 운명을 갈랐다는 점을 알고 있기 때문이다.

지금까지 한 이야기는 모두 지어낸 것일 수 있다.

하지만 산토 가이토 살해 트릭이 무너지면 그걸로 끝이다.

그러나 요시자와 스에오가 말한 것처럼, 아키즈키는 이 이야기를 받아들이지 않았다.

강변에 불법 거주하는 남자가 묶어놓은 하얀 손수건의 위치와 범인이 위를 올려다보지 않았다는 증언만으로는 공판을 유지할 수 있는 새로운 줄거리를 쌓아 올리기가 힘들기 때문이다.

"하세가와 쓰바사의 아버지는 가마타 서의 조사에 매우 비협조적이었어요. 그는 납치범이 자기 아들이란 걸 알고 있었을 거예요. 왜 하세가와 도루가 산에이 사건에 그렇게까지 비협조적이었을까요? 처음엔 아들을 지키려고 그랬던 게 아닐까 생각했어요. 그런데 논리적으로 생각하면, 사건이 드러나고 계좌를 조사해서 노가와 아이리의 이름이 나온 순간 협조를 안 할 수가 없죠. 내 지인은 하세가와 도루 이야기를 하면서 '자기 아들이 범인이 아니라고 밝혀지면 우리를 고소하고도 남을 기세야'라고 말했어요. 그래서 생각했어요. 그가 완강하게 거부한 건 무서웠기 때문이 아닐까. 경찰이 개입해서 아들과 관련된 일련의 사건들을 파고들면, 거기서 뭔가가 드러나지 않는다는 보장이 없죠. 그래서 그는 강경하게 비협조적인 자세를 유지했어요. 자기 쪽에서 뭔가 풀려나가는 게 두려웠던 게 아닐까요."

미치코는 스에오를 바라보았다.

"당신은 산토 가이토 살해 현장에 없었어요. 살해 현장을 목격한 사람이 있어요. 산토 가이토를 살해한 남자는, 어둠 속에서 양손으로 돌을 들어 올리기 위해 머리에 헤드랜턴을 차고 있었어요. 실행에 필요했던 시간은 3분 정도였던 것 같아요. 머리의 불빛이 나무에 묶어 놓은 손수건을 비췄어요. 그렇지만 목격자 말로는 범인은 위를 쳐다보지 않았다고 했으니 빛은 손수건을 밑에서 비춘 게 아니라 위에서 비춘 거죠. 그러니까 범인은 그 손수건보다 키가 크다는 말인데, 그만한 신장을 가진 사람은 하세가와 쓰바사의 아버지뿐이에요."

요시자와 스에오는 멍하게 입을 벌렸다.

"그 증언을 아키즈키 경위도 현지에서 들었어요. 손수건 이야기도. 그렇지만 목격자는 아키즈키 경위한테 '남자는 위를 올려다보지 않았다'라는 말은 하지 않았어요. 그래서 아키즈키 경위는 범인의 신장에 대한 정보를 얻지 못했죠. 난 범행이 일어났던 시간에 갔기 때문에 목격자가 기억을 떠올린 거예요."

짧은 시간에 현장에 있는 물건을 사용해 산토 가이토를 확실하게 처치해야만 했다. 정면에서 돌로 내려찍은 것은 계산 밖이었는지도 모른다.

스에오는 조금도 웃지 않았다.

"다음에 그 목격자한테 다시 물어보면 고개를 들었을지도 모르겠다고 말할걸요."

그럴지도 모른다.

"아무튼 당신이 날 범인으로 지목한 이유는 잘 알겠어요."

"사람을 둘이나 죽이고, 시마다 선생님이나 겐이치 씨한테 미안하다는 생각은 안 했어요?"

다마오의 집을 더럽히고 싶지 않다고 생각한 요시자와 스에오. 간자키 다마오의 집은 자신들이 살았던 집을 떠올리게 했다. 헌책이 가지런히 꽂혀 있었다는 스에오의 책장. 선생님이나 헌책방에서 받은 책이었다. 그는 다마오의 집에서 그것을 발견했다.

그는 그 책을 피로 더럽히고 싶지 않았던 것이다.

"당신을 믿었던 사람들, 당신을 지지해준 사람들, 상점가 점주와 학교 선생님과 파출소 순경, 당신은 많은 사람들이 베푼 애정을 받았어요."

미치코는 요시자와 스에오가 그들을 배신했다고는 생각하지 않았다. 그는 언제나 위태로움을 품고 있었고, 어른들은 그 위태로움을 두려워하면서도 애처로워했다.

환경에 짓눌려 뭉개지지 않겠다며 그가 폭발하는 그 순간을 두려워한 것이다.

그리고 그의 인내를 존중했다.

그렇다면 그의 폭발은 그들의 마음을 배신하는 것은 아니리라.

그렇다 해도 미치코는 들어보고 싶었다. 요시자와 스에오가 그 질문에 뭐라고 대답하는지를.

"배신했죠. 하지만 후회는 안 해요."

그의 목소리가 중력을 잘못 계산한 것처럼 서서히 떨어져 내려와 주위를 감싼 차가운 공기 속으로 퍼져 나간다.

"어릴 때, 좁은 골목길을 뛰어다니며 놀았어요. 골짜기 바닥에 있는 집에서 위로 올라가려면 사다리 같은 계단을 타고 올라가야 해요. 고개를 들면 튀어나온 지붕과 지붕 사이로 파란 하늘이 보였어요. 난 그걸 볼 때마다 계단을 오르면 그곳엔 밝은 하늘이 펼쳐져 있을 거라고 생각했어요. 누구든 계단을 오르면 하늘이 있는 곳으로 나갈 수 있을 거라고."

고요한 수면에 물방울이 떨어진 것 같았다. 그 파문이 서서히 퍼져 나가듯 말의 여운이 사라지지 않는다.

스에오가 지면에 발을 디딘 자세를 바꿨다. 이 남자에게 절망 같은 건 없다. 오직 증오와 슬픔과 열정이 있다. 세상에 대한 증오와 자기가 처한 현실에 대한 슬픔과 그리고 살아가기 위한 열정.

살인은 격정적인 것이라고 누군가가 말했다. 갑자기 그 말이 생각났다.

"모두 이 하늘 어딘가에 적혀 있는 인권이니 정의니 하는 것을 섬기면서, 어디에 있는지도 모르는데 있다고 가정한 걸 섬기면서 살아가면 돼요. 하지만 하늘 어딘가에 있을지도 모르는 정의나 인권이, 그런 게 존재한다고 생각하지 않고 살아갈 수도 있어요. 그런 것이 없는 세상이 같은 하늘 아래에 있어요. 그리고 어디에 있는지도 모르는 걸 존재한다고 믿고 섬기는 일을 사랑이라고도 하지만 기만이라고도 하죠."

요시자와 스에오는 아파트로 돌아갔다.

미치코는 천천히, 주머니에서 스마트폰을 꺼냈다.

켜져 있는 녹음기 어플은 지금 귀뚜라미 소리를 잡아내고 있다. 미치코는 그것을 잠시 바라보다 녹음을 정지했다.

'어차피 이제 다 끝났어요.'

대출 업체에는 어느 날 돈이 입금되고 상환이 끝날 것이다. 그들은 그 돈이 어디서 났는지 따위는 캐묻지 않는다. 차용증은 파기되고 그걸로 끝이다.

난 이 녹음을 하마구치에게도 나카가와에게도 마나베에게도 들려주지 않을 것이다.

아키즈키 가오루에게 들려주면 재미있을지도 모르겠다.

이 하늘 어딘가에 적혀 있는 인권이니 정의니 하는 것을 섬기면서, 어디에 있는지도 모르는데 존재한다고 믿는 걸 섬기면서 살아가면 된다.

아키즈키는 그 말을 듣고 뭐라고 할까.

미치코는 녹음을 삭제했다.

계절에 어울리지 않는 나방이 외등 주변에서 춤을 추고 있
었다.

옮긴이의 말

천감재

모치즈키 료코의 '기베 미치코' 시리즈는 2001년 처음 등장해 2023년에 여섯 번째 작품이 출간된 유서 깊은 시리즈다. 그 시작을 알린 《신의 손》은 2001년 전자책 형식으로 독자와 처음 만난 후 알음알음 입소문이 퍼져 2004년 슈에이샤문고를 통해 책으로 간행되었다. 원고를 캐리어에 가득 싣고 고베에서 상경해 출판사 문을 직접 두드리고 돌아다닌 저자의 경험담이 담긴 《신의 손》은 뭔가에 홀린 듯 소설 쓰기에 푹 빠진 여성을 둘러싼 미스터리한 사건을 다룬 작품이다. 그 후 평단의 호평에 힘입어 엽기적인 연쇄살인 속에서 가해자와 피해자의 구분이 모호해지는 이야기를 다룬 《살인자》, 저주로 사람을 죽일 수 있다고 주장하는 노파와 의료사고로 위장해 환자를 살해했다고 의심을 받는 의사의 이야기를 다룬《저주인형》이 2004년에 연이어 간행되어 역시 좋은 평을 얻는다.

이후 일본 미스터리 문학 대상 신인상을 수상한《대회화전》을 2011년에 출간하는 등 많은 작품을 선보이던 모치즈키 료코는 2013년, 마침내 긴 공백을 깨고《부엽토》를 통해 기베 미치코를 복귀시킨다. 고급 노인요양시설에서 살해된 채 발견된 '야요이'라는 자산가의 85년에 걸친 삶을 추적한 이 작품은 "최근 들어 읽은 미스터리 소설 중 가장 완성도가 높다", "범죄에 손을 물들이고 만 인간의 비애를 절묘하게 그리고 있다", "놀라운 반전의 연속" 등의 찬사를 받는다. 이후로도 기베 미치코의 이야기는 2018년《출생지, 개미지옥》과 2023년《들불의 밤》으로 이어진다.

일본의 권위 있는 서평가이자 번역가인 오모리 노조미는 "모치즈키 료코의 작품은 될 수 있으면 모르고 지나치고 싶은 일, 보지 않았더라면 좋았을 일을 독자의 목덜미를 붙잡고 억지로 눈앞에다 들이민다. 그것은 마치 공중화장실 뒤 땅바닥에 놓여 있는 큼지막한 돌을 들어 올려, 그 아래에 사는 벌레들의 생태를 억지로 관찰시키는 것 같은 느낌"이라고 평한 바 있다. 그리고 "그럼에도 독자는 어느샌가 그 세계에 매료되고, 중독되고, 좀 더 보고 싶어 견디지 못하게 된다"라고 덧붙였다.

너무나 비참하고 충격적인 광경에 외면해버리고 싶지만 마지막까지 시선을 돌릴 수 없는 이야기, 모치즈키 료코의 세계를 가장 확실하고 적나라하게 보여주는 작품이 바로《출생지, 개미지옥(원제: 蟻の棲み家)》이다. 일본 사회파 미스터리의 계보를 잇는 이 작품은 정반대의 환경에서 태어나 절대 만날 일 없을 것 같은 삶을 살아온 두 남자가 각자의 수렁에서 벗어나기 위해 발버둥 치는 절박한 모습을 통해 양극화와 빈곤이 초래하는 여러 사회 문제를 낱낱이 파헤치고 인간성을 저버린 인간이 어디까지 타락할 수 있는지를 여실히 보여준다.

　　작중 성매매 연쇄살인사건의 용의자로 지목되는 요시자와 스에오와 하세가와 쓰바사, 두 인물의 극명한 대비 또한 감상에서 빠트릴 수 없는 재미다. 도쿄의 그늘진 빈촌에서 태어난 요시자와 스에오는 철이 들기 전부터 몸을 파는 어머니를 대신해 어린 여동생을 건사하고 집안의 빚을 갚았다. 어려운 형편 속에서도 타고난 성실함과 총명함을 발휘해 음지의 세계를 벗어나고자 몸부림치지만 끝내 자신의 삶에 주어진 비극을 극복하지 못한다. 반면 의사 부모 슬하에서 태어난 하세가와 쓰바사는 명문대에 진학해 취업을 앞둔 앞날이 창창한 젊은이다. 그러나 실상은 도박 빚을 갚기 위해 밤거리를 떠도는 여학생들을 성매매 업소로 팔아버리는 부도덕한 행위를 서슴지 않는 파렴치한 인물이다. 타고난 기질과 성품, 가정환경, 여동생과의 관계 등 여러 방면에서 대척점에 서 있는 두 남자의 만남으로 촉발된 일련의 사건들. 그리고 그 이면에 감추어진 진실을 파헤치는 인물로 등장하는 것이 바로 프리랜서 기자, 기베 미치코이다.

　이번 작품에서 그녀는 머리 회전이 빠르고 취재에 걸림돌이 될 것 같은 인물은 가차 없이 찍어내 제거해버리고 자신이 취재하기에 유리하게 판을 짜는 주도면밀한 일면을 보이기는 하지만, 돈과 명성 그리고 특종을 좇아 사실을 날조하거나 선정적인 기사만을 쏟아내는 여느 기자들과 달리 사람들이 주목하지 않을 만한 사건을 직접 발로 뛰어 취재하고, 눈과 귀로 보고 들은 정보를 차곡차곡 모아 기사를 완성해 나가는 인물로 그려진다. 그 과정에서 수사1과의 아키즈키는 물론, 잡지 프런티어의 편집장 마나베와 뉴스 제작사의 피디 하마구치 사이에서 절묘하게 균형을 잡고 정보를 치우침 없이 제공하기 위해 애쓰는 모습은 기자로서 갖춰야 할 자질을 보여준다. 동시에 친오빠에게 유괴당한 하세가와 리오의 마음을 어루만져 주는 장면이나 요시자와 스에오를 이해하기 위해 노력하는 과정 그리고 마지막에 내리는 선택에서는 타인을 이해하고 그들의 안녕을 바라는 보편적인 인간의 모습도 발견할 수 있다.

　기베 미치코를 주인공으로 내세운 작품이 최근작까지 포함해 여섯 편이나 이어질 수 있었던 데에는, 작품 하나하나의 주제와 이야기가 주는 재미가 뛰어나다는 점을 이유로 들 수 있을 테지만 정도를 걷는 기자로서의 면모와 인간적인 면모를 동시에 갖춘 기베 미치코라는 캐릭터가 가진 매력도 크게 작용했으리라고 생각한다.

작품 속에서 발견할 수 있는 테마와 구조 때문에 일본 미스터리 소설에 밝은 독자 중에서는 《출생지, 개미지옥》을 읽으며 미야베 미유키의 《화차》를 떠올리는 사람도 있을 것이다. 만약 그렇다면 그 이유는 두 작품 모두 빈곤에서 벗어나 생존하기 위한 인간의 비극을 다루고 있기 때문일 것이다. 오히려 빈곤으로 인해 한 개인, 나아가 가족으로 대변되는 그가 속한 공동체가 겪어야만 하는 비참함과 처절함은 이 작품에서 더욱 강렬하고 생생하게 전해진다.

저자는 프롤로그부터 시작해 이야기가 마무리되는 순간까지 과장되지 않은 현실감 있는 묘사로 독자를 이끌어 나간다. 희망과 꿈을 상징하는 파란 하늘과 대비되는 좁고 복잡한 골목길, 가파른 계단, 자극적인 뉴스를 대하는 사람들의 각자 다른 반응은 물론이거니와 도덕적으로 옳지 않은 선택을 할 수밖에 없게 만드는 스에오와 여동생을 놓아주지 않는 시련, 거리를 서성이며 몸을 파는 여자들과 그들을 이용하는 남자들, 인간성을 상실한 쓰바사의 만행, 무자비한 폭력과 살해당한 피살자를 묘사하는 데에도 상당히 공을 들이고 있음을 확인할 수 있다. 그렇다 보니 특정 장면에서 거북함을 호소하는 독자도 있을 것 같다. 생생하고 노골적인 묘사에 작품이 어둡고 무거워지는 길은 피할 수 없지만, 빈곤의 악순환과 살아남기 위해 범죄를 선택하는 이야기의 비극성과 처절함은 더욱더 강조된다.

이처럼《출생지, 개미지옥》이라는 작품은 즐겁게, 가벼운 마음으로 읽을 수 있는 이야기는 아니다. 마지막에 마련된 큰 반전이 놀라움을 선사하기는 하지만 그곳에 이르는 과정은 더디고 힘겨우며, 박진감 넘치는 스토리나 불가해한 트릭을 파헤쳐서 범인을 밝혀내는 데서 오는 쾌감을 기대하고 읽는다면 실망할지도 모른다. 그렇지만 적나라하고 고통스러운 묘사가 이어져도 꾹 참고 '왜' 이런 일이 벌어질 수밖에 없었는지에 온 신경을 집중해서 등장인물들의 드라마를 지켜보다 보면 틀림없이 이 작품의 진가를 발견할 수 있을 것이다.

절묘한 트릭으로 독자의 기대를 배반하는 반전의 차원을 넘어 강렬한 정서적 충격을 선사하는《출생지, 개미지옥》의 결말을 독자의 위치에서 처음 마주한 후 들었던 생각은《오리엔트 특급 살인》의 결말이 연상된다는 점과 원서 띠지에 큼지막하게 실려 있는 '미스터리 역사상 눈부시게 빛나는 마지막

대반전'이라는 문구가 절대 과장된 립 서비스가 아니라는 점이었다. 동시에 독자들에게 모치즈키 료코라는 저자의 이름과 기베 미치코라는 캐릭터를 확실하게 각인시킬 작품이 되리라 예감했다.

미스터리 소설 분야에서 새로운 주인공이 등장하기를 목 빠지게 기다렸다면, 뚜렷한 메시지와 탄탄한 이야기로 구성된 사회파 미스터리 소설을 기다렸다면 꼭 한 번 읽어보기를 바란다. 요시자와 스에오가, 요시자와 메이가, 하세가와 쓰바사가, 하세가와 도루가, 기베 미치코가 '왜' 그런 선택을 할 수밖에 없었는지, 그들이 씨실과 날실이 되어 엮어 나가는 드라마를 따라가다 보면 마지막에 드러나는 진상에 혀를 내두르리라.

2014년 국내에 출간된 《신의 손》을 통해 기베 미치코를 만난 독자들에게 재회의 기쁨을 제공할 수 있어서 기쁘게 생각한다. 또한 그녀를 처음 만나는 독자들에게 새로운 인물을 소개하는 설렘과 책임감을 느끼며, 좋은 만남으로 기억되었으면 한다. 이번 작품이 시리즈의 다섯 번째 작품이기는 하지만 미치코와 공생 관계인 인물들이 몇 명 등장하는 것 말고는 전작과 이어지는 요소는 없으니 '전작을 읽지 않으면 이번 작품을 완전히 이해하지 못하는 건 아닐까' 하는 부담감은 고이 접어두어도 좋다.

첫 등장 이후 20년이 넘는 세월이 흐르면서 작품 속에 묘사되는 사회의 모습도 달라지고, 주간이었던 프런티어 잡지는 월간이 되고, 작품마다 한 번은 언급되던 미치코의 나이도 어느 순간 더 이상 알려주지 않게 됐지만, 사회나 개인이 안고 있는 치부를 한 꺼풀, 또 한 꺼풀 벗겨내 설득력 있게 전달하는 저자의 저력은 조금도 달라지지 않았다. 거기에 더해 갈수록 격차가 벌어지는 양극화 사회와 화려한 조명에 가려져 보이지 않는 날것의 현실을 여러 인물의 모습을 빌려 풀어낸 이야기에 일본 독자들도 호응했고, 마침내 2022년 게이분도 서점 문고 대상 수상이라는 결과로 이어졌다. 게이분도 서점 문고 대상은 각 출판사에서 추천한 후보작 중 한 달간 가장 많은 판매를 기록한 작품에 수여하는 상으로,《출생지, 개미지옥》은 아홉 편에 이르는 경쟁 작품들을 제치고 당당히 1위에 올라섰다. 그 여세를 몰아 지금까지 13만 부가 넘는 판매고를 기록했을 뿐만 아니라 '기베 미치코' 시리즈의 예전 작품에 대한 관심도 덩달아 함께 높아지고 있다. 국내에서도 이번 작품을 계기로 모치즈키 료코의 작품 세계에 관심을 가지고, 기베 미치코의 이야기를 기다리는 독자가 앞으로 많이 늘어나기를 바란다.

출생지,
개미지옥

초판 1쇄 인쇄 2023년 3월 21일
초판 1쇄 발행 2023년 3월 29일

지은이 모치즈키 료코
옮긴이 천감재

편집인 이기웅
책임편집 한의진
교정·교열 윤은주
편집 주소림, 안희주, 김혜영, 양수인, 이원지, 오윤나, 이현지
디자인 곰곰사무소
책임마케팅 정재훈, 김서연, 김예진, 박시온, 김지원, 류지현, 김찬빈, 김소희, 배성원
마케팅 이주하, 유인철
경영지원 김희애, 박혜정, 최성민
제작 제이오

펴낸이 유귀선
펴낸곳 ㈜바이포엠 스튜디오
출판등록 제2020-000145호(2020년 6월 10일)
주소 서울시 강남구 테헤란로 332, 에이치제이타워 20층
이메일 odr@studioodr.com

ⓒ 모치즈키 료코

ISBN 979-11-92579-53-5 (03830)

모모는 ㈜바이포엠 스튜디오의 출판브랜드입니다.